室町戦国期の文芸とその展開

伊藤慎吾 著

三弥井書店

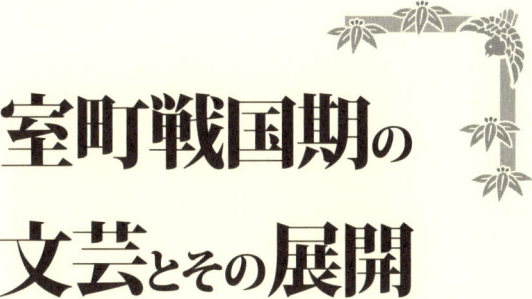

土蜘蛛絵巻（国立歴史民俗博物館所蔵）

毘沙門の本地（徳田和夫氏所蔵）

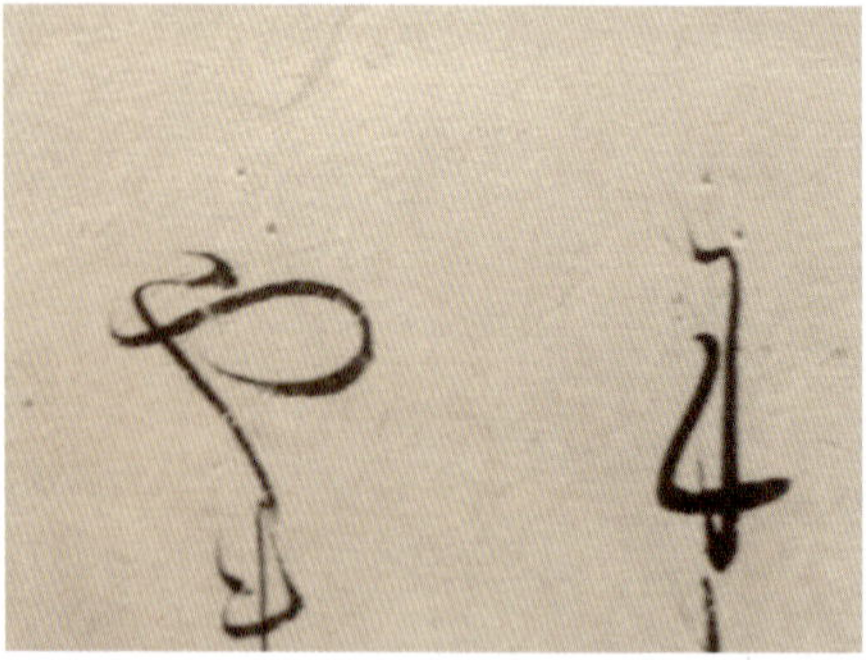

丸穴の例
築島（実践女子大学図書館所蔵）

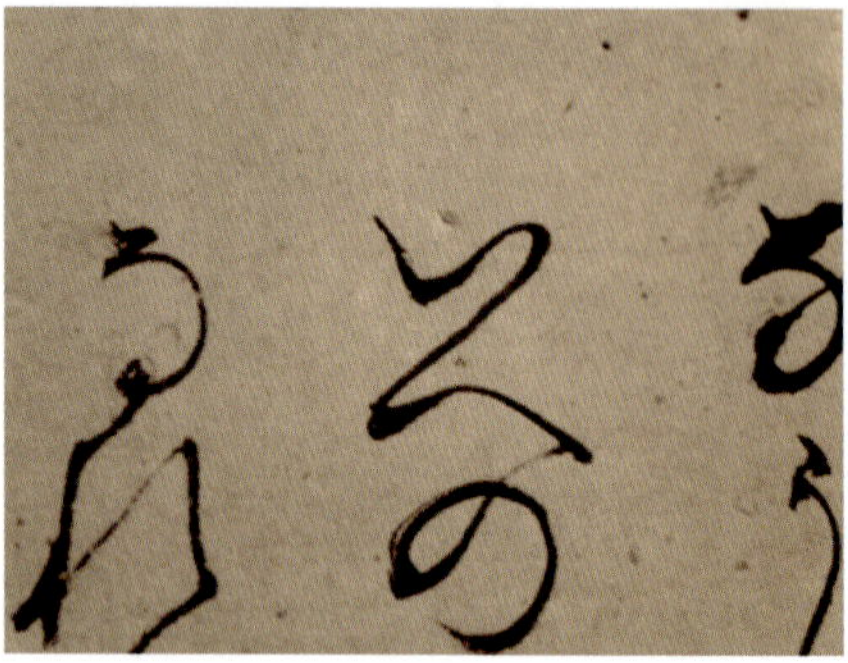

角穴の例
烏帽子折（実践女子大学図書館所蔵）

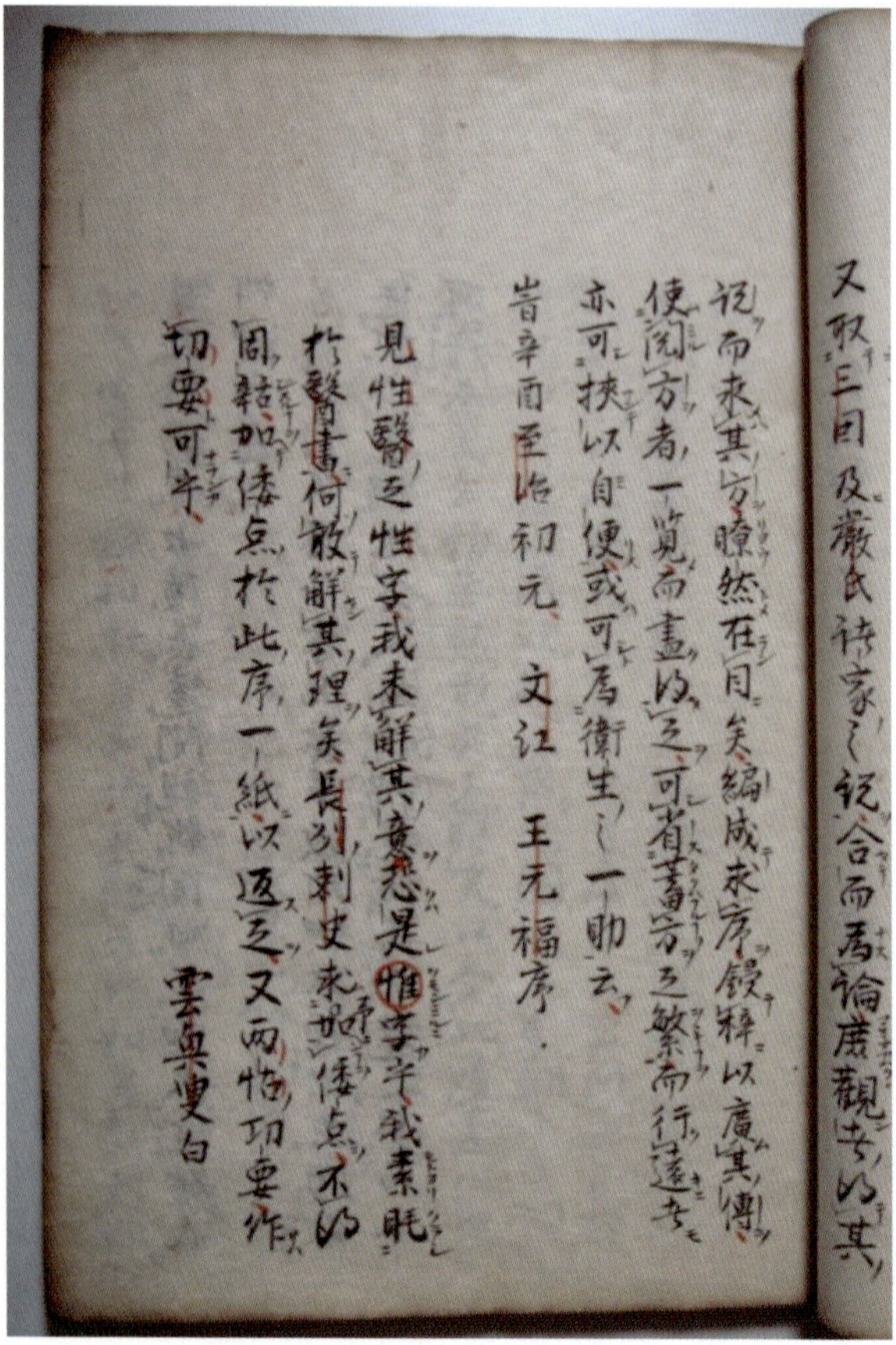

又取三因及嚴氏諸家之說合而爲論廣觀古以其
說而求其方瞭然在目矣編成求序錄粹以廣其傳
使閲方者一覧而盡得之可省蓄方之繁而行遠者
亦可挾以自便或可爲衛生之一助云
旹辛酉至治初元　文江　王元福序

見性醫之性字我未解其意恐是惟字乎我素耽
於醫書何能解其理矣長引刺史求加倭点不得
固辭加倭点於此序一紙以返之又雨惟切要作
切要可乎
雲奥叟白

文之玄昌による医方大成論奥書（拙蔵）

目次

序論　中近世の狭間の文芸　1

I　物語・謡・雑談　21

近世初期の公家衆と御伽　25
はじめに　25
1　読申の系譜　27
2　公家衆と御伽衆　33
3　公家衆とお伽草子　37
おわりに　39

三条西実隆の草子・絵巻読申　42
はじめに　42
1　後土御門天皇時代の実態の把握　44
2　考察　56
まとめ　60

戦国期山科家の謡本　64
はじめに　64

1　山科家所蔵の謡本　66
2　禁裏における謡本の受容　75
3　御文庫目録と謡本　80

Ⅱ　仮名草子への一潮流　85

『七草ひめ』考　89
1　二つの伝本　89
2　引用文献について　93
3　成立過程について　105

『石山物語』考　109
はじめに　109
1　諸本について　109
2　縁起の素材　112
3　物語化の方法　124
おわりに　127

『住吉の本地』考　131
はじめに　131

1　書誌略記　132
2　『太平記』諸本との関係　135
3　成立背景に関する先行研究　142
4　『住吉の本地』の周辺　146
おわりに　149
『菊の前』考―お伽草子から仮名草子へ―　153
はじめに　153
1　『菊の前』と『太閤記』との関係　153
2　軍記物語と物語草子　154
3　『菊の前』の文学史的価値　159
4　お伽草子から見た『菊の前』　162
異本『土蜘蛛』絵巻について　171
はじめに　171
1　二つの伝本　172
2　筆者について　178
【翻刻】国立歴史民俗博物館蔵『土蜘蛛』　181

Ⅲ　奈良絵本の制作　185
奈良絵本の針目安　191
はじめに　191
1　研究史　192
2　江戸初期以前の事例　193
3　奈良絵本以外の寛文元禄年間頃の事例　197
4　種々の針目の型　198
5　異種並存　206
おわりに　209
奈良絵本の霞―その形式と意義―　212
はじめに―なぜ霞を問題とするのか　212
1　霞の形式と分類　213
2　仮に霞と雲とを区別する理由　241
おわりに　244
補足――個別的例外について　246
雲形と室内装飾―横型奈良絵本における彩色の一傾向について―　248
はじめに　248
1　雲形の形態　249

2　典型例　250
3　雲形と室内装飾　259
4　金箔と金泥　267
5　雲形の意義　268

Ⅳ　お伽草子の周辺　271

街談巷説―都鄙のうわさ話―　277
1　話を好む心　277
2　世間を知る　279
3　知識の収集　283
4　うわさ話と口伝　284
神仏の〈噂〉―霊験の演出をめぐって―　287
1　勧進僧の生態学　287
2　実践の方法　288
3　言説の内と外―衝動と唱導―　291
4　継承される心性　295
おわりに　300

弁慶地獄破りの舞と道味　304
はじめに　304
1　「法師辯慶与《ト》二炎魔王一問答《ノ》記」について　304
2　演じ手について　306
おわりに　310
【翻刻】自筆本「法師辯慶与《ト》二炎魔王一問答《ノ》記」　313
文之玄昌と『聖蹟図』　318
はじめに　318
1　慶長期薩摩藩における動向　319
2　『孔子聖蹟之圖』屏風について　322
付　寛永本『孔子聖蹟之圖』について　328
3　『聖蹟図和鈔』について　330
おわりに　334
語彙学習とお伽草子――『魚類青物合戦状』をめぐって――　338
はじめに　338
1　『精進魚類物語』と『魚類青物合戦状』　339
2　語彙の学習と遊戯　344
3　勢揃　345

4　読み物と語り物　347
おわりに　349
【翻刻】伊藤本『青物魚類合戦』　352
付録　近世前期お伽草子年表　359
初出一覧　401
あとがき　405
索引　i

序論　中近世の狭間の文芸

閑人と執心と

『魚の歌合』に次のような回文の連歌が載る。

なかき名やたまのをのまたやなきかな　　なか〳〵しはものぜう
　きゆるなかとののとかなるゆき　　からごろもきすご
てれはみなはる日のひるはなみはれて　　いかのこうゑもん
　月ひとおとこことをとひきつ　　くじさたさばきのすけ
きたかせやくさはなはさくやせかたき　　こちたまへの助
　やともとおしむむしをともとや　　さはらびひやしの助
みなれなばむらとりとらんはなれなみ　　はなだらのたれ助
　しけるはのまやまのはるけし　　春さめふりんぼう

ハモをはじめとする八人の連衆が連歌を張行している。もちろん、擬人化された上でのことだ。ハモは細長いから「長々し」、キスゴ（キス）は「着す」の枕詞としての「唐衣」、イカは甲烏賊ということで「こう衛門」など、名前も洒落ている。五文字や七文字の回文でさえ一苦労なのに、ここでは見ての通り連歌形式を採っている。そればかりではない。本作品の他の歌をみると、単純な和歌形式のものから、旋頭歌、長歌、折句の歌などさまざまな和歌の形式や技法を試みている。

この歌合を一通り読んで思うことは、作者は和歌や連歌が詠めて歌学の造詣もあるということ。出来の良し悪しは別として、擬人化された魚類を通していろいろな形式や技法を示しているのである。そして、作者は文学に相応の教養をもちながらも、古典の講究にその学識を活かしていないということ。別の機会に、そういった真面目な態度で文学に接していたのかもしれないが、その一方で、このような他愛もない俳諧・狂歌や言語遊戯に費やしている人であったことが想像できるだろう。

この『魚の歌合』やあるいは同種の『獣の歌合』などは読めば一興あるものだが、実際のところ何かの役に立つ文学的、あるいは知的な産物といえるだろうか。そもそものようなものに、かくも精力を注ぐとはどういうことだろう。

たとえば『精進魚類物語』のごときは語彙集としての側面をもつ物語なので、読み書きの手習いの書、即ち幼学の手本という性格を内包している。実際、その本文は室町戦国期の辞書と密接に関係しており(1)、ある寺院においては必読の書の一つに挙げられていた(2)。尊経閣文庫蔵『鴉鷺合戦物語』奥書に「少童を悦ばしむる」ものと記すのは、表向き謙遜の辞ということもあろうが、素直に内容上、子どもが楽しめるものであるということでよいだろう。実際、さまざまな鳥たちがそれぞれの特色に基づいて行動する様子は、描写の前提にいろいろな古典文学を吸収しているということを知らなくても面白い。だから大人からすれば、子どもが楽しんで語彙を学んでくれるものとして重宝したのではないかと思われる。その意味で、内容上、荒唐無稽であっても、創作することに社会的意義が認められるのだ。

それからまた、この時期の物語作品には修身道徳の読み物が多い。正直・敬神尊仏・婦女子の嗜み・和歌の道・情の道を教えているのである。たとえば次のように。

○この草紙見給はん人には、情あるべし。又かの秋野夫婦の者ども、富貴栄華に栄ゆる事も、心に慈悲ありて、人に情の深き故なり。よく〳〵慈悲心の心深くして、人を憐み、情をかけ給ふべし。猶も誓ひ有り難き観世音を信じ申し、一心に頼み奉らば、終に望みを叶へつゝ、現世安穏・後生善処に至るまで疑ひなし。返す〳〵も慈悲を朝夕思ふべし。

『花世の姫』（島津久基氏編『お伽草子』所収）

○心あらん人は、この草子を済々聞き給ふべし。しうの仰せをそむかじと、ぬしをたづね、おそろしき所をも憚らず、又おさなかりし時よりも、仏法に近づきて、法華経をせつのごとく保ち、二人の親の後生を祈り、そのほか三界の衆生、鳥類・畜類に至るまで、ことごとく仏になれと回向せし、この三つのとくゆうにより、かかる栄華にほこり給ふなり。かやうの心、かりそめにもおこし給ふべし。仏種も縁より起こるといへば、この草子を聞いても道心起こし、信心・慈悲・正直、専らにあるべし。よく〳〵聴聞申すべし。少しも疑ひ給ふ人あらば、無間に堕ち、ながく仏になるべからず。よく〳〵信仰申すべし。

『あを葉の笛物語』（『室町時代小説集』所収）

○人、まづしといふとも、むさぼる心を失ひて、正直を守り、信心をいたし、神をうやまひ、仏をたつとみ奉るときは、感応あらたにして、利益をかうぶり、貧なるものは福を得、卑しきものは位にのぼりなどして、世に名をあらはすものなり。心あらん人、ねがはくは嘲る事なかれ。

『梅津かもむ物語』（『室町時代小説集』所収）

○かやうの物語をみきかん人々は、よく〳〵心得給ひて、何はの事につけても信仰あり、夫婦の契り浅からず、心正直にして、仏・神をも信仰し給はゞ、末めでたくして、今生・後生の楽しみ、疑ふことあるべからず。

『さごろも』（古典文庫一二三所収）

いわゆる王朝物語や仏教説話の系譜にある物語作品には、明確にこのような主張をするものがあるし、そうでなくても、読み手の受け取りようによっては、いくらでも修身道徳の教本として捉えられるものがある。

このような物語の受容の在り方は当時自明のものではなかったか。とするならば、『魚の歌合』のごとき、一見、教養の浪費と思われる作品であっても、実際は無意義なものではなかったのではないか。楽しんで和歌の技法が学べるものとしての配慮があったと捉えることは許されるのではないだろうか。右に例示したような社会道徳の面を重んじた作品もあれば、知識・教養面を深めさせる作品もあったわけである。

ところで仮名草子の特徴に、従来からその啓蒙性が言われる。それは作者自身、序跋でこれを謳う作品があるからであるし、また、本文中に漢籍に依拠する知識が夥しく取り込まれているから、結果としてそのような印象を受けるようになったということがあるだろう。すなわち漢才が物語文学史の中で幅をきかせてきたのである。もともと室町以来の伝統をもつ物語には、今見てきたように、和学の才や忠孝、情の道といった道徳面で既に強い啓蒙性を備えていたのである。それが漢才にとって代わられた。さらに儒道の思想を物語の形式で表現し、読み手に教訓する姿勢が一大潮流となっていったのだと考えられないだろうか。言い換えるならば、正直・孝行・神仏の敬仰・情の道を説くことが、これまでは後付け的な啓蒙的言説であるという印象を拭えなかったのに対して、反対にそれを説く方便として物語を利用するということが前面に押し出され、漢才主導の理屈がましい性格を帯びるようになっていったということである。

話題を教養人に戻すと、彼が現実家であれば、嗜みとして、また人付き合いのために和歌や連歌ができるようでなくてはなるまいと考えるだろう。江戸前期の風俗画には、短冊を手にして花見をする人々がしばしば見られるし、『天和長久四季あそび』には紅葉見物の侍が同伴衆に「うたにても詩にてもあそばせ」と勧める様子が描かれている。

しかし冒頭に掲げたような手間のかかる回文や折句などを作ったところで、そうそう付き合いの役に立つものではない。少なくとも手間の割には利が薄いので、習得するほどではないと考えるであろう。松江重頼も回文の連歌を珍しいものと述べている（『毛吹草追加』下巻、正保四年刊）。もちろんこれほどの表現技術を持っているのだと、自身の技量を誇示するためには有用かも知れない。しかし物語草子に用いられるとなると、それは匿名になってしまうのだから意味がない。それでも物語を著すというのは打算的な考えが先立っていたわけではないだろう。表立っては教養や知識を授けるという大義を示しながらも、文芸に対する執心が根底にあるものと見ていいのではないだろうか。

畢竟、これらの文芸は、いくら手間をかけたところで、晴れの場で用いられないのであれば、云捨であり、雑芸に過ぎないだろう。豊富な知識や技術、そして時間を費やしてまでこのようなものを作るというのは、閑人の為せる業というべきかもしれない。心敬は「いささか世俗の能芸・作事に携はらん輩は日夜さはりのみ侍りて、むねのうちの工夫をろそかなるべくや」と述べて、連歌の好士の条件として数寄・道心のほかに、ひたすら打ち込むゆとりのある閑人を挙げた（『老のくりごと』）。兼載は歌道の名誉を得る条件についてではあるが、道心の代わりに譜代と禄とを挙げているから、俗世で稼ぐことを否定していない（『兼載雑談』）。出家であれ在俗であれ、閑人であることは、中世から近世にかけて、その道に対する執心とともに必須の条件であったものとみられる。

変わるものと変わらないものと

さて、文芸を営むことは、戦国期の前後にかけて、身分や地域にかかわらず拡大していった。それはおのずと受容の在り方を変えていくことにもなる。それだけではない。旧例墨守の立場を維持しようとしても、環境がそれを許さなくなっていた。すなわち墨守の態度を明確に示す公家衆は、在国の衆の増加(3)、それに伴う禁裏への長期不出仕、戦乱による文書の消失等により次第書に記されていない慣例を復元することが容易でなくなり、型どおりに事を運べないことが多くなる。この傾向は文書に近い性格をもつ朝儀用の詩文の作成手続きにも影響を与えていった。たとえば明応九年、翌年の辛酉革命の改元にあたって、紀伝道の勘文の書式が分からず奏上を辞する事態が発生したが、それは「一乱紛失」の結果であった（『和長卿記』同年二月二日の条）。この手のことは戦国期の公家日記の中には散見されるところである。

では具体的に文芸面におけるどのような現象が変わらずに近世に至り、また変わっていったのだろうか。

朝廷の儀式や慣例として行われている月次の行事は概ね変化しなかった。和歌や連歌・和漢聯句の御会がこれに含まれる。それには内々の衆、外様の衆それぞれの御会がある時期があり、また庚申や歓喜天法楽も盛んで、御会ではないが、小人数で着到百首もしばしば行われた。これらの御会や詩句の正書法は故実に則ったものであった。また朝儀で必要とされるものに諸道の故実がある。諸道とは紀伝・明経・陰陽・算・天文などを指し、故実とは具体的な知識・手順といったもののことである。これらが先例を非常に重んじる分野であることは文書類と同じであった。

歌学や古今伝授もその内容は増補・改正が主であり、根本的に内容が変わることはなかった。先行書や師説を挙げ、その上で多少私見を交える程度のものであった。詩文の形式もまた先例に即したものであったし、絶句や律詩、それから五山を介して渡来した偈疏の類も世俗に普及することはなかったので、独自に発展をみせることはなかった。祭文・願文・表白・諷誦文など、祭儀・法会に用いるいわゆる法会文学は特に型どおりであることが求められるものであったから、平安期以来の古い部類記などを参考にして新たに草されるに過ぎなかった。

連歌は織豊期を過ぎても盛んであったが、寛永の頃には俳諧を専らとする者たちが活躍しはじめるようになった。俳諧師である。そうかといって、連歌師が幕藩の御用以外に消えたわけではない。宗祇や紹巴は俳諧師にとっても相変わらず重んじられていたし、京の寛永文化の主要人物たちは連歌を愛好していた。そして宗因に至っては自ら連歌師を以て任じていたのである。(4)

物語草子は、この時期、数多く作られていた。かつては説話集の一話として収められる程度であった題材や書き留められることのなかった地方の伝説や寺社縁起が一編の草子として読まれるようになったのである。『三国伝記』から『登曾津物語』、『宇治拾遺物語』から『るし長者物語』のように収録説話を多少の潤色を加えたもの、『平家物語』から『大原御幸』『祇王』のように幾つかの諸本を組み合わせたとおぼしきもの、『沙石集』『撰集抄』から『硯割』のように物語の主題の一部を取り込んだもの、『元亨釈書』から『賀茂の本地』のように物語の主題に間接的な説話を挿話として取り込んだものなど、その展開の仕方は多様である。また『胡蝶物語』『小町草紙』『雀さうし』『はもち』を始めとするお伽草子には、『古今集』『伊勢物語』自体ではなく、注釈書に拠っていると考えられるものが多くある。一方、間接的な影響関係をもつもととして『法華経』の直談資料がある。『法華経直談鈔』『直談因縁集』と『鏡男絵巻』、『直談因縁集』と『金剛女の草子』『為世の草子』『大橋の中将』などが挙げられる。このように『法華経』談義の話材としての説話には、同時期の物語草子との関連を示すものが見出されるのである。また口承文芸と関係のある物語としては『一寸法師』『姥皮』『浦島太郎』『瓜姫物語』『藤袋の草子』などが挙げられる。話型に限って見ると、継子型の説話は世界的に見られるが、お伽草子諸編にも『岩屋の草子』『鉢かづき』『ふせや物語』『秋月物語』『朝顔の露』『花世の姫』『美人くらべ』『一本菊』など多く見出される。これは『住吉物語』や『落窪物語』などの物語の伝統でもある。伝説との関係は北海道の義経伝承と『御曹司島渡』、葛城山の『土蜘蛛』、長野県南安曇郡穂高町穂高神社の若宮明神と『物くさ太郎』、福井県鯖江市水落の地名と『みぞち物語』などがある。また寺社縁起物や伝記物も広義に関係があるとみれば、この時期に物語草子の対象となったものは伝説的な事柄を描いた物語が大半を占めているといえるだろう。

　また鎌倉時代物語が概ね王朝物語であるのに対して、主人公の属性も多彩であるわけであるが、王朝物語であっても、『源氏物語』に代表されるように場面を詳述することは稀で、むしろ説話文学がそうであるように、事件・出来事の展開に対する興味に記述の比重がおかれている。つまり粗筋をなぞるような文章表現に特徴があるのであるが、それゆえに類話や類似プロット、類似モティーフが随所に見出される結果になっているともいえよう。このような物語作品が室町期以降多く生み出されていき、その傾向はそのまま江戸時代に入っても変わらなかったのである。

　物語は何も草子として読まれただけでなく、〈聴く〉というかたちでも受容された。冒頭近くに挙げた『花世の姫』や『あを葉の笛物語』『さごろも』のほかにも、次のような話末の評語からそれは窺われるであろう。

○毎日一度この草子をよみて、人に聞かせん人は、財宝に飽き満ちて、幸い心にまかすべしとの御誓ひ也。めでたし〳〵。

（臼田甚五郎氏旧蔵『物くさ太郎』）

○このさうし、聞くともがらは、諸難をのがれ、現世安全なり。この双紙、読む人、後生には仏果を生得す。現世には七難消滅す。

（『神道物語集』所収『鈴鹿山物語』）

○この物語をきく人は、常に観音の名号を十遍づつ御唱へあるべきものなり。

（石川透氏蔵『鉢かづき』）

　親孝行の人にも、孝行になき人にも見せきかせよ。

（『室町時代小説集』所収『さよひめのさうし』）

また、本書第Ⅰ章で取り上げているように、実際読んで聴かせたという記事は『御湯殿の上の日記』『言継卿記』などの公家日記にしばしば見られるところである。

　これら物語草子を通して物語を受容するだけでなく、架空であれ現実であれ、物語に対する興味は強くあった。この場合の物語とは雑談すなわち咄である。これは『宇治拾遺物語』の序文に見られるように昔から文字社会・無文字社会を問わずあったものだが、室町戦国期になると、御伽の衆、御咄の衆といった新たな社会的地位の人々が現れてきた。(5) 口頭の物語を通して様々な知識・教養を身につけようという動きが社会的に顕在化したということであろう。要するに耳学問ということであるが、存外、教養を身につける上では重要な行為であったのではないかと思われる（本書第Ⅳ章第1節）。また主君の中には社会情勢を知るために彼らに情報を収集・報告させる役割も与えていたものもあっただろう。(6) この点、御伽衆という呼称はもたないが、伏見宮貞成親王の近臣綾小路信俊や田向経良の働きが同じ性格のものであるとみられ、(7) すなわち近臣の役割の延長に御伽衆の存在意義があったともいえるだろう。

このほか、対外的にみると、中国に対する憧憬は古代から変わらなかった。神道の宗教的優位を示そうとする思想は現れたものの、中国を蔑視するような文学作品は現れなかった。『是害房絵』は日本にも印度・中国に劣らぬ高徳の僧がおり、霊験あらたかな霊山のあることを示すとはいえ、国粋的であるわけではない。南蛮の文物が文芸面に与えた影響については、キリシタン版のことや『伊曾保物語』『落葉集』の普及などを除いては国策の事情もあって、文芸面に本質的な変化をもたらすものではなかった。

さて、変わったものには、禁裏をみると、公家故実の実践がある。在国の衆の増加や文書の紛失が主要因である。和歌や連歌の作法は、堂上ではとくに目立った変化はなかったが、地下では強い規範意識を維持できなかったか、時に応じて変わっていった。そうした中、俳諧が時流に合い、発展を遂げていった。そのほか文芸を生業とする人々、すなわち幸若太夫や能・狂言師、連歌師、琵琶法師、説経語り等は新たな秩序の中で社会生活上制約を加えられたし、内部では芸道としての安定化を目指していたから、文芸内容はともかくも、社会的な関係に変化が生じた。武家の式楽となって大名衆の鑑賞対象となり、また芸事となった一方で、大衆的支持を新たな芸能に明け渡したもの、俳諧の流行によって名目的な肩書になったもの、楽器を琵琶から三味線に持ち替えて流行り歌を歌うものや新たな音曲を模索するもの、芸を捨てて形骸化したものなどが出てきたのである。

寛永頃になると、文芸活動の前提として重要な役割を果たすことになる出版事業が社会に浸透する。これは様々な層に影響を与えることになった。歌学書・詩文・謡本・語り物正本や物語草子の出版普及、唐本の輸入及び和刻本の出版などが行われたのである。これが地下の文芸活動に与えた影響は絶大であった。これまでは貴人の家に秘蔵され、また限られた人物しか披見・借覧できなかった、あるいは存在さえ知らなかったであろう歌草子・連歌書・詩文書・種々の故実書・謡本・語り物正本など、すべての分野において披見・借覧・購読の機会を得られるようになったからだ。

公家衆とはいえ、旧習堅持の立場をとっていたばかりではない。無論、由緒正しい朝儀をその時々の都合で改変するようなことは許されることではないから、厳密に復元的に行うことこそ望まれたわけだ。しかし社会環境の変化は彼ら公家衆の私的な文芸活動に影響を与えなかったはずがない。その最たるものが出版事業への介入である。印刷機が武家方から献上されたのが後陽成天皇朝であった。勅命によって幾つかの版本が上梓された。その後、後水尾天皇もまたこれを命じた。舟橋秀賢が深くこれに関与したことは『慶長日件録』から窺知されるところである。秀賢はみずから職人を指揮して勅版本の制作に携わったのである。ここで造られる本には元がある。舶来の本は勿論であるが、『日本書紀』や『御成敗式目』など権威ある国書も出版の対象となった。禁裏御文庫のものもあろうが、公家衆の蔵書に基づく書物も対象となった。その後、民間で出版業を営むものが現れるようになった。彼らは出版対象の本をどこから仕入れてきたか。京周辺の寺社や武家・町人もあったであろうが、公家衆の蔵書、またその転写本を入手して出版することも行われた。慶長五年（一六〇〇）に書家としても活躍が知られる烏養道晢が謡本を出版することになるが、その準備として行った校合作業では、諸本の借用先の一つが山科言経であった。また舟橋国賢が中原職忠の勧めで注釈付の『職原抄』を上梓したことや、中院通勝が諸本を校合したという奥書をもつ慶長古活字版の『平家物語』が流布したのは、単に書肆側の働きかけがあっただけでなく、公家方からも出版の意向をもつ人々がいたからであったとみるのが自然であろう。通勝の場合は慶長十三年に刊行された所謂嵯峨本『伊勢物語』の挿絵をも、童蒙のためとて、自ら描いているほどである（同書奥書）。これは公家衆が新たな社会への歩み寄りを示したものと捉えてよいと思われる。

都と鄙と

室町戦国期は各地の武将の中に独自に中国と交流し、また、五山僧らを介して唐本を入手し、和刻本を出版し、領地での学問普及に貢献したものもある。大内氏や尼子氏、島津氏などがこれである(8)。徳川氏の治世になると、儒学を思想的な拠り所としたところから、唐本の儒書やその和刻本、加えてその注釈書も夥しく出版・販売され、また講釈の対象になった。儒仏易医の主要経典は利用者への配慮として匡郭上辺の上の空白にゆとりをもたせ、書入の便を図ったものが数多く出版された。実際、講釈の内容を記録したものも多々伝世する。また幕藩体制という統治法をとったので、各地各藩で連歌師・学者・絵師など文芸にかかわる人物が起用された(9)。その結果、京の文芸面での優位性は、精神的・歴史的には依然高かったものの、出版事業、人材育成、地方への影響といった実際的な面では、大坂や江戸等が肩を並べるようになっていった。

そもそも地方都市の文化活動の進展は中世以来見受けられるところである(10)。鎌倉や伊勢、奈良がはやくから地方文化の発信地として知られている。時代は下り、応仁・文明の大乱以降は、従来からの連歌師の旅のほか、在国の公家衆の増加、公家息女の武家への降嫁などによって、各城下での文芸活動の質が上昇していったことは一般にいえることであろう。地方における文化的拠点としては、伝統的に、また公方の居住地であったことから、鎌倉が第一に挙げられるが、そのほか、小田原・駿河・古河・江戸・奈良・安芸・薩摩（本書第Ⅳ章第3、4節参照）などの地方都市の発展に注目しなくてはならないだろう。

とはいえ、やはり中心は京都であった。公家衆は各地に赴き、文芸を伝えたが、それは〈在国〉と捉えられた。京という拠点があってこその在国である。また同じく文芸の伝道者である連歌師も同様である。各地に赴くものの、それは〈旅〉に出るということであった。地方は文化の発信地ではなかったのである。地方にあって一流の文化人として活躍する人物は数多くいたが、その多くは京から下向して土着したり、在京経験があったりするものであった。京に行くのは上京であり、京から他所に赴くのは下向であるという観念は江戸期に至ってもなお続いたのである。

地方における古典受容の拡大と相俟って、『伊勢物語』『源氏物語』や歌書の類が多く書写されるようになった。そればかりでなく、公家社会では江戸前期に発展する奈良絵本の前身ともいうべき小絵が流行し、その形に相応しい短編物語が作られていった。また身分を問わず、お伽草子を読む機会が増えていったようである。

このようにみてくると、室町戦国期の文芸を論じようとする場合、京都を中心とせざるを得ないのである。多少の例外はあろうが、京の人や物、そして文芸的営為が地方に伝播・普及し、地方人士はそれらを模倣するという図式である。そして伝統に対しては全般的に重んじる風潮の中にあったのである。しかし文芸的営為の拡大は、自然と受容の在り方に変化をもたらすことになる。中世以来、公家衆は和歌・連歌を地下人らと共に行うようになっていたし、時に講釈もした。清原業忠は中山忠親に、学事のために武家宅に行くことは「先蹤是多之者也」と述べている（『康富記』文安元年四月四日の条）。一方、地下の武家・僧侶・神官・連歌師等はそれぞれの人脈をもち、おのおの会を張行していた。その作法や古典の解釈にはおのずと地域差や誤りも生じてきたことは十分考えられることだろう(11)。このようにして次第に文芸の諸層が変質していったのである。

物語草子

如上のあらゆる文芸活動の変化の影響を蒙った分野が物語草子であった。物語草子は担い手・制作者・書誌・受容層・創作法・題材などに新たな展開を見せることになるのである。

作者は相変わらず無名子によるものがほとんどであったが、その中で文明十二年（一四八〇）の本奥書をもつ『筆結物語』は彛鳳老人（石井康長）という武家の作であることがわかっている稀有な作品である。このほか、一条兼良作、すなわち公家の作と伝えられるものが数編あることや、特定の寺院の内情を具体的に記すもの、文体が特定の仏教テキストと共通するものがあることから寺僧にも作品を生み出した人物がいたことが考えられる。江戸期になると、公家衆としては多作家であった烏丸光広を除けば、物語草子の創作にかかわったと断定できる人材は出ていない。これに対して武家の手に成るものが顕著に現れてくる。顕著に、というのは作者名を明記することが増えてくるからである。従来、物語草子は慣習的に匿名で流布したものであるが、これを憚ることなく名を記すようになったのである。しかも序跋を加え、物語を著した動機までも述べているのである。こうなると、他のジャンルの書籍と変わらなくなる。世に出す名目上の動機は啓蒙か世相批判かが専らであった。価値のない、あるいは大義名分をもたないものを出版しようと考える作家はまだ出なかったのである。だがしかし、物語作者で名を記す者は今日いうところの仮名草子であって、即ちこれらは新傾向を示す作品である。やはり室町時代の物語の系譜に連なる、いうなれば新鮮味のない中世物語風の作品群は匿名が維持された。了意作とされる『大倭二十四孝』が了意の実作であるとすれば、実名を記さなかったのは室町物語的な物語を寄せ集めただけであったからかも知れない。

物語草子は江戸初期においても作者が自宅で創作するものであっただろうが、個人から個人へと伝写されるだけでなく、新たに特定の工房で写本なり版本なりが造られる状況が現れた。このころ、すなわち大衆読み物の黎明期には、本文作成に『源平盛衰記』『太平記』などが物語の文体の主たる規範として見られていたように思われる（本書第Ⅱ章）。主題に関わらない故事説話の豊富さもあるだろう。経典や漢籍から直に題材を探し出す必要もなく、平易な和文に改める手間もかからない、いわば安易に物語草子に仕立てられるタネ本であった。また、『元亨釈書』もタネ本的性格をもつ書であった。本書を伝記集成とみれば、往生伝の類が類型的であるのに対し、話型や身分、時代、地域の多様さが有益だったものと思われる。このほか題材として謡曲・古浄瑠璃・中国文学などがしばしば使われるようになった。出版事業の拡大に伴って、それに比例して、需要の見込まれる作品数を補うために、新作を生産していく必要性があった結果、このような物語草子が数多く作られていったことは考えられることだろう。

商品として造本する以上、版本は当然しかるべき機材が備わり、版本用の板、種々の大きさの料紙や表紙等に用いる装飾紙を仕入れられるところでなくてはならない。写本もまた同じである。版本は上製本のような特例を除けば、料紙には楮紙が用いられたものであるが、写本には各種鳥の子・間似合、あるいは斐楮交漉などが需用に応じて使い分けられた。これは注文制を採っていたからこその細やかな配慮であったのだろう。同様に表紙・見返・題簽、それらのために描かれたり刷られたりしている多彩な装飾の数々もまた依頼主の要望に対応できる体制であったことを示すものだろう。紺紙金泥表紙の図柄は百種を越え、それらは着物の柄のごとく見本帖を以て選べるようになっていたのではないだろうか。おそらくまた挿絵一枚につき一定量の金箔もしくは金泥を使用するか否かも依頼主の要望によったかと思われる（本書第Ⅲ章第3節）。これに加えて挿絵を入れるか入れないかということもまた依頼主の判断に委ねられたと考えられなくはないが、しかし美写本と通称される写本群は歌草子や『源氏物語』『伊勢物語』など古典作品が主であって、室町物語の類は同じ書型の場合、概ね挿絵がある。即ち半紙判の奈良絵本である。横型本においては一部の例外はあろうが、ほとんど奈良絵本であるから、お伽草子の類はあらかじめ絵入りであることが売り物とされていたということになるだろう。これらに用いられる絵は、戦国・織豊期ならば書写者が兼ねることもあったであろうことは、当時の白描絵巻が本文と同じ公家衆の手に成るものが散見されるところから推測される。

また戦国期から江戸初期にかけて成立した絵巻の絵は、土佐派や狩野派、長谷川派などの専門家の手になるものは別であるが、稚拙な所謂お伽草子絵巻の場合、顔料は丹を主として、ほかに黄・緑などわずかな種類しか使われていない。ところが時代が下ると、無名絵師の作とはいえ、実に鮮やかに顔料を使い分けるようになる。特に絵巻や特大本の奈良絵本は明らかに絵の専門技術を習得した絵師の手がけたものであった。版本の絵師も古活字版時代は全くの素人の作品が大半であったが、次第に優れた絵師が担うようになった。これは一枚摺の風俗画が商品として普及するに伴い町絵師に注目が集まるようになり、それとの相乗効果で版本挿絵の水準が上がったということが考えられないだろうか。そして寛文延宝期、すなわち江戸の地で鱗形屋や松会が数多くの新版絵入りの物語草子を出すようになる頃には、誰が描いたかという点にも関心が向けられるようになっていたと思われる。とりわけ菱川師宣は人気があったので、『東海道分間絵図』（元禄三年刊）のような実用的な道程の図帖にまでも敢えて名を明記するようになった。以降、浮世絵と

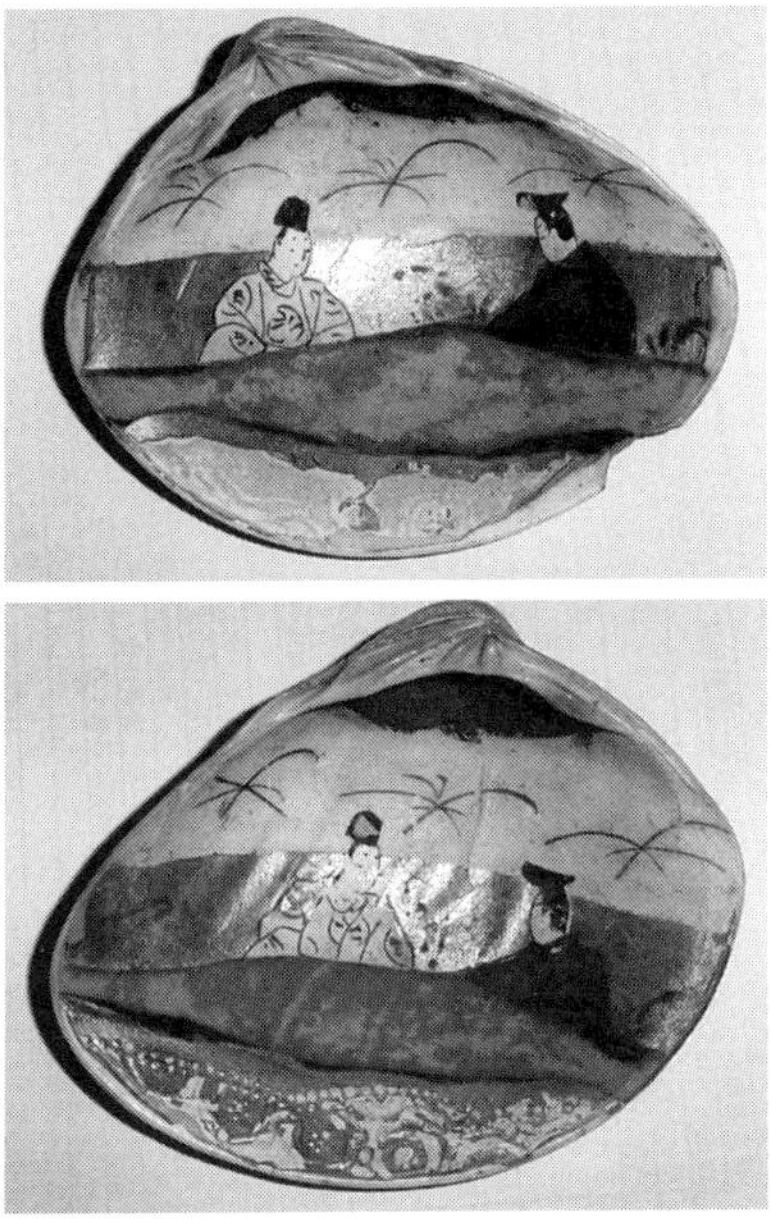

奈良絵風の貝

版本挿絵とが不可分のものとなっていき、女性の姿態などに浮世絵の影響が現れていく。一方、浮世絵に携わらない伝統的な大和絵師は、享保・元文頃から次第に絵本制作から遠ざかり、屏風・歌留多・羽子板・扇絵・貝合の貝や桶など、専ら調度品や玩具を手がけていくことになったと思われる。

本文の内容面をみると、江戸初期においては室町時代の物語とさして内容の変わらない物語草子が多く作られていたのであるが、受容の在り方には書写・読書・贈与・貸借のほかに、購入という新たな方法が目立ってくる。従来も個人的な沽却が見られなくはなかったが、それは個人同士のやりとりであって、社会関係の面からみれば、贈与や貸借とさして変わらず、江戸期にも相変わらず行われたものである。しかしその一方で、商品として流通することにもなったのである。

ではそれらはどういった人々が受容層であったのか。これらの短編物語は公家・武家・寺家の婦女子が対象であったことは、当該期の日記や奥書類から窺われるところである。室町戦国期は公家の子女（『言継卿記』『言経卿記』等）や武家の子女が主たる対象であったろう。島津家家臣山田新介・稲富新介らが御料様から『玉藻の前』の草子の真字を仮名に改めて進上するよう命じられている例（『上井覚兼日記』天正十三年二月二十六日の条）は、物語草子が仮名書であることが特記されているから、同内容であっても、読み手によって表記が改められる場合があったことがわかる。川越市立博物館所蔵の『ちかはる』は武家の母親の遺品として息子が受け取り、更にその子とおぼしき女性に相続されたことが知られる一つである。[12]下京の興正寺、美濃の歓喜寺に伝わる諸々の物語草子は語り物系の武家物も含めて居住する子女のために書写されたものであった。『三十六歌仙こほろぎ物語』は島津斉彬の母賢章院の作とも伝え、後に斉彬はこれを写している。[13]また古活字本の『住吉物語』は少人の所望で作られたものであったから、女性や子供が主であり、身分としては武家や寺家、また本屋の集中する京や江戸など都市の町人層であったろうと思われる。その意味で室町戦国期の前後でお伽草子の受容層自体は大きく変化することはなかったと考えてよいと思う。

では成人男性は物語草子を読まなかったのだろうかというと、そうではないだろう。軍記物、とくに源平合戦の物語は浄瑠璃等の語り物の主要題材であり、好んで読まれていたであろう。しばしば屏風絵や扇絵の題材になっていることは、これを示すものだろう。それからまた、漢籍を多用する仮名草子類も、女訓物は別として、婦女子が読む内容ではなかったように思われる。畢竟、物語草子は伝統的に公家・武家・寺家の婦女子の読み物であったようで、その流れは江戸時代にも続いた。しかし成人男性でも読み応えのある物語草子を開拓することが書商としては利益の拡大につながるから、従来の軍記物・歴史物に加え、新しい趣向の物語が開拓されていったのであろう。そこで江戸前期にはお伽草子と仮名草子とが共存することになったのではないか。

その後、お伽草子は本文と絵との主従が逆転した絵本の中でも子ども向けの作品（赤本等）、本文に描かれた物語世界よりもむしろ奥村政信のような人気ある絵師の作品であることを売り物にするもの（宝永四年版『若草物語』など）に受け継がれていく。一方、出版文化に無縁の作品群としては、異類による滑稽な世界を描いた写本（本書第Ⅳ章第5節参照）、地方色の濃い語り物及び寺社縁起の写本の一群など、文学史の様々な傍流の中で展開することになる。

啓蒙思想

鎌倉期に連歌が勃興し、身分や地域を越えてもてはやされるようになった。次第に無心連歌の中から俳諧味を志向する張行が盛んとなり、室町期は俳諧の連歌が正統な連歌を愛好する人々にも必要な嗜みとなっていった。と同時に、物語草子の世界にもその俳諧の趣向が活かされ、従来には見られなかった『十二類絵巻』や『虫の歌合』『猿の草子』『弥兵衛鼠』といった異類物出現の一つの基盤となったものと考えられる。

物語草子は俳諧の連歌と違って荒唐無稽の異類物語であっても、歌連歌の道や忠孝、情の道を具体的な譬えをもって示すことができる。『源氏物語』や『伊勢物語』が狂言綺語をもって仁義五常の道に導くものであり、中道実相の理を悟らしめる方便として綴られたものであるとする当時の認識、それから蛙や鶯のような異類でさえ歌を詠むのだという『古今集』仮名序の文言と序注等に見られる本説、さらには有情無情の別なく往生が迎えられるという「草木国土悉皆成仏」の思想は、新たに物語を創作する拠り所となったことであろう。

室町期以降の多種多様な物語草子の出現の背景には有閑の数寄者の存在と、それから物語文学には隠された意味が込められているという理解とがあったように思われる。艱難辛苦の末、幸福を得る人間の物語には必ず神仏の存在が見える。隠れていても、それは話末評語というかたちで明示される。これは仏教の譬喩譚の伝統であるが、歌や消息の贈答とその心得、主君に対する忠義、親孝行、正直であること、男女の仲らいなど、世俗的な道徳についても物語で示し、話末で読者に教訓するのである。

武家の石井康長は狸を主人公とする『筆結物語』を著したが、結末の唐突さから、筆結だけに、「兎のやうに尾もなかりけり」と卑下している。それでいて、その内容は文武両道の心得や入木道、食事の作法など、武家にとって有益な故実の解説がなされている。康長もおそらく無名ながらも俳諧の連歌の好士であったように想像される。江戸初期に時代が下り、紀州徳川家家臣三浦為春もまた同様の数寄者で、隠居の身になってから『あだ物語』（寛永十七年刊）を創作した。康長や為春の例は、物語の作者の伝統的な立場、すなわち文芸への執心をもつ閑人で、啓蒙的な性格の教養人であるということが窺われるように思う。

本書の目的

中世から近世への過渡期には文芸の様式や担い手・成立基盤などに大きな変化が見られる。中でも物語文芸であるお伽草子にはそれが如実にあらわれており、文芸の展開の実相を考察する上で最適な題材と考える。本書では、この移行期における文芸について、とくに物語文芸たる〈お伽草子〉がいかに制作され、また受容されたのかということについて論じている。お伽草子は古典作品や各地の神仏の霊験譚を多彩に取り込み、一編の草子に仕立てられている。物語の中に吸収されていった知識や教養は、平易な文章を通して多くの人々に浸透していった。そのお伽草子の制作の方法や環境、同じくその受容実態を明らかにすることに本書の主たる目的がある。

なお、〈文芸〉という術語には厳密な定義をおこなっていない。文学作品を〈文学〉と捉え、それを核として〈読む〉〈見る〉〈語る〉〈演じる〉〈書く〉〈写す〉〈校合する〉〈制作する〉〈改作する〉〈売買する〉といった人間の営みを〈文芸〉として広く捉えることにした。これは文学論としてではなく、文化史の一環として文学史を位置付けるには適したものではないかと判断したからである。

注

（1）高橋久子氏「御伽草子と古辞書」（『日本語と辞書』第三輯、平成十年五月）所収。

（2）史料編纂所蔵『連々令稽古双紙以下之事』（二松学舎大学21世紀ＣＯＥプログラム中世日本漢文班・田中幸江氏編『日本漢文資料　楽書篇「声明資料集」』平成十八年三月）所収。本書については翻刻者である高橋秀城氏の論考がある（『佛教文学』第三一号、平成十九年三月、『智山学報』第五六輯、平成十九年三月）。

（3）富田正弘氏「戦国期の公家衆」（『立命館文学』第五〇九号、昭和六十三年十二月）、伊東正子氏「戦国時代における公家衆の「在国」」（『日本歴史』第五一七号、平成三年六月）参照。
（4）野間光辰氏『談林叢談』（岩波書店、昭和六十二年十二月）。
（5）桑田忠親氏『大名と御伽衆』（青磁社、昭和十七年四月）。
（6）白嵜顕成氏「藤堂家と藤村庸軒、三宅亡羊」（『神戸女子大学文学部紀要』第三四巻、平成十三年三月）では藤堂家の御伽衆が西国諸大名の動向に関する情報の収集・報告を担っていたと指摘されている。
（7）拙稿「『看聞日記』の伝聞記事」（『伝承文学研究』第五〇号、平成十二年五月）。
（8）米原正義氏『戦国武士と文芸の研究』（桜楓社、昭和五十一年十月）。
（9）福井久蔵氏『諸大名の学術と文藝の研究』（厚生閣、昭和十二年五月）参照。
（10）井上宗雄氏『中世歌壇史の研究　室町後期』（明治書院、昭和四十七年十二月）、木藤才蔵氏『連歌史論考』下（明治書院、昭和四十八年四月）参照。
（11）中田徹氏「月菴一色直朝に就いて」（平成九年一月二十五日、早稲田中世の会での口頭発表）。三条西実枝の添削を受けながらも家集の自注において自説を展開し、京の権威や特定の流派に拘泥していない点を指摘する。
（12）林寿子氏「奈良絵本『ちかはる』について」（『川越市立博物館・博物館だより』第四八号、平成十八年七月）所収。
（13）本多辰次郎氏・猪谷宗吾郎氏『賢章院夫人遺芳録』（東京出版社、大正七年四月）、鹿児島市婦人會『薩藩女性史』（鹿児島市教育會、昭和十年十月）所収。本作品の伝来については岡本聡氏「『こほろぎ物語』をめぐる諸問題」（『中央大学国文』第五〇号、平成十九年三月）参照。

I

物語・謡・雑談

近世初期の公家衆と御伽
はじめに
1　読申の系譜
2　公家衆と御伽衆
3　公家衆とお伽草子
おわりに
三条西実隆の草子・絵巻読申
はじめに
1　後土御門天皇時代の実態の把握
事例の提示
分析
2　考察
読申の位置関係
時代的特色
三条西実隆と寺社縁起
まとめ
戦国期山科家の謡本
はじめに
1　山科家所蔵の謡本
五番綴
一番綴
2　禁裏における謡本の受容
3　御文庫目録と謡本

文芸の歴史的叙述は作品の変遷や影響関係が主流であるが、しかし文化史的見地からすれば、作り手と受け手との相関関係をみていくのが順当だと思う。社会の中で関連付けられて、その時代に生きている作品の姿が見えてくる。その時代のその文化の中でどう生きていたのか。

文学作品に限定すれば、それは自明なことだ。つまり読まれるためにそこに在ったのだ。ではどう読まれていたのか。室町戦国期、そして江戸初期への展開を俯瞰しようと考えてみたのが第1節「近世初期の公家衆と御伽」である。従来から文芸の担い手として主導的立場にあり、この時代もまたそうであった公家衆の文化的営為を論じたものである。その中でとくに重要な役割をした人物の一人を挙げるとすれば、間違いなく三条西実隆だろう。とりわけ、後土御門天皇時代は禁裏御本の充足化のための書写・収集活動と相俟って、物語を音読することが盛んであった。この様子を第2節「三条西実隆の物語草子読申」では明らかにしている。

禁裏での文芸の物語草子読申は慣例や故実や制約を受ける性質のものではなかったから、天皇個人の嗜好が反映されやすかったと思われる。物語草子や絵巻の聴聞を好んだ後土御門天皇に比べると、後柏原天皇はあまりこれを好まなかったようである。織豊期の正親町天皇は草子・絵巻を聴聞するよりも謡本持参の上で近臣らに謡をさせるほうを好んだとみられる。なかなか観劇できない皇族や禁裏女房衆にとっては娯楽として興あるものだったに違いない。

読申や謡のように禁裏での慰み事を担う公家は、ある程度絞りこまれる。三条西実隆や公条、甘露寺親長、中院通秀らのように古典に通じた人物が最適であった。謡に関しても、素人芸とはいえ、御前で披露するには楽の素養をもつほうがよい。十六世紀後期、この役割は山科家の言継や言経が時代に合っていたといえよう。第3節「戦国期山科家と謡本」は禁裏での謡と山科家の蔵書としての謡本との関係を論じたものである。

本章は、以上のように主として禁裏での文芸受容の在り方を論じている。その中核となるのは、天皇の近臣で、戦禍の中、長期在国せずに京にとどまった面々でもあった。彼らをいわゆる〈御伽衆〉として位置づけることができるのではないかというのがわたしの見解である。

ここでは取り上げていないが、男女の違いも重要な問題であると思う。公家社会での性差と文芸受容の問題は、今後深めていかれるだろう（恋田知子氏の一連の比丘尼御所のご研究がある。）。しかしほかの階層はむつかしいかもしれない。ただ、主君の姫君に仕えた乳母や侍女が教訓として何らかの説話・物語を用いていたであろうことは想像されるところである。

ひめ君は、よく仰せごとありけるよとて、人のおもひのつもる行く末、恐ろしさよとて、小野小町がことなどをぞ引き出だして申し侍りける。（『はにふの物語』）

ある女房たち申されけるは、歌の返歌なければ、七代口なき虫にうまるると申しければ、御返歌にいはく、

ますかがみ　かげ見るからにあこがれて　我が身も空になりぬべきかな（『厳島の本地』）

これらは男から恋文（恋歌）を贈られた姫君に対して返事をするよう諭す乳母や侍女の台詞である。一種の教訓譚として小野小町や口無き虫の話が持ち出されていることがわかる。もとよりこれらは物語世界での出来事ではあるが、現実においても姫君お付きの女性の役割の一つとして、こうした教諭も含まれていたのではないだろうか。

ほかの階層の場合、どうであったかということでは、寺院社会、たとえば直談資料や説草などを通してお伽草子との関係が論じられてきた。武家社会では将軍家や大名衆を中心に明らかにされてきている。資料的な制約で踏み込んだことがいえないのは、どの階層についてもいえることだが、何よりも民衆文化の中での文芸の意義を考えることの困難さは他に比べようもない。そのようなわけで、本章では公家文化の中での文芸受容をみていく。

近世初期の公家衆と御伽

はじめに

いつの時代も話を求める心はかならずあるものだろう。(1) 世間ではどういったことが起きているのかという世間に対する関心、何か面白いことはないかという漠然とした好奇心など動機はさまざまだが、話を聴くことは必然的に人と人との接触が前提となる。古来、みずから外を歩いて世間を知ることができず、接する人間も限られた立場にあったのが天皇や皇族であった。そのような立場にあれば、自分の目となり耳となり、かつ信頼の置ける人材が常に近くに仕えることとは、実務上も精神上も必要なことだったと想像される。

そのような近臣の例として、室町時代、古くさかのぼれば、伏見殿に近仕した世尊寺行豊・綾小路信俊・田向経兼らがまず思い当たる。(2) 彼ら近臣は、伏見の里邸時代、つねに主君の貞成親王に都鄙の様子や朝幕の動向を伝え、また四方山の話の相手となっていた。筆まめな貞成親王は彼らの伝聞したこと、見聞したことを『看聞日記』にしばしば書きとどめた。時代はくだって、後柏原天皇や伏見宮家の親王にとっての三条西実隆もまた同様の役割が与えられていた。

また話し相手ということでは、女性、中でも禁裏女房衆も出歩くことの容易でない点では同じであった。後奈良天皇・正親町天皇の時代には、山科言継が彼女たちの話し相手として重宝がられていたようである。

このように、禁裏においては天皇の近臣が実務面で外出のままならぬ主君にかわる耳目となり、見聞したことを伝える重要な働きが期待されていたことは想像に難くない。その一方で、徒然の慰みの相手としても平生仕えるべき存在であったともいえ、今ここでは後者の側面が問題となる。この立場には、家格とか家職とかに条件があったわけではない。おそらく話上手であるとか、人柄とか、主君との相性とか、至って主観的な要因が大きかったのではないかと思われる。

その慰みの御相伴ということを述べれば、禁裏では毎年さまざまな和歌・連歌の御会が行われていたから、それらの嗜みは殿上人の必須の技能だった。これらの御会は規模の大小はあれ、細かな所作まで決まった行事という面は否めない。また楊弓も文芸ではないが、同じ面をもっていた。中でも歴代中、後奈良天皇は、和歌・連歌と併せて特にこれを好み、多くの廷臣を集めて楽しんだ。それら数多くの故実に制約された集まりは、もちろん親睦の意味もこめられていたであろう。ただそういったこととは別に、ごく小人数を御所内に召して、記録に残す必要もないささやかな徒然の慰み事をすることも多かったのである。この場合、召される近臣は特定の幾人かに限られた。

本節ではそういった特定の近臣の役割が中世以来連綿と続き、それが近世初期、後陽成天皇に至って継承されるとともに新たな側面も生じてきたことを見ていこうとするものである。とりわけ興味深いと思うことに、室町期以降、禁仙では物語草子や絵巻の読申（読進とも）の習慣がみられることがある。これはおもに近臣の中でも限られたものの担うところであった。だから武家方にいう御伽衆とは性格が違うとみるべきで、それゆえに、中世、この呼称は用いられて来なかったのだろうと思われる。ところが後陽成・後水尾天皇朝の頃になると、禁仙でも「御伽之衆」と呼ばれる人々が現れる。彼らの職掌は何か、また、中世後期以降の読申はどのように展開していったのか、これが本節の主な問題点である。
なお、近世初期とは、ここでは織豊期から江戸初期をいう。言い換えれば、後陽成天皇朝から後水尾天皇の退位前後の寛永期までを範疇とする。

1 読申の系譜

まず、禁裏や仙洞御所における御伽の一種として近臣による物語・雑談《ぞうたん》がある。より近世的には咄・雑談という括り方もできるが(3)、ここでは便宜、〈談話〉と総称しておきたい。そしてこの談話とともに重要なものと思われるものに読申がある。「読申」という熟語が成立していたかどうかは課題として残るが、まずはその大まかな流れを述べておきたい。
十五世紀前期、後小松天皇の頃から禁裏では物語草子を積極的に受容するようになっていった。後花園天皇時代の読申記録は少なく、実態がつかめないが、『看聞日記』の記録からすれば数々の絵巻等を披見する機会が多く、近臣に読申させることが多かったことと思われる。そして後土御門天皇の時代の禁裏では数多くの作品を収集・借覧、あるいは制作しており、受容の在り方としては披見・読申のかたちをとることが多かった。当天皇は物語草子の読申聴聞を好んだ。古記録を渉猟するに、読申の担い手としては、左に示したように、主として甘露寺親長や中御門宣胤、三条西実隆、中院通秀らがおり、とくに世代的に若く、学才に秀でた実隆が中心となっていた。また親王が参内して読み上げることもあった。

〈後土御門天皇朝の読申対象〉

三条西実隆…善光寺絵之詞・本願寺縁起・知良奴桜・秋夜長物語・平家物語・石山寺縁起絵・誓願寺縁起・こほ

う大師の御ゑ・清少納言枕□小絵・玄奘三蔵絵・延朗上人絵・承久物語・太平記・春日権現霊験絵・長谷寺縁起・高陽院行幸競馬絵・東大寺執金剛神絵・石地蔵絵・介錯仏子絵詞・毘沙門縁起

甘露寺親長…太平記・地蔵験記絵・保元物語・善光寺縁記

中御門宣胤…春日権現霊験絵

中院通秀…某絵詞

勝仁親王（後の後柏原天皇）…いなはたうのゑんき

青蓮院尊鎮法親王…光明真言絵詞

読申の場としては特定の場所があったわけではない。常御所・黒戸・議定所・御学問所など、通常、天皇と近臣とが接する場所を利用していた。もちろん、聴聞には天皇だけでなく、禁裏女房衆や公卿が同席することもあった。『実隆公記』延徳二年（一四九〇）五月十七日の条には次のようにある。

朝飡之後参内。於黒戸、件絵詞読申之。自第一至第十、予読申之。自第十一至十三、中御門大納言読申之。又自十四至廿、予読申之。諸卿済々参入。甚深之霊験、画図又神也妙也。流随喜之感涙者也。（下略）

「件の絵詞」とは『春日権現霊験絵』のことである。この事例などは単に徒然として物語が読み上げられることだけではなく、神仏の崇高さを再確認するかの如く霊験譚が絵とともに大勢の公家衆の前で受容されていたことを示すものだろう。もっともこれは縁起絵巻であって物語絵巻とは性質が異なることはいうまでもない。この時期の詳細については本章第2節に譲ることにしたい。

さて、後土御門天皇の後を継いだ後柏原天皇は読申という営みにあまり関心を持たなかったようである。実隆を御前に召すことは度々であったが、読申させることはなく、むしろ談話を好んだ。たとえば『実隆公記』文亀二年（一五〇二）四月二十三日の条には次のようにある。

　当番未下刻参入。於御学問所、暫御言談。

当番として参内したとき、御学問所で暫く談話のお相手をしたという。また同記永正六年（一五〇九）十二月二十日の条。

　小時参御前御三間、数刻御言談之後、三献有盃酌。

御三間で暫く談話のお相手をしたという。

後土御門天皇ならば近臣との交遊時間を読申に割くことがあったのだが、後柏原天皇は談話に割いたのである。つまり、読申が談話に取って代わられたわけで、この点、読申と談話とは宮廷生活の上で同等の価値が与えられていたとみられるのではないだろうか。この読申と談話との価値の同等性は、禁仙における御伽衆を考える上で重要ではないかと思われる。

続く後奈良天皇・正親町天皇期には山科言継・言経父子や三条西公条が読申の担い手の代表的存在となったようである。公条は禁裏における古典学の第一人者として活躍し、また和歌御会の主導的存在でもあったから、寺社縁起のような神仏との結縁となる読申行為の読み手としては実隆の後継として最適であったろう。

しかし山科言継の場合はどうか。父言綱も祖父言国も読申とは縁のない人物だった。だから言継の役割は家系的な必然ということではない。言継は実隆と違って寺社縁起よりも世俗的な物語草子、すなわちお伽草子を主に扱っていた。おそらく天皇が学問指南もできる実隆、ついで公条に期待したものと、医者の顔をもつ言継に期待したものとに違いがあったのであろうと思われる。

山科家は本来装束と管絃（笙）とを家職とする家であるが、父言綱のころから医業にもかかわるようになった。言継・言経父子は、医療の心得があったので、禁裏では女房衆の検診も行なっており、日常的に接する立場であったからであろう、物語草子や歌草子などを貸したり、書き遣わしたりすること、しばしばであった。禁裏女房衆や公家衆に対する書写・貸借等の記事は毎年の日記に夥しく記されているが、それは文芸関係の蔵書の豊富さによるのだろう。

中でも当時の山科家の蔵書中、際立つのは謡本である。所蔵総数や書型は不明ながら、山科家には二種類の謡本があった。詳細は本章第3節に譲るが、これらが禁裏での謡に用いられたことは言継・言経の家乗から明らかである。

ここで注意したいのは、正親町天皇が謡に執心で、近臣、就中、言継や言経を召して謡わせていたことである。たとえば『言継卿記』永禄十年（一五六七）十二月三日の条には次のようにある。

音曲之本持参。四五番地声。御酒有之。後高声音曲有之。

このときの様子は『御湯殿の上の日記』の同日の条にも見える。

おか殿、よるなりて、山しな、みなばんしゆにうたはせらるゝ。

言継は「音曲の本」すなわち謡本を持参し、四、五番謡ったという。この日は皇女の岡殿が参内したので、座興として言継を召して番衆ともども謡わせたということだろう。番衆は基本的に三人組なので、四人で謡ったものと思われる。この事例のほかにも言継が謡本を持って参内することが多くあったから、御前での謡に関しては重要な人材として認められていたものと考えてよいだろう。

このように天皇の御前で素人である公家衆が謡をするのはどういうことだろうか。酒宴での座興ということもあったであろうが、右の事例は小人数の小規模な内々の集いの観がある。記録はおおむね簡略で、動機が明瞭なものは少ない。そこで飛躍はするが、次の『毛吹草』の記述が参考になると思われる。すなわちその巻第三「付合」の「伽」の項に次のように記されている。

伽　遊女　座頭　貴人病人前　日待之類　はふこ　産所

ここに「貴人・病人の前」とある。つまり伽とは「貴人・病人の前」で行うことが一般的認識であったことが知られるのである。『言継卿記』永禄十年十一月十六日の条はその好例といえよう。

自禁裏、召之間、午時参内。御徒然之間、如此。御湯殿之上に参。御少験云々。御食事少出来。御熱尚残云々。予・晴豊・雅英等也。音曲之本召寄、地声に七番諷了。御前之御跡、各賜之。戌刻退出了。

「晴豊」とは勧修寺晴豊、「雅英」とは白川雅英のこと。日中、禁裏からお召しがあったので参内。動機が徒然なのでということが明記されている。病気は回復に向かいつつある段階であるが安静にいることが求められる時期なので、身動きもままならない。そこで近臣を召して謡をさせたものと読み取れる。

貴人や病人と伽との関連性については、夙くに桑田忠親氏が紹介するところである(4)。すなわち『多聞院日記』永禄十一年（一五六八）一月二十日の条に次の記事がみられる。

紲《ホタシ》ホタサル、人ニホタシ打時ノ也。伽《トキ》人ノ徒然ナントノ時ノトキ也。

一説ニハ似吾《トキ》、如此音ト申説あり。可尋之。

貴人や病人の徒然を慰めるための営みが伽だということである。具体的には今見てきた謡がそれであり、それから読申、そして談話があげられるであろう。つまり謡と読申と談話とは、伽として同等の側面が認められるといえよう。古くさかのぼるが、『看聞日記』永享五年（一四三三）閏七月二日の条には次の記事が見える。

持経祗候。双子《物語》持参読之。違例慰ニ聴聞。今日不発、於于今落歟。

近臣の一人源持経が物語草子を持参して貞成親王の御前で読んだという。持経は主君の病気の慰みとして読申に参ったのである。また同記永亨十年（一四三八）六月七日の条には次のようにある。

抑内裏より地蔵験記絵一合六巻給。室町殿御絵云々。此間御不予本復御養性之間、御つれ〳〵なくさめニ絵有御尋。是へも奉。雖相尋未出来。室町殿へ被申間被進云云。（中略）殊勝絵也。地蔵験記流普絵ニハ聊替所あり。同事もあり。

後花園天皇が病気から回復しつつある静養期間に、将軍義教から『地蔵験記絵』全六巻が送られてきたという。これもまた徒然の慰みのためであった。もっともここからは慰みとして物語を聴聞することよりも、絵巻の絵を見ることに主眼があったようである。とはいえ、絵を見るにしてもその物語性を理解するには読申聴聞の補助があったほうがいいわけで、次に示した『十輪院内府記』文明十二年（一四八〇）八月二十二日の条のごとく、おそらく近臣の誰かに読申させていたものと想像される。

番参。於御前有御物語。又被読絵詞。絵方成御前逆読之也。

中院通秀は番に参って、まず御前で談話をした。その後、作品名不詳の絵巻を読申した。天皇は絵を御覧になり、自分は逆さに本文を読んだという。これは物語を楽しみつつ、絵を鑑賞する場合の受容方法で、先の後花園天皇の例も同様のかたちを採ったかは分からないが、絵を楽しむといっても絵巻（絵詞）の場合は、多く、本文内容の理解が同時に行われたものと思われる。

ともあれ、このように、室町期の皇室では読申が御伽として行われていたとみることができる。次の『言経卿記』天正十六年（一五八八）八月十六日の条は、病人の前での談話と読申とを兼ねる例である。

興門ヨリ可来之由有之。少所労也トテ也。種々雑談了。次鴉鷺物語半分計読之。

興正寺門主佐超から、少しく所労、すなわち風邪気味だから来るようにと言伝があった。佐超に対して言経がしたことは談話の相手であり、ついで異類合戦物のお伽草子である『鴉鷺物語』を読むことであった。もちろん医療の心得のある言経に求められたのは体調を診ることもかねていたはずで、そのついでに談話と読申とをしたと理解すべきであろう。

一体、山科言継・言経が謡・談話・物語草子の読申・貸与に関わっていたのは、医師としての側面があったからではないだろうか。後でみる西洞院時慶もまた時直以前、後陽成天皇の談話の相手として召されることが多かった。日記中にも物語草子の記事が散見されるのは、時慶に医師としての面があったからだろうか。患者が病に苦しんでいるときは、謡・談話・読申などを楽しむ余裕はないから無用であろうが、回復期の静養期間は病床に臥して暇を持て余すことになる。その際の徒然の解消をすべく、これら談話や読申の技能を持っていたのではないか。そう考えると、御伽の役として医師が一般に見られることは故あることだったと思われる。

以上、これまで見てきたところから、その時々の天皇の嗜好によって比重はかわるものの、〈読申〉〈談話〉〈謡〉は、禁裏において御伽として同等の価値が与えられていたと考えてよいかと思われる。

2　公家衆と御伽衆

次に御伽衆としての公家衆について考えてみたい。

御伽としては、今日的な理解からすると、談話が第一に挙げられるが、しかし「伽」の用例からすると、この語の〈話〉の要素は一面的である。そればかりではない。一般に、御伽衆には僧侶・儒家・武家・連歌師・医者・茶匠・検校など多様な身分の者がなり、それぞれの特性を発揮することが期待された。

武家層では主人と同等の境遇の御伽衆もいた。武田氏に近侍した上杉憲政の一族の光沢寺実了や織田信長の叔父犬山鉄斎などがそれで、この慣習は近世にも続いた(5)。御伽衆のうちには豊富な蔵書を持つ者も多く、博識を以て知られる人物に後水尾院の御伽を務めた相国寺の鳳林承章（勧修寺晴豊男）や藤森神社の赤塚芸庵《うんあん》がいるが、彼らの日記からは、この点、窺知されるところである。また徳川将軍家の典薬である今小路家の蔵書は今日でも伝世するところである。(6) 彼らのうちにはお伽草子作品の成立に何らかの関わりを持っていたものもあり、江戸前期の『魚太平記』はそういった医師の一人である尾張藩藩医小見山道休（延宝元年頃没）が著したものである。(7)

御伽衆はその特性を以て主君に仕え、啓発し、また知識や情報をもたらす側面がある。談話はそのための手段の一つであって、談話をすることのみがすなわち御伽というわけではない。武家は戦の経験を語り、医師は日々の検診をし、茶人は茶道の指南をし、また社交術としての茶道を活かして様々な情報をもたらす。(8) 同様に、山科言継は天皇の要望に応えるべく管絃の素養を応用して謡の造詣を深めたといえる。言経はその業を発展させたのである。(9)

公家社会での御伽に限ってみると、御伽自体は中世前期から事例が見られ、同等の営為は平安期にはすでに行われていたが、(10) 禁裏においては談話の相手を御伽衆と呼ぶ習慣はなかった。

前節で取り上げた禁仙における読申を御伽の一種と捉えるならば、読申とは、室町初期、後小松天皇の頃から盛んになり、後土御門天皇朝を最盛期とし、後奈良天皇の頃に衰えていった、平生の物語文芸受容の一形態であったといえるのではないかと思われる。正親町天皇はこの時間を謡の聴聞や近臣との談話に割き、続く後陽成・後水尾両天皇はもっぱら談話に費やしていったかと思われる。

さて、後水尾天皇朝では鳳林承章や赤塚芸庵は宮廷人ではないが、御伽として参仕した。公家衆としては西洞院時直・土御門泰重・山科言緒らが明確に御伽の衆との呼称を与えられていた。以下に具体的な事例をみていきたい。

まず『時慶記』慶長十九年（一六一四）十月十六日の条に次のようにある。

院御所ヨリ被召候。八条殿御成也。御相伴、御振舞在之。午刻ヨリ及夜。種々御物語聴聞。夜、又田楽アリ。山科・安倍泰重等被召候。

「院御所」とは後陽成院の御所、「八条殿」とは八条宮智仁親王、「山科」とは山科言緒、「安倍泰重」とは土御門泰重である。午の刻、すなわち昼から夜に及ぶまで西洞院時慶は話し相手として祗候したという。同じく山科言緒・土御門泰重も召された。また『泰重卿記』慶長二十年（一六一五）一月十三日の条には次のようにある。

庚申也。従院御所召、院参。其以後従禁中召、参内。則二月ヨリ御稽古、諸芸共ニ、其内予ハ御読書・御手習・御連哥之御人数ニ被加也。楽・御謌会ハ重而望可申候也。此夜夜明之時分退出也。自他御とぎ衆苦疲也。

すなわち庚申待の日に院御所に参った土御門泰重は、それに続いて禁裏に参内。この日は夜明けまで参仕し、自分や他の「御伽衆」は疲弊したという。庚申の御伽としては同記元和元年（一六一五）八月十六日の条にも記録がある。

御庚申、依召院参。予・西洞少納言・山科三人、御とぎの衆也。

泰重と西洞少納言、すなわち西洞院時直と山科言緒との三人が「御伽の衆」として院参している。禁裏でも御日待の御伽に召されたこと（同記元和二年（一六一六）五月十三日の条など）や院御所での御日待の御伽に召されたこと（同記元和二年十月十五日の条など）が見られ、当時の禁仙で御伽は必要な役割であったことが知られる。

ところでこの時期、公家の亭では月待や庚申の晩に客人を招く習慣があった。『時慶記』には関連記事が多く見出されるが、おおよそ特定の人物が来訪することになっていたようである。禁仙や宮家でもまた、平生とは別に医師や僧侶など宮廷外の人々も御伽に召されることもあり、談話や囲碁などに興じたもののようである。『泰重卿記』元和二年（一六一六）十月十五日の条には次のようにある。

仙洞へ御日待のとぎ衆院参。公家ニハ予・西洞院少納言也。医師かう庵・しゆとく庵・ほんにん房師弟子・叡山びやくかうゐん、棋子を囲。皆ほんにん御房ハ天下名人也。残ハ先棋二棋也。皆々見物仕候也。此夜禁中ニ御鬮

　取在之由承及候。

仙洞御所に御日待の御伽衆として院参したのは公家では土御門泰重・西洞院時直の二人だが、このほか医師など数名も参ったとある。

また平生の御伽の事例としては、同記慶長二十年一月二十三日の条があげられる。

辰刻従仙洞召。即刻院参。予・西洞院時慶卿・言緒朝臣、長日御雑談。夜半過、鶏鳴之時分マデ御はなしミ（候カ）。予・山科ハ御前ニ在之也。西洞院初夜時分ニ退出也。

辰の刻、すなわち午前八時頃、仙洞から召しがあり、即刻参上。長日談話をした。夜半過ぎ、夜明け時分まで泰重と言緒とは話し相手となった。時慶だけは早々に退座したという。この日のことは『言緒卿記』にも見られ、この三人が院御所で談話したとある。話し相手といっても、相当の重労働であったことが察せられる。

このような御伽の記録を慶長二十年に限って整理すると、次のようにまとめられる。この年は西洞院時慶から時直に交代する時期なので、時慶・時直父子の両方が出てくる。またこの三人衆は、このほかに聯句などで院参することがあるが、今は省略する。

1・13庚申	言緒・泰重	
1・23	言緒・泰重・時慶	…御はなし（御雑談）
2・6	言緒・泰重・その他	…御雑談・聯句
2・13	言緒・泰重・時直	…傀儡見物
3・6	言緒・泰重	…御雑談
5・14庚申	泰重・時直	＊言緒は禁裏出仕

6・12　　言緒・泰重
7・6　　言緒・泰重・時直　　　…御雑談
8・16庚申　言緒・泰重・時直・その他…昼源氏御講、夜御雑談
10・17庚申　言緒・泰重　　　…御雑談・棋将棋

さて、これらの事例から知られるように、後水尾天皇朝に至ると、主として談話の相手として召される者を御伽の衆といっていた。近臣は手習・和歌の稽古の人数となることが求められていたが[11]、稽古の衆と御伽の衆とは同じ近臣であっても、区別しておくべきだろう。慶長十八年の法度によって稽古が制度化され、近臣は稽古の人数に加えられることになる。一方、御伽は日待・月待・庚申待に限らず、召しに応じて参り、主として談話の相手をする役のことであった。この点、室町期の近臣の中でも三条西実隆や山科言継など限られた公家衆と変わらないだろう。特徴的なことは、その話し相手に「御伽の衆」という呼称が付けられるようになったことである。禁仙での御伽衆という呼称は、戦国期の各地の大名の組織の中にいた御伽衆の名称を流用し、近世初期（織豊期の頃からか）に使われるようになったものかとも思われるが明確なところはわからない。

3　公家衆とお伽草子

最後に簡単に近世初期の公家衆とお伽草子とのかかわりについての私見を述べておきたい。

公家社会といっても、人口の上からは微々たるものである。しかも当時のすべての公家に読み書きの能力があり、さらに文芸に関心があったわけではない[12]。儒医江村専斎（永禄八年生―寛文四年没）は『老人雑話』に次のような話を載せている。

老人少年の時、洛中に四書の素読教る人無之。公家の中、山科殿知れりとて、三部を習ひ、孟子に至りて、本を人に借し置たりとて終に教へす。実は知さる也。

専斎の少年期の懐旧談であるから、元亀・天正年間のことだろうか。そのころ京都には四書の素読を教えられる人がいなかった。ただ山科言継は知っているというので、『論語』『大学』『中庸』を教わったが、しかし『孟子』に至って本を貸しているとの理由から教えてくれず仕舞いとなった。実は素読の能力がなかったのだと専斎はいう。

この逸話がどれだけの真実を伝えているかは定かでないが、当時の公家社会における学芸の低迷は察せられる。文明・応仁の大乱以降、百年の間、在国の公家衆が多く、まともに修学できなかった時代の中で成長した人々である。学識深い公家が数えるほどしかいなかったのは真実ではないかと思われる。その状態を改善するためにも後陽成天皇が力を注いだ学芸奨励は効果的であったろう。後陽成・後水尾両天皇はそれ以前の天皇と違い、主君として物語を聴聞するという、〈聴く文芸〉の受容よりもむしろ、自らが近臣に『源氏物語』や『伊勢物語』を語って聴かせ、講釈していたのである。さらに出版事業を主導するほどで、当該期の文化の中核となっていた。

読申の対象となっていた寺社縁起や物語草子はどうであろう。縁起類は別として、お伽草子関連記事は、江戸時代に入ると、言緒・言行ら山科家当主の日記からも見出されなくなり、公家の記録全般からも減少する。西洞院時慶の個人的読書や貸与、くだって日野輝光と阿野実宇との貸借の記録など僅かの事例しか見出されなくなるのである。

山科言経が、慶長三年（一五九八）、許されて帰洛してからは、内裏女房衆に物語草子の書写・貸与はしても読申はしなかった。これは公家社会にお伽草子の類を読み興じる慣習が、言経不在の間に消えていった結果ではないか(13)。

後奈良天皇や正親町天皇の時代は禁裏においても寺社縁起の絵巻や通俗的な物語草子の小絵の制作、物語草子の読申が日常的に行われていた。それが後陽成天皇朝を経て江戸時代になると、禁裏ではそのような営みがなされなくなってきたのではないかということである。つまり禁裏のお伽草子受容にも盛衰があるわけであり、その一端をここにみてとることができるのではないかと思われるのである。後陽成・後水尾両天皇の古典志向はかえって『源氏物語』や『伊勢物語』の比にならない近き世の群小の物語草子、つまりお伽草子への関心を減退させたのかも知れない。その一方で、廷臣による禁裏以外での世俗的な物語草子の読申は、戦国期の頃から女性の物語草子の受容として波及していったのではないかと思われる。山科言経は興正寺門主佐超室（言経妹）など女子に、西洞院時慶は近衛信尹母（慶長八年五月八日『平家物語』）に、土御門泰重は中和門院（後水尾院母后）に読申する事例が見られる。

おわりに

以上、近世初期の公家衆の御伽に至る近臣の活動の展開とその実態についてみてきた。最後に整理しておきたい。室町期、近臣の中でも限られた人材によって行われてきた天皇の御前での物語草子の読申は、戦国期、正親町天皇の頃、ほとんど行われなくなったようである。その正親町天皇朝では、これにかわって近臣によって御前での謡が主流となっていた。

近世初期、後陽成天皇が限られた近臣に求めたものは、読申や謡もあったであろうが、それよりも談話が主であった。後水尾天皇もまたこの近臣との関係を継承した。御伽に召される人々ということで、これは「御伽の衆」と呼ばれた。ただしこの呼称は固定的な官職名ではない。

狭義には、近世以前、近臣のなかでも読申や談話・謡の担い手として召されていた限られた公家衆を、呼称こそ与えられていないが、禁仙における〈御伽衆〉と捉えてよいのではないだろうか。禁仙で「御伽衆」という語が使われだすのは後陽成天皇朝の頃からのようである。とくに退位後（慶長十六年―元和三年）の院参衆（山科言緒・土御門泰重・西洞院時慶・時直父子ら）を指して用いたようである。これと同じ性格を、さかのぼって山科言継・言経父子、三条西実隆ら読申や談話の担い手であった人物にも認めてよいのではないかと思うのである。

「寛永文化の特異性は公家・武家・町人などが身分の隔りをこえて精力的に交流したことにつきる」[14]といわれるように、近世初期の禁仙には様々な身分の人々が御伽に召されるようになる。この点、先に示した『泰重卿記』元和二年（一六一六）十月十五日の条や、下って鳳林承章の『隔蓂記』や赤塚芸庵の雑記にみえる後水尾院御所の様子から、彼ら非公家衆が禁仙における広義の御伽衆と看做されるであろう。室町戦国期、禁裏での連歌の御会に召されるような連歌師が談話や囲碁のために庚申の晩に召されることはなかった。公家以外の御伽衆の活動は、近世初期の新たな展開と見ることができようか。

注

（1）拙稿「街談巷説—都鄙のうわさ話—」（『国文学　解釈と教材の研究』第四八巻第一一号、平成十五年九月）所収。

（2）拙稿「『看聞日記』の伝聞記事」（『伝承文学研究』第五〇号、平成十二年五月）所収。

（3）小林幸夫氏『咄・雑談の伝承世界』（三弥井書店、平成八年六月）。

（4）桑田忠親氏『大名と御伽衆』（青磁社、昭和十七年四月）。

（5）桑田氏前掲（4）書。

（6）福田安典氏「武田科学振興財団杏雨書屋蔵『今小路家書目録』について—お伽の医師の蔵書—」（『芸能史研究』第一二九号、平成七年五月）所収。なお、お伽草子類は見られない。

（7）田尻紀子氏「『魚太平記』について」（『魚太平記—校本と研究』、勉誠社、平成七年二月）所収。

（8）白嵜顕成氏「藤堂家と藤村庸軒、三宅亡羊」（『神戸女子大学文学部紀要』第三四巻、平成十三年三月）では藤堂家の御伽衆が西国諸大名の動向に関する情報の収集・報告を担っていたと指摘されている。

（9）拙稿「山科言継と連歌」（『芸能文化史』第二四号、平成十九年七月）所収。

（10）市古貞次氏「御伽の文学」（『中世小説とその周辺』東京大学出版会、昭和五十六年十一月）所収。

（11）本田慧子氏「後水尾院の禁中御学問講」（『書陵部紀要』第二九号、昭和五十二年三月）所収。

（12）『時慶記』文禄二年（一五九三）一月二十三日の条に次のようにある。

初而孝経ヲ見□。侍従ニ読テ聞セ候。

「侍従」とは父時康のこと。時慶はこのとき四十三歳であった。『孝経』を初めて見たというのは、この年初めて繙いたということだろうか。

（13）後陽成天皇の文学活動については林達也氏「後陽成院とその周辺」（近世堂上和歌論集刊行会編『近世堂上和歌論集』明治書院、昭和六十四年四月）、後水尾天皇のそれについては鈴木健一氏『近世堂上歌壇の研究』（汲古書院、平成八年十一月）、久保貴子氏『後水尾天皇』（ミネルヴァ書房、平成二十年三月）に詳しい。

（14）熊倉功夫氏「公家衆の生活と文化」（『寛永文化の研究』吉川弘文館、昭和六十三年十月）所収。

〈引用資料〉御湯殿の上の日記・実隆公記・言継卿記→続群書類従完成会翻刻／看聞日記→続群書類従／多聞院日記→続史料大成／言経卿記→大日本古記録／時慶記→臨川書店翻刻及び京都府立総合資料館写本／教言卿記・泰重卿記→史料纂集／通村記→京都大学附属図書館写本／毛吹き草→ゆまに書房影印／老人雑話→史籍集覧

※引用に際しては便宜表記を改めた。

三条西実隆の草子・絵巻読申

はじめに

〈読申〉あるいは〈読進〉という表現はあまり知られていない。そもそも熟語として成立していたものかどうか、実のところ確証がない。ただし室町・戦国期の記録からはこの語が見出されるから、術語として用いる分には差し支えないと考える。

〈読申〉とは第一に書籍を音読することで、その意味では玉上琢弥氏の物語音読論が想起されるところだろうが、単に音読するということでも、また音読行為を作品読解に反映させるという抽象的な概念でもない。すなわち〈読申〉とは「読み申す」、あるいは「読み進らす」という音読行為の謙譲表現をさすものであり、すなわち自分よりも上の身分の人に対して書籍を読んで聞かせる行為なのである。

これがいつからおこなわれていたか。『源氏物語』の昔からあったものと思われるが、わたしはこれを公家社会における〈御伽〉として捉えられないかと考えている。すなわち天皇や皇族に対して近臣が物語作品を読むことの意義を、文化事象としてしっかり考えてみたいのである。

室町期以降の大まかな流れは、前節「近世初期の公家衆と御伽」で述べたが、簡単にくりかえしておこう。室町期の天皇家は将軍家の嗜好と相俟って絵巻に強い関心を示すようになり、後花園天皇は父宮貞成親王譲りで、古くは芳賀幸四郎氏(2)や森末義彰氏(3)なども述べられているように、この種の作品を積極的に受容していた。その受容の一方法として読申もまた盛んになっていったと思われる。続いて帝位についた後土御門天皇も精力的に草子・絵巻の借覧・収集・書写をおこなっており、そのような状況下にある禁裏に仕えていたのが三条西実隆その人だったのである。

それゆえ、本節では、資料的に充実している実隆の読申の実態をおさえ、それを歴史的に位置づけてみたいと考えている。

さて、三条西実隆は十五世紀後半から十六世紀前半にかけて、京内外の文化面に影響を与え続けた公家である。実隆が後土御門天皇や後柏原天皇等に近仕して和歌・連歌・聯句や古典学について主導的役割を果たしてきたこと、また政治的に果たしてきた役割、生活の実態については、これまでの研究によって明らかにされてきている。平生、実隆は天皇に近仕して公務上の相談役を担うかたわら、談話の相手や物語草子・寺社縁起の読申をおこなうことがあった。

読申をめぐって、ひろい観点から先行研究を押さえておくと、公家社会における物語草子を〈聴く〉という受容の在り方をめぐる考察や言及がみられる。中でも積極的な意義を見出しているものに徳田和夫氏と恋田知子氏のご研究がある。すなわち徳田氏は絵と詞書との関係、また絵巻の詞書読申による受容の歴史など幅広く論じている(4)。一方、恋田氏はとくに十五世紀前半以降の比丘尼御所で、物語草子が貸し借りされ、読まれ、所蔵されていたという、受容の実態を明らかにしており、その中で音読についても言及されている(5)。

ここではそれらの成果も踏まえ、三条西実隆の読申について、とくに後土御門天皇朝に限定してみていきたいと思う。というのも、後柏原天皇朝においては読申をめぐる環境が大きく変化してしまうからである。

1　後土御門天皇時代の実態の把握

事例の提示

まず、後土御門天皇時代の読申の記録をまとめた。この中には実隆以外の人物も混じっている。記号はそれぞれa時刻／b場所／c読申者／d聴衆／e対象作品／f典拠／g備考を意味する。

年月日	a時刻	b場所	c読申者	d聴衆	e対象作品	f典拠	g備考
一四七四 文明6・2・10	a時刻	b場所	c読申者	d聴衆	e太平記	f典拠	g備考
一四七四 文明6・2・18	a時刻	b場所	c読申者	d聴衆	e太平記	f典拠	g備考
一四七四 文明6・2・21	a?	b御前	c甘露寺親長	d天皇	e太平記第四巻	f親長卿記	g3・18条参照
一四七四 文明6・2・22	a?	b御前	c甘露寺親長	d天皇	e太平記第四巻	f親長卿記	g－
一四七四 文明6・2・29	a夜	b御前	c甘露寺親長	d天皇	e太平記第十巻	f親長卿記	g－
一四七四 文明6・3・17	a夜	b（御前）	c甘露寺親長	d天皇	e太平記第十六巻	f親長卿記	g－
一四七四 文明6・3・18	a夜	b（御前）	c甘露寺親長	d天皇	e太平記第十七巻	f親長卿記	g－
一四七四 文明6・3・19	a?	b（御前）	c甘露寺親長	d天皇	e太平記第十八巻	f親長卿記	g－
一四七四 文明6・3・22	a?	b御前	c甘露寺親長	d天皇	e太平記第十八、十九巻	f親長卿記	g召
一四七四 文明6・3・24	a?	b（御前）	c甘露寺親長	d天皇	e太平記	f親長卿記	g－

一四七四 文明6・3・27	a 夜	b 御前	c 甘露寺親長	d 天皇・民部卿・俊量・山科言国・女中	e 地蔵験記五巻（親長）・ヂザウノ御絵ノ詞（言国）	f 親長卿記・言国卿記	g 召
一四七五 文明7・7・18	a 晩	b（御前）	c 三条西実隆	d（天皇）	e 善光寺絵之詞	f 実隆公記	g 召。7・17「善光寺縁起絵三巻一覧之」
一四七五 文明7・7・28	a 昼間	b 入江殿（三時知恩寺）方丈	c 三条西実隆	d 入江殿	e 善光寺絵詞	f 実隆公記	g －
一四七五 文明7・10・29	a ？	b 御前	c 三条西実隆	d 天皇	e 本願寺縁起	f 実隆公記	g －
一四七五 文明7・11・1	a 子刻	b 東向の中間	c 三条西実隆	d 天皇	e 知良奴桜	f 実隆公記	g 召。「物語双紙」
一四七五 文明7・11・10	a 夜	b 竹園	c 三条西実隆	d 勝仁親王	e 秋夜長物語	f 実隆公記	g －
一四七五 文明7・11・11	a 夜	b 御前	c 三条西実隆	d 天皇	e 宇治大納言物語第一等	f 実隆公記	g －
一四七五 文明7・11・12	a 晩頭・夜	b（御前）	c 三条西実隆	d（天皇）	e 宇治大納言物語第四	f 実隆公記	g －
一四七五 文明7・11・13	a（如昨日）	b（御前）	c 三条西実隆	d 天皇	e 宇治大納言物語	f 実隆公記	g －
一四七五 文明7・11・14	a 子刻	b 御学問所	c 三条西実隆	d 天皇	e 宇治拾遺物語	f 実隆公記	g 召。「庚申可令守給」
一四七五 文明7・11・19	a 夜	b 御前	c 三条西実隆	d 天皇・西坊城顕長	e 宇治亜相物語	f 実隆公記	g －
一四七五 文明7・11・20	a ？	b 竹園	c 三条西実隆	d 勝仁親王	e 平家物語	f 実隆公記	g －

一四七五 文明7・12・1	a ?	b 御学問所	c 三条西実隆	d 天皇	e 物語双紙	f 実隆公記	g ―
一四七六 文明8・2・3	a 昼間	b 御前	c 三条西実隆	d 天皇	e 石山寺縁起絵四巻	f 実隆公記	g 勅約
一四七六 文明8・2・13	a 夜	b 御前	c 三条西実隆	d 天皇	e 発心集一巻	f 実隆公記	g ―
一四七六 文明8・3・13	a ?	b 長橋局	c 三条西実隆	d 長橋局	e 平家物語第一、二巻	f 実隆公記	g ―
一四七七 文明9・1・23	a ?	b 御前	c 甘露寺親長	d 天皇	e 善光寺縁記上巻	f 親長卿記	g 番
一四七七 文明9・8・14	a ?	b（御前）	c 三条西実隆	d（天皇）	e 誓願寺縁起一巻	f 実隆公記	g 番
一四七七 文明9・11・11	a 夜	b（御前）	c 甘露寺親長	d 天皇・御比丘尼（安禅寺宮）	e 保元物語	f 親長卿記	g 召
一四八〇 文明12・3・15	a ?	b ?	c 三条西実隆	d 女房衆	e こほう大師の御ゑ（御湯殿）・大師絵（十輪院）	f 御湯殿上日記・十輪院内府記	g 『実隆公記』欠
一四八〇 文明12・8・22	a ?	b 御前	c 中院通秀	d 天皇	e 絵詞	f 十輪院内府記	g 番
一四八〇 文明12・9・3	a ?	b 御前	c 中院通秀	d 天皇	e（某絵詞）	f 十輪院内府記	g 番
一四八一 文明13・1・24	a 夜	b 御前	c 三条西実隆	d 天皇・権大納言典侍・勾当内侍・滋野井教国等	e 狭衣物語第一	f 実隆公記	g「為校合」。これは読み合わせ作業ゆえ、第二以降、省略。
一四八三 文明15・9・5	a 夜	b 御前	c 三条西実隆	d 天皇	e 清少納言枕□小絵三巻	f 実隆公記	g ―
一四八五 文明17・10・25	a 夜	b 御前	c 三条西実隆	d 天皇	e 太平記	f 実隆公記	g ―

一四八五 文明17・10・28	a ?	b （御前）	c 甘露寺親長	d 天皇	e 太平記剣巻	f 親長卿記	g 召。「書誤之処付注紙了」
一四八六 文明18・3・15	a 晩	b （御前）	c 三条西実隆	d 天皇	e 太平記第一	f 実隆公記	g 番
一四八八 長享2・8・13	a ?	b 三間庇	c 三条西実隆（九巻）・聯輝軒就山（三巻）	d 天皇	e 玄奘三蔵絵十二巻	f 実隆公記	g 召
一四八八 長享2・8・28	a 夜	b 常御所庇	c 三条西実隆	d 天皇	e 太子伝一冊（第六～十）	f 実隆公記	g 召
一四八八 長享2・9・3	a 夜	b 御前	c 三条西実隆	d 天皇	e 延朗上人絵	f 実隆公記	g 召
一四八八 長享2・9・8	a 夜	b （御前）	c 三条西実隆	d 天皇	e 延朗上人絵詞	f 実隆公記	g ―
一四九〇 延徳2・5・17	a （昼間）	b 入江殿（三時知恩寺）	c 三条西実隆	d 入江殿	e 承久物語・太平記	f 実隆公記	g ―
一四九〇 延徳2・6・6	a ?	b 入江殿（三時知恩寺）	c 三条西実隆	d 入江殿	e 太平記第一～四	f 実隆公記	g 「連々御所望之間所参入也」
一四九〇 延徳2・7・22	a 日中	b 黒戸	c 三条西実隆（第一～十・十四～廿）・中御門宣胤（第十一～十三）	d 天皇・諸卿（内々衆・外様衆）	e 太平記第五	f 実隆公記	g ―
一四九〇 延徳2・8・14	a ?	b 入江殿（三時知恩寺）	c 三条西実隆	d 入江殿	e 太平記第五	f 実隆公記	g ―
一四九〇 延徳2閏8・17	a ?	b 常御所庇	c 三条西実隆	d 天皇（及び女房衆）	e 長谷寺縁起（はつせの御ゑのことば）・高陽院行幸競馬絵等詞	f 実隆公記・御湯殿上日記	g ―

一四九〇 延徳2・11・3	a ?	b 入江殿（三時知恩寺）	c 三条西実隆	d 入江殿	e 太平記第六〜九	f 実隆公記	g ―
一四九〇 延徳2・11・7	a 午後	b 御学問所	c 三条西実隆	d 天皇・親王御方	e 源氏物語宇治橋姫巻一帖	f 実隆公記	g 番。「文字読計如形申之。其内少々義理随御尋申入了」「堅仰」。親王「御下姿」
一四九〇 延徳2・11・19	a 夜	b 御前	c 三条西実隆	d 天皇	e 源氏物語椎本巻	f 実隆公記	g 番
一四九〇 延徳2・11・20	a 晩	b 御前	c 三条西実隆	d 天皇	e 源氏物語総角巻	f 実隆公記	g 番
一四九一 延徳3・2・2	a 夜	b 御学問所	c 三条西実隆	d 天皇・親王御方	e 源氏物語総角巻	f 実隆公記	g 番
一四九一 延徳3・2・14	a 夜	b（御前）	c 三条西実隆	d 天皇	e 源氏物語早蕨巻	f 実隆公記	g 番
一四九一 延徳3・2・20	a 夜	b（御前）	c 三条西実隆	d 天皇・親王御方	e 源氏物語宿木	f 実隆公記	g 番
一四九一 延徳3・2・26	a ?	b（御前）	c 三条西実隆	d 天皇	e 源氏物語宿木巻	f 実隆公記	g 番
一四九一 延徳3・3・1	a 晩	b（御前）	c 三条西実隆	d 天皇	e 源氏物語宿木巻	f 実隆公記	g 番
一四九一 延徳3・4・8	a ?	b ?	c 勝仁親王	d 女房衆・（天皇）	e いなはたうのゐんき	f 御湯殿上日記	g ―
一四九一 延徳3・4・15	a 深更	b（御前）	c 三条西実隆	d 天皇	e 源氏物語東屋巻	f 実隆公記	g 番

一四九一 延徳3・4・21	a 晩	b （御前）	c 三条西実隆	d 天皇	e 源氏物語東屋巻	f 実隆公記	g 番
一四九一 延徳3・5・4	a 夜	b （御前）	c 三条西実隆	d 天皇	e 源氏物語東屋巻	f 実隆公記	g 番
一四九一 延徳3・5・10	a 夜	b （御前）	c 三条西実隆	d 天皇	e 源氏物語浮舟巻	f 実隆公記	g 番
一四九一 延徳3・5・16	a 夜	b （御前）	c 三条西実隆	d 天皇	e 源氏物語浮舟巻	f 実隆公記	g 番
一四九一 延徳3・5・28	a 夜	b （御前）	c 三条西実隆	d 天皇	e 源氏物語浮舟巻	f 実隆公記	g 番
一四九一 延徳3・6・4	a ?	b （御前）	c 三条西実隆	d 天皇	e 源氏物語	f 実隆公記	g 番
一四九一 延徳3・6・16	a 夜	b （御前）	c 三条西実隆	d 天皇	e 源氏物語蜻蛉巻	f 実隆公記	g 番
一四九一 延徳3・8・5	a 夜	b （御前）	c 三条西実隆	d 天皇	e 源氏物語	f 実隆公記	g 番
一四九一 延徳3・8・7	a 夜	b （御前）	c 三条西実隆	d 天皇	e 源氏物語	f 実隆公記	g 番
一四九一 延徳3・8・11	a 夜	b 議定所	c 三条西実隆	d 天皇	e 東大寺執金剛神絵（三巻）・石地蔵絵（一巻）詞	f 実隆公記	g 番
一四九一 延徳3・8・23	a 夜	b （御前）	c 三条西実隆	d 天皇	e 源氏物語	f 実隆公記	g 番
一四九一 延徳3・8・29	a 夜	b （御前）	c 三条西実隆	d 天皇	e 源氏物語手習巻	f 実隆公記	g 番
一四九一 延徳3・9・23	a 夜	b （御前）	c 三条西実隆	d 天皇	e 源氏物語夢浮橋巻	f 実隆公記	g 番。「自桐壷巻可読申之由勅定」
一四九一 延徳3・10・24	a 夜	b 御学問所庇	c 三条西実隆	d 天皇・親王御方	e 源氏物語桐壷巻	f 実隆公記	g 番

一四九五 明応4・4・29	a 夜	b 黒戸	c 青蓮院宮	d 禁裏女中・山科言国	e 光明真言絵詞	f 言国卿記	g —
一四九七 明応6・9・27	a 夜	b 議定所	c 三条西実隆	d 天皇・親王御方	e 長谷寺縁起	f 実隆公記	g —
一四九七 明応6・10・27	a 昏	b 御前	c 三条西実隆	d 天皇	e 介錯仏子絵詞	f 実隆公記	g 番
一四九七 明応6・11・7	a 晩	b 御学問所?	c 三条西実隆	d 天皇	e 介錯仏子絵詞	f 実隆公記	g 番
一四九七 明応6・11・12	a (夜)	b 御学問所	c 三条西実隆	d 天皇	e 介錯仏子絵詞	f 実隆公記	g 番・召
一四九七 明応6・11・17	a 夜	b 御前(御学問所?)	c 三条西実隆	d 天皇	e 介錯仏子絵詞	f 実隆公記	g 番
一四九七 明応6・11・27	a 夜	b 御学問所	c 三条西実隆	d 天皇	e 毘沙門縁起	f 実隆公記	g 番
一四九八 明応7・7・23	a 昼間	b 議定所	c 三条西実隆	d 天皇	e 三宝物語源為憲作上	f 実隆公記	g 番・83補修
一四九八 明応7・9・27	a 晩	b 親王御方	c 三条西実隆	d 天皇	e 源氏物語桐壷巻端一枚	f 実隆公記	g 番・仰。「依連々仰也」
一四九八 明応7・10・7	a ?	b 宮御方	c 三条西実隆	d 宮御方	e 源氏物語箒木巻	f 実隆公記	g 番
一四九八 明応7・10・12	a 夜	b 親王御方	c 三条西実隆	d 親王御方	e 源氏物語箒木巻	f 実隆公記	g 番
一四九八 明応7・10・17	a 夜	b 親王御方	c 三条西実隆	d 親王御方	e 源氏物語夕顔巻始	f 実隆公記	g 番
一四九八 明応7閏10・12	a ?	b 親王御方	c 三条西実隆	d 親王御方	e 源氏物語夕顔巻	f 実隆公記	g 番
一四九八 明応7・11・2	a 夜	b 親王御方	c 三条西実隆	d 親王御方	e 源氏物語若紫巻	f 実隆公記	g 番
一四九八 明応7・11・7	a 夜	b 親王御方	c 三条西実隆	d 親王御方	e 源氏物語末摘花巻	f 実隆公記	g 番

一四九八 明応7・11・17	a 夜	b 親王御方	c 三条西実隆	d 親王御方	e 源氏物語紅葉賀端	f 実隆公記	g 番
一四九八 明応7・12・7	a 晩	b 親王御方	c 三条西実隆	d 親王御方	e 源氏物語花宴巻	f 実隆公記	g 番。「葵巻明春可申之由申入了」
一四九九 明応8・4・17	a 夜	b 親王御方	c 三条西実隆	d 親王御方	e 源氏物語葵巻	f 実隆公記	g 番
一四九九 明応8・4・22	a 夜	b 親王御方	c 三条西実隆	d 親王御方	e 源氏物語葵巻	f 実隆公記	g 番
一四九九 明応8・4・27	a 夜	b 親王御方	c 三条西実隆	d 親王御方	e 源氏物語榊巻端	f 実隆公記	g 番
一四九九 明応8・5・2	a 夜	b 親王御方	c 三条西実隆	d 親王御方	e 源氏物語榊巻	f 実隆公記	g 番
一四九九 明応8・5・12	a 夜	b 親王御方	c 三条西実隆	d 親王御方	e 源氏物語花散里巻	f 実隆公記	g 番
一四九九 明応8・5・17	a 夜	b 親王御方	c 三条西実隆	d 親王御方	e 源氏物語須磨巻半計	f 実隆公記	g 番
一四九九 明応8・5・22	a 夜	b 親王御方	c 三条西実隆	d 親王御方	e 源氏物語須磨巻	f 実隆公記	g 番
一四九九 明応8・6・2	a 夜	b 親王御方	c 三条西実隆	d 親王御方	e 源氏物語明石巻半分	f 実隆公記	g 番
一四九九 明応8・6・7	a 夜	b 親王御方	c 三条西実隆	d 親王御方	e 源氏物語明石巻	f 実隆公記	g 番
一四九九 明応8・6・7	a 夜	b 議定所	c 三条西実隆	d 天皇	e 連哥抄物	f 実隆公記	g 番・召
一四九九 明応8・6・12	a 夜	b 親王御方	c 三条西実隆	d 親王御方	e 源氏物語明石巻	f 実隆公記	g 番
一四九九 明応8・6・22	a 夜	b 親王御方	c 三条西実隆	d 親王御方	e 源氏物語澪標巻半分	f 実隆公記	g 番

分析

ではここから読み取られることを述べていこう。

a時間帯

禁裏では、通常、夜に入ってから行われていた。しばしば見られる表現を借りれば「夜に入りて」あるいは「晩に及びて」ということである。

一方、比丘尼御所である三時知恩寺では主に日中に行われていた。詳細は不明だが、男の俗人が参るには制約があったということだろうか。

b場所

結論からいうと、禁裏の場合は不特定であったといえる。

御学問所…読申の他、『付喪絵』など絵巻の披見（文明十七年九月十日など）や『善光寺縁起絵』などの書写（文明八年三月二十九日）も行われた。連歌の御会の主要な場でもある。盃酌や小漬を賜る場合も、ここが使われることが多かったようである。だから、この時期、御学問所という呼称に反して、多機能施設として利用されていたということになるだろう。

常御所庇…ここでは盃酌のほか、廷臣との談話も行われ、また、廷臣は書写や校合作業をしている。

御三間の庇がどこか不案内でわからないが、奥野高廣氏は「常御所のうちにあったであろう。内々の場合に使用されたらしい」と推測されている（『戦国時代の宮廷生活』）。『言継卿記』にも「常御所御三間の御庇にて、御酒・音曲これ有り」（永禄七年四月二十七日の条）などとみえるから、常御所内でよいかと思う。ここでは楽や絵巻の披見、和歌披講、廷臣との談話など幅広いことに利用されていた。

議定所…ここは夜御殿の隣にあった。廷臣との談話、廷臣による禁裏御本披見などに使われていた。
黒戸…ここには持仏堂があり、仏事を行う空間でもあったが、しかしその一方で月次の連歌御会も催される場所でもあった。そして、この時期、禁裏小番は多くここに祗候することになっていた。
東向の中間…未勘。

場所が明記されているのは以上の六箇所である。このように見てくると、各空間に明確な役割分担がされていたわけではなかったことがわかる。だから、読申の場として、特定の場所が決めてあったわけではないことになるだろう。また、記録では通常、「御前」とあるだけのケースも多くみられる。すなわち、天皇の御在所であれば場所は特に問題にならなかったのだろう。

c担い手

もっとも主要な読み手は三条西実隆である。そのほかの廷臣としては、甘露寺親長や中院通秀、中御門宣胤がいる。皇族では勝仁親王や青蓮院宮尊伝法親王などがいる。他に聯輝軒就山がいるが、この人は禁裏の連歌・聯句の御会の常連で、しばしば発句を担当していた。就山は伏見宮貞常親王の皇子で、邦高親王の弟で、また足利義政の猶子でもあった。したがって、皇族としてもよいわけだが、親王の号をもっていないので、一応、分けておく。この人物については朝倉尚氏が詳しく考証されている(6)。

d聴衆

基本的に禁裏では天皇以外の聴衆に関する情報は記録されていない。これを天皇一人と捉えるべきか、ほかの聴衆を省いたものなのか、定かではないが、単独というのは不自然であろう。おそらく御付きの女房衆を伴っていたことと思われる。文明七年十一月十九日の事例が示すように、公家衆が同席していたこともあったが、それほど機会としてあったわけではなかったものと推測する。

奥平英雄氏は『絵巻物再見』の中で「小人数の状態が自然に近いと思われる」と説かれているが、これは絵巻を取り巻いて見るという物理的条件が多人数の閲覧には不向きであることから述べられているわけで、常識的な御見解といえる。そういうわけで、絵は天皇が正面から見て、その他は傍からみるか、もっぱら聴聞するということが想定されるが、それでもやはり各室の規模を考慮すれば、小人数にはかわりなかったと思われる。

e対象作品

この点は多種多様の一語に尽きるだろうと思う。寺社縁起、高僧伝や霊験記などの宗教物、『平家物語』『太平記』などの軍記物、その他に『源氏物語』『狭衣物語』などの王朝物語、『秋の夜の長物語』といったお伽草子作品もある。そういうわけで、内容に制約があったようには思われない。しかし、文字だけの作品ならばともかく、絵入りの作品についてみると、絵巻は『善光寺縁起絵』『石山寺縁起絵』『春日霊験絵詞』『地蔵験記絵』『弘法大師絵伝』『玄奘三蔵絵伝』などなど、多く認められるが、その一方で冊子形式の絵本が一つもない。これは絵本がまだ定着していなかったことを表すものかと思われる。

g備考

まず一人の読み手が長編作品を取り上げる場合だが、第一に、連日のように読申する場合があったこと、第二に禁裏小番の日に読申する場合があったことである。長編作品とは『太平記』や『源氏物語』といった物語作品のことである。連日か当番の日かの違いについては、何らかの都合によったのだろうが、定かではない。

第二に禁裏・三時知恩寺には召しに応じて参り、読申をすることもあったこと。この場合、事前に参内の理由は知らされなかったようだから、読申担当の実隆からすれば、誤読なきよう、あらかじめ読みの確認をする準備はなかったことも多かったことと思われる。裏をかえせば、そういう状況でも正しく読むことができると信頼された人物が実隆だったということもできるだろう。

第三に読申は文字読み、つまり素読を基本とするものだが、しかし、時に義理、つまり内容に踏み込んだ解釈を問われることもあったようである。延徳二年十一月七日の条に見られる『源氏物語』の読申のとき、「文字読みばかり、形の如くこれを申す。其の内、少々義理御尋ねに随ひ申し入れ了んぬ」とある。これは対象作品が『源氏物語』という、いわば古典学の主要題材だからということもあったかと思われる。つまり講釈の延長として、純粋に音読を聴聞するということよりも、作品を学習するという傾向に近い読申の場になっていたのではないかということである。とはいえ、ほかの作品についても、文意不通の部分についてはお尋ねがあったということも想定できるかと思われる。聞き手は口を挟んではいけないという約束事や故実があれば別だが、読み手と聞き手との関係は読み手が下で聞き手が上という上下関係を前提とするものだから、口を差し挟むことは許容範囲だったろうと想像する。

第四に聴聞はくつろいだ服装でも差支えなかったということ。『実隆公記』延徳二年十一月七日の条に次のようにある。

御下姿御参御聴聞。凡此事雖斟酌、去一日夜堅被仰之間、愚本持参文字読計如形申之。其内少々義理随御尋申入了。

また延徳三年十月二十三日の条にも次のようにある。

雖然去十八日再三被仰之間、如形文字読申之者也。

もっともこれは天皇や皇族についてということで、廷臣が同じく聴聞した場合どうであったか、事情は違ってくると思うが、日頃の参内の体であったと思われる。ともかく、服装の面からも、読申の場が、聞き手の側からすれば、日常的なくつろいだ時間の一つであったことは窺われるのではないか。

小括

さて、これまで一覧で示した記録から読みとれることを述べてきた。整理すると、禁裏での読申の時間帯は主に夜、場所は不特定、読申の担い手、つまり読み手は主に三条西実隆、聴き手は天皇ほかわずかな人、対象作品は多岐にわたるが、主に日本の物語作品、読み手は召しに応じて参る場合、また小番ごとに読申する場合があったということ、これが後土御門天皇時代の禁裏における読申の実態だったということである。

2 考察

読申の位置関係

では次に細かいことだが、読み手と聞き手との位置と距離についても一言触れておきたい。

中院通秀の日記『十輪院内府記』文明十二年(一四八〇)八月二十二日の条に次のような記事が見える。

番参。於御前有御物語。又被読絵詞。絵方成御前逆読之也。

傍線部の「被読絵詞」は素直に読めば天皇親ら「絵詞をお読みになった」という尊敬表現ととれるが、管見では後陽成・後水尾天皇になるまで天皇みずから廷臣に対して物語草子を音読するということは見られないようである。断定できることではないが、いかがだろう。そうすると、ここは使役を加えて「絵詞を読ませらる」、つまり「天皇が通秀に絵詞を読ませた」と取る方が良いと思われる。それゆえここは、「絵の方を天皇の御前に向けて、一方の通秀は逆さに詞書を読んだ」ということになると思われる。この点、徳田和夫氏の御見解に随いたい。(7)

時代的特色

次に、なぜこの時期、つまり、後土御門天皇の時代、その前後する天皇の時代に比べて読申が盛んであったのかということについて、考えを述べておきたい。すなわち、これは、この天皇の時代、古典籍の書写や借覧が盛んにおこなわれていたこと、言い換えれば、和歌研究でいわれる文明補充本をはじめとして、禁裏蔵書の充実化に意欲的であった時期であったことと無関係ではないと思われる。高野辰之氏や芳賀幸四郎氏が古くこれを古学復興[8]、あるいは文芸復興[9]と捉えられ、近年、具体的で詳細な研究がとくに和歌文学の方面で進展している[10]。

そういった禁裏御文庫での書写活動と読申とが連動していたことを示す事例を、いくつか挙げておこう。すなわち『実隆公記』文明八年三月二十九日の条には次のようにある。

昼間依召参内。善光寺縁起絵可被写之、詞絵等宜令用捨之由也。

昼間、召しに応じて参内した実隆は『善光寺縁起絵』の書写を命じられた。新写本は実隆が自ら本文を再編したものとなった。実隆はこの前年の文明七年七月十七日に禁裏で『善光寺縁起絵』を披見し、翌日これを写している。実隆が改変に用いた親本との関係が考えられよう。

『実隆公記』文明十五年八月九日の条にも次のような記事が見える。

因幡堂縁起詞青蓮院新写可校合進上之由、勅定之間、令校之返上了。

この「因幡堂縁起」は青蓮院宮尊伝法親王が新たに写したものを、実隆が校合したものであった。延徳三年四月八日には勝仁親王がこれを読んでいる（『御湯殿の上の日記』）。

また『大乗院寺社雑事記』長享二年八月十日の条には次のような記事がある。

玄奘三蔵絵京上。七郷人夫一人・辰市御童子相具之。中御門中納言奉行。自禁裏被仰出之。勅書在之。去五日中納言書状七日到来了。御叡覧後早々可被返下之由申上之。

南都から禁裏に『玄奘三蔵絵』が進上（貸与）された。叡覧ののち、早々に返却するという条件だった。そこで同月十三日に早速実隆を参内させ、読申させている（『実隆公記』）。本書のちに書写され、禁裏に納められた。

『実隆公記』明応六年五月二十六日の条

自禁裏仰宰相息女被書御草子ちらぬ桜、銘トハスカタリ件御草子出現所持来也。則令進上了。

この「ちらぬ桜」は姉小路基綱の女が天皇の命で新写したものであった。

『実隆公記』明応六年八月二十二日の条

依当番也。於議定所数刻御雑談。仮名草子とはすかたり校合事被仰之。仍於殿上与園宰相読合了。

更にこのように実隆本人もまた校合作業に従事したものでした。そして翌七年十一月一日、実隆がこれを読申している。

こうして新たに制作したり、これから新写したりする予定の草子類を、一方では読み物として受容していたわけである。

三条西実隆と寺社縁起

中でも実隆が数多くの古典籍を書写していたことは、芳賀幸四郎氏をはじめとする諸先学の研究によって知られるところである。[11] この点、寺社縁起やそれに類する勧進帳についても同じことがいえる。かつてわたしは実隆の制作になる勧進帳について、その人脈や依頼受入の動機などを論じたことがある。[12] 実隆にとって勧進帳の制作は経済的動機や円滑な人間関係の必要性がある一方で、次の事例に見られるように、対象となる仏神との結縁という信仰的動機もあることを述べた。

同じことは読申という行為にも当てはまるのだろうかということである。絵巻を見て信仰心を増すことは、この時代、たしかに見られることで、古いところでは貞成親王が禁裏本の『粉河縁起』をみて信心を増す例から知られる（『看聞日記』永享六年（一四三四）五月二十六日の条）。

自内裏御絵之残四巻給。粉河縁起七巻有卅三段。利生掲焉殊勝也。

禁裏から『粉河縁起』を借覧し、読んだことによるか、見たことによるか、それとも手にしたこと自体によるか、定かではないが、ともかく「利生掲焉殊勝也」とその功徳を感じている。

また次の記事からは、中御門宣胤が「誓願寺縁起絵」をみ、また縁起の音読を聴いて信心を増していることが知られる（『宣胤卿記』文亀二年（一五〇二）四月三日の条）。

誓願寺縁起絵、彼寺僧持来被懸之二幅、読縁起一巻。殊勝増信仰。

宣胤のもとに誓願寺の僧侶がやってきて掛幅の『誓願寺縁起絵』を掛けた。そして『誓願寺縁起』を読んだという。これによって宣胤は「殊勝に信仰を増」している。

実隆は次の『実隆公記』享禄二年（一五二九）三月二日の条にみられるように、氏神である春日明神の縁起を禁裏の議定所で拝見するにあたり、行水をして身を清めている。

及晩行水参内。於議定所春日縁起拝見。二十巻静覧之。

このことを別の角度からみると、室町期の物語作品には、今日では宗教物に含まれない世俗的な物語であっても、話末評語に「この物語」を「聞く人」あるいは「よむ人」に対して、神仏への信仰を深めるように勧める文言が見られる（本書序章参照）。『弥兵衛鼠』や『文正草子』のような作品でさえ、その点、説かれるわけであるから、寺社縁起そのものを読申するという行為は、「聞く人」にしろ「読む人」にしろ、状況的にみて信仰的動機は折り込み済みではなかったかと思われるのである。

まとめ

以上、述べてきたことを、最後に推測をまじえてまとめておきたい。

三条西実隆は召しに応じ、また禁裏小番の折にたびたび読申を仕っていた。場所は不特定だったと思われるが、しかし、たとえば記録の上では小御所が見られない。ここは対象外だったと考えてよいだろうか。本来どおり、夜御殿も寝所として機能していたのであれば、やはり不適当な空間だったということだろう。印象としては、御学問所が好まれたようである。そうはいっても、不特定ということであるから、おそらく天皇のその時々の御在所に召されたというのが正しい認識かと思われる。

時間帯をみると、もっぱら夜に入ってから行われた。実隆はしばしば「夜に入る」という表現を使っているが、これは夜一番の戌の刻頃から始めたということかと考えられるがどうだろう。そうすると、今日の夜八時頃になってから行われていたということになる。灯火具の照明範囲を考慮して、常に天皇及びわずかな禁裏女房衆、また当番の廷臣など、ごく僅かな人数が聴聞するにすぎないものであったと思われる。

対象作品については、もっぱら物語性をもつ日本の絵のない草子もしくは絵巻が選ばれ、その範囲は古典作品から近き頃の短編作品、宗教的なものから世俗的なものに至るまで幅広いものだった。

読申対象が多岐にわたり、それが日本の物語作品であるということは、漢文書き下しの固い文章ではなく、耳できいて分かりやすい和文調の物語文が好まれたということであったとみられる。それは読み手の要求というより、聞き手の所望に応じたものであったのだろう。中には延徳二、三年の『源氏物語』や延徳二年九月二十四日の『連歌抄物』のように、学習を兼ねたと思われる読申もあるが、多くは仏神の霊験を知り、歴史を知るという効果がある一方で、聞いていて分かりやすく楽しめる内容の作品が求められたのであろう。

それから、内容的に仏神の物語や寺社縁起を書写することは、写経や勧進帳作成と同様に仏神との結縁が意識されたと思われるが、一方で読申／聴聞にもやはり同様の心理が働いていたものと思われる。

実隆が読申の担い手として際立っているのは、その才能ということもあるが、やはり後土御門天皇の時代が禁裏御文庫の再興の時期であったことが大きかったと思われる。そしてまた、天皇自身の嗜好も無視できないと思われる。後柏原天皇の時代にかわると、禁裏で絵巻や物語草子の書写活動は減り、それと同時に、実隆の読申は減少することになるからである。その一方で、比丘尼御所での読申は引続きおこなわれ、同所での文化的営為に貢献していった。(13)

延徳二年に入江殿がたびたび『太平記』を所望して一時に数巻分読ませた意図はわかりかねるが、文明九年十一月十一日の『保元物語』は、夜、参内した安禅寺宮のために天皇が甘露寺親長を召して読ませた事例だ。ここに来賓をもてなす手段としての読申の性格を読みとってよいかと思われる。

もてなしの相手が来賓ではなく天皇自身であれば、平生の生活の中の一、二時間、それはささやかな憩いの時であり、また徒然を慰める時となったことだろう。それをするのが、後土御門天皇の時代ではもっぱら三条西実隆の役割であったといえるのではないか。

注

（1）高岸輝氏「室町時代の政権と絵巻制作―『清水寺縁起絵巻』と足利義稙の関係を中心に」、中世文学会編『中世文学研究は日本文化を解明できるか』（笠間書院、平成十八年十月）所収。

（2）芳賀幸四郎氏『東山文化の研究』（河出書房、昭和二十年十二月）。
（3）森末義彰氏『東山時代とその文化』（文松堂書店、昭和十七年九月）。
（4）徳田和夫氏「絵解きと縁起絵巻―『道成寺縁起』と『当麻寺縁起』、附・絵解き研究の意義と方法―」（『絵解き―日本の古典文学3―』有精堂出版部、昭和六十年九月）。「絵解きの仕組み」（『岩波講座　日本文学史』第一六巻「口承文学Ⅰ」岩波書店、平成九年一月）など。
（5）恋田知子氏「物語草子としての形成と受容―『お湯殿の上の日記』を通じて」（堤邦彦氏・徳田和夫氏編『寺社縁起の文化学』森話社、平成十七年十一月）。「比丘尼御所と文芸・文化」（『仏と女の室町　物語草子論』笠間書院、平成二十年二月）など。
（6）朝倉尚氏『就山永崇・宗山等貴―禅林の貴族化の様相』（清文堂出版、平成二年一月）。
（7）徳田和夫氏「絵巻の物語学―説話絵巻を中心に」（『絵語りと物語り』平凡社、平成二年八月）
（8）高野辰之氏「室町時代の古学復興準備」（『国語と国文学』第十一巻第十一号、昭和九年十一月）所収。
（9）芳賀幸四郎氏前掲（2）書。
（10）久保木秀夫氏「『栄花物語』梅沢本と西本願寺本　付、足利将軍家の蔵書」（武井和人氏編『中世後期禁裏本の復元的研究』、科研費研究成果報告集、平成二十一年三月）。中條敦仁氏「文明新写禁裏本「二十一代集」の存在意義を問う―飛鳥井雅章筆「二十一代集」を中心に―」、武井氏編同書所収。
（11）芳賀幸四郎氏『三条西実隆』（吉川弘文館、昭和三十五年四月）。井上宗雄氏『中世歌壇史の研究　室町前期』（風間書房、昭和三十六年十二月。改訂新版昭和五十九年六月）。宮川葉子氏『三条西実隆と古典学』（風間書房、平成七年十二月）。
（12）拙稿「三条西実隆の勧進帳製作の背景」（『日本文学論究』第六三冊、平成十六年三月）所収。

（13）たとえば次のような例がある。

『実隆公記』文亀元年（一五〇一）六月十七日の条

自入江殿有召之間、参入。弘法大師絵十二巻読詞。及晩陰帰宅。

『実隆公記』永正六年（一五〇九）閏八月十二日の条

則参入入江殿。心静御雑談。平家物語八島絵詞読申之。

戦国期山科家の謡本

はじめに

室町後期、謡本は猿楽能を専門とする芸能者の専有するものではなくなっていた。素人の愛好家の増加に伴い、彼らの間に流布していった。節付が施されているものも多く、それらは謡の稽古に使われ、また披露にも用いられた。そういった謡数寄の中に、謡本を収集する者も多くあったであろうことは想像にかたくない。山科言継とその子息言経とはその最たるものといえるだろう。そこで本節ではこの父子が謡本をどのように謡本を整理し、また利用したかについて考えていきたい。この問題は一見禁裏本と無関係のようにみえるが、実はそうではない。山科家蔵書は禁裏に貸し出されており、公家文庫と御文庫との関係をみる上で参考になると思われる。禁裏の御文庫目録には室町戦国期の謡本の類は記載されていない。省略したものか、そもそも加える必要のなかったものか、そういった当該期の書物文化に関する事柄を考える上でも重要な問題であると思うのである。

そもそも山科家は物語草子や歌草子などの蔵書家で、それらを秘蔵することなく、広く人々の閲覧に供していたし、また書写して遣わしてもいた。謡本もこれに同じである。謡本に限って、今、記録から知られる人物を一覧すれば、次の通りである。なお、言継・言経は「謡（諷）本」「謡（諷）の本」「音曲本」「音曲の本」を使用するが、特に使い分けの理由があるとは思われないので、本節では「謡本」に統一する。ちなみに「能本」は未使用である。

早瀬彦二郎子息に書写…邯鄲／賀茂在富に書写及び外題…二十番／勧修寺兼秀に貸与…一冊・呉羽／曼殊院覚恕法親王（竹内殿）に貸与…難波ほか五番／薄以継に貸与、書写…通盛ほか五番、接待・山姥／中御門姉（朝比奈備中守女中）に貸与…五十番・五十番／院家に貸与…三十六冊／大館十郎に見せる…十番／武藤源内（松永久秀家臣）に貸与…接待／結城山城守に貸与…？／咲隠軒に貸与…？／正親町季秀（正親町中将）に書写…橋姫・浮舟／三条実福（三条黄門）に貸与、節付…熊野・実盛・卒塔婆小町・松風ほか／柳原淳光（柳原左大弁宰相）に貸与…鸚鵡小町／久河与七郎（常味）に書写…錦木・嵐山・盲沙汰・九世戸・言経自作小謡ほか／万里小路惟房に借用…？／河内源五郎に書写…女郎花／朽木に貸与…大原御幸／中院松夜叉に貸与…七番ほか／白川雅朝（侍従）に貸与…粉川寺／日野輝資に貸与…三輪・紅葉狩ほか／三宅入道隆近に貸与…稲舟／正興喝食に伐閉…一番／富小路権佐に貸与…天鼓／沢路隼人祐に貸与…龍田／秋田久大夫に書写、貸与…高砂・諷本目録・銘尽／細川に貸与…？／毘沙門堂に貸与…融／五辻元仲に貸与…？／飛鳥井に貸与…？／烏丸光康に貸与…五十番／中御門宣教に貸与…鉄輪・春栄・采女・咸陽宮ほか／飛鳥井雅敦に貸与…錦戸ほか／竹内長治に借用…箏／市川民部大輔に貸与、書写…禅師曽我・羊／興正寺佐超室に貸与、書写…諷の本箱（二百番）、羽衣・鉢木・熊野・春栄・杜若・短尺忠度・松風村雨・定家・通小町・内府ほか／塩之屋筑後守に借用…？／中村由己に貸与、借用…吉野詣・熊野詣・明智討・柴田討・北条／宗是（毛利輝元家臣）に貸与…草子洗・黒川・土蜘・ちうれん・濡衣・富士・磯崎・侍従重衡・三井水・鶴岡閑・厳嶋・謡の本目録／冷泉為満に借用…？／丸山兮庵に貸与…慈童・玄宗・伏見・小林・謡本目録／小早川秀秋に貸与…十九番／五条薬屋与三右衛門尉…謡の本目録

以上である。

1　山科家所蔵の謡本

では山科家にはどのような謡本があったのであろうか。

五番綴

まず、主要な謡本に一冊五番綴のものがある。これは大部を成している。すなわち、『言継卿記』天文二十三年（一五五四）十二月二十九日の条に次のようにある。

薄右金吾、音曲之本道盛被借用之間、一冊五番、遣之。

薄右金吾とは薄以継のことで、これは言継の実子である。以継に「道盛（通盛）」を貸したということであるが、「一冊五番」の謡本を遣わしている。つまり「道盛」を含めた五番綴の謡本が以継に送られたわけである。また『言継卿記』弘治三年（一五五七）一月二十七日の条には次のようにある。

自御黒木、音曲之本、中御門女中被見之間、可借之由有之。先日十〔青〕帖五十番、只今十帖五十番、遣之。

これは言継が朝務で駿府に滞在しているときの記録である。御黒木とは言継養母である。その養母から謡本を借りたいと伝言があったので、遣わしたという。先日送ったのが青十帖五十番であり、今回もまた別の十帖五十番を送ったという。いずれも十帖五十番とあるから、一帖は五番綴である。「青」が何かについては後述するが言継はその数日後、再び十冊遣わしている（『言継卿記』弘治三年二月一日の条）。

従中御門女中、音曲之本十冊被返之。紅梅一枝被送之。又十冊遣之。

やはり今回の「十冊」も五十番であろう。先の事例では助数詞に「帖」を使っているが、書型は同じものと看做して差し支えないと思われる。次に『言継卿記』永禄六年（一五六三）二月十八日の条も同様の事例である。

沢路備前守来。大館十郎申云々。音曲本借用。両冊十番遣之。

すなわち両冊で十番だから、一冊五番綴である。同年三月八日の条では大部の五番綴本が出てくる。

自禁裏、音曲之本可懸御目之由有之。三百番六十冊進之。但三冊不足。

禁裏、すなわち正親町天皇から謡本を見たいとの仰せがあったので、三百番六十冊進上したとある。これも五番綴だとすれば、六十冊で三百番となる。この三百番というのが、おそらく山科家所蔵の五番綴本の総数ではないかと思われる。部分であれば、後日追加で持参するはずだが、その記録はないからである。なお、新潮日本古典集成『謡曲集上』「解説」に「言継は永禄六年（一五六三）に三百六十番の謡本を調えた」とあるが、これは自筆本『言継卿記』によると「三百番六十冊」とあるから、「三百番」の誤りと見られる。

次に『言継卿記』永禄十二年（一五六九）三月二十九日の条には次のようにある。

晩頭、自禁裏、音曲之本可持参之由有之。則祗候。於御三間、親王御方・岡殿、御酒有之。予・倉部・晴豊朝臣・為仲朝臣・橘以継等、地声に四五番諷申候了。後に当番衆四辻大納言・経元朝臣等被参了。亥刻退出了。音曲本十五冊七十五番、被召留之。

この日、禁裏から謡本を持参するように命じられて参内したところ、これをもって御三間で謡をすることになった。それら持参した本（の一部）は禁裏に召し留められることになったという。留めおかれた謡本は十五冊七十五番であった。すなわち一冊五番綴である。

次に時期はくだるが、『言経卿記』天正四年（一五七六）七月二十三日の条に次のようにある。

烏丸へ諷之本十冊五十番、取遣了。到来了。

烏丸光康から謡本を返してもらったという記事である。戻ってきたのは十冊五十番というから、これも一冊五番綴である。

以上、言継・言経の日記記事を見てきた。このことから、戦国期山科家の謡本は五番綴が相当数あったことが知られるだろう。

ではこれらはどのように整理されていたのだろうか。『言経卿記』天正七年（一五七九）六月一日の条が手がかりになるだろう。

内侍所へ罷向了。記六可預之由、刀自《サイ》申了。同心之間、遣了。小からひつ一御服方・同二楽方上・同三楽方中・同四楽方下・出仕具九・ゑはこ十・ゑはこ三ノ内一・けんし三ノ内二・うたいの本三ノ内三已下九也。

禁裏の内侍所に記録類を収めた唐櫃や箱を預けたときの記録である。謡本の箱が三つあったことが知られる。同月二十八日の条にも「諷本ハコ取之」と見える。一箱に収蔵される分量については『言経卿記』天正十七年（一五八九）六月六日の条から察せられる。

西御方へ諷之本筥二百番有之預進了。

興正寺顕尊（佐超）室に謡の本箱を預けたというが、その中には二百番あるとのことである。五番綴本ならば四十冊入である。先の三箱にまとまった分量が収められているとすれば、この時点で六百番が山科家にあったことになるだろうが、これはあくまで憶測である。

ところでこの五番綴は見た目がすべて同じであったわけではない。色別に分類されていたのである。先ほど挙げた『言継卿記』弘治三年（一五五七）一月二十七日の条には「先日十帖《青》五十番、只今十帖五十番、」を遣わすとあった。つまり十帖（十冊）五十番が青色であったことが示されている。同記『言継卿記』永禄十二年（一五六九）五月九日の条にも「音曲之本、青黄百番持参す。但し三冊足らず。御所に留められ了んぬ。先日持参之赤白之百番返し出でられ了んぬ」と見える。すなわちこの日持参した青・黄の百番を禁裏に留め置いたという。弘治三年の事例には青色が十冊五十番あるとのことだから、黄色の謡本も五十番であり、冊数も十冊と考えられよう。とすれば、先日進上してこの日返却された赤・白の謡本もまた同数であったと考えるのが自然であろうと思われる。すなわち赤白青黄それぞれ十冊五十番ということである。

では、この色分けが何によってなされていたか。『言経卿記』天正十七年（一五八九）一月十五日の条が手がかりになる。

　大和三位入道へ謡之本借用。黄外題、江嶋・先帝・梅かえ・よろほし・検天狗、金外題、代主・関原・末松山・しきみつか・陶渕明等遣了。

すなわち大和宗恕に謡本を貸与したときの記録であるが、そこに「黄外題」「金外題」の語が見える。つまり外題によって色分けがなされていたわけである。これまで見てきたところからは赤・白・青・黄・金の外題があったことが知られるが、このほかにも色はある。『言経卿記』天正四年（一五七六）七月二十三日の条には次のようにある。

　大和宮内大甫来談了。数刻也。次諷之本紫十・金八等借用之間遣了。

すなわち紫外題が確認される。また同記慶長四年（一五九九）閏三月二十八日の条には次のように記されている。

　鳥飼新蔵ヨリ諷之本青木赤一・石スリ四等借用間、遣了。

すなわち石摺外題である。これだけは色外題ではないが、これまでの色外題と同様に扱われていたものと推測してよいだろうと思われる。

ここで五番綴の謡本を整理しておこう。

一冊…五番収録

分類…外題によって色分けされている。
青　十冊（十帖とも）＝五十番
赤　　　　　　　　＝五十番
白　　　　　　　　＝五十番
黄　　　　　　　　＝五十番
紫　十冊　＊「紫十」
金　十冊　＊他の種類を鑑みて全十冊と考えたい。
石摺　十冊　＊右と同じ冊数か。
※本箱に収蔵。

永禄六年の段階で、少なくとも三百番六十冊あった。青外題が十冊五十番あったことは動かない。青・黄合わせて百番ということは、黄外題もまた十冊五十番であったことになるだろう。それより以前に赤・白百番を禁裏に持参しているが、同じ体裁のものと看做せば、それぞれ十冊五十番計二百番が均一に整理分類されていたことになる。このほかに金・紫・石摺外題の謡本もある。これらの冊数は正確には知りがたいが、「紫十」「金八」「石スリ四」など、記録に見られる数詞がいずれも「十」を越えていない。恐らくこれらも十冊揃にしていたのではあるまいか。とはいえ、色に統一性がないから、当初、赤白青黄四色がまとめられ、その後、随時増やしていったのではあるまいかと想像される。天正十七年、言経が興正寺門主室に「諷之本筥」を預けたことがある。この本箱には二百番とある。赤白青黄の外題の謡本合わせて二百番である。これが山科家所蔵謡本の中核となるものであったのではないだろうか。問題は永禄六年の時点で六十冊三百番あったことである。残りの百番が何色かということだが、紫・金が天正四年、石摺が慶長四年の記録に見えるところからすれば、紫・金の二十冊百番となるが、想像の域を出るものでない。後述するように、山科家には一番綴の謡本も所蔵されている。また言継は弘治二年（一五五六）までに大和宗恕から一番綴、およそ百番を借用していたことも気になるところである。それらの保存方法も考慮せねばならないだろう。

さて次に、五番綴の謡本はどのように配列されていたのであろうか。言継が禁裏に持参した四色の順序は赤・白、ついで青・黄であった。素直にみれば、赤・白・青・黄の順である。残りの金・紫・石摺は関連性が推測できないので、順序は不明と言わざるを得ない。

配列について、言経は言継よりも謡本を細かく記述してくれており、参考になる。すなわち〈色＋番号〉で示すことが多いのである。天正四年（一五七六）三月二十一日の条には次のようにある。

　中院、諷本借用之間、赤二・六・十等遣了。新蔵人同白四等遣了。

中院通勝が謡本を借りたいというので「赤二・六・十」等を遣わし、また新蔵人五辻元仲にも同じく「白四」等を貸したという。「赤二・六・十」を冊数と解するのは無理だから、赤外題の第二冊・第六冊・第十冊と解すべきだろう。文脈的に「白四」も白外題第四冊の意味だろう。同記天正四年五月十七日の条には次のようにある。

　大和宮内入道来了。諷之本赤二白八等借用之間、遣了。

これもまた赤外題第二冊・白外題第八冊ということだろう。同年七月二十三日の条には飛鳥井中将雅敦から「青一」すなわち青外題第一冊を返してもらい、さらに大和宗恕に「紫十・金八」すなわち紫外題第十冊・金外題第八冊を貸したという。同じく同年八月六日には中御門宣教に「青六」すなわち青外題第六冊を返却してもらい、慶長四年閏三月二十八日には鳥飼新蔵に「赤一・石スリ四」等、すなわち赤外題第一冊、石摺外題第四冊を貸している。

こういった記録の中に、曲名が記されていることもある。『言経卿記』天正四年（一五七六）八月六日の条には次のようにある。

飛鳥井羽林、諷之本青一にしき戸、借用之間、遣了。

飛鳥井羽林雅敦は先月七月二十三日までこの青外題第一冊を借りていたのだが、一旦返却したあと、すぐにまた借り出しているのである。右の記録からそれが「錦戸」を含む本であったことが知られる。その五日後の八月十一日、今度は中御門宣教が赤外題第六冊を借りている。

中御門、諷之本赤六カナハ、借用之間、遣之。

ここからは赤外題第六冊が「鉄輪」収録本であることが知られる。宣教はその五日後の八月十六日、今度は赤外題第八冊を借りている。

中御門、諷之本赤六被返了。又赤八春栄借用、遣了。

この本には「春栄」が収録されていたことが分かる。

これらの謡本が一番綴ではなく五番綴であることは先述した。ではこの曲名は何かということだが、恐らくそれぞれの本の巻頭曲を便宜記したのではないかと推測される。あるいは相手が所望した曲名を割注のかたちで記しているとも読める。前者とみなした場合、謡本の構成については次のようにまとめられるだろう。

配列…不明。断片的に次の曲の位置が知られるのみである。

赤　第三十一番「鉄輪」、第四十一番「春栄」

青　第一番「錦戸」

黄　「江嶋」「先帝」「梅が枝」「よろぼし」「検天狗」収録

金　「代主」「関原」「末松山」「榁塚」「陶淵明」収録

＊青・赤の三番は各冊巻頭の曲名と考えたい。

以上、五番綴の謡本についてみてきた。整理しておこう。総数は基本が六十冊三百番であった。ただし永禄六年の時点では三冊不足していたようである。禁裏に秘蔵すべき謡本があったとは思えないので、この段階では全三百番と考えておきたい。しかし、そう看做すと、石摺外題の分は後に追加したものであることになる。推測を重ねると、この外題をもつ謡本は慶長四年の記事に出てくるものであるから、永禄六年間以降、加えたものではないかと思われるのである。

そもそも言継（あるいは父言綱であろうか）が当初整理したのは二百番であったと想像される。西御方に預けた「諷之本筥」が二百番即ち四十冊収納するものであったからである。その後、随時増やしていき、永禄六年の段階では金外題・紫外題が加わって三百番となっていた。更にその後、ただの色紙ではない装飾紙が加わったということだろうか。

一番綴

右に見てきた五番綴本のほかに、一番綴の謡本もあった。『言継卿記』永禄九年（一五六六）九月二日の条には次のように記されている。

自三条黄門、音曲之本四冊被返之。又四冊ゆや・さねもり・そとは小町・松風可借与之由云々。

三条黄門、すなわち正親町三条実福から謡本四冊が戻ってきた。引き続き別の四冊を借りたいとのことであった。その四冊とは「ゆや」「さねもり」「そとば小町」「松風」である。同記永禄十年六月四日の条にも次のようにある。

自中院夜夜叉、音曲本七番被借之間、七冊遣之。

中院夜夜叉が謡本七番を借りたいというので、七冊遣わしたとある。七冊七番だから一番綴であることは明らかだろう。

これらがどのようにまとめられていたのか、残念ながら不明である。一冊一番の謡本としては次の曲が知られる。便宜、五十音順にあげておく。

藍染川・磯崎・厳嶋・稲舟・巌・浮舟・絵馬・鸚鵡小町・大社・神有月・砧・清重・九世戸・くれは・黒川・玄上・玄宗・降魔・高野物狂・牛玉・粉川寺・小林・佐々木・実盛・侍従重衡・慈童・猩々・すずき・接待・草子洗・卒塔婆小町・太山府君・龍田・丹後物狂・ちうれん・土蜘・鶴岡閑・天鼓・融・鵜・濡衣・寝覚・長谷・浜川・雲雀山・富士山・伏見・舞車・松風・松虫・三井寺・三井水・三輪・盲沙汰・望月・紅葉狩・野干・ゆや・養老・よろぼし・六代

目録（『言経卿記』慶長四年八月二十三日の条などに見える）

右の約六十曲のほかに冊数のみ記される場合があり、また半端な量なので、総数はそれ以上であったのではないかと思われるが、判然としない。

これらは随時他家の謡本を借りて書写していったものではないだろうか。『言経卿記』天正四年（一五七六）七月二十三日の条に次のようにある。

一、大和宮内大甫来談了。数刻也。次諷之本紫十・金八等借用之間遣了。次に大和へ亀千世遣之、諷之本、草〔紙脱〕あらひ・やうらう二冊令借用。則到来了。

大和宗恕に家蔵の謡本「紫十」「金八」を貸したあと、宗恕から「草〔紙〕あらひ」「やうらう」二冊を借りている。これは一番綴だろう。この記事には書写した旨は記されていないが、言継・言経は宗恕から頻繁に謡本を借りている。その中で必要なものを書写して手許にとどめておいたことは想像に難くない。言継の場合は天文二十二年（一五五三）から弘治二年（一五五六）にかけて精力的に宗恕所蔵謡本百番を借用している[1]（以降も時々借りている）。言継は日記で「借用」「書写」「校合」を比較的明確に書き分けているから、家蔵本と照合し、あるいは校合することもあったであろうが、基本的には通覧することが第一の目的だったと見受けられる。しかしこの時、書写を行う場合もあったかと推測される。

最後にまとめておこう。山科家には二種類の謡本があった。一つは一冊五番ずつ収録し、全六十冊三百番にまとめたものである。これは十冊五十番ずつ外題の色を変えることで整理してあった。それらは複数の唐櫃（本筥とも）に収めてられていた。書型は外題以外、不明。もう一つは一冊一番収録のものである。所蔵総数や書型は不明である。

2　禁裏における謡本の受容

では、これらの山科家の謡本は禁裏ではどのように受容されていたか。

まず、永禄六年（一五六三）三月八日、言継は三百番（三冊不足）を進上している（『言継卿記』同日の条）。この場合の「進上」は家蔵本を献上したのではなく、お貸ししたという意味である。

禁裏での謡本の受容は単に読み物としてだけではない。たとえば永禄十年十一月十六日には謡に用いられている（『言継卿記』）。

自禁裏、召之間、午時参内。御徒然之間、如此。御湯殿之上に参。御少験云々。御食事少出来。御熱尚残云々。予・晴豊・雅英等也。音曲之本召寄、地声に七番諷了。御前之御跡、各賜之。戌刻退出了。

禁裏からお召しがあったので、日中参内すると、徒然だから召したのだという。言継は御湯殿の女房衆を訪れ天皇の体調を訊き、その後、勧修寺晴豊・白川雅英らと謡を七番謡った。その際に謡本を用いている。

同様のことはほかにも確認される。事例を列挙する。

○永禄十年十一月十七日、謡本をもちいて七、八番、謡。

音曲地声、本にて七八番御所望了。（『言継卿記』）

○永禄十年十一月十八日の御前での謡も前日同様、謡本を持参したものと推測される。

例之地声、音曲一番、其外、四五颯了。（『言継卿記』）

○永禄十年十二月三日、岡殿参内し、言継ら四、五番、謡。

音曲之本持参。四五番地声。御酒有之。後高声音曲有之。（『言継卿記』）

おか殿よるなりて、山しな、みなはんしゆにうたはせらるゝ。（『御湯殿の上の日記』）

○永禄十二年三月二十九日、七十五番を進上。ついで四、五番、謡。岡殿参内。

地声に四五番颯申候了。（『言継卿記』）

おかの御所なしまいられ候て、おとこたちみな〳〵へくたされてうたいなり。（『御湯殿の上の日記』）

○永禄十二年四月九日、六、七番、謡。

音曲本にて六七番、其外及黄昏迄有之。（『言継卿記』）

○永禄十二年四月十四日、赤白百番持参。ついで五、六番、謡。

五六番颯了。（『言継卿記』）

○永禄十二年五月九日、青黄百番（三冊不足）進上。ついで六、七番、謡。

於御三間、音曲微音、本にて六七番御所望。言経朝臣助音計也。（『言継卿記』）

○永禄十二年五月二十七日、三、四番、謡。

音曲本にて三四番御所望。予一身也。（『言継卿記』）

○永禄十二年閏五月二十二日、謡本持参し、八番、謡。

禁裏へ参。御陽弓之がう被新調。露付之仕合之。次音曲本可召寄、言経朝臣同可参之由被仰。岡殿御参。於御三間、地声八番諷之。言経朝臣と両人也。（『言継卿記』）

○元亀元年七月二十八日、七番、謡。

音曲本にて微音七番其外諷有之。（『言継卿記』）

○天正七年一月十九日、岡殿の所望により「為世」を謡う。

為世謡之本下声ニテ被謡了。一身也。岡殿ノ御所望也。（『言経卿記』）

おかとのなりて、こよひは御とまりあり。（『御湯殿の上の日記』）

天皇の御前での謡は、山科言継が主におこない、言経のほか、その日その日の番衆も加わるかたちで続いていたように思われる。右の事例はいずれも正親町天皇のときのものであるが、天皇が言継らに謡をさせていたのは、一つに徒然の慰みのためであったろう。非公式で故実・作法のない、つまり肩の凝らない余興としての謡である。正親町天皇は徒然の時は謡を楽しむことが多かったが、それは天皇個人の嗜好、それから音楽の素養があって謡に優れ、まとまった謡本を所蔵する言継がいたからこその慰めだったのだろうと思われる。それ以前は、通常、近臣との談話、あるいは物語や寺社縁起の草子・絵巻の読申聴聞が徒然の慰みとして行われることが多かった(2)。

そしてまた、天皇と同様、岡殿、すなわち皇女大慈光院もまた謡数寄であったらしく、『言継卿記』弘治二年（一五五六）一月二十五日の条にも次のようにある。

岡殿へ参。餅にて御酒被下了。地声にうたい六番、以本、うたひ了。

言継が岡殿に参ったとき、謡本をもちいて六番謡を披露している。正親町天皇は、岡殿の好みを慮って、参内の折、言継らに謡をさせていたものであろう。

このように、禁裏では徒然の慰み、あるいは余興として言継ら廷臣による謡がおこなわれたものとみられるわけだが、それはどこで行われたものか、明確にはわからない。永禄十二年五月九日の音曲は来賓の無い時であるから、聴聞衆は天皇のほか、おそらく禁裏女房衆くらいだったと思われる。その時は御三間において言継・言経の二人が謡っている。同年閏五月二十二日は岡殿が参内しており、その時もまた言継・言経の二人は御三間で謡っている。すなわち、天皇が御三間で謡を聴聞することのあったことは確認できる。御三間は『実隆公記』や『御湯殿の上の日記』などによると常御所にあった。『言継卿記』にも、「常御所御庇御三間之間」で盃を参り、音曲すなわち謡が行われたことが記されている（永禄十二年五月七日の条など）。奥野高廣氏によると「内々の場合に使用されたらしい」という。[3]右二例にしても、また後柏原天皇が三条西実隆との談話に使っていたことにしても、廷臣の謡を聴聞することは公務というよりは内々のことと見て差し支えないだろう。

ともあれ、言継は天皇の御前での謡の際に、自分の所蔵する謡本を持参して用いたのである。謡の稽古を欠かさず、また人から借りて書写し、増やしていくことは、禁裏での謡における自らの存在感を高め、また質を向上させる上で有意義であったことであろう。正親町天皇は物語草子や寺社縁起の読申を聴聞することよりも、謡本を見ながら披露される謡を聴聞することを好んだものとみられるのである。

禁裏における謡本の受容としては、このように、廷臣が謡を披露するときの譜面として使われていた点を挙げることができる。

そしてもう一点、物語草子・寺社縁起・歌草子の類と同じように、貸借の対象としても扱われている。この場合、書写目的で借り出すのではなく、読むための本としてであったようである。

山科家の蔵書についてみると、まず前掲したように、永禄六年三月八日に三百番を禁裏に持参して預けている。これは謡本のほとんどを進上したことを意味するだろう。禁裏ではこの大部の謡本をどうしたのであろうか。この時期は廷臣に分担させて寺社縁起や歌草子を書写させることが多いが、それを示す記事は出てこない。相当数の謡本を一度に禁裏に進上することは、この時の三百番（但し三冊欠）と、もう一度、永禄十二年四月十四日及び五月九日の赤白青黄二百番（但し三冊欠）の時である。いずれも五番綴本であった。

天皇が謡本を揃えて進上させたのは書写目的でもなく、また献上本として御文庫に収蔵するためでもなかった。とすれば、おそらく天皇みずから一まとまりの謡本を通覧することを望んだからではなかったかと想像される。また持参当日に謡本をもって謡わせていることから窺われるように、山科家蔵書の謡の曲目から自分の知らないものも含め、興味をもった曲を選んで聴聞しようとしたのではないかと思われる。

山科家にはかなりまとまった謡本があったことは先に見たとおりだが、ここで述べてきたように、禁裏においてはもっぱら御前で自ら謡を披露するために用いられたのであった。またその一方で、大部の謡本を預けることもあった。禁裏に蔵書を預けることは戦災を免れるためということもあるが、この場合は天皇自身が徒然の慰みに聴聞する謡のレパートリーを選出したり、未見の謡の本文を読んだりすることが目的ではなかったかと思われる。それゆえ、謡の稽古を怠らず、言経にいたって謡の指南をもするほど認められる存在になっていったのだろう。ともあれ正親町天皇は歴代の天皇中、殊に謡数寄であったと思われ、言継はその嗜好に適して近臣として重んじられていたという一面は見て取ることができると思う。

言継・言経がこのような役割で重視されてきたことは、先にも述べたように、楽道の素養や蔵書の豊富さに拠るところが大きかったのだろう。山科家の蔵書の豊富さが天皇の徒然の慰みに関係することを示すのは、物語草子の進上・読申についても同じことである。[4]

3　御文庫目録と謡本

では謡本は禁裏に所蔵されていなかったのであろうか。そういうわけではないだろう。『言経卿記』慶長五年（一六〇〇）三月二十九日の条には次のようにある。

当番ニ参了。先持明院ニテ装束了。次参　内了。久所労故不奉公致迷惑之由申了。参　内珍重之由被仰下了。忝者也。次諷之本拝見申度之由申入了。被出了。四百番斗有之。後日又百番出来之由被仰出了。重而可致拝見之由被仰了。

すなわち言経が参内したついでに、天皇に謡本を拝見したいと申し出ている。この日は四百番見て、後日、百番を見せるとのことだった。ここでいう「出来」とは製作途中のものが完成するという意味ではなくて、出して来るという意味であろう。慶長五年、後陽成天皇朝においては謡本が五百番揃っていたことになる。これが正親町天皇朝のときにすでにあったものか、それとも当代において新写したものかは定かでない。烏養道晢が版本を献上したのは翌年のことだから、それと何らかの関係があるとは思うが、ともかく写本であるとみてよいだろう。

このように禁裏に謡本がいつからか所蔵されていたことは知られるのであるが、『禁裡御文庫目録』などには記載がない。御文庫目録に見える謡関係の書籍には次のものがある。

謡本并聯句　一（冊）（黒御櫃子目録第十「一結之目録」）

ここには「謡本」と明記されているので、一見すると謡曲本文を集めたものかと思われるのであろう。しかし聯句と合綴されていることや、また前後に記される書籍が「消息詞」や「連哥抜書」であり、また詠草の類である。このように小さな詞章や詩歌の小品集が並んでいる中に本書が配されていることや、分量の点から考えても、ここにいう「謡本」とは小謡本であるとみられるであろう。

謡本注　檜子一（御檜子御箱目録）

『官本目録』では「謡本注御檜子一」とある。言経らが編纂に与した『謡抄』を指すものかと思われる。謡本そのものではなく、謡の詞章の注釈書とみられるものである。

そういうわけで、謡本それ自体は御文庫目録には見られないのである。とはいえ、目録にはなくとも禁裏所蔵本があったと確認できるわけで、同様の作品は他にも挙げられる。

○永禄五年（一五六二）四月十五日、称名院、清和院地蔵堂縁起を読む。二十三日、長橋局に返却（『御湯殿の上の日記』）

せうみやう院御まいりにて、御かくもん所にて古今の事申さるゝ。せい和院のちさうのゑき《（ゑんきカ）》のやうなるもの御しゆすまいりて、せうみやう院によませらるゝ。

三条西公条が『清和院地蔵堂縁起』を読んだ。その後、長橋局に返却されている。「せいわ院のゑきけふなかはしへかへさるゝ」。

○天正三年（一五七五）四月十日、番衆言経の所望で『浦島太郎』の絵を見せる（『御湯殿の上の日記』）

さゑもんのかみ、はんにて、うらしま太郎のゑ、いまたみさるよし申され候まゝ、みせらるゝ。

番衆として参内した山科言経の所望で禁裏所蔵の『浦島太郎』の絵を見せている。

○天正三年四月二十一日、言経、源平せいしの御草子を借りる（『御湯殿の上の日記』）

さゑもんのかみに、けんへいせいしの御さうし申いたされて、一てうかさせらる〻。

山科言経が『源平せいしの御草子』を借り出している。

○天正四年四月二十九日　宮の御方、祇王祇女の縁起を返却（『御湯殿の上の日記』）

きわうきねうのゑんき、宮の御かたよりまいりて、御かへさせらる〻。

親王が借用していた『祇王祇女の縁起』を禁裏に返却している。この縁起物語については、天正四年五月一日、番のついでに言経も披見している（『言経卿記』）。言経はこれを『祇王縁起』一巻と記している。

さて、ここに挙げた『清和院地蔵堂縁起』『浦島太郎』『源平せいしの草子』『祇王祇女の縁起（祇王縁起）』はいずれも禁裏所蔵本であることがあきらかのものである。しかし御文庫目録に記載されていない。これらの意味するところは、御文庫目録には記されていない禁裏所蔵本も少なからずあったということである。謡本もこれと同じであるが、五百番が五番綴だとすれば、全百冊から成るわけで、分量的にみたら相当数に及ぶだろう。

室町戦国期の禁裏では、謡は素人芸としても嗜まれており、謡の際は謡本を見ながら披露されることしばしばであった。

慶長六年、烏養道晢の版本が献上されたが（車屋本）、それ以前に既に五百番揃の謡本の写本が禁裏にあった。しかしこれが御文庫に収蔵されることはなかったようである。今日、書陵部の蔵する各種謡本はいずれも江戸期以降のものである。

ところで当時巷衢で人気の高かった舞の本は目録に載っていない。戦国期の禁裏では正月の曲舞天覧は恒例の行事であり、また言継も御前で舞の本を読申することがあった。お伽草子類も同じで、絵巻や寺社縁起、あるいは後花園天皇時代の前後に収集した物語草子を除けば無いに等しい。収蔵時期や本の形態を考慮しなくてはならないだろうが、一方で内容的な点にも一因があったということは考えられないだろうか。謡は芸能としても、読み物としても、禁裏でもてはやされていたことは確認できる。しかし、歌草子や古典的な物語、歴史物語などに比べて新興分野であるから、それとも出納の記録にしばしばみられる長橋局が別に取り扱っていたのであろうか。今後の課題にしたい。

注

（1）大和刑部少輔（天文二十三年以降、大輔、天正四年以降、大和入道）こと大和宗恕は細川家奉公衆。伊藤正義氏の考察がある（「大和宗恕小伝」『日本文学・日本語』3、角川書店、昭和五十三年六月）。
言継による借覧の記録によって、宗恕のコレクションの大概は知られるであろう。借用順に曲名を列挙する。
江口・藤戸・田村・羽衣・浮舟・羅城門・頼政・舟弁慶・当麻・接待・玉鬘・定家・かなわ・大会・東方朔・佐保山・楊貴妃・三山・岩舟・項羽・守屋・錦木・六代・酒転童子・呉羽・氷室・落葉宮・吉野静・鵜飼・東岸居士・邯鄲・羅城門・阿漕・大木・井筒・舟弁慶・岡崎・たてお・胡蝶・鉢木・錦戸・求塚・すゞき・道成寺・野守・鞆・松浦鏡・源氏供養・養老・蟻通・池にへ・だんふう・絵馬・桜河・ゆ屋・飛鳥川・愛寿・忠信・通小町・天鼓・西王母・松尾・伏見・狸々・引鐘・舎利・右近・小塩・夜討曽我・調伏曽我・禅師曽我・小袖曽我・春栄・守久・杜若・軒端の梅・恋の重荷・関寺小町・朝顔・経正　（計八十番）
このほか、天文二十三年八月七日に二十番一括返却しており、これが右と重複しないのであれば、一番綴全百冊のコレクションであったことになろう。言継はおよそ一〜三日かけて二、三冊ずつ借り出しては返却するということを続けたのである。
（2）本書第I章第1節。

（3）奥野高廣氏『戦国時代の宮廷生活』（続群書類従完成会、平成十六年一月）。

（4）いくつか例を挙げておこう。

○永禄七年六月二十七日　言継、石山寺之縁起五巻を禁裏に持参するに、長橋局に申し入れる。（『言継卿記』）

○永禄七年九月十三日　言継、御新参の局の所望で双紙三冊（百人一首・自讃歌・在京人物語）の表紙を伐閉じ、調進。（『言継卿記』）

○永禄八年十一月十四日　言継持参の誓願寺本地絵を御覧になる。（『御湯殿の上の日記』）

○永禄八年十二月十二日　言継持参の十念寺之縁起上下二巻を長橋と通して御覧に入れる。（『言継卿記』）

○永禄九年五月二十四日　言継、東坊城長淳所持の恵心僧都之物語双紙一冊を内侍所に遣わす。（『言継卿記』）＊同年十二月十九日、言継、長淳に返却（同記）。

○天正三年四月二十日　言経、弥勒と地蔵との御戦の草子を読む。（『御湯殿の上の日記』）

○天正四年二月九日　言継、花光草子を読む（『言経卿記』）

○天正四年三月二十九日　言経、若草物語端十枚を読む。残りは後日の由。（『言経卿記』）

○天正四年四月二十三日　言経、六条八幡宮縁起・融通念仏縁起等を読む。（『言経卿記』）

II　仮名草子への一潮流

『七草ひめ』考
1　二つの伝本
物語の梗概
多和文庫本
慶応義塾図書館本
両者の比較
小括
2　引用文献について
謡曲『竹の雪』
『源平盛衰記』
謡曲「藍染川」
『鴉鷺合戦物語』
3　成立過程について
『石山物語』考
はじめに
1　諸本について
2　縁起の素材
『石山物語』の構成
『石山寺縁起』諸本について
『石山物語』の主要な素材
3　物語化の方法
造本のための工夫
略縁起類との比較
周辺の物語資料
おわりに
『住吉の本地』考
はじめに
1　書誌略記
諸本について
書誌上の一、二の特色
2　『太平記』諸本との関係
『太平記』諸本との比較
「剣の巻」をめぐって
小括
3　成立背景に関する先行研究
4　『住吉の本地』の周辺
『かなわ』
謡曲『白楽天』
『住吉の本地』の中の『太平記』
おわりに
『菊の前』考―お伽草子から仮名草子へ―
はじめに
1　『菊の前』と『太閤記』との関係
2　軍記物語と物語草子
物語としての『太閤記』
軍記物語とお伽草子
3　『菊の前』の文学史的価値
菊の前説話の『太閤記』における位置
菊の前説話の草子化
鱗形屋の物語草子出版事情の一端
4　お伽草子から見た『菊の前』
異本『土蜘蛛』絵巻について
はじめに
1　二つの伝本
2　筆者について
【翻刻】

〈室町時代物語〉は〈室町時代の物語〉なのかという問題がある。もちろん、そう簡単なはずがないし、その意味で造られた術語でもあるまい。成立時期が不明な作品が多数あれば、中には南北朝期、さらに鎌倉期に遡り得るもの、反対に江戸期に降るものがあるだろう。すると、およそ三百年もの間に成立したおびただしい作品群を一括して捉えることになる。史料が限られ制約の多い古代文学ならばまだしも、中世後期ではもう少し時期の区分に注意を払ってもよいのではないかという気がする。少なくとも前期・中期・後期の三分割くらいは試みられるのではないかと考える。

本章はそのような考えに基づいて各作品を扱っている。いずれも江戸前期に成立したと考えられるものであり、作風にも共通点・類似点が認められる。既に知られていることでは、謡曲の草子化がある。そして次に第2節で指摘したように、縁起物語の本文作成に公縁起を引用せず、『元亨釈書』や『源平盛衰記』で代用し、第3章で詳述したように『太平記』を用いていることである。第4章で取り上げた『菊の前』はその創作方法を受けて『太閤記』に取材した作品として文学史的に位置づけられるだろう。

本章では取り上げていないが、『保元平治物語』も江戸前期のお伽草子の題材提供作品として看過できないことは『ちかはる』や通俗軍記の類から窺われ、今後、厳密な出典考証が必要になると思われる。

版本に特徴的なことでは、既に指摘されていることだが、たとえば三冊本の体裁にするために説話を挿入することがおこなわれた。異本の発生条件として出版事情を考慮しなくてはならない、いわば近世的な状況が生まれてきたわけである。

また絵巻や奈良絵本の豪華本に顕著なことに、短い物語、つまり説話を寄せ集めるということが行われた。『舟の威徳』『武家繁昌』など祝儀性の強いものにみられることから、贈答品や調度品としての価値を前提として考慮すべきではないかと思われる。第5節で取り上げた絵巻の『土蜘蛛』や、あるいは『雀の夕顔』は性格の違うものだが、説話集収録話を絵巻に仕立てており、つまり絵巻という形にすることにこそ何らかの価値を与えられていたものなのだろう。

江戸時代のお伽草子を成立論の見地から考えてみると、以上のような特色が挙げられるだろう。冒頭の問いにたちかえってみると、これを〈室町時代物語〉として一括して捉えてよいものかどうか、躊躇せざるをえなくなる。つまり表面的にはたしかに〈室町時代物語〉なのだが、創作方法が違う。だからいうなれば〈室町時代風の物語〉なのである。しかし一方では〈仮名草子〉の領分になるわけで、お伽草子の後期作品を仮名草子の範疇に加えるには趣向や物語設定の面で違和感がある。そこで〈仮名草子〉と重なる時期のお伽草子として、本章で取り上げ、また言及している作品群を〈後期お伽草子〉とでも呼んでみるのはどうかというのがわたしの提案である。

『七草ひめ』考

1　二つの伝本

物語の梗概

謡曲に題材を採ったお伽草子は数多いが、讃州多和文庫所蔵の奈良絵本『七草ひめ』もその一つである(1)。

子のない一条中将夫婦、鞍馬寺に祈願の結果、一女をもうける。正月七日に誕生したので若菜と命名する。才色兼備に成長した若菜に、あるとき謀叛を平定して帝の寵を得ていた武将直江政常が懸想する。二人は乳母の策略で結ばれて、一女をもうける。或る時、政常の父が重病であるという知らせがあり、政常は妻子を残して独り下向することになる。三年の間音沙汰ないので、若菜は娘、乳母らと政常の故郷越後へと下ることにする。苦労の甲斐あって政常に再会できたものの、北の方が同居していたので、若菜らは別邸で暮らす。そこで長男月若を出産するが、家督を継ぐ者として、本邸に引きとられることになる。月若は政常が新国司邸での宴のため外出しているとき、北の方に薄着で竹の雪を払うよう命じられて凍死するに至る。政常は新国司に月若を養子にと所望されたので帰宅するが、そこで月若の死を知らされる。政常は行者に祈祷させるなどした結果、月若は蘇生する。その後、北方は実家に戻される。新国司は、実は若菜の父で、二人は乳母の策略による失踪以来の再会であった。その後家が繁盛するといった内容である。継子いじめ譚と略奪婚後の親子の再会から幸福な結末という二つの物語のモティーフが見出せるだろう。これと同じ物語が、若菜失踪までの端本ながらも慶応義塾図書館に所蔵されている。以下、伝本の書誌を簡単に記す。

多和文庫本

まず多和文庫蔵の奈良絵本は外題に「七草ひめ」とある。列帖装（大和綴）で上中下の三帖から成る。題簽は原装で、上下二帖には同名の尾題もある。表紙は縦二十四糎、横十七糎で紺地に金泥草地模様を施してある。料紙は鳥の子紙。丁数は上二十三丁、中二十三丁、下二十九丁。挿絵は計十五図。行数は十行。上帖に乱丁がある他、中二十四丁表が白紙で、ここは本来挿絵があるべき部分であった。

慶応義塾図書館本

一方、慶応義塾図書館本には原題がなく、帙に仮に「わかなの草子」と題されているだけである。袋綴装一冊が現存するのみだが、分量からみて元は二冊本であったろう。表紙は茶色一色。縦二十五糎、横三十三・三糎、横本の大型奈良絵本である。料紙は間似合紙。丁数は二十九丁、その内前後一丁ずつ遊紙がある。行数は十三行。挿絵は九面十図で、本文の料紙に糊付けしてある。これは挿絵制作と本文書写とを別々に行い、製本の際に合わせたものだろう。

両者の比較

この多和文庫本（以下多和本と略す）と慶応義塾図書館本（以下慶応本と略す）とは書誌的な面から見ればかなり違うが、本文の上ではさしたる相違は認められない。甚だしい点といえば表記の在り方で、多和本は慶応本に比べて平仮名を多用しているのである。例えば多和本に「はる・ちきり・まひめ・とうくう」とある部分は、慶応本では「春・契り・舞姫・春宮」としている。このような事例はざっと二百九十六例認められる。その反対に慶応本の方では平仮名表記する語句は二十八例に過ぎない。これを言い換えるならば、慶応本は漢字を多用する点に表記上の特色があるということになる。その場合、屡々振仮名を施している。例えば「古今万葉伊勢物語源氏狭衣《こきんまんよういせものかたりけんしさころも》」等の固有名詞から「父祖《ふそ》」等の普通名詞まで広い。これに対して多和本においては『周易』からの引用文「亨《とをる》初《そより》六《くハ》鼎顛《さかしまにす》レ趾《あとを》利《りあり》レ出《いつるに》否《ひを》得《う》レ妾《ぜう》以《をもつてする時ハ》其《その》子《こ》无咎《とかなし》」（上七オ）のみである。要するに慶応本は漢字を多用する分、振仮名も頻繁に用いているのである。

本文の差異は、大抵「むかしより／むかしも」や「…なれとも／…にて候へとも」などの微細なものだが、多少注意を要する違いが散見される。例えば多和本の十丁表六行目から七行目にかけて「むほんをこ／えけり」とある。この部分、慶応本では「むほんをおこしす／てに京中にミたれ入へしと／きこへけり」（十オ）とある。多和本の脱字は十七文字。以前の書写者の目移りによるものと推察されるが、その位置からして慶応本もしくはそれに類する写本からの書写とは考えがたい。又、多和本の中二丁裏七行目から八行目にかけて「月日のことくおもひ奉りしひめ君を／うしなひてのうへやかてあまになり」とある。この部分、慶応本では「月日のこ／とく思ひ奉りし姫君をうしな／ひ奉るうへ花のやうにおもひし／ひとりひめもうしなひぬれは／やるかたもなきかなしさにやかて／あまになり」（二十七オ）とある。多和本の脱字は三十四文字。つまり多和本は一行およそ十七文字の写本から転写したものと考えられ、従って慶応本との関係は母子関係とはいいがたい。

又、姉妹関係ともいえないことは、魚鱗を多和本は「きよもん」と平仮名で記し、慶応本は「魚鱗《きよくりん》」としている例一つからも窺われる。即ち「り」を「も」と誤るのは、親本が既に平仮名表記になっていたからである。一方、慶応本が「魚鱗《きよくりん》」とするのは、下に続く「鶴翼《くハくよく》」の影響とも思われるが、別の例で孔明を多和本は「こうめい」とするのに対し、慶応本は「孔明《こうミやう》」としているから、元から特殊な振仮名が施してあったとも思われる。とにかく多和本には平仮名を多用する伝本の系譜があり、慶応本には漢字に振仮名を付す系譜があった。しかしそうかといって、本文の異同が僅少なるところからして、両系譜に然のみ広がりがあったとは思われない。どちらも大幅な改竄を企てた書写者はいなかったのである。

それではどちらの本文が、より祖本に近いと言い得るか。決定的な証左は見出だせないが、漢字を多用する慶応本の方が古い本文をとどめていると思われる。例えば多和本に、

くわんけんけんハ七をん十二てうしにさとくおハしませハていひんかさうせししやうけんせきしやうたくほくりうせんのひきよくこと〳〵くまなひ玉へり（上二ウ）

とある。ここは慶応本では次のようにある。

管絃《くハんけん》ハ七音《おん》十二調子《のてうし》さとくおハしませハ貞敏《ていびん》かひさうせし上玄石上啄木流泉《しやうけんせきしやうたくほくりうせん》の秘曲《ひきよく》こと〳〵くまなひ玉へり

（九ウ）

この一例が示すように、平仮名から漢字付振仮名へと想定するのは音楽の知識が豊かな書写者であるという前提がないとできないことであろうから、いささか不自然と思われる。又、誤字脱字も多和本の方が多いから、慶応本の方が祖本の本文をとどめていると考えられるであろう。

次に挿絵から分かる事は、両者の構図が全く異なるという事である。慶応本の本文は、乳母の策略により若菜を失った両親が嘆き、別の乳母若狭が出家するまでであった。そのうち挿絵は九面ある。多和本は同じ部分まで六面ある。このうち同じ場面は四面に過ぎず、しかも構図を異にすることから、影響関係は認められない。場面にずれさえあるのである。その上、表現技術が違うことから、祖本は恐らく挿絵を伴わぬ写本であったのだろうと考えられないか。それをそれぞれの奈良絵本の工房で独自に挿絵を付けたものと考えたい。

慶応本は描写の丁寧な大和絵で、同筆と思しき作品は管見に入っていない。形態が大型の横本である点も珍しい。

一方、多和本は簡略な描写で、類例の多い典型的な奈良絵本である。その背後には大量生産を行った絵草子屋が想定される。類例の中でも注意を惹くのが、早稲田大学図書館所蔵の横型奈良絵本『一本きく』と臼田甚五郎氏所蔵の横型奈良絵本『物くさ太郎』とである。(2) 両者共に『七草ひめ』と構図や装束、家具等の文様に共通点が多い。特に『一本きく』の方は描写の技術という点でも近い。両者共に本文書写者は同一と認められないが、留意すべき作品である。

小括

要するに両伝本は、十七世紀半ば、酷似する本文の写本を以て、全く異なる状況下に制作されたものと推察される。多和本は量産型の奈良絵本で、共通の構図、文様を用いた作品のあるところから、その挿絵には参考とすべき図柄があった可能性が高い。又、祖本に全て同じ挿絵があったとは考えがたい。一方、慶応本と同筆と思しき作品をいまだ見ぬ上、影響関係の窺われる作品も見出だせないので、祖本を踏襲した可能性は残る。しかし多和本との場面の不一致、構図の非関連性から推して、慶応本も伝本の過程で挿絵が加えられたものと解される。従ってどちらかの伝承過程で、元の挿絵が省れたと見ない限り、祖本は挿絵のない写本であったとみるのが妥当であろう。

2　引用文献について

続いて制作に用いた主要な文献資料の考証を行いたい。

謡曲「竹の雪」

最も利用されているものは謡曲「竹の雪」である。その他に『源平盛衰記』『鴉鷺合戦物語』、謡曲「藍染川」、『和漢朗詠集』、『周易』、晋の戴凱之『竹譜』や詩歌の引用等が指摘できる。

まず謡曲「竹の雪」についてみておこう。この作品は『七草ひめ』後半の素材としてほぼ全体が取り込まれている。

しかしながら不思議と本文の上での一致は認めがたい。「竹の雪」は『能本作者註文』に「世阿彌作」とあるがいかがであろう。『註文』の成立は大永四年（一五二四）であるから、少なくとも十六世紀には成っていたことは確実であろう。[3] 又、直井（直江）は『義経記』や幸若舞曲『笈捜し』、謡曲「木引善光寺」、お伽草子『万寿の前』、『村松』、『鶴の翁』等種々の作品にも登場し、注意を要する越州の武将であり、また語り物文芸を考慮すれば興味深い地名でもある。[4]

『七草ひめ』において、政常のいる越後に赴いてから月若蘇生までが「竹の雪」に当たる。展開はほぼ同じ上、記される地名や直井、月若という名もまた一致しているから、これから題材をとったことは間違いない。しかし共通本文がほとんどない。唯一酷似する部分は『和漢朗詠集』等に収められている謝観の詩、

暁入梁王之苑雪満群山
夜登庾公之楼月明千里

の改変型、

シテサシ　『暁梁王《あかつきりやうわう》の園《その》に入《い》らざれども。雪《ゆき》群山に満《み》ち
ツレ　『夜庾公《よるいうこう》が楼に登らねども。月千里《つきせんり》に明らかなり

である。[5] これを『七草ひめ』では、

あかつきりやうわうのそのにいらされとも
ゆきハくんさんにみちたり
よるゆうこうかろうにのほらねとも
月ハ千りにあきらかなり（下十四オ）

としている。(6) 以上から制作に当たり「竹の雪」を用いた事は物語の展開と固有名詞の一致と謝観の詩の改変型とから明白である。

『源平盛衰記』

続いて『源平盛衰記』との関係を見てみよう。これを用いたと考えられる部分は四箇所ある。ここでは一箇所に限って検証しておきたい。それは巻第九「善光寺焼失」に挿入された善光寺如来縁起である。今、国立公文書館内閣文庫蔵慶長古活字版（勉誠社影印版による）をもって両者を比較すると次のように示される。a～xそれぞれ右側の仮名文が『七草ひめ』、左側の漢字片仮名文が『源平盛衰記』である。但し、『源平盛衰記』の仮名表記は小文字も併用されているが、便宜、同一の大きさに改めた。

aそもく、此せんこうしの、によらいのとうしは、むかし天ちくひしやりこく、月かい長者と申人、ゐんふたんこんをもつて、い奉りし、御ほんそんなり。
彼ノ如来ト申ハ。昔シ天竺ノ毗舎離国ニ。

bかの長者と申は、佛の在世に、むまれあひなから、しやけん第一の人なり。

cその比、ひしやりこくに、やくひやうおこりて、人民おほく、ほろふ事あり。
五種ノ悪病發ツテ。人民多ク亡ビキ。

d中にも長者の、さいあいの女子、によせと申ひとりひめ、此ゑつきにおかされ、すてに、たのみすくなく、みへけれは、長老、をんあいのしひに、もよをされ、佛の、せつほうのゑさに、まうてゝ、申さく、

毘舎離城ノ。月蓋《カイ》長者ト云者アリ。最《サイ》愛ノ女子。如是ト云者。病ノ床《カ》ニ臥シテ。憑ミナク見エケレハ。恩愛ノ慈悲ニ催《モヨヲサ》レ。釋尊説《ツ》法ノ砌リニ参リテ歎申ケルハ。

e如来は、大ひを、ほうかいにおほふて、衆生を一子と、はこくみ給へり。

如来ハ大悲ヲ法界ニ覆《ヲホフ》テ。衆生ヲ一子ト孚《ハゴクミ》給ヘリ。

f然るに、ひしやりこくの人民、おほく、ゑつきに、おかされ、めつはうす。

而ルヲ毘舎離城ノ人民《ミン》多ク滅亡ス

g中にも、あいの女子、うせんとす、

最《サイ》愛ノ女子亡《ウ》セントス。

hねかはくは、せそん、しひをたれて、此やまひを、しりそけ給へと、

願ハクハ。慈悲ヲ垂レテ。悪病ヲ済《スクヒ》給ヘト。

iしやくそん、みことのりに、我等ちからをもつて、かのゐつき、たすけかたし。
釈尊勅シテ云。我力《ガラ》ヲ以テ。彼ノ鬼病ヲ助ケガタシ。

j是より西方、十万おくとをすきて、佛まします、御名を、あみたといふ。
是ヨリ西方十萬億土ヲ過キテ佛御座ス其名ヲ阿彌陀ト云。

kしんしんに、きせいしたてまつらは、みつから、やまひ、たすかるへしと、おしへ給ふ。
至心ニ祈誓《キイ》シ奉ラバ。自《ヲ》其ノ病ヒヲ助カルベシト教《ヲシヘ》給フ。

l長者は、ふつちよくを、かうふり、いそき、わかやに返りつゝ、はるかの西にむかい、かうをそなへ、きせいを
なししかは、弥陀如来、くはんをん、せいし、西方
こくうより、とひきたり、おはしまし、
長者蒙二佛勅一家ニ帰リテ遥ルカニ西ニ向カヒ。
香《ケ》花ヲ備ヘ。十念ヲ唱ヘ祈リ申シカハ。彌陀如来。観音。勢至西方ノ
虚《コ》空ヨリ飛ヒ来リ

m一光三そんの御すかた、一ちやくしゆはんの、御たけと、みえつるか、によせに、おかませけれは、たちまちに、
へいゆうしたりけり。

一光三尊ノ御躰一搩手半《チヤクシユハン》ノ御長《タケ》ニテ。長者ノ門閾《モンクチ》ニ現ジ給タリケルヲ。

nそれのみならす、ひしやりしやうの人民、このゑきれいにおかされ、むなしくなりたる、しかはねとも、此光明にてらされ、こと〱く、よみかへるこそ、ありかたけれ。

o長者は、あまりのたつとさに、まつ代の衆生のために、佛弟子を、かたらひ、ゑんふたんこんをもつて、かの如来をいうつし奉りけり。

閻浮檀金ヲ以テ。奉《ル》二鋳移《イウツシ》一閻浮提第一ノ佛像也。

p釈尊めつとの後、天ちくにとゝまり給ふ事、五百歳、佛法とうせんの、ことはりにて、百さいこくに、わたりおはします事、一千ねん、

如来滅度ノ後。天竺ニ留リ給フ事。五百歳。佛法東漸《ゼン》ノ理《ハリ》ニテ。百済國《ハクサイコク》ニ渡リ御座シテ。一千年ノ

qそのゝち、きんめい天皇の、御宇にあたつて、本てう、なにわのうらに、きたらせ給ひ、浪にうかみ給ふを、うら人取上奉り、則みかとへ、まいらせけれは、やかて、一字のたうをたて、あかめ給ふ処、

其ノ後。欽《キン》明天皇ノ御宇ニ。本朝ニ来リ給ヒタリシヲ。

rそのゝち、もりやといへるけたう、世にいて丶、たうをやきはらひ、佛を海に、しつめけるか、なをしも、なにわのうらのなみに、うかませ給ひ、光明をはなち給ふほとに、うら人は、ひかりものなりと、おそれをなし、つりするものも、なかりけり。

sこゝに又、しなのゝ國の住人、本田善光といふ民有、
推古《スイコ》天皇ノ御宇ニ。信濃《ノ》國水内《ツナ》ノ郡《リノ》住人。本《ノ》田善光ト云者

tくやくにさゝれて、上洛し、此うらをへて、きこくする時、なにわしらす、うしろに、いたきつくものあり。

u善光、おとろきさはき、何ものそと、たつねけれは、われは、天ちくよりわたりし、如来なり、ねかはくは、汝かほんこくへ、くして下るへしと、のたまひけり。

vよしみつ、くはんきの心をなし、本國に、いそきけるほとに、ひるは、如来ををひ奉れは、よるはまた、如来、よしみつを、おわせ給ふとそ、きこへけれ。
遙ルカニ負《ヲヒ》下奉テ。

wさて、しなのゝ國に、かくれなき、水内のこほりに、付しかは、我家をたうとして、如来を、あんちし奉る、
我家ヲ堂トシ。

xゆへに寺の名も、わか名ももつて、善光寺と、なつけつ、、しんきやうし奉しより、このかた、日はんさいしよの佛さう、生身の如来と、あふきたてまつり、きせん、かうへをかたふけ、たうそく、たな心をあはせすと、いふ事なし

我名《ナ》ヲ寺號ニ付ツ、安置シ奉リテヨリ以降《コノカタ》。日本最《サイ》初ノ佛像。本師如来ト仰《アヲギ》テ。貴賤頭《カウベ》ヲ低《タレ》。道俗 掌《タナコ、ロ》ヲ合ツ、。既ニ六百歳ニ及リ。

右、善光寺如来縁起は部分的に『源平盛衰記』と一致しないモティーフを含む。それはr・wの部分で、みたところ長門本『平家物語』に類似する。が、全般的にはここに示したように『源平盛衰記』に拠ったと捉えてよかろう。尤も『源平盛衰記』といっても現存本は広い伝本の内の数本に過ぎまい。それ故、正確には『源平盛衰記』と同系統の一本というほうが正しいだろう。この他、同書に拠ったと考えられる部分は五節の舞の由来譚（巻一「五節始」）、竹生嶋通過部分（巻二十八「経正竹生嶋詣」）、魚鱗鶴翼の説明（巻三十五「粟津合戦」）である。五節舞由来譚は「夜光の玉」について触れてある。全体は『本朝月令』の説話と同じだが、天武帝がかの玉を明かりに天女の舞を御覧になったとする点、特徴的である。管見ではこれに類する説話は『源平盛衰記』の「崑崙山ノ玉」のみである。竹生嶋の部分は謡曲「竹生嶋」も併せて用いていると思われる。若菜が舟人に名所を語らせ、後半竹生嶋の霊験を聴く形式は『源平盛衰記』「竹生嶋」に同じ。詞章の共通も多い。魚鱗・鶴翼は後述の『鴉鷺合戦物語』引用部分の中に挿入されている。

以上、『盛衰記』引用の在り方を見るに、本文に忠実であろうとする態度ではなかったことが知られる。右に示し

た善光寺の縁起も恐らく別の資料をも参考に用いたものと見られる。そして、この箇所の引用は「竹の雪」とは異なり、説話単位での挿入、場面転換の接続、兵法知識の利用という役割を果たしたのであった。

謡曲「藍染川」

次に謡曲の利用についてみると、「竹の雪」「竹生嶋」の他にも「藍染川」が指摘できる。便宜上『謡曲大観』（観世）の詞章を用いて比べてみる。便宜、「藍染川」本文は一部を除いて仮名文に改めた。

『七草ひめ』

こくしへの御返事をは、なにと、申あくへきそ、いま一度こと葉をかはし給へ、月わか〳〵と、いへとも、

①へいせいの、かんしよくは、草はのいろに、ことならす。

②はうたいあらたに、ねふりて、まなふたを、ひらく事なし。

③せんけんたる、くろかみは、みたれて、ちくこんにまとはり、

④ゑんてんたる、まゆすみも、雪中にきえうせて、おもかけのなき身となり、

⑤かうかんは、そらにきえて、はなのすかたをうしなひ、

⑥ひやうのたましゐ、いつくにか、ひとりおもむきぬらん。

「藍染川」

いかに申し候。さても御下り夢にも知らず候。梅千代が事はそれがし一跡を譲り世に立てうずるにて候。また御跡をも懇ろにとうて参らせ候べし。かまへて我を恨み給ふなと、いへども、いへども

①へいぜいのがんしよくは草はのいろにことならず。

②はうたいあらたにねむりてまなぶたをひらくことなし
③せんげんのくろかみはみだれてさうこんにまとはり
④えんてんたるまゆずみは　　きえうせておもかげのなき身の果ぞかなしき
⑤こうかん　そらにきえてくわれいをうしなへり
⑥ひやうのたましひいづくにかひとりおもむく

相違する箇所には傍線・波線を施しておいた。引用部分、政常が息絶えた月若を抱き嘆く場面の一部である。これが「藍染川」で入水した妻を抱き嘆く場面の転用であることは明らかである。(9) 又、「藍染川」では後に天満天神の力で妻の蘇生をみる。『七草ひめ』もやはり行者の加持や医術により甦る。若菜一行下向の砌、若菜が病に倒れるが、死に至らず平癒したのは善光寺如来に祈願したからであった。かくの如く神仏の力で命を救われる点でも一致する。さて、引用方法を見るに、③の文中、「藍染川」に「草根」とあるのを「竹根」に改め、又「まゆずみも雪中に消え失せて」と一言加え、更に「華麗」を「花の姿」と言い換えている。このように微細な点に手を加え、物語中に導入するやり方は、『和漢朗詠集』の引用においても認められるところである。

『朗詠集』は、先の「竹の雪」からの孫引きとなる謝観の詩と右に引いた「藍染川」中の白楽天の「嬋娟両鬢」云々（七〇七）の改変型の他に三例ある。即ち白楽天「煙葉蒙籠」云々（四三〇）、藤原篤茂「晋騎兵参軍王子猷」云々（四三三）、白楽天「雪似鵞毛」云々（三七〇）である。前二者は、

ゑんようもうろうとしてかハらぬいろをあいし玉ふされハわうしゆうハ

云々（下十一ウ）と続く。ついで『竹譜』冒頭を引用し、月若が雪を払うのを哀れむ語りがなされ、

それゆきハかもふにてとんてさんらんし人わくわくしゆうにてたつてはいくわいすといへとも竹のゆきハこほりてさんらんすることもなくあしてもこゝへ身もひえけれハたつてはいくわいするやうもなし

とする。これらも先の「藍染川」と同類である。この点、やはり『鴉鷺合戦物語』にも言える。

『鴉鷺合戦物語』

前半、初陣に当たり、政常が乳人から兵法を聴く場面に集中している。一つ具体例を示そう。諸本大差ないので、便宜上、寛永古活字版の翻刻（『室町時代物語大成』二）に拠る。上段が『七草ひめ』、下段が『鴉鷺合戦物語』。

先よろひをめさるゝに次第有	よろふには、次第ありといふ
①一はんにたつな	一番、手綱
②二はんにすゝしの小袖	二々、小袖、すゝし、ねりぬき
③三はんに大口をめし	三々、大口、せいかう
④四はんにハ白布八尺	四々、髪を乱し
⑤　五寸にきりてはちまきとす	五々、鉢巻、白布八尺五寸
⑥六はんにゆかけをさし	六々、ゆかけ
⑦七はんによろひひたゝれ	七番、鎧直垂
⑧八はんにはゝき	八々、きやはん
⑨九はんにくゝりをしめ玉ふへし	縮を結
⑩十はんにすねあてし	十々、すねあて
⑪十一はんにつらぬき	十一々、つらぬき

⑫十二はんにいたて　　十二々、わきたて
⑬十三はんにこてをさす　　十三々、小手
⑭十四はんによろひ　　十四々、よろひ
⑮十五はんに刀をさし　　十五々、刀
⑯十六番にたちをはく　　十六々、太刀
⑰十七番にそやをはく　　十七々、征矢
⑱十八はんに弓をもたせ玉ふへし（上十二オ）　　十八々、弓（一四五—一四六頁）

『鴉鷺合戦物語』八番に「きやはん」とあるが、松平文庫本には「脛巾」、龍門文庫本には「脛巾《ハヽキ》」とある。又、九番は龍門文庫本に「括《クヽリ》をむすふ」とある。このほか、母衣のこと、盃の作法、陣の組み方、声の上げ方についても近似する。『鴉鷺合戦物語』も母衣のことを除き、初陣の白鷺の嫡子に青鷺信濃守が講じる中に含まれている。つまり初陣の御曹司に講義する手巧から『鴉鷺合戦物語』をとり込んでいるのであった。そしてその利用は兵法知識に限るもので、他の資料も参考しつつかなり自由なものであったといえる。

総じて『七草ひめ』において、他の文献を利用する場合、大幅な改竄はしないが、省略、並べ換え、他の知識の付加がなされ、微細に手を加えて本文に同化させている事が解かる。挿入詩歌を含め、引用資料はまだあるが、ここでは省略する。

3　成立過程について

今検証してきたように、本物語では「竹の雪」「藍染川」『朗詠集』、それから『源平盛衰記』『鴉鷺合戦物語』が利用されてきたことが分かった。後半部分は「竹の雪」を基にしながら、「藍染川」中の妻蘇生の場面を転用している。これは物語展開上不可欠で、その改変の在り方は『朗詠集』のそれと相通じる手法であった。

『源平盛衰記』や『鴉鷺合戦物語』は共に前半部分にあり、又、「竹生嶋詣」以外は物語の展開には直接関わらない知識の利用である。陣の組み方に関する部分で巻三十五「粟津合戦」中の魚鱗鶴翼の説明文を併用している所からしても同一人物の手によって取り入れられたことが察せられる。しかしながら「竹生嶋詣」の利用に当たっては、場面転換の接続部分という大切な位置を占めている。従って『源平盛衰記』延いては『鴉鷺合戦物語』は『七草ひめ』前半の本文作成段階において既に用いられていたと見ることができるだろう。

それでは、この前半と後半とは同一人物の手に成ったものなのだろうか。一体、この題名は物語全体を統括するには相応しくないと思われる。政常と契を結ぶまでは若菜を主人公と看做し得るが、「竹の雪」を題材とした後半にあっては脇役に過ぎなくなる。こちらは月若を主人公とする継子いじめ譚である。これをとり入れる際、前半部分との連関をはかり改変したと思われる点は、月若の屍を発見できたのが鞍馬の毘沙門天に祈願した結果であるとする箇所くらいである。従って後半にとって、前半のいわば「竹の雪の前日譚」というべき物語は不可欠なものではない。前半のみ見ると武家が公家の姫を手に入れる恋愛物である。これはあるいは幸若舞曲『築島』に着想を得て作られたのではないかと思われるが、モティーフ上での類似点は散見されるが、本文上での共通点はない。この前半の物語と後半の物語とを結ぶ重要な点は、乳母の策略による幸福の獲得、それによる中将夫婦の悲嘆にあるだろう。これが解消され、皆が幸福を得るのは、月若蘇生後の国司邸での再会以降である。従って前半から見ると、後半との間に有機的な要素があるのである。それ故、「竹の雪」の原改変者が『七草ひめ』作者と同一か否かは未詳だが、後半部分は『七草ひめ』制作時、既に編入されていたであろうと言う事ができる。つまり「竹の雪」は予めこの物語の主要部分として位置付けられていたであろうことが推測される。そして「藍染川」は「竹の雪」と不可分であるから、加えて『和漢朗詠集』の利用も『七草ひめ』作者の手によるものと推察されるのであった。

ここに至って『七草ひめ』という題名に就いて私見を出しておかねばなるまいが、その前にもう一つ問題を引き出しておきたい。それは女童の名を慶応本は「有子《ありこ》」とし、多和本は「あさがほ」としていることである。政常の文を若菜に手渡し、又、若菜の越後下向に伴うこの女童は次のような性格が与えられている。

　有子ハ姫君と同しほとにてことし十五なりもとより物ハちするハらはなるかひめきミの御あたりに人もなくよきひになれハかの御文をまいらせんとおもふに何とやらんむねに火かたかれてかほにもみちをちらすひめ君此よし御らんしておことは何事を思ひ出しつゝ色にハ出すそやとたはふれ玉へはその時さやうの文を人のおこせて候ほとにひめきみに奉る（二十二オ〜二十三ウ）

この描写は『源平盛衰記』巻三に登場する厳嶋の内侍「有子」に拠ったと見られる。徳大寺実定が参籠の砌、実定より歌一首もらうが、実定帰京後思いつめて入水してしまう人物である。この内侍は「十六七ニモヤ成ラン。年少《ワカ》シ幼稚《チ》」にして、宴には時偶参るのみだが、琵琶の名手といわれる。実定の「我カ身ハ此ノ國ノ者カ」の問いに「顔《カホ》打チアカメテ。御返事モ申サス。愧《ハヅカシ》ケナル有様」を見せる。その後歌をもらい入水するに至るのであった。この物愧を強調する点、先述の如く『七草ひめ』制作に『源平盛衰記』が用いられている点、又、有子なる名の特殊性からかく解してよいと思われる。謡曲にも「有子内侍」があるので、小督や横笛ほどではないにしろ、知られた人物であったと思われる。一方、多和本がこれを「朝顔」と改めた所以は明らかにし得ないが、恐らくは謡曲「熊野」のツレの下女「朝顔」に類似する点があるところから、下女の名として一般性の強かったと思われるこの名に改めたのではないかと想像される。「熊野」の朝顔もまた、宗盛の文を熊野に手渡す役を与えられているのであった。

要するに多和本系には若干の改竄を企てた書写者が想定されるのである。言うまでもなく、この物語には若菜は登場するが七草ひめは出て来ない。若菜は正月七日に誕生したので付けられた名であった。『七草ひめ』としたのはこの点に着目し、『七草草紙』の如く祝儀性を強調しようとした為かも知れないが、想像の域を出ない。然し或る段階で、原題を改めたか、慶応本の如く佚名となっていたこの物語に、『七草ひめ』の名を与えたものと解してよいのではないかと思う。

以上で考察を終える。まず『七草ひめ』は端本ながらも慶応本の方が祖本に近いと推察した。ついで引用文献の検証から、謡曲「竹の雪」は単なる一資料ではなくむしろこれを発展させて成った物語が『七草ひめ』であること、そのほか、『源平盛衰記』や『鴉鷺合戦物語』、謡曲「藍染川」等を主要材料として作成されたこと、最後に『七草ひめ』なる題名は二次的なものであると推測した。なお、肝心の成立時期を測定する手掛りは今のところないが、おそらく江戸前期の成立であろうと考えられる。この点は、この時期、作成方法の類似する作品が散見されるからであるが、これについては次節に譲る。

注

（1）『室町時代物語大成』第十巻に翻刻されている。

（2）前者は『奈良絵本絵巻集』第十一巻（早稲田大学出版部、昭和六十三年九月）に、後者は『御伽草子』上（桜楓社、昭和四十八年四月）に収録されている。
（3）最古の詞章は天正頃の写本とされる『堀池・淵田百拾九番本』にある。表章氏『鴻山文庫本の研究―謡本の部―』（わんや書店、昭和四十年三月）参照。
（4）なお、松本孝三氏注「笈さかし」（大頭兵衛本）」（『幸若舞曲研究』七、平成四年一月、三弥井書店）参照。
（5）『謡曲大観』による。喜多流。尚、観世、宝生とも大差なし。
（6）この改変型は他に謡曲『雪山』（『未刊謡集』七）『載安道』（同十一）にもあるが、無関係。
（7）藤井隆氏「平家物語古本『平家切』について」（『文学・語学』二十一、昭和三十六年九月）等。又、善光寺縁起については山下哲郎氏「「善光寺縁起」小考」（水原一氏編『延慶本平家物語考証』2、新典社、平成五年六月）参照。
（8）なお、『楽家録』巻三十一に「崑崙山之仙人化帝徳、而八人来朝奏新曲舞悦之因號之崑崙八仙」云々という由来譚がある。（日本古典全集版三―九五九頁）。
（9）同文は謡曲『兼元』（『未刊謡曲集』十六にもあるが、前後の文脈が全く違う。
（10）管見では藤原長良女、同公房女のみ。説話・物語の主人公としては他に知らない。
（11）「かものやすもと」は十六、七世紀にかけて十人程いるが、陰陽博士ではない。天理図書館蔵古絵巻『鼠の草子』には「あべのやすもと」が登場する。

『石山物語』考

はじめに

『石山物語』は近江国石山寺の由来を説く物語であり、その間、幾つもの説話を挿入し、最後に謡曲「源氏供養」を盛り込む。この点、構成上の特色がある。本物語は従来室町時代の物語の範疇で扱われて来たが、これは不審である。それよりもお伽草子が江戸時代に入り、いかに変化を遂げたかを考えるための資料として捉え直した方が有益であろう。

本節では縁起の記述に焦点を当てる。「縁起」を「物語」に変える方法を理解することが室町期の物語との差異を闡明することになり、更に当時の物語制作の目的を探る手掛りを見出だし得ると思うからである。

1　諸本について

諸本に関しては、既に横山重氏が詳述されている(1)。しかし、それに漏れている伝本もあるので、改めて簡単に記すことにする。

伝本は管見では次の三本が確認できた。

Ａ『石山物語』

1　赤木文庫旧蔵無刊記本

2　京都大学文学部潁原文庫［昭和期］写本（1の転写本）

3　弘文荘旧蔵奈良絵本

また『石山物語』の第四冊と見られるＢ「紫式部の巻」は皆単独で伝わる。即ち、

4　京都大学附属図書館蔵本

5　宮内庁書陵部蔵本

6　国立公文書館内閣文庫蔵本

7　赤木文庫旧蔵本

の四本で、いずれも明暦四年の刊記がある。

諸本のうち、Ａ―2潁原文庫本はＡ―1赤木文庫本を昭和のはじめに転写した一本である。京都大学附属図書館には既に「紫式部の巻」のみ蔵されていたので、それを補う意味で写したものだろう。但し、第二冊目と三冊目とが逆になっている。

また、Ａ―3は存否未詳の為、残念ながら本文は分からない。これは『弘文荘待賈古書目録』第三号[2]に掲載されている。本解説では制作時期を「寛永を少し下った頃」とするが、挿絵の写真を見る限りでは寛文から元禄にかけての作と判断される。つまり、これは刊本より後出の一本と推察されるのである。[3]

Ｂ―4は流布本『平家物語』や『源平盛衰記』からの引用文が数箇所あるほか、幾つか注が施されている。Ｂ―5も虫損、破れが甚だしく、ほぼ全丁にわたり修補され、表紙も渋引のものに改められてある。Ｂ―6も破れ甚だしく、

本文の不明箇所が多い。表紙や料紙の寸法はB―4と異なるが、板木は全く同じものを使用。B―4は縦廿七cm、横十八cm。B―5、B―6は縦約廿五cm、横十七cmである。

右三本の先後関係について一言しておくと、B―4が先行し、その後、B―5、続いてB―6を摺ったものと認められる。B―4は欠刻部分が尠少で、後二本との間には料紙の寸法に縦二cm、横一cmの差がある。従って、B―4だけは先に、B―5、B―6両本とは別の機会に摺られたものとしてよいだろう。B―5、B―6両本の間ではB―5の方が欠刻が少いので先行するものと見られる。

板元は京師の藤井五兵衛である。五兵衛は『石山物語』の外、『ふうふ宗論』『青葉のふえ』などを刊行している。前者は、刊記に「明暦元年霜月下旬／藤井五兵衛刊行」とある。後者には「寛文七年丁未正月吉日／藤井五兵衛新板」とある。『石山物語』には「明暦四年仲夏上旬／藤井五兵衛」とあるから、両書の間に出されたことになる。いずれも絵入版本である。

ところで「紫式部の巻」は『石山物語』の第四冊目なのだろうか。これは従来から多少問題とされてきたことである。この点に関して、「紫式部の巻」は『石山物語』の第四冊であろうとの説を出されたのは、横山重氏であった。氏は寛文初年の書籍目録に『石山物語』を四冊本として登録してあること、両者の挿絵の画家は水谷不倒氏の設定した『他我身之上』の画系に属していること、版式ややや風変わりな句点の打ち方が一致している事を根拠とされている[4]。氏の説は十分首肯できるものと思われる。更に、本文の上からは、後述するように、『源平盛衰記』が縁起の記事にも、「紫式部の巻」の澄憲説話にも使用されている。このことも、横山氏説を裏付けるものとなろう。よって「紫式部の巻」は『石山物語』の四冊目に当たると理解するのが最も穏当である。

2 縁起の素材

『石山物語』の構成

さて、『石山物語』は次のような構成をとる。

①a仏教東漸
b四天王寺略縁起
c興福寺南円堂、春日大明神の神詠
②d石山寺縁起
③e良弁伝
f大仏造立発願
g富士山の由来
h金峯山の由来
i橘賜姓
j陸奥の采女、安積山の歌
k家持、金華山の歌
④l大仏開眼
⑥m東大寺華厳会由来
⑥n弘法大師諡号

〈紫式部の巻〉
⑦ｏ『源氏物語』由来
ｐ上東門院少将と紫女との歌の贈答
ｑ箒木
ｒ夢の浮橋
⑧ｓ澄憲の行状
ｔ俊恵との歌の贈答
ｕ白山、山門神輿振り〜血脈伝授
⑨ｖ源氏供養

石山寺の建立に至るまでの記述は①から④に及ぶ。ここからは、この物語が種々の説話を寄せ集めて成り立つものであることが理解されよう。しかも石山寺と直接関わらぬ説話が目立つ。ｂｃｇｈｉｊｋｍｐｑｒｓｔｕがそれである。ａの仏教東漸は寺社縁起物の書き出しとして、至極一般的なものであるから問題はない。また、ｅは石山寺建立を前提とするものであり、『石山寺縁起』にも多少説かれる所であるから、これも問題はなかろう。それにしても、この物語は石山寺にとって不要な説話が多い。

一体、従来の寺社縁起の制作の目的には凡そ信仰宣布が伴っていた。しかしながら、『石山物語』の場合、これら挿入説話を考慮すると、信仰の宣布が制作の際に目途として存したか、甚だ不審と言わねばならない。そこで第一に、縁起資料として何を使用したかを問題とする必要があろう。その上で、信仰宣布との関わりを考えたい。

『石山寺縁起』諸本について

まず典拠か否かの問題は別として、公的な縁起である『石山寺縁起』について触れておく。この縁起は、絵巻物としての成立に関しては美術史の方面から盛んに行われて来ている。(5) これに対して、諸本研究はあまりなされていないのが現状である。

伝本は比較的多い。近世には本文の書写ばかりでなく、絵巻の模写もまま行われたようである。存否は未詳だが、奈良絵本も作られたらしい。(6) 未見の伝本もあるが、管見では諸本は甲乙丙の三系統に大別されると思う。甲乙両類は七巻本、丙類は五巻本である。主要な伝本を次に掲げる。

【甲類】

京都国立博物館蔵「石山寺絵詞」

石山寺蔵「石山寺絵」

宮内庁書陵部蔵柳原家旧蔵「石山寺縁起」

京都大学附属図書館蔵平松家旧蔵「石山寺縁起」(但し、朱にて丙類本との異同を記す。)

【乙類】

宮内庁書陵部蔵鷹司家旧蔵「石山傳記　イ石山縁起」

国立公文書館内閣文庫蔵地志編脩取調所旧蔵「石山寺縁起」

東京国立博物館蔵温古堂旧蔵「江州石山寺縁記」

続群書類従本「石山寺縁起」

【丙類】

国立国会図書館蔵「石山縁起」
島原図書館松平文庫蔵「石山縁記」
東京大学総合図書館蔵紀州徳川家旧蔵「石山寺緑起」
国立公文書館内閣文庫蔵浅草文庫旧蔵「石山寺縁起」

甲・乙は巻数こそ同じだが、多少本文に異同が認められる。甲・乙・丙それぞれの中でも異同は無論あるが、この点の考察はここでは省く。今は結果のみ提示するにとどめるが、『石山寺縁起』諸本はかように分類される。この内に異説や別伝外伝の類が混入する伝本は認められない。よってこれらを一括して、『石山物語』に対峙させることができる。これを前提として、次にこの物語への影響に留意しつつ検証して行く。

『石山物語』の主要な素材

両者に対応関係が認められる箇所はd石山寺の縁起、f大仏造立発願、l大仏開眼、n弘法大師諡号、o『源氏物語』由来である。『石山寺縁起』全三十三段中、関係する記事はこれらのみ。この内、dからlは『石山寺縁起』には冒頭の縁起記事に含まれている。これに対して、n、oは霊験譚として収められている。本節ではf、nを主に見て行き、他は指摘するにとどめる。

f大仏造立発願

fは『石山寺縁起』では巻第一の第一、二、三段目に当たる。結論からいうと、この部分は『源平盛衰記』と『元亨釈書』とを併用したものと考えられる。以下、この点を検証していく。

『石山物語』では、当該箇所は、

イ良弁、帝に大仏造立を勧める。
ロ大仏造立の是非について伊勢太神宮にうかがいを立てる。託宣あり。
ハ同じく宇佐八幡にうかがいを立てる。託宣あり。

以上から成っている。このうち、留意すべき点は託宣の有無であろう。

託宣のある説話資料としては、

（一）東大寺縁起系（東大寺八幡験記など）
（二）源平盛衰記(7)

の二種に限定される。両者はそれぞれ、

（一）勅使を行基と明記し、本地に関する説話を伊勢と宇佐との間に挿入する。
（二）勅使を行基と明記し、本地に関する説話がない

という特徴をもつ。『石山物語』は第一に（一）のごとき本地仏に関する説話のない点、（二）と一致する。

ところで、『石山物語』には聖武天皇が大仏建立を実現しようとした時、日本は神国であるから、建立の是非をうかがうべく、伊勢神宮に勅使をたてる場面がある。その際、次の託宣があつたという。

御神でんのうちより、御たくせん、まし〳〵けるは。じつさう、しんによの、日りんは。(イ)しやうじの、ぢやう夜を、せうきやくし。本有《ほんう》、じやうちうの、月りんは。(ロ)ぼんなうの、めいうんを、りやくはす。今、我、あひがたき、大ぐわんに、あへり。(ハ)わたりに舟を得たるがごとしとぞ、おほせける。(8)

これに対応する託宣は『元亨釈書』巻第十八「皇太神宮」(9)で、すなわち次のようにある。

第七之夜、神殿ヲ自開、大音ニ唱ヲ曰。實相眞如之日輪ハ、(イ)照二却生死之長夜一、本有常住之月輪ハ、(ロ)爍二破ス煩悩

之迷雲㆒。吾今逢㆓難㆑遇大願㆒、(ハ)如㆓渡㆓得㆒㆑船。又受㆓難㆑得寶珠㆒。如㆓暗キ㆓得㆒㆑炬。

『元亨釈書』の「東大寺」には託宣の記録がないので、「皇太神宮」を借用しているのである。これと類似する託宣は(一)に属する『東大寺要録』や『東大寺縁起』、『東大寺八幡験記』などに見られる。しかし、それらは、群書類従本『東大寺縁起』に代表させて述べると、まず傍線部(イ)を「破生死長短之暗」とする。また(ロ)を「拂無明煩悩之雲」とし、(ハ)を「如暗夜得燈。稟難之寶珠。若渡海得船」とする。よって『石山物語』とは距離のある文献と言える。また(二)の『源平盛衰記』では、巻第廿四「胡徳樂河南浦樂」に引かれるが、(イ)を「照生死長夜ノ闇」とし、(ロ)を「掃無明煩悩ノ雲」とし、(ハ)以下を欠く。

かくして『元亨釈書』を使用していることが分かるが、一方、宇佐の方は『石山物語』本文には次のようにある。

つくしへ、ちよくしを、たてられ。宇佐の宮へ、此ことを、申させ給へば。八まん大ぼさつ、あらたに、御こゑを出し。ぢきに御返事、申させ給ふ。われ、國家をまもり、王位[a]をまもる、心ざし、たてほこ[b]のごとし。はや、國中の神祇を、いざなひて、ともに、わがきみの、ちしきとなるべしとぞ、おほせける。

これに対応する託宣は、『源平盛衰記』では次の通り。

又宇佐宮へ勅使ヲ被立テ同叡願ノ趣ヲ被申シカバ八幡大菩薩ノ御躰正ク現シ給御音ヲ出サセ給テ吾國家ヲ護リ王位[a]ヲ守ル志楯戈[b]ノ如シ早ク國内ノ神祇[c]ヲ卒シテ共ニ吾君ノ知識タラント新ニミコトノリ有ケレバ[10]

『東大寺要録』にはこの託宣が記録されていない。『東大寺縁起』や『東大寺八幡験記』には見られるが、後者は宣命体で記されているから、『石山物語』との隔たりは大きいといわねばならない。その上、本文を見ると、まず傍線部aを欠く。またbを「干戈鋒楯」とし、cを「國内一切神祇冥衆」とする。従って宇佐の方でも(一)は距離があり、(二)の『源平盛衰記』に拠っているものと認められる。

以上、顕著に素材のかたちをとどめた箇所を二つ抜き出して検証した。これによって、ここでは『元亨釈書』と共に『源平盛衰記』が用いられていることが明らかになった。このうち基礎となるのは後者である。つまり、大仏造立を発願してから、宇佐の明神の許可を得るまでの経緯は主に『源平盛衰記』を用い、その上で『元亨釈書』の本文をも部分的に採用しているのである。

『源平盛衰記』が主要素材となるのは、この外、「紫式部の巻」のt、uで、これもまた同様である。そこでこの際、とり上げておこう。

t・u澄憲伝

t・uは次のように要約できる。

①澄憲と俊恵との歌の贈答
②神輿振りより明雲座主流罪の宣旨に至る
③明雲、勅使に具せられ配所に発つ。
④澄憲のみ明雲を国分寺まで見送る。
⑤澄憲、血脈を賜る。
⑥如来四十余年秘密の法。
⑦天台大師これを受く。
⑧伝教大師、道蓬より伝授

さて、『平家物語』諸本を見ると、該当部分は次のようにまとめられる。

	①	②	③	④	⑤	⑥	⑦	⑧
語り本	×	○	△	○	○	別	×	×
延慶本	×	○	△	×	×	×	×	×
長・南・闘	×	○	△	×	×	×	×	×
源平盛衰記	○	○	△	○	○	○	○	○

「語り本」には〈覚一・屋代・中院・国民文庫・下村刊・葉子十行・百廿句〉が含まれる。「長・南・闘」は〈長門・南都・闘諍録〉である。△で示した③では、語り本系諸本や延慶本は「勅使」ではなく「官人」とし、長門・南都・闘諍録はこれを「検非違使」とする。また読み本系諸本は④⑤⑥⑦⑧に該当する箇所を欠く。語り本系諸本も⑦⑧を欠く。また語り本系諸本は、⑥に相当する部分が釈尊の弟子馬妙比丘龍樹菩薩よりの相伝とあるから、『石山物語』所引説話と別種であることは明らかである。

以上のことから『源平盛衰記』に拠ったことは明らかであろう。③においては、明雲を具す者の身分を勅使と明記しないが、その外は凡そ『源平盛衰記』から澄憲に関する箇所を抄出、若しくは要約しているのである。して見ると、『石山物語』作者の手許には、読み本系の『源平盛衰記』と語り本系の葉子十行本系の写本（後述）との二本が存したという事実が判明する。このことは『源平盛蓑記』が『平家物語』諸本とは別種のものとして扱われていたことを示すものかも知れない。

d石山寺縁起

次にdに就いて、多少言及しておきたい。

前生譚の冒頭に次のようにある。

しやうむ天皇の、御ぜんじやうは、[a]しんだん國の、しやもんにておはしましけり。大智くはうかくの、ほまれありしかば。[b]天じくにわたりて、ぶつけうを、つたへんと思ひたち。すでに、[c]かのどに、おもむき給ふ。

同様の記述は『元亨釈書』をはじめとして、幾種かの文献に見出だされる。それらは、およそ次の六系統に整理されよう。

（一）石山寺縁起
（二）元亨釈書（謡抄など）
（三）観音利益集
（四）扶桑略記系（壒嚢鈔、紫明抄、河海抄など）
（五）東大寺要録系（東大寺八幡験記など）
（六）東大寺縁起

これらのうち（二）の『元亨釈書』巻第廿八「東大寺」所引説話を引用すると次の部分が該当する。

良辨前身為二[a]支那比丘一。求レ法[b]赴二天竺一。到二流砂一。(イ)有二大河一。良辨無レ銭不レ得レ渡。滝留スルコト数月。帝時為二渡子一。(ロ)憐二辨カ求法一。不レ言二傭賃一。乃渡レ之。辨先身發レ誓曰。願尓《ナンヂ》來世必登二王位一。因レ此主二日域一。

傍線部を整理すると次のように示される。

『石山物語』　a震旦国の沙門
（一）行人
（二）支那比丘
（三）漢土ノ僧
（四）震旦修行者
（五）修行者
（六）沙門

『石山物語』ｂ天竺・彼土に赴き給ふ

（一）×（但し「志し」あり）

（二）天竺ニ赴ク

（三）天竺へ渡給フ

（四）舎衛国ニ向フ

（五）舎衛国ニ至ル

（六）天竺ニ渡ル

ａは別の語に置き換えると、（二）（三）（四）と一致する。反対に、（一）（五）（六）は類語の域を出ないようである。またｂは（二）が近い。これだけでは何も確定的なことは言えない。そこで、引用した（二）『元亨釈書』の波線部（イ）（ロ）が決め手になると見られる。

（イ）に対応する『石山物語』本文は「日かずをへて、かはらをすぐれば、大《だい》河あり」である。大河の有無に関する記述は（二）のみに見られる。一方、（ロ）の方は『石山物語』本文に、「何とやらん。あのそうを、見たてまつれば、あはれに、たつとく、おぼゆれば」とある。流沙河を渡す理由として僧を「あはれ」と思うところが問題なのだが、これは（二）の外に、（一）（三）にも見られる。即ち、（一）彼志をあはれみて（三）アワレミテ、とある。しかしながら、（三）は発願がなく、「ソレナラヌ功徳善根ヲモ造リケルニヤ」と、曖昧な推測で因果関係を説明するにとどまる。一方の（一）が使用された可能性は残る。前生物語の部分を見る限りでは確証はない。但し、発願の理由として、「彼恩を報せむかために」と述べており、これに対応する記述が『石山物語』にも「このはうをんを、ほうぜんと」と見られ、注意される。なお、考証は省くが、1の石山寺建立の箇所も『元亨釈書』が参照されている。

dでは、『元亨釈書』本文が大きく改変されており、明確に見出だしがたいが、fの検証結果によると、ここでも『元亨釈書』を使用したことが推測される。

ちなみに指摘しておくと、良弁と漁翁（実は比良の明神）との対話では古活字本もしくは同系統の写本の『太平記』巻第十八「比叡山開闢事」が使われている。(11)

以上見て来た所では、本文上、『石山寺縁起』と一致するものは、多少痕跡と思しき箇所が認められる程度であった。実質は『元亨釈書』を主要資料としながら、『源平盛衰記』や『太平記』を併用しているのである。

n弘法夫師諡号

次に、nについてみていきたい。すなわちこれは『石山寺縁起』巻第二の第一段に対応する。この段は石山寺中興の祖と称される淳祐の略伝で、それには大師の廟に勅使をたてた理由を明記しないが、『石山物語』の方には、

弘法大師みかとへ御夢のつげあり。御ころものそんじぬれはつかはさるべしとなり。

と明記される。また観賢、淳祐のほか「ちよくしは中納言すけたかのきやうなり」とて、「をの〳〵三人おくのゐんに」参ることになっている。『石山寺縁起』には観賢のみ登場し、淳祐もすけたかも登場しない。また勅使を立てた理由である延喜帝の夢想が明記されていない。夢想の明記と淳祐、すけたかの登場という条件を満たす資料は、『弘法大師行状記』に代表される大師伝の類にも見られない。では、このような資料がどこにあるかと言うと、『平家物語』諸本の中にある。

勅使の名に関して、『平家物語』諸本のうち、主要なものを挙げれば次の通りである。即ち、覚一・屋代・平松・中院・百廿句・下村刊・国民文庫・延慶本などは皆「中納言資（輔）澄（隣）卿」である。また長門本・盛衰記は「勅使」とのみ記しており、「すけたか」とも「すけずみ」とも記さない。四部本にあっては「勧修寺右少弁」とする。

かように『平家物語』諸本には「資澄」の如き類似する名が出てくる。しかし「すけたか」とする伝本は葉子十行本のみである。読み本系諸本はおろか、他の語り本系諸本においても認められないのである。よって葉子十行本、若しくはそれに近い伝本が使用されたと考えられよう。

先の『太平記』の場合は刊本もしくは同系統の写本であった。ここでは作者の手許にあった伝本はそう古いものではない。いずれの場合からも古写本が身近にあったとは認めがたいという予想がされるのである。また、刊本ではなく、写本を用いている点も注意される。m東大寺華厳会由来は『宇治拾遺物語』に拠っている。これも古活字本ではなく、写本に拠る[12]。書肆に近しい作者を予想している私としては、一見刊本の方が身近にあるだろうと、制作環境を想定していたのであるが、必ずしもそうとは言われないのである。

なお、oは『石山寺縁起』巻第四の第一段目に対応する。ここでは考証を省き、縁起本文は『紫明抄』に類似するが、物語の方は『河海抄』に拠っていることだけを指摘しておきたい。

小括

以上、『石山寺縁起』と対応する説話を簡単に検証してみた。その結果、『石山物語』制作に『石山寺縁起』を直接用いた可能性は極めて低いことが指摘できる。従って、『石山寺縁起』の本文を物語化したのではないのである。但し、参考資料として作者の手許にあったことは考えてよいだろう。例えばdでの部分的な本文の類似は単に『元亨釈書』のみに依拠して生じるものではあるまい。では、『石山寺縁起』の代わりに素材として扱われた文献は何かというと、それは『源平盛衰記』と『元亨釈書』とであったと言えよう。

3　物語化の方法

以上のことを踏まえて、別の視点からこの物語を捉えてみたい。

造本のための工夫

寛文無刊記版の書籍目録ではまだ「物語類」が設けられていないから、「舞幷草紙」に分類されてある。このうち『舞の本』の三十六番を除く草子の冊数を見ると、一冊本は三十六種、二冊本は六十一種、三冊本は二十六種ある。そして四冊本はどうかと言うと、『石山物語』のほかには『三浦物語』（存否未詳）があるのみである。従って、一、二、三冊本が物語草子刊本の一般的形態であったと言える。して見ると、かような出版状況の中で、「紫式部の巻」を付巻して四冊本にしたことは注目されてもよいことだろう。

「紫式部の巻」の主眼が那辺にあるかといえば、それは源氏供養にあるだろう。一つは石山寺が『源氏物語』制作の場であったと一般に理解されていたからであり、一つは謡曲「源氏供養」を採り入れているからである(13)。謡曲では紫式部が夢中に顕れる形をとっており、お伽草子『源氏供養草子』諸本の方は女房が車で訪れる形をとっている(14)。従って、謡曲によることは明白である。

『源氏物語』の由来を説くだけならば、六丁程度であるから、前の三冊の中に入れれば済む。しかし、通常の形態にせず、敢えて四冊目を設けたのは、源氏供養を盛り込み、他の物語草子に対して独自性を強調しようと企図したからではないだろうか。このために、「源氏供養表白」やお伽草子『源氏供養草子』、『扶急言風集』（承応三年刊）所引「桐壺」ではなく、謡曲を用いたことは、一つには入手の容易さにもよろう。しかし、その背後には謡曲の物語化の流行があったと思われる。

この時期、謡曲は物語を作る際に取材されることの多い分野であった。この点、橋本直紀氏[15]、川崎剛志氏[16]、濱田啓介氏[17]ら諸氏により明らかにされつつある。わたしは万治元年に当たる年に刊行された『石山物語』もその一例ではないかと考えている。勿論、全体がそうなのではなく、「紫式部の巻」の後半である源氏供養の場面に限ったことである。そうすると、ここから草子屋と近しい物語作者像が浮上してくる。

謡曲の草子化は江戸前期の物語制作の常套手段であり、本書を販売するに大きな目玉になったであろうことが推測される。そのため、三冊本という一般的な形態に加え、「紫式部の巻」を付巻として、別に外題を付して販売したのではないだろうか。謡曲だけでは分量が尠なく、一冊とするには丁数が足りないので、『源氏物語』の由来を『河海抄』に求め、澄憲説話を『源平盛衰記』に求め、更に挿絵を交え、この巻を付録としたものと見られる。橋本直紀氏は万治三年刊行『百万物語』に於ける大幅なる増補を造本のための工夫と解された[18]。「紫式部の巻」の場合も同様の理由が考えられるのである。

略縁起類との比較

江戸前期、不特定の読者に対して寺社縁起を扱った文献としては、室町期以来の物語の外に略縁起がある。石山寺の場合もその例に漏れない。そこで、略縁起との比較を通すことで、『石山物語』の、物語としての特色を見ることができると思われる。

石山寺の主要な略縁起としては、『石山寺霊験記』、『石山寺霊瑞記』（本文に「ことし延宝四年」とあり）、『石山寺草創記』（本文に「今にいたつて九百廿余年」とあり）、『石山寺由来観音御利生記』（本文に「宝永八年」とあり）、『石山寺由来観音御利生記并ニあふミ八けいの歌』（本文に「明和六年」とあり）、『石山寺開帳物語』（本文に「一千余年に及べども」とあり）、『石山寺由来略縁起評紫式部影讃』（一舗）などが管見に入った。

これらと『石山物語』との間に共通するものは絵入版本ということであるが、両者を比較すると、相対的に次のような特色が窺われる。

まず、右の略縁起類は全て『石山寺縁起』（公式縁起）に基づいて制作されたものである。これに対して、『石山物語』は、先に考証したように、外典とも言うべき資料によって成り立っている。これは正史の略述としての略縁起に対して、この物語が元より正史に忠実たらんとする意識を基に制作されたものではないことを意味するだろう。つまり、真実性よりも読み物としての側面を優先していると解される。

また、略縁起類が当寺の霊験を強調するのに対して、『石山物語』は東大寺や元興寺などの霊験にも及び、拡散的である。更に、前生物語の冒頭で良弁と聖武帝とを混同したり、流沙河と恒河とを同一視したりと、寺伝に根本的な誤りを犯している。

また、略縁起類は当寺への里程や地理などを示し、実用性を志向しているのに対して、『石山物語』は当寺の信仰宣布に必要とは言えぬ説語を多々引用する。参詣や信仰上の理解を目途とするのではないのである。

これを要するに、『石山物語』は営利志向の体裁をとり、それに相応する本文配分がなされ、内容も読み物としての興趣を実用性、啓蒙性よりも優先させていると考えられる。従って、作者を当寺関係者とすることは不審であり、当寺と関わらぬ物語作者を想定すべきであると思われる。

周辺の物語資料

ところで『道成寺物語』という道成寺の縁起に取材した物語がある。これは万治三年に刊行された絵入版本である。『石山物語』の方は明暦四年（万治に改元）に刊行された絵入刊本の物語であった。つまり『道成寺物語』はその二年後に出されたのである。注意されるのは、従来の『道成寺縁起』諸本を継承したのではなく、『元亨釈書』所引の道成寺縁起を用いた点である。[19]『元亨釈書』を使用したものには、承応頃刊行の『弘法大師の御本地』や同時期の『賀茂の本地』『犬寺縁起絵巻』なども有る。これらはいずれも公的な縁起や伝記によらずに、これら対象となる特定の寺社とは距離のある『元亨釈書』を用いている点、問題がある。

また、この物語には『源平盛衰記』説話が分量としては割合多く使用されていた。『源平盛衰記』所引説話は江戸前期のお伽草子制作に際しても、『太平記』『元亨釈書』と共に好んで用いられたようである。例えば、右の『弘法大師の御本地』や『賀茂の本地』[20]がそうであるし、寛文頃の絵入写本『住吉の本地』A本[21]や同時期の奈良絵本『七草ひめ』[22]にも引いてある。これらは成立時期も近いと考えられることから、個々に断絶した状況で成ったのではなく、程度は不明ながらも相関関係を有していたと推測される。特に、『道成寺物語』と『石山物語』とは従来の公式縁起からではなく、『元亨釈書』所引縁起に依拠すること、両寺共に直接関係のない四天王寺の縁起をも挿入することで共通する。

これらは同一成立圏とはいわないが、近しい所で作られたものとして捉えてよいのではなかろうか。それぞれ特定の寺社縁起を使いながらも、信仰宣布を志向しない点で相通じるものがある。『石山物語』は、かように「縁起」を「物語」として作り替える制作環境の中から生み出された物語であると推測される。

おわりに

以上の考察結果から、『石山物語』は『石山寺縁起』を直接使用したのではなく、かわりに『元亨釈書』や『源平盛衰記』を主に用いて本文が制作されたことが分かった。『石山寺縁起』が作者の手許に存したか否かは明らかでない。参考とした可能性は残る。もしそうであるならば、『石山寺縁起』を念頭に入れつつ、類話を他の文献資料に求めて本文を作ったことになる。

このようなことは一見不自然に見られようが、実は江戸前期の物語制作の一方法であったのではないか。例えば、先述の『弘法大師の御本地』は『弘法大師行状記』の類を基礎資料とするが、『元亨釈書』所引説話や『源平盛衰記』所引説話にすり替えた部分がある。また、『道成寺物語』や『賀茂の本地』もそうである。これらの例は従来の室町期の物語には見られないことから、新しい制作環境の出現を背後に想定する必要があるものと思う。『元亨釈書』や『源平盛衰記』が物語制作に使用されるようになるのは、特定の信仰圏に生成した縁起のもつ正当性を切り捨て、物語としての虚構を自由に盛り込むための一方法としてではなかったか。

ともかく『石山物語』の本文は物語制作の歴史から見て、室町時代物語とは異質の、江戸期に派生した新しいものと捉えられるのである。

注

（1）『室町時代物語』第六巻（古典文庫）。

（2）反町茂雄氏編輯、弘文荘、昭和九年六月。

（3）反町氏は『奈良絵本私考』（弘文荘、昭和五十四年八月）附載「歴検奈良絵本書目」でこれを「寛文頃写」とされている。この外、東京古典会の平成八年度即売会に同名の奈良絵本が出ている。当図録によると、五ツ目の袋綴、三冊。元禄頃の作と認められる。掲載写真は刊本『石山物語』には登場しない人物や場面であるから、別の物語と見倣される。尚、『風葉和歌集』所引の同名散逸物語も無関係。

（4）『室町時代物語』第六巻及び『室町時代物語大成』第二巻の解説。

（5）例えば吉田友之氏「『石山寺縁起』七巻の歴程」（小松茂美氏編集『日本絵巻大成』第十八巻、中央公論社、昭和五十七年七月）など。

（6）清水泰氏「奈良繪本考」（初出『立命館大学人文科学研究所紀要』第一号、昭和二十八年。再録『日本文学論考』初音書房、昭和三十五年六月）中の奈良絵本の目録に書名が記載されてある。

（7）なお、『平家物語』諸本にはない。

（8）引用本文は『室町時代物語大成』第二巻の翻刻を使用。解題に説くように、「句点は原本どおり」とは言えない翻刻資料であるが、本稿では論に支障を来す部分は引用しないので、便宜上、これを用いる。

（9）『国史大系』の翻刻を使用。以下、これに倣う。尚、古活字版諸本を調べた所、『石山物語』と関係のある記事では慶長十年板に一字誤字が見られる外、手掛かりとなるものはないようである。

（10）慶長古活字板の勉誠社影印版（昭和五十二年十月〜昭和五十二年八月）を使用。

（11）古活字本に近い梵舜本、天正本などを含む諸本は「蘆原」を「桑原」とする。同文を収める『塵添壒嚢鈔』も同じ。

（12）「くわいらう」を、書陵部本、陽明文庫本とも「回廊」とする。しかし、古活字本は「門らう」とする。

（13）謡曲『源氏供養』に拠ることは『日本古典文学大辞典』（福田晃氏「石山物語」）に指摘がある。

（14）お伽草子『源氏供養草子』に関しては徳江元正氏「源氏供養譚の系譜」（『室町芸能史論攷』三弥井書店、昭和五十九年十月）、安藤亨子氏「源氏供養草子」（三谷栄一氏編集『大系物語文学史』第四巻、有精堂出版、昭和六十四年一月）参照。但し、伝本は氏の掲載される諸本の外に島原図書館松平文庫蔵『源氏不審抄』（写一冊）がある（『松平文庫目録』九二頁にも載る）。この一本は何故か従来の研究では対象から外されている。

（15）橋本直紀氏「謡曲草子化の一典型」（『関西大学・国文学』第五八号、昭和五十六年十二月）。

(16) 川崎剛志氏「万治頃の小説制作事情―謡曲を題材とする草子群をめぐって―」(『大阪大学・語文』第五十一輯、昭和六十三年十月)、「万治頃の小説制作事情〔続〕―『松風村雨』をめぐって―」(『就実国文』第一一号、平成二年十一月)。
(17) 濱田啓介氏『近世小説・営為と様式に関する私見』(京都大学学術出版会、平成五年十二月)。
(18) 橋本直紀氏前掲(15)論文。また濱田啓介氏前掲(17)書参照。
(19) 濱田啓介氏前掲(17)書。
(20) 市古貞次氏『中世小説の研究』(東京大学出版会、昭和三十年十二月)三三五頁。
(21) 大林三千代氏「すみよしえんきの形成―太平記の影響を通して―」(『名古屋国文学研究会・国文研究』第三号、昭和四十九年三月)、拙稿「『住吉の本地』考」(『国学院大学大学院紀要』第二九輯、平成十年三月)。
(22) 本書第Ⅰ章第1節

『住吉の本地』考

はじめに

『住吉の本地』は三系統ある。ここで扱う慶応義塾大学本の系統（以下、A本と略す）はふつう室町の末頃に成立したと言われる物語で、住吉明神の縁起、霊験などが寄せ集められている。三系統の素材や諸本に関しては「解題」のかたちでほぼ明らかにされているが[1]、そのうちA本を本格的に考察したのは大林三千代氏であった[2]。氏はA本に関して、『太平記』及び「剣の巻」、『源平盛衰記』に拠った部分を指摘され、制作事情を思想史的に捉えられた。本論は、素材に関しては、氏の御指摘を踏まえたものとなっている。但し、この物語の制作事情に関しては異なる見解を持っているので、その点に関しては後述する。また、藤井隆氏はこの物語を正規の縁起によらぬ「物語小説」と見做されている[3]。氏は所謂寺社縁起物語諸編を、「正規の立場を受けつつ物語小説化を完成させて行く系統」と「正規の立場に反する裏縁起的展開をしつつ物語小説化を完成させて行く系統」とに分け、成立と展開とを検証されている。その際、A本を後者の例として掲げられている。なお、このほか、能「白楽天」研究の文脈でこの物語を扱った論稿がある[4]。

さて、私が本節においてA本を扱うのは、右の先行研究では藤井隆氏の文脈に近い。即ち、「縁起から物語へ」の移行がいかに行われたかを把握する際、よい例になると考えるからである。と言うのも、この物語の本文は、後述するように、流布本系『太平記』が主要素材となっており、且つ『源平盛衰記』所引の説話をも使用している。かように軍記物に依拠すること、それも小敦盛や横笛、六代御前、建礼門院、義経、弁慶、塩冶判官などの源平や南北朝の合戦の説話・物語ならばともかく、直接に関わらない故事来歴譚を使用する例は、管見では室町期の物語には認めがたいのである。かわって、江戸前期の所謂お伽草子に特徴的に窺われる所であると考えている。そこで、本節ではA本を手掛りに、このことを物語制作の歴史の中で捉えてみたいのである。

1　書誌略記

諸本について

『住吉の本地』の三系統は、松本隆信氏の分類[5]を若干改めて、次のように整理できる。

A慶応義塾大学図書館奈良絵本（挿絵欠未完）　半三帖「すミよしえんき」（外題・直）
　東京大学国文学研究室奈良絵本（有欠）半三帖「住吉本地」（外題・簽）
　パリ国立図書館　奈良絵本　横大三冊「住よし乃ほんち」（外題・簽）
B島根県某家　奈良絵本　横一冊「すミよし本地」（外題・簽）
C国学院大学図書館　絵巻　大三軸「住吉の本地」（外題・簽）
　大阪市立博物館　絵巻　大二軸上欠「すみよしの本地」（外題・簽）

A本には慶応義塾大学図書館所蔵の未完の奈良絵本・東京大学国文学研究室蔵奈良絵本・パリ国立図書館蔵奈良絵本の三本がある。B本は島根県在住の個人蔵の横型の奈良絵本一本のみ。次に別系統の伝本に国学院大学図書館蔵絵巻と大阪市立博物館蔵絵巻とがある。絵柄は粗雑なものではなく、豪華なものである。これは松本氏「増訂简明目録」

には※印で追補されたものであるから、ここではC本と称しておきたい。国学院大学本は三巻、大阪市立博物館本も本来は三巻であったが、上巻を欠く。本文は両本ほぼ同じ。

さて、A本三種を比べてみると、漢字か仮名かの表記の相違や濁点の有無がある程度で、本文上とくに注意すべき点は認められない。但し、東京大学国文学研究室本は六丁分の脱落があり、パリ国立図書館本には半丁分の脱落が別の部分にあり、慶応義塾大学本にも数行の脱落が見られる。従って、これらは相補関係にあるものと言える。ここでは便宜上、『室町時代物語大成』翻刻版を用いることにする。つまり慶応義塾大学図書館本である。(6)

書誌上の一、二の特色

ここで、A本の書誌について少しく触れておく。慶応義塾大学本は表紙に「すミよしえんき上（中・下）」と墨書する。そして、傍に小文字で「すミ付三十三枚」（上）「すミ付貮十七枚」（中）「墨付貮十七枚」（下）と記す。表紙の料紙は本文共紙の鳥の子。寛文元禄頃に制作された列帖装（大和綴）の奈良絵本には半葉を本文に用い、半葉を見返に用いることがあるから、本書の場合も仮表紙をそのまま見返に用いる予定であったのかも知れない。

東京大学本も寛文元禄頃に制作された列帖装の奈良絵本である。本文料紙には鳥の子、挿絵料紙には間似合を用いており、前者の天地には行数分の針の穴がある。また、表紙裏には反古を使用する。僅かに窺われるところでは、「四月廿九日」のこととて、「弐百文」「廿一匁」など、何ものかの金額が記されてある。但し、本書の制作とは関係ないようである。この種の記録は、寛文元禄頃の奈良絵本にはしばしば見うけられるものである。

注意すべきは針の穴であろう。渡辺守邦氏・篠原桂氏によると、「針穴というものは、奈良絵本・横本・寛文元禄期の三拍子が揃ったところに、はじめて生じたものであった」という。(7)ところが東京大学本のように、半紙判の奈良絵本にも針の穴は確認されるのである。他にも例えば、同時期の東北大学附属図書館蔵『住吉物語』や多和文庫蔵

『七草ひめ』などにも天地に行数分ある。共に列帖装三帖、鳥の子、十行書。更に針の穴に関して指摘しておくと、これは奈良絵本に限ったものではないのである。例えば、国学院大学図書館蔵赤木文庫旧蔵『きよしけ』（舞の本『清重』）は折本仕立ての写本で、厚手の鳥の子を用いた両面七行書のものである。それにも天地に行数分、針の穴がある。つまり、横本でなくとも、また奈良絵本でなくとも針の穴は存するのである。従って、針の穴は所謂奈良絵本という枠組を外して、この時期の写本制作の問題として考察する必要があるものと思われる。(8)

ところで、『住吉の本地』はＡＢＣの諸本皆、題にこそ「本地」の語が使われているけれども、中世の本地物語、即ち『熊野の本地』や『諏訪の本地』などに代表される神仏の前生物語とは異なる性質のものである。Ｂ本では、本地については天照太神と一体とあるが、一言冒頭近くに記すのみ。Ｃ本も事情は同じで、本地は高貴徳王菩薩である由、一言するのみである。その点、『賀茂の本地』も同様である。Ａ本にあっては全く触れていない。その意味で、江戸前期に好んで用いられた「縁起」の同義語として、「本地」が採用されたものであろうとの推測が許されよう。(9)

このことは、Ａ本のうち東京大学本とパリ本とは『住吉の本地』と銘打ってあるが、慶応義塾大学本は仮表紙に直に『すみよしえんき』としてあることからも分かる。題名の附け方が時代的特徴を示しているから、成立もこの時代であるとするのは早計であろうが、『住吉の本地』Ａ本は対象として住吉大社を扱ってはいるものの、物語の素材や構成について見ると、後述するように同時期、つまり江戸前期のお伽草子に類似する物語が多いことを留意すべきであろう。

2　『太平記』諸本との関係

『太平記』諸本との比較

さて、この物語が『太平記』に多く拠っていることは、先に紹介した大林三千代氏の御研究により明らかになっている。しかしながら、『太平記』諸本の検証には及ばれていないので、ここで本文の検証を行うことにする。何故ならば、本物語の成立事情を知る手掛りを得られるものと予想されるからである。

さて、『太平記』に拠る箇所は三つに整理できる。即ち、

（一）天地創造から天の岩戸説話まで。

（二）素尊の大蛇退治。

（三）三韓征伐。摂州住吉社建立。

である。（一）（二）は冒頭近くに神代のこととして説かれる部分。（三）は住吉大社建立の縁起を物語る部分である。従って、（三）の方は本物語の主眼に当たる部分であるといえる。それを『太平記』を以て記述しているのである。

まず『太平記』諸本は数多伝世し、且つ系統も煩瑣である。はじめに除外できるものは除外しておきたい。その条件として、

（一）山河起源譚を欠く。岩戸神楽の記事を詳述する。宇多野の城の悪神退治を以て水無月祓の起源とする。

（二）大蛇の眼を「天に懸かれみ百錬の鏡の如く」と描写する。

（三）兵法の秘書を「履道翁が三巻の秘書」とする。本物語の催馬楽七曲に対応しない。

このいずれかに該当する諸本は、鈴木登美恵氏[10]の分類に従うと、甲類一、二種、乙類一、二、四種（三欠巻）、丙類、

丁類である。従って、対象諸本は甲類の西源院本系、乙類の梵舜本・流布本両系に絞られる。

本節では全ての対応箇所を検証することは出来ないから、便宜上、諸本の特徴の認められる次の十六箇所を取り上げることにする。

（一）
aにはくなふり、といふとりの、をにつち（マヽ）にたゝきけるを、み給ひて
bあなうれしや、うましおとめにあひぬと、よみ給ふ
c月の神と申は、月よみの明神なり、この御かたち、あまりに、うつくしく
d六合《くに》のうち、みなとこやみに、なりてけり
eこのときに、しまねみのみこと、これをなけきて、かぐ山の、しかをとらへて
fこのかゝみを、なつけて、やたのかゝみとも、または、ないしところとも

（二）
gはるかにみ給へは、すかのさとのおく、ひの川かみと、いふ所に、八色の雲たちけり
h二人、うつくしきおとめを、中にをきて、なきかなしむこと、せつなり
i十六のまなこは、日月のひかりに、ことならす
jのとの下なるうろこは、ゆふ日をひたせる、大ようのなみに、ことならす

（三）
kしやきん三万両をつかはされ、りたうおうか、一くはんのひしよを、つたえらる
l日ほん一州の、大小のしんき、みやうたう
mひたちのかしまに、あとをたれ給ふ、あとへのいそら一人、いまた、めしにおうせす
nむめかえ、さくら人、いし川、あすか井、まかねふく、さしくし、あさふすのはし（当七曲の有無）
o両くはの、みやうしゆを、ふひとあそはし、しんらへ、むかはんとし給ふに

pみつから、つみをしやして、かうし給ひけれは、神ぐう皇后、御ゆみのうらはすにて

さて、考証対象の写本は〈図一〉の十二本である。[11] なお、「天理」は天理甲本（二一〇・一―イ・二九）、「書陵部」は四十二冊の桂宮本、「学習院」は四十冊本、「前田家」は前田家平仮名本を指す。

このうち、西源院・織田・梵舜・天理・京都郡府立総合資料館五本のaに△とあるが、それは表記が「鵜鴿」と漢字表記になっており、振仮名が付されていないからである。織田本のb・e・g、京都府立総合資料館本のb・d・e・g・hも同じ理由で△とする。又、西源院・織田両本は「あとへのいそら」を「阿度女《アトメ》之磯良」とし、天理本はこれを「安曇《アン／アズミ》磯良」とする。天理本がnを△とするのは「まかねふく」の「ふく」を欠き、「あさふすのはし」を「浅水橋《アサンツノハシ》」と訓んでいるからである。同じ箇所を学習院大学本に×とするのは、「あさふづの」として「橋」を欠くからで、恐らく親本の段階ではまだ脱字してはいなかったであろう。この×はかように些細なものなのである。天理図書館蔵国籍類書本のbも同様に、感嘆詞の「あな」を「アラ」とする些細なものである。

〈図一〉

	a	b	c	d	e	f	g	h	i	j	k	l	m	n	o	p
西源流	△	×	×	×	×	×	×	×	○	×	×	○	○	×	×	×
織田	△	△	×	×	△	×	△	×	○	×	×	○	○	×	×	×
梵舜	△	×	×	×	×	×	×	×	○	×	×	○	×	×	×	×
天理	△	×	×	×	×	×	×	×	○	×	×	○	×	×	×	×
神宮文庫	×	×	×	×	×	×	×	×	○	×	×	○	×	×	×	×
旧岡田氏	×	×	○	×	○	○	×	×	×	○	○	×	○	○	○	○
京都府	△	△	○	△	△	○	△	△	×	○	○	○	○	○	○	○
書陵部	○	○	○	○	○	○	○	○	×	○	○	○	○	○	○	○
宮城学院	○	○	○	○	○	○	○	○	×	○	○	○	○	○	○	○
国籍類書	○	△	○	○	○	○	○	○	×	○	○	○	○	○	○	○
学習院	×	○	○	×	×	○	○	×	○	○	○	○	○	×	○	○
前田家	○	○	○	○	○	○	○	○	○	○	○	○	○	○	○	○
今治河野	○	○	○	○	○	○	○	○	○	○	○	○	○	○	○	○
山内文庫	○	○	○	○	○	○	○	○	○	○	○	○	○	○	○	○

さて、右の表を一見して明らかなように、『太

平記』の所謂古写本の諸本は皆、本物語と距離のあることが知られる。そして、表の順序で言えば、書陵部蔵四十二冊本以下の所謂豪華本や嫁入本と通称される諸本と極めて近いことが分かる。これらは古活字本と同系統の流布本であった。国学院大学蔵旧岡田真《ただし》氏・京都府立総合資料館・書陵部・宮城学院女子大学・国籍類書

【図二】

	片十二古甲	片十二古乙	平十古	平十一訓古	片十二整	平十一絵整
a	△	△	×	×	○	○
b	△	△	×	×	○	○
c	○	○	○	○	○	○
d	△	△	△	○	○	○
e	△	△	×	○	○	○
f	○	○	○	○	○	○
g	△	△	○	○	○	○
h	△	△	×	○	○	○
i	×	×	○	○	×	○
j	○	○	○	○	○	○
k	○	○	○	○	○	○
l	×	○	○	○	○	○
m	○	○	○	○	○	○
n	○	○	○	○	○	○
o	○	○	○	○	○	○
p	○	○	○	○	○	○

五本のiを×とするのは特徴的なことで、慶長八年刊片仮名交り十二行本系統の古活字本と同じ誤りをおかしているのである。つまり、八頭にそれぞれ双眼があるのであるから、十六の眼が正しいのだが、これらは十八の眼とするのである。読者の中にはこの初歩的な誤りに気付く者もいて、大東急記念文庫蔵慶長十五年版のように、「八」の傍に「六」と注記する伝本もある。従って、写本制作に際し、誤字を改める可能性は大きいのである。

ここで同じ事例をもって、幾つかの版本を見ておこう。『太平記』の版本は年記を問わずに見ると、およそ片仮名交り十二行古活字本（甲―慶長八年等・乙―同十五年等）、平仮名交り十行古活字本、同十一行付訓古活字本、片仮名交り十二行付訓整版本、寛永以降のその他整版諸本などがある。ここでは前四種と寛文無刊記平仮名交り付訓絵入整版本とを取り上げる。すると、【図二】のように示される。

このうち、片仮名交り十二行古活字本二種のa・b・d・e・g・hを△とするのは、振仮名がないためである。また、この二種は「あとへのいそら」を「安曇ノ磯良」とする。lは甲類に「一萬」とある。これは甲類独自のもので、同版も「自太元攻日本事」では「日本一州ノ貴賤上下」と「一州」なる熟語を使用している。なお、〈図一〉の

京都府立総合資料館本の結果はこの両種と同じである。次に平仮名交り十行古活字本のdを△とするのは、「六合」に振仮名が付されていないからである。同版はまた、「あとへのいそら」を「あんとんの磯良」とするから、本物語との隔たりは明らかに大きい。この点、十一行付訓本は「あとへの磯良《いそら》」とする。これら平仮名両本はaを「せきれい」とし、bも共に「あなにえやうましをとめにあひぬ」とする。

さて、版本の中では寛永以降のその他整版諸本の一例として取り上げた寛文無刊記整版本が最も近いことが分かる。片仮名交り十二行付訓整版本も、iを「十八ノ眼」とするが、これは容易に改訂できよう。事実、内閣文庫所蔵の元和八年版には「八」の傍に「ヒ」と記してある。同系のものは寛永八年にも板行に出ている。写本のうち、書陵部・宮城学院女子大学・国籍類書三本がこの系統の刊本に拠った可能性は大きい。また、国学院大学蔵旧岡田真氏本は本物語とa・b・d・h・i・lが一致しないが、片仮名交り十二行古活字本甲類はa△b△d△g△h△i×l×という結果であるから、この刊本と近いものである。

以上の検証結果からは、刊本諸本、中でも寛永以降の整版は古写本諸本よりも本物語に近いものであることが明らかとなった。そして、写本の中では刊本に近い流布本系諸本が本物語に近いことも分かった。そして、その写本の中でも、管見では尊経閣文庫蔵前田家平仮名本・今治市河野記念美術館蔵旧班山文庫本・高知県立図書館山内文庫本が酷似することが分かった。従って、この三本がどの刊本に拠ったかは未調査であるが、ここから本物語の成立の上限が慶長元和より溯るものではないことは認められよう。元和八年以降の可能性は十分に考えられることである。つまり、厳密には、この物語は室町時代の物語ではないのである。従来、この物語は室町時代、大略室町末頃の産物と見做されてきたが、根幹となる縁起部分に流布本系の『太平記』を使用する以上、実はもっと下げなくてはならないのである。

ところで（一）（二）には「剣の巻」も併用されている。このことも既に大林氏が指摘されているので、若干の補足をしておきたい。ここでの問題は使用本文である。『太平記』版本では元和二年刊片仮名交り十二行古活字本に付巻は始まる。元和八年版にもある。

「剣の巻」は周知の通り、『平家物語』諸本にもある。屋代本や彰考館蔵永禄本、塩竈神社本では『太平記』同様、別巻扱いされている。その外の伝本でも簡略なものもあれば、百二十句本の如く詳細なものもある。この物語で使われているのは、『平家物語』諸本の中では『源平盛衰記』のものである。また、『太平記』「剣の巻」と本文の上で酷似する資料として、単行の『剣の巻』がある。管見では写本は東京大学総合図書館所蔵の横型奈良本絵本（但し下冊のみ存）と版本よりの転写本なる静嘉堂文庫本（一冊）とがあり、刊本は承応二年版（三冊）と無刊記版（二冊）とが知られている。

（二）素尊説話について見て行くと、まず『平家物語』「剣の巻」とは甚だ異なる。結論から言うと、本物語では『太平記』付巻「剣の巻」と同系統のものを使用している。例えば、「をろちをほろほさるへき、はかり事をそ、し給ひける」を「サラハトテ」（屋代本）の一語で済ませてある。また続く「かのいなたひめに、うつくしき、しやうそくせさせ」を「稲田姫ヲイト厳シフ出立セテ」として、「装束」の語を用いていない。また「よるへきようも、なかりけり」を「寄ヘキ方モナシ」として、「様」の語を用いていない。また「やつのもたひに、ひたしつゝ」では「漬」ではなく「入」を用いる。また「ゆつのつまくし」を「黄湯ノ妻櫛」とする。それから「ひめのすかた」では修飾語を付け、「稲田姫ノイト厳シキ影」とするなど、異同は多い。

版本の『つるぎのまき』は古活字版『太平記』の「剣の巻」と殆ど変わらないが、「たゝせたり」とあるのを「たてらるゝ」としたり、(二)に「ぬし」とあるのを「あるじ」とするように、小さい異同例だが、やはり『住吉の本地』はこれに拠ったものではないと思われる。奈良絵本の『つるぎの巻』も殆ど同文である。但し、「ねん〳〵に、のみつくされし人」の箇所を「とし〳〵人をのむ」とする。また「かしらより、雨をふらし」を「かふへよりあめをふらす」とするから、『住吉の本地』との直接交渉はなかったようである。

これらを見ると、『住吉の本地』の作者は『太平記』に付された「剣の巻」を使ったものとみられる。今治市河野記念美術館本や山内文庫本のように、元より付巻されたものか、奈良絵本ように、単独で制作されたものを使ったかは不明であるが、ともかくも『太平記』付巻のものに酷似する一本に拠ったことに疑いの余地はない。

小括

以上の検証によって窺われるところの『太平記』本文は江戸前期の流布本系の写本もしくは版本であった。従って、本物語の成立も江戸前期であると認められる。市古貞次氏は「成立年代未詳、謡曲「白樂天」「劔巻」よりは後の作か、恐らくは末期の成立であらう[12]」と推測され、爾来、室町末期の作とするのが通行の認識であったが、管見では修正が求められるのである。

それから、この物語が『太平記』を重く用いた物語であることも確認できた。神功皇后の三韓征伐説話は三系統の『住吉の本地』諸本いずれにもあり、『日本書紀』以来、住吉大社の縁起を説くに欠くことの出来ないものであるが、それを『太平記』の本文を殆ど部分的に改変しただけでとりいれて、物語の根幹に据えている点に注意を向けてみる必要があるだろう。そして、天地開闢説話から天の岩戸説話、素盞烏尊の大蛇退治説話など、およそ住吉大社とは直接に関わらぬ説話さえも、長文ながら挿入している。これらをどう捉えるべきであろうか。

まずは先行研究の検証から始めたい。

3　成立背景に関する先行研究

『住吉の本地』成立の背景に関して、先に紹介した大林三千代氏の御論稿がある。その一つ、「すみよしえんきの形成―太平記の影響を通して―」(13)がここでは問題である。

氏はこの物語が何故『太平記』に拠っているのかというと、「これが一種の歴史物であるから」と説かれる。そして、この物語が形成される背景には元寇以来の国家意識の昂揚、神国思想の普及が背後にあったと説かれる。少々長いが、『太平記』を使用したことについての御見解を次に引いておく。

もし同じような縁起物・本地物であっても、内容が民間説話の類いであれば、そこに当時の庶民感情をさしはさむ余地もあり、新しい人間像を描くことも可能であったであろう。しかし本書の題材は史実として捉えられていれば、出来るだけ正確に記述することが必要であった。『太平記』における神話・古代史そのものが既に日本書紀と異なった部分が多いが、その変化は単なる民間伝承によるのでなく、日本紀の研究と歌学の流れが結集したものであり、特に巻二十五は前述のように日本紀の家と云われ歴代日本書紀研究の家柄であった卜部兼員の語るところであれば、その内容は当時、権威のあるものとして受け留められたことであろう。

つまり、氏によると、『太平記』を用いたのは「史実」ゆえに「出来るだけ正確に記述すること」が求められていたからであり、日本紀研究や歌学の結集であるからである。そして、この記述方針は啓蒙的な意図に基づくものであった。

『すみよしえんき』はそれを仮名と恐らく挿入される筈であった挿絵によって、より低い読者層に語った一種の啓蒙的意途があったとも言えよう。従って、漢語調の難しい語句は削除や訂正をして、また随所に説明がくわえられている。

確かに読者の中には幼年の者のいたのであろうが、それ故に啓蒙的であるとするのは如何であろう。例えば第一に、「漢語調の難しい語句」の削除や訂正はあまり見出だされないようである。室町時代にも容易に事例の見出だせぬ「稗将軍」や、意訳しても良さそうな「ふひ（武備）」なる語をそのまま使用しているし、彦火々出見尊説話では「ふ」という和語に存在しない魚や、『山海経』に登場する「白絛魚」なる魚が出て来るのである。これらの魚は『日本書紀』や『住吉大社神代記』『太平記』には見られない。つまり、改変の事例には記述の平易化に反するものもあるのであるから、この点に「一種の啓蒙的意途」を読み取ることは容認しがたい。

第二に、物語を仮名書きすることや挿絵を入れることが平安時代からの伝統であることを考慮すると、この物語が「より低い読者層」に「語る」（ヨムを含るか）を目途にしたとは言えないのではないか。『太平記』の伝本にも前田家平仮名本や岡田真氏旧蔵本をはじめとして、所謂豪華本に平仮名書きは多い。本物語の奈良絵本が出るか出ないかの寛文頃には絵入版本も出ている。この「より低い」という語は、文脈からして「『住吉の本地』の読者層は『太平記』のそれよりも低い」という意味に解される。ところが『太平記』にも、『義経記』や『曾我物語』と同様、平仮名書きは多く存在するし、絵入本もつくられている。そして、それらは皆、慶長元和から元禄頃にかけて制作されたものである。つまり、『住吉の本地』と同時期のものである。従って、絵入本や平仮名書きの問題を『住吉の本地』という一物語のみの問題として捉えることは、誤った理解をもたらすことになりかねない。つまり、『太平記』平仮名本の制作と軌を一にする、商品としての写本制作の問題として捉えることで、これは解消されるものと思う。室町時代に於ける室町時代物語の享受と、生産様式も享受者も異なる江戸前期の物語のそれとは同次元に捉えられるものではない。従って、本物語の読者層は『太平記』のそれよりも低いとの御見解には疑問を抱かざるを得ない。

第三に、随所に説明を加えることはお伽草子の本文制作上の常套手段である。例えば真下美弥子氏は、江戸前期における『狭衣の草子』の異本作成の方法として、簡略化と共に部分々々に増補がなされている事を詳細に論じられている。(14) かような行為を「一種の啓蒙的意途」によるものとするには、不可解な記述が多すぎるのではないか。例えば国常立尊の異様な形態や芹を食べる由来などは吉田家や二条家、或いは冷泉家の主要な注釈書類に採用されてはいない。かかる異説をとり入れることが啓蒙的な意図に基づくものであるならば、作者として、かなり異端な人物を想定せねばなるまい。それよりは、史実よりも物語としての興趣を先行させた結果、異色な説がとり入れられたり、或いは偽造されたり、『源平盛衰記』など別の資料と組み合わせて新たに本文の作成を行われたものと解した方が、穏当のように思われる。

このようなことから、本物語制作に啓蒙的な配慮を積極的に読み取ることは再考を要するものと思われる。皆無とは言わないが、氏が啓蒙性を読み取ろうとされた点からは否定的な見解を出さざるを得なかった。その上で史実性の問題について拝察すると、まず第一に、ここでは何故に住吉大社の縁起を、公的な縁起である『住吉大社神代記』や『日本書紀』などの正史に拠らずに、『太平記』に拠ったのかという疑問は解消されていない。「史実として捉えられて」いる故に「出来るだけ正確に記述すること」が求められるのならば、当然ここに行き着くはずである。また、仮に天地開闢以下の神代説話を、「権威のある」卜部家の存在の大なるが故に『太平記』に拠ったのだとしたら、何故「剣の巻」や『源平盛衰記』を以て、潤色を加えているのであろうか。また、巻第二十五の部分においても、例えば国常立尊の形態を「みくし八つ、てあしも八つ、おはしけるか、大しやのことくなる」と、異様なものにしている。これは氏も指摘されたのように『神皇正統録』に見られるものであるが、そもそも別の文献や「作者の聞き知っていた知識」などを以て『太平記』本文を改竄することが果たして「正確な記述」という方針に反しない正当な行為と言えるのであろうか。氏はこの点、合理的説明をなされていないが、私にはこの方針に反する作為のように思われてならない。なお、神功皇后説話は、管見では日本紀研究や歌学から生成したものではない。

第二に、「正確な記述」方針の論拠が薄弱であると思われる。一体、民間説話と本物語とを対比させて、非史実／史実という直覚的な二元論で捉えられるのであろうか。『太平記』が「史実」として記述されていると、作者が理解していたから、本物語も同じく「正確な記述」を志向したものであるという捉え方はいかがであろう。本物語の潤色は右に示した外にも、氏も指摘された山の物の食い初めのことなど、『太平記』にはない説話も挿入されている。もう一段、視野を広げてみると、本物語の他にもお伽草子寺社縁起物のうち、比較的新しいもの、即ち『賀茂の本地』『道成寺物語』『石山物語』などに、同様のことが指摘できる。つまりこれらも『元亨釈書』や『源平盛衰記』など、しかるべき文献に拠った物語であるが、決して史実に「正確な記述」を志向してはいないし、伝記に誤りさえ見られる。[15]従って、『太平記』に拠っているから「正確な記述」であるとは必ずしもならないし、本物語の場合、寧ろ反対に、「正確な記述」に反する潤色が散見されるのである。従って、この点で民間説話と比較をしても有益な解答は得られないのである。

第三に、天の岩戸説話や素尊の大蛇退治説話を持ち出すことが、氏の説かれるような「住吉明神の国家に対する功績」に関わるものとは解しがたい。何故ならば、天の岩戸説話には、住吉明神は登場さえしないからである。素尊説話も同じである。その後の道行説話で漸く関わって来るに過ぎないのである。更に言うと、一見して明らかなように、これらの説話は本書中で霊験譚としても機能していない。彦火々出見尊説話を引き出すために連らねられた神代説話と解されるものである。それ故、住吉明神の信仰宣布に必要な説話であるとは認めがたい。従って、これら住吉明神に関わらない説話の挿入に関しては、その「国家に対する功績」の提示や信仰宣布とは別の動機に起因するものと考又るべきなのではないだろうか。

以上の点から、「正確な記述」方針は、この物語からは読み取りがたいことが分かる。これを要するに、管見では大林氏の御見解のうち、国家意識の昂揚ということは尤もなこととは思う。但し、あくまでも巨視的な思想史的観点からという限定付である。つまり、このことが『住吉の本地』A本制作の動機に直接に繋がるとは思われないのである。また、『太平記』を潤色を加えつつとり入れることが「より低い読者層」のための啓蒙的配慮からのことではないだろうことは、今述べた。従って、『太平記』から住吉大社の縁起やそのほか、住吉明神の霊験とは関わらぬ神代説話を引用する問題も含めて、別の要因を探る必要があると思われる。

そこで、観点を変えて、A本の構成や『太平記』及び『源平盛衰記』所引説話を使用して物語を制作するという在り方を検討することにしたい。そうすると、江戸前期に於けるお伽草子制作事情が問題になってくる。

4 『住吉の本地』の周辺

『かなわ』

この観点で『住吉の本地』に最も近い物語として、藤井隆氏蔵『かなわ』を第一に挙げたい。[16] ここでは要点だけ述べると、まず本文作成に際し、謡曲「鉄輪」を用いている。一方、『住吉の本地』の方は謡曲「白楽天」を使用している。[17] 第二に、それと共に「剣の巻」をも組み合わせている。『かなわ』の方は謡曲本文との併用、『住吉の本地』の方は『源平盛衰記』との併用である。私見では両者使用の「剣の巻」は『太平記』付巻のものであろう。この種の技術は、他にも明暦頃刊行の『賀茂の本地』中の縁起部分（『賀茂皇太神宮記』及び『元亨釈書』[18]）や江戸前期の奈良絵本『七草ひめ』の道行部分（『源平盛衰記』及び謡曲「竹生嶋」[19]）などにも認められることから、同時期の物語本文作成上の特色であったと見られる。更に本の形態も、『かなわ』は『住吉の本地』同様、寛文元禄頃の粗雑な奈良絵本である。

このような点から、『かなわ』制作の場を本物語のそれに近い位置に想定することは許されるものと思う。藤井氏は、『かなわ』の成立時期は謡曲「鉄輪」以降であり、且つ現行詞章とほとんど同じと見られることから、室町末頃ではないかと推測されている。しかし、私見によると、もっと下げて、江戸前期とする方が妥当であると思われる。

謡曲「白楽天」

ところで、江戸前期のお伽草子とそれを制作した草子屋との関係については、濱田啓介氏の「草子屋仮説」[20]が現段階の指標であろう。この時期の草子屋の実体は不明な点が多々あり、全体像を描くにあっては、氏が論題にされたように「仮説」とせざるを得ない。従って、お伽草子がいかに作られ、いかに刊行され、又いかに奈良絵本として売られたかについては、今後の研究にかかっている。但しその中で、お伽草子制作の一つの顕著なる特徴として、橋本直紀氏[21]や川崎剛志氏[22]や濱田啓介氏[23]が指摘されたことがある。それは一言で言えば謡曲の草子化である。

濱田氏は先行研究を踏まえつつ、「謡曲を題材とした仮名草子」として、刊本の『松風村雨』『百万物語』『小町歌あらそひ』『雪女物語』『道成寺物語』『ゆや物かたり』『恋の船橋』『あいそめ川』『花子恋ものぐるひ』『角田川物語』『さくら川物語』を挙げられている[24]。これらは別の文献と併用されている。『住吉の本地』A本には謡曲「白楽天」が後半に挿入されている。この物語の刊本は管見に入っていないが、当時の奈良絵本にも『七草ひめ』のように部分的に謡曲を使用する例はあるし、刊本にも『石山物語』のように挿入説話として用いる例もある。なお、『住吉の本地』C本にも同じ謡曲に基づくと見られる白楽天説話が挿入されている。但し、両者の異同は甚だしい上、異なる部分で謡曲詞章との近似を見せているから、直接交渉を想定することは難しい。

また、不知火地名起源譚が挿入されているが、管見では『謡抄』「八嶋」所引のものが近似する。これは『日本書紀』や『風土記』以来散見され、『謡抄』には、「八嶋」以外にも「白楽天」「老松」「桜川」に引かれる。但し、それらは「火ノ国」や「八代郡」という具体的な地名が取り入れてある。それに対して「八嶋」には本物語所引のもの同様にそのような地名は出て来ないし、『日本書紀』所別説話以下のような着岸に関するモティーフがないことなどの共通点が見られるので、作者はこれを使ったように思われる。

このように、謡曲を別の文献とまじえたり、説話として挿入したりすることはこの時期に現れた物語制作の特徴と見られ、本物語もその一例に加えられる。

『住吉の本地』の中の『太平記』

惟うに、軍記物語の挿入説話を物語の制作に用いることも、謡曲の場合と同様、この時期のお伽草子に特徴的に見られることであるように思われる。例えば、『大黒舞』『住吉の本地』C本『松浦明神縁起絵巻』『舟のゐとく』『七草ひめ』『俵藤太物語』(刊本)『弘法大師の御本地』『石山物語』『賀茂の本地』『藍染川』(刊本)『花子ものくるひ』などは、いずれも江戸前期の作と見られるものである。これらはいずれも『太平記』か『源平盛衰記』かを本文に用いている。されば、『太平記』や『源平盛衰記』は当時の物語制作の際の〈タネ本〉として好まれたものと見られるであろう。してみると、本物語の背景に、仮に神国思想や国家意識の昂揚があったにしても、それが如何程この物語から読み取り得るかは疑問である。元寇の衝撃が三百年後まで持続し、かかる姿で登場するとも思われない。文永・弘安の役の記事も確かに含まれはするが、それは『太平記』の記事を要約し、「すみよしの明神、まつさきに、すゝませ給ひて、そくせんを、こと〳〵く、うみにしつめ給ひしかは、わか國、つゝかなかりけり」と一言加えたに過ぎないものなのである。

従って、作者が『太平記』に住吉大社の縁起を求めたのは、信仰を説くためとか、歴史を忠実に平易に説くためという点に第一義的な要因を求めることは難しいだろう。何となれば公的な縁起を仮名書きし、漢語調の文体を平易にすればよいからである。そうではなく、『太平記』に縁起を求めたのは、第一に江戸前期において物語を制作する際、謡曲や『源平盛衰記』と共に、これが素材を提供する資料として、使用価値を与えられていたからであると思われる。第二に、公的な縁起を用いずに類話を他に求めることは、それ自体新しい物語の制作手段であったように思われる(25)。つまり、類話を以てすり替えることが創作の発想法としてあったのではないだろうかと思うのである。つまり独自に本文を創るのではなく、種々の先行文献から転用し、繫ぎ合わせることで、新たな物語を作成するのである。

これを要するに、室町末頃から『源平盛衰記』や『太平記』に物語の素材を求める動きが出て来て、江戸前期においては物語作者の一種のタネ本として定着していったと言うことは考えられることであろう。してみると、その頃の物語作者が、信仰とは別に、草子屋における物語草子の販売を目途として本物語を作成したのではないかと考えることは、蓋然性として低いものではあるまい。

おわりに

神代説話という枠組みで手許にあるタネ本の『太平記』から説話が採用され、それに類話を収める「剣の巻」や『源平盛衰記』の本文を組み合わせて新たに説話を作り、且つまた謡曲「白楽天」など他の資料もまじえながら一つの物語を制作した。『住吉の本地』はこのようにして成ったのであろう。

『太平記』版本の中では、室町時代物語研究の立場からは些か躊躇されるところであるが、実は平仮名交り絵入本のような整版本が本物語の本文に最も近似するのである。写本の前田家平仮名本や河野記念美術館本、山内文庫本も亦寛永を溯るものには見えない。つまり、本物語に使用された『太平記』は、流布本の中でも限りなく整版に近い本文を有つものであったと考えられるのである。

今日伝存するお伽草子の殆どが江戸前期書写のものであることからしても、お伽草子即ち室町時代物語という先入見は捨ててかからねばならないことを考えさせる一例とも言える。恐らく当時、奈良絵本もしくは版本のかたちで世に出される新作物語として制作されたものであったと推測される。仮名草子との社会的位相についてはこれからの課題である。

以上、『住吉の本地』（A本）という物語草子の成立が江戸前期であろうとの考察結果を踏まえて、『太平記』の挿入説話を使うことが『源平盛衰記』の場合と共に、当時における物語制作の一面を示すものであろうことなどを述べてみた。恐らく、室町末頃からこの動向は現れて来たのではないだろうか。そうすると、この背景に、草子屋組織の形成を読み取ることも強ち深読みとは言われないだろう。

注

（1）東京大学本、慶応義塾大学本については、市古貞次氏『未刊中世小説解題』（樂浪書院、昭和十七年十月）、横山重氏『室町時代物語集』第五巻（井上書房、昭和三十七年六月）。パリ国立図書館本に就いては、小杉恵子氏「解題」（小杉恵子、ジャクリーヌ・ピジョー両氏編集『奈良絵本集パリ本』古典文庫、平成七年五月）。国学院大学本については、徳江元正氏・宮田和美氏「〈翻刻〉住吉の本地」（『中世文学』第二八号、昭和五十八年十月）、村上学氏「解題」（『神道大系』文学編二「中世神道物語」神道大系編纂会、平成元年九月）。大阪市立博物館本に就いては、福原敏男氏「大阪市立博物館蔵「住吉の本地」（上）（下）」（『すみのえ』第一七九～一八〇号、昭和六十年十二月～六十一年四月）。

（2）大林三千代氏「すみよしえんきの形成―太平記の影響を通して―」（『名古屋国文学研究会・国文研究』第三号、昭和四十九年三月）、「『すみよしえんき』における彦火々出見尊の説話について」（同第四号、昭和五十年五月）。

（3）藤井隆氏「御伽草子の寺社縁起物の考察」（初出『国語と国文学』第五七巻第五号、昭和五十五年五月。再録『中世古典の書誌学的研究―御伽草子篇』和泉書院、平成八年五月）。

（4）伊藤正義氏「白楽天」（初出『かんのう』第二六九号、昭和六十二年五月。再録『謡曲雑記』和泉書院、昭和六十四年四月）。石川透氏「白楽天・楊貴妃説話の生成」（『駒木原国文』第五号、平成五年十二月）。

（5）奈良絵本国際研究会議編集『御伽草子の世界』三省堂、昭和五十七年八月。

（6）誤字は、管見では見られなかったが、下冊二丁オ四行目に「御よろこ（ヒ）ひ」とあるのを、翻字に際しては「御よろひ」として、衍字を除いている。六三頁十四行目。ちなみにこの箇所、東京大学本は脱落し、パリ本は「御よろい」とする。

（7）渡辺守那氏・篠原桂氏「奈良絵本の針見当」（『実践国文学』第五〇号、平成八年十月）。

（8）本書第Ⅲ章第1節。

（9）「縁起」「本地」の用例に関しては、松本隆信氏「中世における本地物の研究（一）」（初出『斯道文庫論集』第九輯、昭和四十六年十二月。再録『中世における本地物の研究』汲古書院、平成八年一月）参照。なお、臼田甚五郎氏「日本宗教文学の一断面―「諏訪本地」と甲賀三郎兼家譚―」（初出『国学院雑誌』第五五巻第一号、昭和二十九年五月。再録『臼田甚五郎著作集』第一巻、おうふう、平成八年四月）も参照。

（10）鈴木登美恵氏「解説」（前田育徳會尊経閣文庫編刊『玄玖本　太平記』第五巻、昭和五十六年十二月）。

（11）諸本調査には長坂成行氏「伝存『太平記』写本一覧」（『軍記と語り物』第三三号、平成九年三月）を活用した。なお、野坂・立命館・佐賀県立図書館・土井・永青文庫所蔵の諸本は未確認。また、同氏「一覧」掲載の史料編纂所所蔵なる16・20両本は、職員の方の御調べでも存在しないようであるから、『国書総目録』の誤りの可能性が高い。

(12) 市古貞次氏前掲（1）書。
(13) 大林氏前掲（2）論文。
(14) 真下氏「近世期の『狭衣の草子』—異本作製の方法と享受—」（『立命館文学』第五一二号、平成元年八月）。
(15) 本書第Ⅱ章第2節。
(16) 藤井隆氏『未刊御伽草子集と研究（二）』（未刊国文資料刊行会、昭和三十三年三月。改訂再録前掲（3）書。なお、影印版が同氏編集『御伽草子新集』（和泉書院、昭和六十三年一月）に載る。
(17) 市古貞次氏前掲（1）書。
(18) この点、通説と見解を異にするので、別稿で詳述したい。
(19) 本書第Ⅱ章第1節。
(20) 濱田啓介氏「草子屋仮説」（初出『江戸文学』第八号、平成四年三月。再録『近世小説・営為と様式に関する私見』京都大学学術出版会、平成五年十二月）。
(21) 橋本直紀氏「謡曲草子化の一典型」（『関西大学・国文学』第五八号、昭和五十六年十二月）。
(22) 川崎剛志氏「万治頃の小説制作事情—謡曲を題材とする草子群をめぐって—」（『大阪大学・語文』第五一輯、昭和六十三年十月）、「万治頃の小説制作事情〔続〕—『松風村雨』をめぐって—」（『就実国文』第一一号、平成二年十一月）。
(23) 濱田啓介氏前掲（20）書。
(24) 濱田啓介氏前掲（20）書。
(25) 本書第Ⅱ章第2節。

『菊の前』考――お伽草子から仮名草子へ――

はじめに

この物語は、歴史上、実在した人物を登場させたものとも、実際の出来事に取材したものとも明らかでない事件を主題としている。これについての詮索は、ここでは行わない。本節は『菊の前』自体の考察というよりはむしろそれを通じて、〈お伽草子から仮名草子へ〉の文学史の一面を粗描しようとするものである。その場合、本物語の素材の性質上、軍記物との関係に焦点をあてることになる。

現存本は鱗形屋の刊行した中本で、延宝から元禄にかけて出されたものだろう。天下の孤本とみられる大東急記念文庫蔵本は、残念ながら第十三丁を落丁している。また、内題は削られ、外題は「きくのまい」と後補書きされたものので、柱題に「きく」とある。本文中の主人公の名は、皆「きくのまへ」と表記されてあるから、原題がどうであったか分からない。今は便宜「菊の前」と漢字を宛てておきたい。

1　『菊の前』と『太閤記』との関係

本物語は大半を『太閤記』に拠っている。その事は市古貞次氏に関しては御論がある。(1)『太閤記』本文と関わりを有つ部分は、朝鮮出兵のため瀬川采女正と別れる場面から、名護屋の秀吉に謁見した後、話末評語として菊の前の貞真を称えるまでである。つまり、二人が出逢い、契りを結ぶまでのモティーフ以外は『太閤記』との関係が深いのである。なお、現存本では、采女宛の文を託した朝鮮行の船が難破し、九州に漂着した文箱を漁師が拾う部分まで欠損している。(2)

主題は冒頭から一貫して菊の前と瀬川采女との関係である。従って、冒頭から結婚に至る部分に見られる『太平記』や『伽婢子』は付随的であり、文飾を施すために使われたものである。この間、挿絵中の一首を除き、本文中には十五首の歌が詠み込まれている。これらは皆、上下の句を分けて記してある。ところが十六首目の『新拾遺和歌集』巻十二の土御門院御製「ますかゝミ」の歌以降は一行で済ませてある。この点、表記上の断絶が認められよう。なお、寛永、正保、万治、寛文の『太閤記』諸版で最も近い本文はどれかと言えば、該当箇所はほぼ同文関係にあり、残念ながら唯二字のみ、寛永板が後二者と相違することが認められる。その相違箇所と本物語とを一応照合してみると、寛永版と一致する。もっとも、『伽婢子』を用いている以上、その上限は寛文六年以降と言わねばならない。

2　軍記物語と物語草子

次に、お伽草子やそれに近い中世物語風の仮名草子とその素材の一つとしての軍記物語との関係について考察したい。

物語としての『太閤記』

『菊の前』が『太閤記』を素材にしたことは、文学史的にどう理解すれば良いのだろうか。朝鮮出兵の件にしろ、秀吉の生涯にしろ、桑田忠親氏の所謂聞書、覚書(3)のような記録として、各藩各家で数多く制作されていたが、その中にあって、『太閤記』は写本ではなく刊本として不特定多数を対象に流通し、しかも大部であった。それ故、歴史を説こうとする者や記録制作者の立場から見れば、虚構の甚だしきは非難されなくてはなるまい。例えば、山口県文書館毛利家文庫蔵『高麗物語』（写二冊）は毛利家の活躍を中心に叙述したものであるが、その跋文には、次のように難じてある。

小瀬甫庵作セシ太閤記、虚記多シテ、真儀少シ、如何様高麗陣之事書シ人モ有、太閤記《ナラハ》無詮事也、拙夫朝鮮両度之陣ニ在テ、分明ニ知《タル》故、其時々ノ事ヲ有ノ儘ニ書シ也、学者記之引事ナトヲ加ヘ、文ニ花ヲ咲セタラハ面目クモ可有ヲ、愚蒙ノ身《ナレハ》不知、可書事ヲ、啻々有シ事ヲ、為後證計ニ書之、甫庵ハ何トテ太閤記ヲ虚記《シケルヤ》、定テ人ハ親カ事ヲハ悪ヲ密、小善ヲ大善ト、麁カ事ヲハ善ヲ密シ、小悪ヲ大悪ト言事、不珍者、是モ角有シヲ聞テ、真偽ヲ不糺書《ツラント》覚タリ

＊読点・傍線は私に附す。

また、後世のものだが、京都大学附属図書館蔵『太閤記之誤記』（武道摭萃録第二十五冊収録）は、「大《ママ》閤記ヲ見テ偽ノ多ヲ左ニ記ス」として、平岩弥右衛門元重なる者が条陳したものである。例えば

一五巻ニ小瀬圃庵末代ノ越度ヲシラテ、色々ノ悪言ノ偽ヲ記ス、猶利ヲシラテ書シ故ニ、ジャウルリナドノ様ニ書ナシケリ、惜哉、善行善言可　有ニ、如此アシキ行ヒニ書ナス、武士ノ法ヲ不　知者之贔屓ニ持事、返々モ悪キ也、是ハ柴田合戦ノ巻ヲ見テ如此（読点・傍線は私に附す）

などとある。更には

一大閤記ニ誠ノ有ヘケレ　皆虚説ノ様ニ見ヘタリ

と記している。このような辛辣な批判でなくとも、自らの記録の忠実さと対比させつつ、『太閤記』を史料として批

判する記録・実録は散見されるところである。(4)

軍記物とお伽草子

見方を変えてみると、『太閤記』に基づく物語が、『菊の前』のほかにはダイジェスト版である『太閤軍記』しか存しないのは興味深い事実である。(5) この点が注意されるのは、一つには物語として特立するには『太閤記』は近時の軍記だから存しないということでもあろうが、しかし、それだけではなく、話材に乏しいものとして受け取られていたからではないかとも思われるからである。

『源平盛衰妃』『太平記』引用の諸相

このことは、『源平盛衰記』や『太平記』と比べてみると分かる。これらと密接に関わるお伽草子諸編は多いのである。いまだ不十分であろうが、これを表にして本節の後ろにまとめてみた。(6)

便宜上、写本と刊本とに分けておく。なお、写本／刊本双方ある場合はそれぞれの成立事情に従って、適宜配列した。また**盛**は『源平盛衰記』を、**太**は『太平記』を示す。

表のうち、ク・ス・セ・ソ・ネ・ヒ・へで共通する『源平盛衰記』の扱われ方は何かと言うと、それは『源平盛衰記』の中では主題と直接関わらぬ故事来歴譚を使っていることである。同じことは、ア・イ・シ・チ・ツ・ニ・ヌ・ノ・ム・メでの『太平記』の扱われ方にも言える。ア・イを除けばいずれも室町末期から江戸前期にかけて成立した諸編である。このことは注意すべきであろう。ス『住吉の本地』絵巻は霊験譚の一つとして取り上げてあるが、そのほかは関連説話として挿入されているに過ぎない。

これらのように関連する説話を連想的に寄せ集めて行く物語には、如上の諸編以外にも、『武家繁昌』（江戸絵巻・奈良絵本）や『不老不死』（江戸絵巻・奈良絵本）『酒の泉』（江戸絵巻）『富士山の本地』（延宝八年刊）などがある。室町末頃から物語草子を作るのに、説話集的傾向が強くなっていったものと考えられる。とくに、これらは絵巻の体裁をとるものが多く、江戸前期の絵巻物の特徴というべきだろう。

さて、このように『源平盛衰記』や『太平記』は豊富な話材を収める簡便なタネ本として好まれるようになったものとみられるが、『元亨釈書』についてもこれらと同類のごとく扱われた形跡がある。写本としてはキ内閣文庫本『硯割』、刊本としては『道成寺物語』やヒ『弘法大師の御本地』、へ『石山物語』、ホ『賀茂の本地』がこれを使っている。『硯割』は加藤家本では、『太平記』の引用部分を『元亨釈書』巻第二十八「書写山円教寺像」に拠っている[7]。なお、『役の行者』（江戸絵巻）も『源平盛衰記』と『元亨釈書』とを使っているようだが[8]、未勘。

右三種のタネ本は、手法的にはいずれも露骨な引用が主である。しかも興味深いことには、基本的には既成の縁起資料に取材しながらも、部分的には説話単位でそれに類するものを以てすり替えているのである。かかる手法は商品としての物語制作が大きな要因として潜んでいるのではないかと思われる。『三井寺物語』（万治三年刊）成立の一因もここに求められるように思われる。

これらに対して、語り本系の『平家物語』諸本を話材資料として使う事はあまりなかったようである。『雁の草子』（慶長七年写白描絵巻）が屋代本系統の本文を使っていると見られるが、概ね『平家物語』関連の説話は『雀さうし』[9]や『弁慶物語』[10]、下って『薄雪物語』などに見られるように、消化された形で使われ、露骨な引用が表れにくくなっている。ここで語り本系『平家物語』を特にとりあげなかったのは、それらを軽視したからではない。『源平盛衰記』及び『太平記』とは、明確とは言えないまでも、扱い方に違いが見られることが多いからである。

『菊の前』に即して見る

既成の資料に手を加えて物語草子に仕立てる場、顕著な手段として、謡曲を用いることがあった[11]。また、右に述べたように、軍記物語所引説話を利用することがあった。『菊の前』のように、既成の物語・説話に基づいて前半を拡張して物語草子とする事例としては、例えば所謂奈良絵本として伝わる『七草ひめ』が指摘できる。(12)これもやはり江戸前期に作られたと見られる物語草子で、謡曲「竹の雪」に取材しており、前半の結婚に至るまでのプロットは、『菊の前』同様、新たに付会したものである。

主題から一部抜出して物語草子に仕立てたものとしては、まず『源平盛衰記』にウ・ク・ケ・コ・タがあり、『太平記』にエ・サ・フ・マがある。『平家物語』には、このほか、『横笛草子』『祇王』(13)『恋塚物語』『小敦盛』などがある。これらは概ね室町期に遡るものである。また、故事来歴譚を使った物語とはおのずから制作事情を異にして、個人的営為としては、恐らく明治まで続く。(14)

一方、前半、『伽婢子』と共に『太平記』を使っていることに注目したい。しかも説話を引用するのではなく、詞章上の装飾のために使用している。その類例としてはオ・カ・ツ・テ・ナが挙げられる。また『弘法大師の御本地』では高野山の概要に『源平盛衰記』の本文を使っており、同種とみなされる。了意も『狗張子』などで『太平記』を取り入れている。このように、詞章面での直接関係が見出だされる諸編はいずれも室町末期以降の物語であった。通説で夙いものとされている作品にはオ『鳥部山物語』や唐代伝奇小説の翻案であるカ『李娃物語』があるが、江戸前期のお伽草子が主であることは表の示す通りである。

ここから『太平記』（流布本系）の文体が無名作者達に受け入れられていた事は推測して許されることであろう。特に『菊の前』にも取り入れられている巻第十八「一宮山御息所」は、エ・オ・カ・ハ・メ・モなどにも見られる。『太平記』本文としては巻第十八「塩冶判官讒死事」と共に好まれたように見受けられる。つまり『菊の前』の前半部分は、これらお伽草子諸編における『太平記』引用の伝統をそのまま受け継ぎ、創作されたのである。して見ると、

『四人比丘尼』や『花の名残』と類似する制作環境を想定してみることも可能であろう。

3　『菊の前』の文学史的価値

菊の前説話の『太閤記』における位置

素材こそ新しい『太閤記』であるが、用い方は旧来通りであった。『太閤記』の話材の乏しさは右に掲げた『源平盛衰記』や『太平記』と比べて明瞭である。その点、『信長記』も同じである。『信長記』にあっては、短編の物語草子に仕立てられるような話材が『太閤記』以上に少なかったようである。語り本系『平家物語』も『源平盛衰記』の比ではなかった。その意味で、物語草子の制作にとっての軍記物の価値は、独立性を有つ説話の量に左右されるという一面があったように思われる。

それでは、本物語制作者にとって、『太閤記』の価値はどのへんにあったのだろう。菊の前が実在したか否かは問われていない。実録なることを強調する本文も認められない。説話内容の真偽ではなく、寧ろ説話の興趣という点にあったと解されるのではないか。

文章面から菊の前説話に通じるものを挙げると、巻第十「幽斎道之記」がある。これは天正十五年に成った幽斎の九州下向の紀行文で、単独でも流布している。和文調で記され、和歌や発句を多く含む。『太閤記』以前に単独で成立しているし、章段末尾の注記からも、甫庵が手許に一伝本を置いていたことは知られる(15)。

菊の前説話もこれと同様の和文調の濃い文章であるから、『太閤記』中では異色である。甫庵の創作ではなく、何らかの写本を使ったものと思う所以である。取り入れた理由としては、新日本古典文学大系の脚注に「殺伐な巻に彩を添える意図があったか」と捉えてあるが、私も同様に解したい。と言うのも、このことは、次の点からも読み取られるからである。即ち、『太閤記』の中で、菊の前説話が特立されるべき所以は、軍記物に於ける女性譚という点にある。

菊の前説話の草子化

本説話は『太閤記』の中で唯一、女性を主役にした恋愛譚である。そして、文体面から見ても、巻第十「幽斎道之記」を除くと、他に比べ、著しく漢語が少なく、且つ平易である。このような特質が、物語草子の題材として取り上げられた一因とは見られないだろうか。

軍記物から主題部分を抜書もしくは抜書増補したお伽草子・仮名草子の類例としては、次の諸編が挙げられる。まず『平家物語』には、『祇王』(写)・『大原御幸の草子』(写)・『あやめの前』(写)・『小督物語』(写)・『六代御前物語』(写)・『恋塚物語』(写/刊)・『須磨寺笛之遺記』(写)・『咸陽宮』(写)・『俊寛僧都縁起』(写)などがある。次に『太平記』には、『ゑんや物語』(刊)・『北野通夜物語』(刊/写)・『大森彦七絵巻』(写)・『剣の巻』(刊/写)・『呉越』(写)がある。また『義経記』には『義経東下り物語』(刊)が、『太閤記』には『菊の前』の外、『太閤軍記』(刊)がある。『祇王』や『大原御幸の草子』や『六代御前物語』は諸本によって成立事情が異なるが、単純化すれば、以上の物語が挙げられよう。

これらは女性を主人公にした説話であったり、また挿話の故事であったりと、物語中では独立性の強いものであると解する事ができよう。とくに『平家物語』から出た『祇王』『大原御幸』『小督物語』『あやめの前』、それから『太平記』から出た『ゑんや物語』は、女性を主人公にした叙情性の濃い物語である事である。このことは相対的に認められるであろう。それら祇王や小督、菖蒲の前、塩冶判官高貞の妻の説話・物語は、言うなれば、戦争時に於ける恋愛譚という点に眼目がある。これらの事例が物語っている文学史的現象の一つは、江戸初期において、軍記物から女性譚を取り出して物語草子として仕立てることが既に行われていたということである。

このように見るならば、『太閤記』は本物語作者の立場からすると、『平家物語』（『源平盛衰記』を含む）『太平記』に連なる話材提供資料として捉えられたものであろう事は、推量して許されることであろう。

それからまた、本物語の一番の特徴として、長文の艶書が取り込まれている点が挙げられよう。この点にも一因があったように思われる。『恨の介』や『薄雪物語』のような文のやり取りがなされているのではないが、構成面では大きな比重を占めていることは否定出来まい。本物語からの抜書ではないが、その意味で、島津家の記録である『朝鮮征伐記』追加二（史料編纂所、東京国立博物館所蔵）[16]や『輪池叢書』外輯第六冊（国会図書館所蔵）、『墨海山筆』第九十二冊（内閣文庫所蔵）に菊の前の文が収められているのは注意してよいことだろう。これは、『はにふ物語』（刈谷図書館所蔵、写一冊）とその収録する艶書を抜き出した『大納言物語』（宮内庁書陵部など所蔵、写本）との関係と同じである。つまり、説話・物語の一部としてではなく、菊の前の艶書自体もまた関心の対象となり得たことを示すものと見る事ができるからである。

鱗形屋の物語草子出版事情の一端

ところで本物語は、大伝馬町三丁目の鱗形屋が初版を出したのかどうか、定かではない。ただ、ここはお伽草子・仮名草子類を多く板行していた所である。中でも興味深いのは、例えば寛文七年刊行の『あたごのほんち』である。これは「巻末の経文と祭文の条を省略して、文章を簡略に作っ」たものである[17]。また、元禄頃に出した『鶴の草子』も寛文二年版の本文を「所々節略」し、「特に、巻末に大きな省略がある。[18]」つまり、お伽草子を出す際に、旧来の本文を若干改めただけで、新版として刊行する傾向が見られるのである。同様のことは『伽婢子』にも認められる。即ち、本来十三巻本であったものを、寛文十一年に巻七から十三を『続伽婢子』と改題した異版として出しているのである。[19]

また、浄瑠璃『太閤記』は七巻本で、「天正軍記」「三好軍記」「信長記」「明智合戦」「北国合戦」「九州軍記」「朝鮮せいばつ記」から成っている。第七巻の刊記には「右七巻者板行軍書祓書也寅正月日うろこ形や板」とある。ここにいう「板行軍書」が何を指すかは詳らかでないが、これによれば、やはり抜書して作ったもののようである。浄瑠璃『平家物語』『太平記』『北条五代記』なども同様の作り方をしている。[20]

このように、鱗形屋の出すものには、既製品を改変して作った、安易と評すべきものが見受けられる。書肆は違うが、明暦四年刊行の『石山物語』も同様の例である。『菊の前』の場合も、『太閤記』の一部分を抜き出し、『伽婢子』や『太平記』などを使って改変したものであるから、これらと同種のものとみなすことが出来よう。

4　お伽草子から見た『菊の前』

大部の軍記物語中の説話を抜書増補することで物語草子に仕立てることが、江戸前期のお伽草子制作に見受けられた。これは既に室町期から行われていたことであるが、『太平記』本文を詞章上の装飾のために、露骨に引用するようになるのは、恐らく室町末頃から出てきた現象であろう。そしてそれが顕著になるのは江戸に入ってからのことであると考えられる。

『太閤記』所引説話に基づく物語草子は確かに特殊な存在ではあるけれども、しかしその選択要因は、これまで述べ来った事情からすれば当時の典型的な物語制作の一例と認められよう。その意味で、「先行作品の一部分を適宜寄せ集めて一編を成すことは、この時代の仮名草子において、しばしば行われたことであったらしい」という市古貞次氏の説[21]は注目に値する。つまり、仮名草子にしろ、軍記物に取材した同時期のお伽草子にしろ、新作／改作を問わず認められる特徴の一つだったからである。これは室町時代のお伽草子には稀薄な特徴である。したがって、この点において室町から江戸への物語制作上の断絶を認め得る。

かくして「寄せ集める」という構成法とそのための素材とが、お伽草子の仮名草子への展開において、基軸の一つであったのではないかと考えたいのである。本物語を取り上げた所以はここにある。

注

（1）市古貞次氏「「きくのまへ」について」（初出『かがみ』第三号、昭和三十五年一月。再録『中世小説とその周辺』東京大学出版会、昭和五十六年十一月）。本文及び書誌解題は『仮名草子集成』第二三巻（東京堂出版、平成十年九月）に掲載してある。また、松原秀江氏「御伽草子・仮名草子における所謂六段本について」（初出、田中裕先生の御退職を記念する会編集『語文叢誌』昭和五十六年三月。再録『薄雪物語と御伽草子・仮名草子』和泉書院、平成九年七月）に、本書の刊行時期及び挿絵絵師に関する説が出ている。

（2）両書の本文関係が緊密であるところからすると、落丁した十三丁に関して、その内容を推量することが出来るであろう。これに就いては、注（1）解題を参照されたい。

（3）桑田忠親氏『大名と御伽衆』（青磁社、昭和十七年四月）。

（4）なお、桑田忠親氏『豊太閤傳記物語の研究』（中文館書店、昭和十五年五月）第十二章、阿部一彦氏「『太閤記』批判とその真相―小牧長久手の合戦をめぐって―」（初出『愛知淑徳短期大学紀要』第二三号、昭和五十九年六月。再録『太閤記とその周辺』和泉書院、平成九年三月）参照。

（5）仮名書きの絵入刊本『将軍記』「豊臣秀吉伝」（寛文四年刊）は『太閤記』を以て潤色を加えているが、漢文体の『豊臣秀吉譜』を素材に使ったものであるから、ここでは取り上げない。なお、長谷川泰志氏「東京国立博物館蔵『将軍記』解題と翻刻（その一）」（『広島経済大学研究論集』第二〇巻第一号、平成九年六月）参照。

（6）表の参考文献。

ア沢井耐三氏注（新日本古典文学大系『室町物語集』上、岩波書店、平成一年七月）。

イ大島由紀夫氏「お伽草子「俵藤太物語」の本文成立」（『伝承文学研究』第三一号、昭和六十年五月）。

ウ後藤康宏氏「『須摩寺笛之遺記』と『小枝の笛物語』をめぐって—附・翻刻」（前掲イ書）。

エ平出鏗二郎氏『近古小説解題』（大日本圖書株式會社、明治四十二年十月）。

オ後藤丹治氏『戦記物語の研究』（初版、大学堂書店、昭和十一年一月。改訂増補版、昭和十九年二月）。本物語の成立時期は『古物語類字鈔』の応永から応仁にかけてという説が否定されずに来ているようであるが、疑問である。『太平記』のみならず、『徒然草』や『秋夜長物語』までも使用するという本文制作の特色から推考すれば、室町末から寛文六年（『花の縁物語』）までの間と捉えるのが穏当ではなかろうか。

カ後藤氏前掲オ書。

キ石川透氏のご教示による。真田宝物館蔵。

ク小林忠雄氏「近古小説硯割の成立に関する一考察附、撰集抄略本の作成年代について」（『国語国文』第二五巻第四号、昭和三十一年四月）。

ケ藤井隆氏「大原御幸の草子」（初出『未刊御伽草子と研究㈢』未刊国文資料刊行会、昭和三十五年九月。再録『中世古典の書誌学的研究—御伽草子編』和泉書院、平成八年五月）。

コ大島建彦氏「『あやめのまへ』解説」（『コスモス』第五六号、昭和五十六年）。

セ今西實氏「お伽草子新資料二篇小考」(『山辺道』第三〇号、昭和六十一年三月)。

タ松尾葦江氏「義仲物語」(『古典籍体験の会で学ぶ』、国学院大学文学部日本文学科、平成十九年所収)。

チ濱中修氏「『舟のゐとく』の形成」(初出『伝承文学研究』第二九号、昭和五十八年八月。再録『室町時代物語論攷』新典社、平成八年四月)。

ツ徳田和夫氏注(新日本古典文学大系『室町物語集』下、岩波書店、平成四年四月)。

ト島津久基氏『近古小説新纂』(中興館、昭和三年四月)。

ナ平出鏗二郎氏『近古小説選』(中興館、昭和二年二月)。

ニ大林三千代氏「すみよしえんきの形成―太平記の影響を通して―」(『名古屋国文学研究会・国文研究』第三号、昭和四十九年三月)。

ヌ藤井隆氏「かなわ」(初出『未刊御伽草子と研究(二)』未刊国文資料刊行会、昭和三十二年三月。再録、前掲前ケ書)。

ネ本書第Ⅱ章第1節。

ノ大島由紀夫氏前掲イ論文。

ハ後藤氏前掲オ書。

フ平出氏前掲エ書。

ヘ本書第Ⅱ章第2節。

マ平出氏前掲エ書。

ミ後藤氏前掲オ書。

ム島津氏前掲ト書。

メ後藤丹治氏『太平記の研究』（大學堂書店、昭和十三年八月）。
モ後藤氏前掲メ書。
（7）橋本直紀氏「奈良絵本『硯わり』と性空上人」（『千里山文学論集』第二六号、昭和五十七年三月）。
（8）山口桂三郎氏・小澤弘氏「武蔵国比企群の多武峯眼坊と武藤家本「役の行者絵巻」について」（『立正大学・北埼玉地域研究センター年報』第一三号、平成二年三月）。
（9）石川透氏「室町物語の成立背景―『雀さうし』の成立―」（『国学院雑誌』第九二巻第一号、平成三年一月）。
（10）佐谷眞木人氏「『弁慶物語』の歴史意識」（『東横国文学』第三〇号、平成十一年三月）。
（11）川崎剛志氏「万治頃の小説制作事情―謡曲を題材とする草子群をめぐって―」（『大阪大学・語文』第五一輯、昭和六十三年十月）。濱田啓介氏『近世小説・営為と様式に関する私見』（京都大学学術出版会、平成五年十二月）など参照。
（12）本書第Ⅱ章第1節。
（13）『祇王』を『源平盛衰記』によったとする説があるが、考えがたい。いまだ精査していないものの、強いて言うと、掘江、スペンサー両本は一方系、古活字本は中院本系の本文に拠っているようである。
（14）例えば拙蔵の『寂光院』は明治三十五年の写本で、大原御幸に取材している。奥書に「近き世の人の筆に成れるもの」だろうと記してある。
（15）「此覚之記、いぶかしき所もあんめれど、類本なければ、跡も正さずかく記し付畢。」（岩波・新大系版二六五頁）。
（16）菊の前の父は島津家家臣小野攝津守である（但し伝未詳）。なお、『新納文書目録』（鹿児島県立図書館編集、昭和四十三年十二月）に「瀬川女の手紙（島津の奥女中）八枚」という記載がある。個人蔵のため未見であるが、本艶書を指すのであろうか。

(17)『室町時代物語大成』第一巻解題（角川書店、昭和四十八年一月）。

(18)『室町時代物語大成』第九巻解題（角川書店、昭和五十六年二月）。

(19) 江本裕氏「解説」（『伽婢子』2、平凡社、昭和六十三年二月）及び『仮名草子集成』第七巻解題（東京堂出版、昭和六十一年九月）参照。

(20)『古浄瑠璃正本集』第七巻解題（角川書店、昭和五十四年二月）参照。なお、次のように説いてある。「底本は七巻合冊であるが、初めからさうであつたかどうか疑問がないわけではない。元表紙・元題簽はなく、綴ぢ方にも無理があり、また同じ中形本で、同版の本に、別冊になつたものがあるからである。」

(21) 市古氏前掲注（1）論文。

【写本】

	書名	引用本文
ア	猿の草子（永禄頃絵巻）	**太**十八「比叡山開闢事」カ
イ	俵藤太物語（室町絵巻）	**盛**二十三「朝敵追悼例附駅路鈴事」「貞盛将門合戦附勧賞事」**太**十五「三井寺合戦并当時撞鐘事并俵藤太事」
ウ	須磨寺笛之遺記（写本）	**盛**三十一「青山琵琶流和泉啄木」三十六「維盛住吉詣同明神垂迹」三十八「経俊敦盛巳下頚共懸一谷」「熊谷送敦盛頚」
エ	中書王物語（写本）	**太**十八「一宮御息所」
オ	鳥部山物語（江戸写本）	**太**十八「一宮御息所」
カ	季娃物語（写本）	**太**一「儲王御事」「無礼講事」「立后事」「後醍醐天皇御治世事」十八「一宮御息所」
キ	硯割・内閣文庫本（江戸写本）	**太**十一「書写山行幸事」
ク	大原御幸・山崎本（江戸奈良絵本）	**盛**四十八「女院吉田御住居」「同出家」「法皇大原江入御」
ケ	あやめの前（江戸絵巻）	**盛**十六「菖蒲前事」**太**二十一「塩冶判官讒死事」
コ	六代御前物語（江戸奈良絵本）	**盛**四十七「髑髏尼御前」「六代蒙免上洛」
サ	大森彦七絵巻（江戸絵巻）	**太**二十七「大森彦七事」
シ	祇園精舎（江戸絵巻）	**太**二十四「依山門嗷訴公卿僉議事」
ス	住吉の本地・C本（江戸絵巻）	**盛**十「法皇三井灌頂事」四十三「住吉鏑竝神功責新羅」
セ	松浦明神絵巻（江戸絵巻）	**盛**三十「太神宮行幸願附広嗣謀叛並玄昉僧正事」
ソ	咸陽宮（江戸絵巻）	**盛**十七「始皇燕丹勾践夫差」

タ	義仲物語	**盛**二十六「木曽謀叛事」「兼遠起請事」「尾張国目代早馬事」「平家東国発向」「入道得病」二十八「北国所々合戦事」二十九「倶梨迦羅山事」「砺波山合戦事」三十一「木曽登山」「平家都落事」三十二「義仲行家京入事」「法皇自天台山還御事」「義仲行家受領事」三十三「木曽洛中狼藉事」三十四「木曽可追悼由」「法住寺城郭合戦事」「木曽縦逸」「公朝時成関東下向」「範頼義経上洛」「木曽擬与平家」「義仲将軍宣事」「東国兵馬汰」三十五「範頼義経京入事」「高綱渡宇治河事」「木曽惜貴女遺事」「東使戦木曽事」「巴関東下向事」「粟津合戦事」「木曽頚被渡事」
チ	舟のゐとく（江戸絵巻）	**太**三十「殷紂王事」
ツ	大黒舞（江戸絵巻・奈良絵本）	**太**二十七「大森彦七事」
テ	伊吹童子・赤木本（江戸元奈良絵本）	**太**十八「比叡山開闢事」剣の巻
ト	蓬莱物語（江戸絵巻・奈良絵本）	**太**二十四「依山門嗷訴公卿僉議事」
ナ	かくれざと（江戸絵巻・奈良絵本）	**太**三十七「新将軍京落事」
ニ	住吉の本地・A本（江戸奈良絵本）	**太**二十五「自伊勢進宝剣事」三十九「自太元攻日事」「神功皇后攻新羅給事」剣の巻
ヌ	かなわ（江戸奈良絵本）	**太**剣巻
ネ	七草ひめ（江戸奈良絵本）	**盛**一「五節始」三「左右大将事」「有子入水事」九「善光寺炎上事」二十八「経正竹生嶋詣」三十五「粟津合戦事」

【刊本】

	書名	**引用本文**
ノ	俵藤太物語（寛永頃刊）	**盛**十七「謀反不遂素懐事」・ほかイに同じ。
ハ	墨染桜（承応二年刊）	**太**九「主上上皇御沈落事」十八「一宮御息所」二十「勾当内侍事」二十一「塩冶判官讒死事」二十三「雲客下車事」
ヒ	弘法大師の御本地（承応三年刊）	**盛**四十「弘法大師入唐事」「観賢拝弘法大師之影像」「法輪寺高野山」

フ	北野通夜物語（明暦三年刊・絵巻）	**太**三十五「北野通夜物語」
ヘ	石山物語（明暦四年刊）	**盛**三「澄憲祈雨事」四「白山神輿登山事」「山門御輿振事」五「座主流罪事」「山門奏上事」「澄憲血脈事」「南都合戦」
ホ	賀茂の本地（明暦頃刊）	**盛**十六「遷都」四十四「老松若松尋剣事」
マ	ゑんや物語（寛文九年刊・奈良絵本）	**太**二十一「塩冶判官讒死事」
ミ	鶴の草子（寛文二年刊）	**太**二十一「塩冶判官讒死事」二十三「大森彦七事」
ム	藍染川（寛文頃刊）	**太**一「三位殿御局事」二「俊基朝臣再関東下向事」十二「聖廟事」十五「賀茂神主改補事」十八「一宮御息所」三十二「天竺震旦物語事」三十七「身子声聞事」
メ	花子ものぐるひ（寛文頃刊）	**太**一「一宮御息所」「三位殿御局事」二十一「塩冶判官讒死事」三十七「揚国忠事」
モ	はもち中将（寛文頃刊）	**太**二「俊基朝臣再関東下向事」

異本『土蜘蛛』絵巻について

はじめに

日本の古典的な異類退治の物語として、八俣大蛇、酒呑童子、悪路王、玉藻前などが著名であるが、土蜘蛛の物語も、中世以来、よく知られてきたものである。それは異類退治という側面ばかりが主眼であったのではなく、退治する側、すなわち源頼光及びその四天王なるもの、それから退治に用いた霊剣なるものの説話としても扱われてきた。就中、頼光の所持する剣は鬚切・膝丸といって、代々武士の正統たる源家重代の家宝であり、「剣の巻」によって知られるごとく、中世以降、神秘的な存在として様々な言説が産み出されてきた。この二振りの霊剣は、頼光の父満仲が天下を守護すべき身なればとて造った剣で、当初より数々の武功を示してきた。その後、頼光・頼国と継承され、源義家・義経・頼朝・新田義貞・足利尊氏などの手に渡った。つまり天下に名を馳せた武将は、一面、この霊剣の威徳によってその地位を保証されていたとも言えるのである。しかしその霊剣説話も「剣の巻」以降は兵法や歌道の伝書と同じように、次第に神秘性を減少させていったもののようである。すなわち霊剣説話というよりも、むしろ武家の伝記的説話の一環として、類型的に処理されていくように思われる。ここで取り上げる国立歴史民俗博物館所蔵の絵巻『土蜘』（以下、便宜上『土蜘蛛』とする）はそのような近世的展開の一端を示すものといえるであろう。

そもそも土蜘蛛に取材した物語草子には、既に二種の異なる絵巻が既に知られている。まず古絵巻一巻（東京国立博物館蔵ほか）。その転写本が東京国立博物館、神宮文庫、国際日本文化研究センター及び大英博物館に所蔵される。成立期は鎌倉後期の成立で、箱書に土佐長隆画・兼好筆とある。源頼光四天王による化物土蜘蛛退治の物語であるが、ただし本文中に「土蜘蛛」の名称はなく、「山くも」という物であると記してある。第二は絵巻二巻（慶応義塾図書館蔵）。これはいわゆる御伽草子絵巻で、内容は謡曲「土蜘蛛」に近い。今回ここにとりあげる国立歴史民俗博物館所蔵の絵巻一巻は寛政十一（一七九九）年に書写されたものである。外題・内題はともになく、箱書として「土蜘」と墨書してある。天地三十九㎝。料紙には鳥の子紙を用い、下絵はない。三十七枚の紙を継ぎ、絵は全八図である。本文振仮名は朱筆で、本文と同筆。以下、内容について見ることにしよう。

1　二つの伝本

さて、本絵巻の本文を見ると、一見して慶応本同様に謡曲の影響を受けていることが分かる。ところが、それよりも、より近似する本文がある説話集の中に収められている。即ち遠藤元閑の編んだ『本朝武家評林』のうち、巻二所収の「頼光《ライクワウ》朝臣瘧病《キヤクベイ》之《ノ》事付土蜘蛛《ツチクモ》退治《タイチ》之《ノ》事」である。この集は古今の武家説話を集めたもので、全四十六巻から成る、いわば伝記集というべきものである。元禄十三年（一七〇〇）に刊行されて以来、版も重ねている。

この説話集と歴博本『土蜘蛛』とを対照化すると、以下のように示される。

梗概

① 頼光、度々一条大宮に行き、体をこわす。

②　四天王ら看病し、また医術を尽しても回復しない。

③　三十余日経っても治らず。ある晩、病床に奇僧が現れる。

④　奇僧、病悩は自分の仕業と告げ、千筋の縄で絡めようとする。

⑤　頼光が膝丸で切り付けると消えうせる。

⑥　保昌ら四天王、血痕を辿って退治に向かう。

⑦　保昌ら、北野社の後に着き、そこにある塚を壊す。

⑧　塚から出てきた大蜘蛛を絡めとり、頼光の前に引き据える。

⑨　蜘蛛を河原に曝す。

⑩　昔も土蜘蛛の精が人を取ることがあった。

⑪　天平四年、紀伊国名草郡の土蜘蛛を退治する。

⑫　仲哀天皇三十一年、豊前国の土蜘蛛を退治する。

⑬　膝丸を蜘蛛切丸と改名する。

	①	②	③	④	⑤	⑥	⑦	⑧	⑨	⑩	⑪	⑫	⑬
『評　林』	○	○	○	○	○	○	○	○	○	○	×	×	△
『土蜘蛛』	×	×	○	○	○	○	○	○	○	△	○	○	○

以上のように、両者の構成は極めて近いものであることが分かる。○は近似する本文で、△は類似するものの、親近性のそれほど濃くないと解される部分を示す。したがって『土蜘蛛』は『本朝武家評林』所収説話のうち、③から

⑩までの本文と直接もしくは間接的に関係があるように思われる。そこで次に具体的に本文の一部を比較検討してみよう。

③の土蜘蛛の化現したものが現れる箇所から④までを見てみる。まず『土蜘蛛』では次のように記されている。

1我背子《わがせご》がくべき宵《よひ》なりさゝがにの蛛《くも》の振舞《ふるまひ》かねてしるしもと聞《きこ》えしほどに怪《あや》しくおもひ眼《め》をひらき見たまふに
2ともし火《ひ》の影《かげ》よりひとりの僧形《そうぎやう》あらハれて
3いかにや頼光心地《こゝち》ハ何《なに》と在《おは》するぞと問ければ
4不思議《ふしぎ》やたれにてわたりたまへばかく深更《しんかう》におよびて我《われ》をとぶらひ来《き》ませるぞや
5心地《こゝち》ハ日日《ひひ》にそへてなやましくこそ侍れ
6さこそあらめそれぞわか為事《なすわざ》といふまゝに千筋《ちすぢ》の縄《なは》を捌《さばき》て搦《からめ》むとぞ仕たりける

この部分、『本朝武家評林』（東北大学附属図書館狩野文庫蔵）所収説話ではどうか。


1我背子《カセコ》ガ来ヘキ宵《ヨイ》ナリサヽガニノ。蛛《クモ》ノフルマヒ兼《カネ》テシルシモト聞エシ程ニ。怪《アヤシ》ク思ヒ。眼《マナコ》ヲ開《ヒラ》キ見給フニ。

2燭《トモシビ》ノ影《カゲ》ヨリ一ツノ僧形見《ソウギヤウアラ》ハレテ。

3何《イカ》ニヤ頼光。心地《コヽチ》ハ何《ナニ》トアルゾト問《トヒ》ケレバ。

4不思議《フシギ》ヤ誰《タレ》ニテ渡《ワタ》リ給ヘバ。斯深更《カクシンカウ》ニ及ンデ。我ヲ訪《トフラヒ》来《キ》マセルゾヤ。

5心地ハ日ニ添悩《ソヒナヤ》マシクコソ侍レ。

6サコソアルラン。其《レ》コソハ我為事《カナスワザ》ゾト云儘《マヽ》ニ。千筋《チスヂ》ノ索《ナハ》ヲ捌《サバイ》テ。搦《カラメ》ントゾ仕《シ》タリケル。


このようになっている。両者の相違点は「在《おは》する」「アル」・「およびて」「及ンデ」・「日日《ひひ》にそへて」「日ニ添《ソヒ》」・「あらめ」「アルラン」と、微細なものである。

当該箇所について、東博本『土蜘蛛草子』では、土蜘蛛の化現したものが僧ではなく、女であるから、もとより問題にならない。慶応本『土蜘蛛草子』では次のようになって描かれている。

頼光、のたまひけるは、たゝいま、ゆめともなく、うつゝともなく、七尺ゆたかなる、色くろき法師、まくらかみに立よるをあれはいかなる者そと、とへとこたへす、身より、ちひろのなわを出して、我をまとはんと、せしほとに

（『室町時代物語大成』九）

ここで頼光が対話している者は土蜘蛛ではなく、四天王である。また、謡曲本文の当該箇所は次のようになっている。

シテいかに頼光、おんここちはなにとござ候ふぞ
頼光不思議やなたれとも知らぬ僧形の、深更に及んでわれを訪ふ、その名はいかにおぼつかな
シテおろかの仰せ候ふや、悩み給ふもわが背子が、来べき宵なり細蟹の、
頼光蜘のふるまひかねてより、知らぬといふになほ近づく、姿は蜘蛛のごとくなるが、
シテ掛くるや千筋の糸筋に、
頼光五体を縮め
シテ身を苦しむ

（日本古典文学大系、但し振仮名等省略）

右のように、一見して、この謡曲本文が歴博本『土蜘蛛』及び『本朝武家評林』所収説話に近いことが知られる。衣通姫の歌を織り込み、二人の対話を描く趣向も、この謡曲に由来しているものと認められよう。つまり、歴博本『土蜘蛛』及び『本朝武家評林』所収説話はこの謡曲に取材して、それに潤色を加えたものと考えられるのである。

頼光四天王による土蜘蛛退治説話は言うまでもなく、中世以降、諸書に取り入れられている。ただ『本朝武家評林』のような武家の伝記類に限ってみると、林鵞峰『日本百将伝抄』（明暦元年跋）、『本朝百将伝』（明暦二年、鵞峰撰

カ）、中村興『扶桑名将伝』（延宝五年刊）、『本朝武林伝』（延宝七年自序）、『本朝略名伝記』（元禄九年刊）、樋口好運『本朝武家高名記』（元禄十年自序）など数多掲げられるのであるが、これらの中に頼光四天王の土蜘蛛説話は認められない。ただし元禄四年（一六九一）刊行の『多田五代記』には『本朝武家評林』と類似する説話を収めている。すなわち巻第六「頼光《ライクワウ》朝臣《アソン》瘧病《ギヤクビヤウ》付捕《トル》山蜘蛛《ヤマクモ》付杜子美《トシミ》詩《シノ》事」である。この説話は上記の対照表に即してみると、②③④⑤⑥⑦⑧⑨⑪が対応する。しかしこれも3の部分で衣通姫の歌がないばかりか、「漸ク夜フケ五月雨ソボブリ人静リ山郭公ノ声ダニ心スゴク打シメリユク燭ノ影幽ナル」などと、全く異なる潤色が施されている。

いずれにしても、管見に及んだところでは『本朝武家評林』以上に近似する資料は見られない。本絵巻の本文は、謡曲本文をもとに散文化した説話に依拠したのもであると考えることのが最も自然であろう。その説話が果たして『本朝武家評林』所収のものであるかどうかは疑問であるものの、極めて近い類話であるということは出来る。

ところで、もう一点、忘れてはならない資料がある。それは冒頭にあげた「剣の巻」である。対照表②と③の前半とにあたる部分、『土蜘蛛』ではつぎのようにある。

斯《かく》て三十餘日《よにち》を経《へ》ていまた落《おち》ざりけれどもすこし醒方《さめかた》にてそ有《あり》ける四天王ならびに看病《かんびやう》しける者《もの》ども皆暇賜《みないとまたまハり》て閑所《かんしよ》に入《いり》て休《やすみ》けり

『評林』所収説話も、文字表記に若干の相違がある点を除けば略同文である。謡曲「土蜘蛛」は冒頭、胡蝶という女房が登場する設定になっており、また、三十余日という点にも言及がないので、この部分に関しては対象外といえる。

これに対して「剣の巻」ではどうか。

加様ニ逼迫《ヒツハク》スル事。三十餘日ニゾ及ケル。或《アル》時又大事ニ發《リ》テ。少シ減《ゲン》ニ付テ。醒《サメ》方ニ成ケレバ。四天王ノ者共看《カン》病シケルモ。皆閑所ニ入テ休《ヤスミ》ケリ。

このように類似本文が見出される。ここでは元和八年（一六二二）整版本（国立公文書館内閣文庫蔵）を使用したのは、長禄四年本など古写本よりも近似するからである。版本諸本間での異同はほとんど見られない。もう一例挙げると、『土蜘蛛』⑧での頼光の台詞は次のようにある。

　安《やす》からぬことかな是程《これほど》の奴《やつ》にたぶらかされ三十餘《よ》日悩《なやま》されけるこそ不思儀《ふしぎ》なれ大路《おほぢ》さらすべし

一方、「剣の巻」ではこうである。

　安カラザル事カナ。是ホドノ奴《ヤツ》ニ。誑《タホラ》カサレ三十餘日。悩《ナヤ》マサル丶コソ不思議《フシギ》ナレ。大路《ヲホチ》ニ曝《サラ》スベシ

土蜘蛛説話全体は『土蜘蛛』よりも簡略であるものの、このように対照表番号で②③④⑤⑥⑦⑧⑨⑬が対応する。つまり、『土蜘蛛』の本文作成には謡曲ばかりでなく、「剣の巻」も用いられていたことが考えられるのである。

　さて、以上が本絵巻本文の主題にあたる部分であったが、末尾に『日本書紀』を原拠とする二つの古代土蜘蛛説話を引用している。すなわち先に掲げた対照表の⑪⑫に該当する部分である。まず⑪を見ると、これは『太平記』巻第十六「本朝朝敵事」に見られる説話に酷似している。文字表記から見て刊本が近い。いま便宜上、元和八年整版本と比べてみよう。

　昔《むかし》人皇《にんわう》のはじめ神日本磐余彦天皇《かんやまといはれひこのあめすへらき》の即位《そくゐ》四年《ねん》に紀伊國名草郡高野《きいのくになぐさのこほりたかの》の林《はやし》に長《たけ》二丈餘《じやうよ》の蜘蛛《くも》あり足手長《あしてなかう》して人《ひと》に超《こえ》たり網《あみ》を張《は》る事数里《ことすり》におよんで往来《わうらい》の人《ひと》を残害《ざんがい》す然《しか》れども官軍勅命《くハんぐんちよくめい》を蒙《かうふり》て鐵《くろかね》の網《あみ》を張《は》り鐵湯《てつたう》を沸《わか》して四方《はう》より責《せめ》しかハ此蜘蛛《このくも》遂《つい》に殺《ころされ》て其身《そのみ》分々《づた〳〵》に爛《たゞれ》にき

次に『太平記』所収説話を掲げる。

　神日本磐余予彦《カンヤマトイワアレヒコ》　天　皇《アメスベラミノミコト》　御宇天平《ヒヤウ》四年ニ。紀伊《キノ》國名草郡《ナクサノコホリ》ニ。長《タケ》二丈餘ノ蜘蛛《クモ》アリ。足手長シテ力人ニ超《コヘ》タリ。網《アミ》ヲ張《ハ》ル事数里ニ及テ。往来ノ人ヲ残害《ザンガイ》ス。然《レ》共官軍　勅《チヨク》命ヲ蒙《カウムツ》テ。鐵《クロカネ》ノ網《アミ》ヲ張《ハ》リ。鐵湯《テツタウ》ヲ沸《ワカ》シテ。四方ヨリ責《セメ》

シカハ此《ノ》蜘蛛《クモ》遂《ツイ》ニ殺《コロ》サレテ。其《ノ》身分々《ツダツダ》ニ爛《タヾ》レニキ。

このように文字表記の面からみても両説話は近似していることが分かる。

さて、以上見てきたことを一言でいうと、次のようになる。すなわち、歴博本『土蜘蛛』の本文は、謡曲「土蜘蛛」と「剣の巻」（恐らく『太平記』版本付録）とをもとに、新たに創作した土蜘蛛説話に拠っているであろう。ここで注意しておきたいのは、本文作者自身が両者を手許に置いて創作したというのではない。なぜなら『評林』所収の土蜘蛛説話にも同じことがいえるからである。しかも『評林』においては当該説話のほかにも前後に配置される鬼切説話や鬚切・膝丸伝来説話など、「剣の巻」に基づくだろう説話が存するのである。してみると、『土蜘蛛』は『評林』所収土蜘蛛説話に拠って本文がつくられたようにも見える。しかし、両者の異同を『土蜘蛛』本文作者による改竄と解するには積極的な理由がなく、釈然としないものが残る。また対照表①②の本文を『土蜘蛛』作者が削除する根拠も見当たらない。また末尾の古代土蜘蛛説話のうち⑪は『太平記』を原拠とするが、⑫がそれに収録されていない説話である点から、別に両説話を挿んだ土蜘蛛説話が存した可能性もある。

いずれにしろ、『土蜘蛛』本文と姉妹関係にある説話を収める『本朝武家評林』が、元禄十三年（一七〇〇）の刊行になるから、もとの説話はそれ以前、近世前期に成っていたものと考えられる。その後、多少潤色を加えた説話がつくられ、『土蜘蛛』本文として採用されたのではないかと思われる。

2　筆者について

最後に奥書にある人物について簡単に触れておきたい。すなわち本絵巻の奥書は下記のとおりである。

寛政十一己未歳九月

狩野渓雲来信筆

つまり寛政十一年の九月に狩野渓雲来信なる絵師が書写したというのである。

狩野渓雲の家は十五表絵師の一つで、宗心種永の流れを汲む築地小田原町狩野家である。父柳慶共信の後を継いで第十一代将軍家斉に拝謁したのは寛政十年十二月二十八日のことであった。柳慶がこの年二月二日五十七歳で死去しているので、それからおよそ十ヶ月後のことである。このことは『古画備考』所収「狩野門人譜」に記載がある。

寛政十二未年十二月廿八日、御目見。同十二申年閏四月四日、父柳慶儀、近来御扶持方被下候ニ付、跡式之御沙汰ニ不及候。御目見之儀ハ、只今迄之通、可罷出旨、申渡有之。

この後の具体的な行動について詳細はわからない。ただ『文化年録』文化元年（一八〇四）十二月二十七日の条を見ると、江戸城「竹之間鴈之間芙蓉之間其外御修復」に勤めていたことが知られる。その功によってこの日焼火の間において銀三枚を頂戴しているのである。この時修復に関与した絵師は渓雲のほかに狩野探信（銀三枚）、狩野洞白（銀三枚）、狩野青貞（銀五枚）、狩野松林（銀三枚）で、渓雲の名は最後に記されている。

同年録によると、翌年正月十六日に五人扶持を賜っている。

家業出精ニ付　五人扶持被下之

右於焼火之間若年寄衆御出座兵部少輔申渡之

「狩野門人譜」によると、渓雲は文化四年（一八〇七）十月四日、三十歳の若さで没しているから、逆算すると生まれは安永六年（一七七七）と考えられる。注意されるのは『文化年録』文化四年五月十五日の条である。この日息子の柳雪が将軍にお目見えしているのである。詳細はわからないが、「初向絵師　渓雲倅」と肩書してある。それから五ヶ月後に渓雲が没しているところからすると、この時渓雲は既に病んでいて、家督相続に関して倅柳雪が初めて参ったように憶測される（なお、柳雪の文政二年（一八一九）以降の活動の一端については狩野養信の『公用日記』に見られる。『東京国立博物館紀要』第二八号参照）。

さて渓雲はどれだけの作品を残したのであろうか。本絵巻は将軍拝謁一年前、即ち渓雲二十二歳の作品ということになろう。ただ残念なことに本絵巻の絵が何に基づいて描かれたという点は不明である。従来から知られている二種の『土蜘蛛』絵巻の絵柄とは異なるものの、粉本主義といわれる狩野派末期の作品であるだけに、独創である可能性は高くないように思われる。

そのほかの肉筆画について、寡聞にして聞かないが、いくらかは現存しているものと思う。ただ無刊記ゆえ製作・刊行年時のわからない版本が一点確認できる。それは東北大学附属図書館狩野文庫に所蔵される『古代行列画纂』（内題）である。これは武家の行列の一行を描いたもので、巻頭右下に「渓雲写［狩野］」という落款がある。ただし版本ゆえ、存命中に刊行されたものか、それとも没後のものか不明といわねばならない。

【翻刻】

土蜘（箱書・墨書）

斯《かく》て三十餘日《よにち》を経《へ》ていまた落《おち》ざりけれども
すこし醒方《さめかた》にてそ有《あり》ける四天王ならびに
看病《かんびやう》しける者《もの》ども皆暇《みないとま》賜《たまはり》て閑所《かんしよ》に入《いり》て
休《やすミ》けり頼光朝臣《あそん》はたゝ獨《ひとり》かすかなる燈《ともしひ》の下《もと》に
枕《まくら》を欹《そはた》てこしかた行《ゆく》すえをそこはかとなく
おもひつゞけたまふにも一條《いちしやう》わたりのこと
覚束《おほつか》なく此三十日《このみそか》餘《あま》りは音信《をとつれ》さへも聞《きこ(マヽ)》ねば
いぶかしくおもひ給ふらめなと取《とり》あつめたる
思《おも》ひ寝《ね》の夢《ゆめ》ともなく現《うつゝ》とも覚《おほ》えぬに誰《たれ》とも
なく我背子《わがせご》がくべき宵《よひ》なりさゝがにの蛛《くも》の」（1）
振舞《ふるまひ》かねてしるしもと聞《きこ》えしほどに怪《あや》し
くおもひ眼《め》をひらき見たまふにともし火《ひ》の
影《かげ》よりひとりの僧形《そうぎやう》あらはれていかにや
頼光心地《こゝち》は何《なに》と在《おは》するぞと問ければ不《ふ》
思議《しぎ》やたれにてわたりたまへばかく深更《しんかう》に
およびて我《われ》をとぶらひ来《き》ませるぞや
心地《こゝち》は日《ひ》にそへてなやましくこそ侍れ
さこそあらめそれぞわか為事《なすわざ》といふ
まゝに千筋《ちすぢ》の縄《なは》を捌《さばき》て搦《からめ》むとぞ
仕たりける」（2）

〈図 一〉」（3）～（5）

頼光岸破《よりみつがは》と起上《おきあが》り憎《につく》き奴《やつ》かなとて枕《まくら》に
立置《たておき》たる膝丸《ひざまる》を取《とつ》て秡打《ぬきうち》に丁《てう》どきる斬《き》ら
れて化生《けしやう》は其《その》まゝに形《かたち》は失《うせ》てなかりけり
太刀音《たちをと》におどろき四天王《してんわう》の者《もの》とも我《われ》も〳〵と
走参《はせさん》じて何事《なにこと》の坐《おは》しつるぞと尋申《たづねもうし》
けれは頼光《よりみつ》しか〳〵の事なりと宣《のたま》ふ爰左衛門《こゝにさゑもん》
尉藤原保昌《ぜうふじはらのやすまさ》は右京大夫致忠《うきやうたいふともたゞ》の男《なん》にて頼光朝臣《よりミつあそん》
の舎弟淡路守頼親《しやていあわぢのかミよりちか》の母方《はゝかた》の叔父《おぢ》なりしかは頼光《よりみつ》
にも親《した》しく坐《おは》しけりされは今度《こんど》の異例《いれい》にも晝《ちう》
夜付添居《やつきそいゐ》られけるが先手《まづて》に火《ひ》を秉《とつ》て座席《ざせき》
を見るに燈臺《とうだい》の下《もと》に夥敷《おひたゝしく》血《ち》溢《こぼれ》て妻戸《つまど》の陰《かげ》より

簀子《すのこ》の下《した》へ流《なが》れ　」(6)
たり
〈図　二〉　」(7)〜(11)
悪霊化生《あくれうけしやう》の事《こと》ならば斬《きる》とも突《つく》とも
血《ち》の流《なか》る丶ことあるべからず御太刀付《おんたちつき》の
あとを見さふらふにけしからず血《ち》の流《なかれ》
て候《さふらふ》は何様《なにやう》にも今夜《こんや》の癖者《くせもの》ハ有形《うきやう》の
者《もの》とおほえたり此血《このち》を慕《したふ》て其在所《そのざいしよ》
をもとめ誅戮《ちうりく》すべしと申されければ頼光《よりみつ》
しかるべしと宣《のたま》ふ四天王《してんわう》も此義《このぎ》に同《どう》じて
手《て》に〳〵松明《たいまつ》を持《もち》て流《なか》れたる血《ち》を追《おふ》て
ゆく程《ほと》に北野《きたの》の社《やしろ》の後《うしろ》に大《おほい》なる塚《つか》あり
てそこにて血《ち》の跡《あと》とゞまりけり　」(12)
〈図　三〉　」(13)〜(14)
去《され》ばこそ在所《ざいしよ》ハ此塚《このつか》の中《うち》よ毀《こほ》てや毀《こほ》
てといふほどこそあれ我《われ》も〳〵と塚《つか》のうへ
なる大石《たいせき》を取《とつ》て抛退《なけのけ》々々念《ねん》なく塚《つか》を
崩《くづ》しけり平地《へいち》より五六尺底《そこ》にいたりて

大石《たいせき》の間《あいだ》より木《き》の根《ね》のやうなるもの見《あらは》れ
たるを五人の勇士《ゆうし》手《て》を懸《かけ》て
曳聲《ゑいこゑ》出《いた》して
引《ひき》たり
けり　」(16)
〈図　四〉　」(17)〜(19)
内《うち》なる癖《くせ》もの怺《たま》りかねむくと起上《おきあが》り
ける間《あいだ》数多《あまた》大石《たいせき》左右《さゆう》にさばけ亘七尺《わたりしちしやく》
ばかりの蛛《くも》の形《かたち》ぞあらはれける眼《まなこ》は
鏡《かゞみ》のごとく口《くち》は炎《ほのほ》を吐《はく》がごとく時々《とき》眨《はだゝき》
して千筋《ちすぢ》の糸《いと》を繰掛《くりかけ》て巻倒《まきたを》さんとぞ
這巡《はひめぐ》るを五人の兵《つはもの》ものともせず凡形《およそかたち》
有《あつ》て眼《め》に見ゆる程《ほど》の者《もの》に何《なに》ほどの
事《こと》かあるべきと各《おの》〳〵一度《いちど》に發《ばつ》と
寄《よつ》て搦《からめ》とらむと組《くみ》たりけり蛛《くも》は
怒《いかれ》る氣色《けしき》にて鯨《くじら》の吼《ほゆ》る様《やう》なる　」(20)
こゑをあげ八《やつ》の足《あし》をはたらかして刎《はね》
倒《たを》さんとぞくるひける四天王《してんわう》の者《もの》

とも動《うごか》さじと揉合《もみあふ》間《ま》に保昌《やすまさ》
蛛《くも》の背《せ》に飛乗《とびのつ》て
腰《こし》なる差縄《さしなは》
にて
頓《やが》てこれを
からめ
けり 」(21)

〈図　五〉 」(21)～(24)

懸《か》りける程《ほど》に其夜《そのよ》も明《あけ》がたに
なりて大路《おほぢ》を将《ひきい》てかへりければ
往来《わうらい》の貴賤《きせん》衢《ちまた》に満《みち》て見物《けんぶつ》し
穴《あな》いかめし浩《か》る奇異《きい》の癖者《くせもの》を
からめ得《う》る事人間《ことにんげん》のことに
非ずと皆舌をふるはせり 」(25)

〈図　六〉 」(26)～(29)

斯《かく》て頼光朝臣《よりミつあそん》の前《まへ》に引《ひき》すへたり
ければ安《やす》からぬことかな是程《これほど》の
奴《やつ》にたぶらかされ三十餘《よ》日悩《なやま》され
けるこそ不思議《ふしぎ》なれ大路《おほぢ》さらす
べしと宣《のたま》ひければ頓《やが》て鐵《くろかね》の串《くし》に
つらぬきて河原《かはら》に立《たて》ぞ
置《おか》れける 」(30)

〈図　七〉 」(31)～(33)

浩《か》る蟲類《ちうるい》の精霊《せいれい》の所為《しわざ》にも
か様《やう》の先蹤《せんしやう》ありやと尋《たづ》ぬるに昔《むかし》
人皇《にんわう》のはじめ神日本磐余彦天《かんやまといはれひこのあめ》
皇《すへらき》の即位《そくゐ》四年《ねん》に紀伊國名草郡《きいのくになぐさのこほり》
高野《たかの》の林《はやし》に長《たけ》二丈餘《じやうよ》の蜘蛛《くも》あり
足手長《あしてなかう》して人《ひと》に超《こえ》たり網《あみ》を張《は》る
事数里《ことすり》におよんで往来《わうらい》の人《ひと》を残害《ざんがい》
す然《しか》れども官軍勅命《くはんぐんちよくめい》を蒙《かうふり》て鐵《くろかね》の
網《あみ》を張《は》り鐵湯《てつたう》を沸《わか》して四方《ほう》より
責《せめ》しかは此蜘蛛《このくも》遂《つい》に殺《ころされ》て其身分々《そのみづた〳〵》に
爛《たゞれ》にき其後《そののち》十二代大足彦忍代別《おほたらしひこをしろわけ》
天　皇　御　宇《あめすへらぎあめかしたしろしめす》三十一年《ねん》築紫《つくし》の熊襲《おそ》 」(34)
謀叛《むほん》しけるを天皇追伐《ついはつ》の為《ため》に行幸《ぎやうがう》

あり先周防國《まづすわうのくに》の朝敵《てうてき》を責滅《せめほろぼ》して
豊前國《ぶぜんのくに》に到《いた》りたまふ此國《このくに》の岩崖《いはや》に
土蜘蛛住《つちくもすミ》て大《おほい》に人《ひと》を悩《なや》ませり其國《そのくに》の
者《もの》ども手《て》を盡《つく》して責《せめ》けれとも人《ひと》のみ
損《そんず》る斗《はかり》にて誅《ちう》する事《こと》あたはざりけるを
天皇葛《かつら》の網《あミ》を結《むすび》て遂《つい》に覆ひ殺《おほひ(マヽ)ころ》し
たまひけり是等《これら》は皆餘多人力《みなあまたじんりき》を以《もつ》て
滅《ほろぼ》しつるが今浩《いまかゝ》る強盛《がうせい》の癖者《くせもの》を
五人の勇士活《ゆうしいき》ながら搦捕《からめとり》し事《こと》
前代《ぜんだい》にも勝《すぐ》れたりし名譽《めいよ》かなと
稱嘆《しやうたん》せぬものはなかりけり去《され》ば膝丸《ひざまる》を」(35)
蜘蛛切丸《くもきりまる》と改名《かいめい》せられ
たり」(36)

寛政十一己未歳九月
狩野渓雲来信筆」(37)

Ⅲ　奈良絵本の制作

奈良絵本の針目安
はじめに
1 研究史
2 江戸初期以前の事例
奈良絵本以外
奈良絵本
小括
3 奈良絵本以外の寛文元禄年間頃の事例
4 種々の針目の型
半紙本の事例
横型本の事例
押し目安
小括
5 異種並存
おわりに
奈良絵本の霞―その形式と意義―
はじめに―なぜ霞を問題とするのか
1 霞の形式と分類
諸形式
分類
考察
総括
2 仮に霞と雲とを区別する理由
おわりに
補足――個別的例外について
雲形と室内装飾
―横型奈良絵本における彩色の一傾向について―
はじめに
1 雲形の形態
2 典型例
実践女子大学図書館常磐松文庫所蔵『烏帽子折』の場合
書誌的事項
確認事項
結果
小括
3 雲形と室内装飾
確認事項
結果
小括
4 金箔と金泥
5 雲形の意義

お伽草子作品が読まれるかたち、つまり書物として社会に在り、その時代の文化形成にどのような貢献をしたのか。第Ⅰ章ではこの点を室町戦国期における物語の音読行為を中心に捉えてみようと試みた。では同じ考察が江戸前期についてもできるだろうかというと、おそらくは無理である。公家日記中の記載が著しく減少するからだ。それはとりもなおさず、かつて公家社会にあったであろうお伽草子の価値が失われてしまったからだ。わずかに関心をもつ人物があっても、それは個人の嗜好にとどまるものであって、文化史的叙述の中で生かすほどのものでなくなったのである。

しかしそれにかわって新たな需要と供給の関係が形成されていった。娯楽的読み物として不特定多数の人々に求められるようになったのである。挿絵を伴う平易な仮名書きの文体、豊富な振り仮名は読む能力の低い人々に読む機会を与え、子どもに読み聞かせるにも適していたと思われる。

その一方で、読むための本としてではなく、一義的には調度品・贈答品としての価値が与えられたものがある。肉筆の絵巻であり、豪華な奈良絵本である。これら物語作品を題材にした絵巻が社会的役割を果たしていたのは室町期以来変わらないが、絵本もこれに類するものとして扱われるようになっていった。豊臣秀頼からの下賜品としての由緒をもつ古奈良絵本があることから(1)、織豊期のころから贈答品の対象として扱われるようになったものかと思われる。

これは絵入り写本の中でも奈良絵本と呼ばれる作品群が現れてくる時期と重なるだろう。が、発生期の穿鑿はさておいて、奈良絵本がそれ以降の時期において棚飾り本・嫁入り本などとして扱われていたことは蓬左文庫所蔵品からも知られるところである。中でも豪華本と通称される作品は、管見した限りではおおむね保存状態がよく、本文料紙の小口下辺に繰り返し捲ったことによるヨゴレやヨレがほとんどない。これに対して横型本は、この点、かなり傷んでいるものがあり、書物として異なる扱われ方をしていたことが察せられる。

『隔蓂記』正保三年（一六四六）九月二十六日の条に見える茶会では「絵双紙」が使われている（巻末付録年表参照）。

茶室の棚飾り本に絵巻・絵草子を使うことはこの記事、すなわち後水尾院皇子照宮（尭恕法親王）が相国寺の茶屋に御成りの時の記録が初見であるが、絵鑑や手鑑が室町後期には飾られていたことを考えれば（永正八年奥書をもつ『君台観左右帳記』に絵鑑を挙げる）、実際はさらに溯って行われていたことだろう。

時代が下ると、武家方の記録に同様のものが見られるようになる。『貞徳文集』にも「御成り座敷飾り物の事」として「絵双紙」を挙げるが（巻末年表に慶安三年以前として掲載）、史料的には紀州石橋家『家乗』に、将軍御成りの茶会の際、違棚に古法眼筆『酒呑童子絵巻』を置いたこと（延宝八年五月十六日の条）、妙法院尭仁法親王筆『高瀬寺縁起』を置いたこと（同年六月五日の条）などが見える。

また、たとえば茶室に掛ける幅にお伽草子の断簡が使われることは江戸以前にはなかったと思われる。林屋辰三郎氏によると、もともと床には唐絵や墨蹟が採用されたが、古田織部が古人の消息を採用し、その弟子小堀遠州が和歌の懐紙や歌仙絵まで取り入れるようになったという。[2]その延長にお伽草子の古絵巻の利用があるといえるだろうか。ともかく、茶室での利用対象となっていったことは、調度品としての性格が評価され、その性格が伸びていったことを意味するであろう。そして、このような数寄の美の対象とし、また一方で嫁入り本の類として扱うようになると、それを制作・販売するところが出てくるわけである。橋口侯之介氏はこれを書き本屋が関与するものであったと説く。[3]氏は既に知られている京の書肆出雲寺和泉掾のほか、『江戸鹿子』などを手掛りに江戸京橋の林文蔵など数店を想定している。もっともこの種の書肆は版本も扱っていたわけで、石川透氏や日沖敦子氏が指摘されるように、版本と同筆の作品[4]や版本反故が使われている作品[5]も残っていることからそれは知られる。そしてそうした書肆では奈良絵本の制作・販売だけではなく、絵巻も兼ねるところもあれば、美写本を兼ねるところもあった。絵巻については石川氏が詳しく論じられているところである。美写本についてはとくに半紙判の奈良絵本との関連性が深いと思われるから、今後、この膨大な写本群を視野にいれていかなくてはならないと思う。

このほかの事業としては貸し本があった。『国史館日録』や紀州石橋家の『家乗』などに書肆から借りる記事がみえる。それから校合を請け負っていたことも知られる（本章第1節参照）。依頼人の持ち込みが条件だったかと想像されるが、詳細は不明である。書肆側からすれば、純粋に商売としてやっていたことだろうが、これはまた新作のレパートリーを増やすためにも都合がよかったのではないだろうか。

『改正甘露叢』天和三年（一六八三）四月九日の条には将軍若君への進上品として「御絵双紙」、姫君に「人形一飾」が記録されている（巻末付録年表参照）。ここにいう「御絵双紙」は奈良絵本の豪華本が相応しいように思われるがどうだろう。このような土産品もまた書き本屋の営業範囲内だと思われるが、これについては今後の課題である。

さて、本章では物語文芸の展開を文学史から離れて、書物の文化史の中で論じている。前章が後期お伽草子を本文創作の面から見てきたのに対し、本章では書き本としての作られ方をもっぱら取り上げる。第1節では当該期の奈良絵本本文書写作業時にしばしば用いられた針目安の概要を論じる。厚手の料紙に写す場合、行頭に針穴をあけて一定の間隔で文を配する目安にした。これを針目安というが、あける道具は針に限らなかったかもしれない。同じ発想は西洋の羊皮紙による写本作成でも見られるが、西洋の場合、コンパスも用いられたときく。日本では十六世紀中葉ころから見られるようだが、上限は判然としない。

広く見渡して、室町戦国期から近代に至る針目安の中で、奈良絵本ほど多種多様な針目安はない。つまり特色の一つといっていいわけである。これ自体に奈良絵本という書型と関係があるわけではないだろう。書写を生業とする職人が現れ、その仕事の中で決まり切った作業から脱しようとしたささやかな遊び、あるいは慣れに伴うゆとりの表れではなかったかと想像する。同筆とおぼしき作品でも違う針目安がみられるのは開け方自体に意味はなかったことを表しているのだろうと思われる。

第2節では挿絵の装飾部分である霞の様式を、第3節では同じく雲形を取り上げている。どちらも奈良絵本の定義にかかわるだけの特色をもつものであり、中世からの絵画の慣習を踏まえながら、やはり針目安と同様に、独自の装飾表現を多様に展開していったものである。これらを通して、奈良絵本制作過程についても試論を提示している。

本章では、以上によって各時期の様式及び書誌上の特徴を示すことができたと思う。したがって、材料と技術とがあれば、各時期、各書型の奈良絵本が復元できるのではないかと思われる。かなり即物的な面を意識しながら論じたつもりである。だから裏を返せばモノとしての奈良絵本が〈読む〉〈見る〉〈飾る〉〈贈る〉というコトの中でどう生かされてきたか――これが文化史的には重要な課題だと考えるが、そこまで論じるに至っていない。多少、ここで〈飾る〉ことについては言及しておいたが、やはり不十分である。これから明らかにしていきたいと思う。

注

(1) 中尾堅一郎氏「奈良絵本との出合い」『天理図書館善本叢書　月報』第三三号(昭和五十二年三月)所収。
(2) 林屋辰三郎氏『「数寄」の美』(淡交社、昭和六十一年三月)。
(3) 橋口侯之介氏『続和本入門』(平凡社、平成十九年十月)。
(4) 石川透氏『奈良絵本・絵巻の生成』(三弥井書店、平成十五年八月)。
(5) 日沖敦子氏「奈良絵本覚書―広島市立中央図書館浅野文庫蔵『鉢かづき』について―」『日本文学』第五四巻第十二号(平成十七年十二月)所収。

奈良絵本の針目安

はじめに

実践女子大学図書館所蔵の奈良絵本『中将姫』の表紙裏には「きやうくわう」「かしほん」と書かれ、その下に代金が記してある。奈良絵本の制作に関わる所が貸し本ばかりでなく、実は校合までも兼ねていたということが推測されるであろう。奈良絵本制作の為に、どのように作品の種類を増やして行ったかという問題を解く手掛りを与えてくれるものではないかと思われる。

ある奈良絵本の工房では、ほかにどのような作品が作られたかを知る手掛りは挿絵や本文の類似性によって判断せざるを得ない。ただ稀に挿絵の裏面から確認できることがある。例えば東京大学総合図書館蔵『つるきの巻』（横型本・一冊）の第一図の裏には「まんちう四」を抹消して「〔つ〕るきのまき／下一」と改めてある。即ちもともと舞の本『満仲』の第四図とすべきところを『剣の巻』下冊第一図に転用したものと理解される。また西尾市岩瀬文庫蔵『さころも』（横型本・二冊、合冊）の上冊第四図は「はちかつき」を抹消して、そのわきに「さころも」と記し、続く第五図では「はちかつき」とだけある。これも『鉢かづき』から転用したものであろう。寛文延宝頃に成ったであろういわゆる量産型の奈良絵本に、かかる事例は散見される。永青文庫蔵『太平記』（半紙本・八十三冊）の表紙裏から江戸初期の草子屋らしき所の大福帳が石川透氏によって発見された(1)。相当数に及ぶ物語類をはじめとする書名が挙がっている。こうした資料を発掘することで、奈良絵本制作の場の枠組を想定して行く必要があるだろう。

本節では本文書写の側から制作の現場に近づくための手掛りとして、いわゆる針目安（針見当）をとりあげる。

1　研究史

これに関して最初に言及したのは、管見では清水泰氏の「奈良絵本考」である(2)。氏は紺表紙の横型本の書風に就いて言及した中で、行間を正確にするため「行の頭に針の穴などをつけてあるものが多い」と説かれている。しかしなぜか続く打曇表紙の方では触れられていない。

本格的に取り組んだ論考を見るには、清水氏よりずっと下り、渡辺守邦・篠原桂両氏による「奈良絵本の針見当」(3)をまたねばならない。これによって、針の穴の重要性が知られるようになった。工藤早弓氏『奈良絵本』上巻の解説(4)もその反映であろう。氏は井田等氏のコレクションを紹介し、詳しく解説を施されているが、その中で、若干の考察をされている。

注目すべきは続く高田信敬氏の「針見当退隠の弁―続書誌学酢豆腐譚―」である(5)。これは短文ながら、渡辺・篠原論文に対して反証を出しつつ論を展開しており、大いに認識を改めさせるものであった。高田氏の御論により、針の穴が奈良絵本の専有物ではないことが明確になった。

本節ではいまだ紙上では言及されざる事実を報告する。且つ外延を想定し、今後の叩き台とする。もっとも、私が調べた事例は全奈良絵本（管見では冊子本だけで約八百点）の中では極僅かでしかない。しかし針の穴に関して、まとまった報告がみられないから、私の知る幾つかの注意されることを報告し、私見を述べる次第である。

2　江戸初期以前の事例

奈良絵本以外

針目のある写本は、書写の時期の分かるものでは鉄心斎文庫蔵『伊勢物語聞書』が初見である。本書は同文庫『伊勢物語図録』第十五集（平成十年十一月）に二『伊勢物語聞書（肖聞抄異本）』として紹介されている一本で、天文十三年の書写奥書がある。もっとも写真では確認できない。列帖装であるが、図録解説によると、鳥の子紙ではなく厚手の楮紙を使用しているとのことである。毎半葉十二行書で、穴は上下とも行数分、即ちそれぞれ十二箇所ずつ開けてある。本書は一ッ書によって構成されており、「一」は穴の上に位置し、本文が穴に対応している。

江戸に下るが、慶長十八年十二月十三日の奥書をもつ馬術書『雲霞集』にも見られる。これは東京国立博物館に所蔵されるもので、目録題に「雲霞集中」とある通り、三巻のうちの端本である。半紙本列帖装で、料紙、表紙ともに厚手の鳥の子紙を使っている。行数は九、十、十一行の三種類があり、針目もそれぞれに対応している。『雲霞集』ではもう一本、寛永十七年の書写奥書をもつものが、金文堂書店に出たが、現所蔵者未詳である。上中下三帖の枡形列帖装。料紙には鳥の子紙を使い、毎半葉七行書。奥書から慶長十三年の写本を寛永十七年に転写したことが知られる。本書にも行数分の針目が見られる。また寛永二年二月の書写奥書のある京都大学附属図書館蔵『諏訪縁起物語』は列帖装で毎半葉十行書のもの。上下行数毎に角穴が刺してある。下部は一度刺しなおしているため、各行に二つずつ針目がある。

このほか、書写の時期は不明なものの、江戸初期、あるいは室町期まで遡るのではないかとも見られるのが、いくつか管見に入っている。例えば鉄心斎文庫蔵『伊勢物語』や国学院大学図書館蔵『源氏物語』のうちの「うつせみ」

などである。前者は同文庫刊『伊勢物語図録』第十四集（平成十一年四月）に二十一「仁治元年奥書注書き入れ本」として掲げてある。夥しい書入がなされているが、それらと本文とは同筆のようである。半紙判列帖装、毎半葉八行書で、その上部に行数分開けてある。次に後者は半紙判列帖装、全二十五帖から成っている。紺紙金泥の表紙で、料紙は斐楮交漉のようにも見える。「うつせみ」は二帖目にある。中央の題簽に「うつせみ／ゆふかほ／二」とあるが、「ゆふかほ」の方は別筆である。「うつせみ」は岩山尚宗入道道堅の筆と伝えられる。一方「ゆふかほ」は極札に「慈照院義政公」とある。寄合本なので、この外にも多くの室町期の人名が並んでいる。もとより信用するに足らないが、江戸初期を下らないものではある。これは全七括から成るが、針目のある部分は、はじめの八葉にあたる第一括だけである。以下は「ゆふかほ」になるから別筆である。

以上は奈良絵本ならざる事例であった。この外にも『伊勢物語』の注釈書の類に見られるし、また伝光悦筆『徒然草』にもある。(6)従って『古今和歌集』や『源氏物語』の注釈書類にも事例が見出されるものと類推できるだろう。要するに、厚手の料紙を使った物語草子・注釈書・故実書などに、室町期、少なくとも後期には用いられることが多かったのではないかということは推測できるだろう。

奈良絵本

さて、国学院大学図書館蔵「うつせみ」の場合、針目は穴の形が丸くない。角穴である。だから形が二等辺三角形のようになっている。鶴見大学図書館蔵『伊勢物語』（鳥の子列帖装）も角穴のようである。(7)未見ゆえ確かなことは言えないが、恐らく角穴の針によったものであろう。また奈良絵本では中京大学図書館蔵『つきしま』や国学院大学図書館蔵『ものくさ太郎』、国会図書館蔵『さころものさうし』なども同様の事例である。いずれも寛永以前の作と見られる。僅かな事例ではあるが、古奈良絵本に角穴の針を用いたものが存するのである。針目と一言しても、その実、二種に大別される。どちらもいわゆる量産型の奈良絵本制作に至っても使われ続ける。奈良絵本以外の古い事例を考慮に入れると、一般にもともと角穴の方が多かったのではないかと思われる。

中京大学図書館蔵『つきしま』は袋綴の特大本、紺紙金泥表紙で料紙には鳥の子紙を使用。毎半葉九行書だが、穴は上部に八箇所しかない。これは行間にあるためである。行間にある事例は稀に見られるが、いわゆる古奈良絵本では本書しか知らない。この穴は挿絵にも見られる。但し画中混入本文に対しては使われていない。針目安の基本型は行間上部八箇所なのだが、例外が三種ある。第一は行間に二個一組ずつあるもの。これは挿絵料紙も含め、二十二丁から二十七丁の全六丁に見られる。一度開けたにも関わらず、誤って再度開けたのであろう。このような例はいわゆる量産型の奈良絵本に散見されるものである。例えば刈谷市中央図書館村上文庫蔵『唐土物語』（横型本・二冊）の上冊二十二丁から二十五丁まで、岩瀬文庫蔵『小おとこ』（横型本・一冊・題は挿絵裏書による）の七丁から九丁まで、大阪府立中之島図書館蔵『はちかつき』（横型本・一冊）などである。第二は行間に上部八箇所、下部八箇所に開けたもの。これは二十、二十一丁の二丁に見られる。但し二十丁表は料紙が全く破れて存在しない。第三は行間に上部八箇所、下部に二個一組あるほか、下部小口から七行分、本文の下に開けてある。理由は分からない。

国学院大学図書館蔵『ものくさ太郎』も古い部類である。特大本で、今は折本に改装して原型をとどめていないが、元々袋綴であったことが綴じ跡から分かる。箱書に「室町／西郁蔵」「土佐／画帖」とある。料紙は鳥の子紙で毎半葉十二行書。挿絵には絵詞はないが、本文が混入している。本書には穴が上下共行数分即ち十二箇所ずつある。これもやはり角穴であった。

次に、国会図書館蔵『さころものさうし』は上下共行数毎、各十箇所にある。しかも中京大学図書館蔵『つきしま』や国学院大学図書館蔵『ものくさ太郎』と同様、挿絵料紙にも刺してある。しかしながら絵詞もなければ混入本文もない。ということは、本文書写以前に、挿絵料紙が本文料紙と糊付されていたことが分かる。この順序は、例えば国学院大学図書館蔵『すみよし』（甲本）(8)とは反対である。『すみよし』は横型本で二冊から成っている。いわゆる量産型よりも古い作で、挿絵料紙に本文が混入する面が三枚ある。挿絵と本文料紙とは、後者の端を二ミリほど折って糊でつけてある。混入本文が書かれてある部分には、彩色が施されていない。国会図書館蔵『さころものさうし』など特大本の古奈良絵本の方は挿絵を描いた後に本文を書いているので、塗料の上に本文が重なったかたちになっているのである。

さて、国会図書館蔵『さころものさうし』で注目すべきことは、本書には上下共、針目と同じ位置に、押界が懸けてあるということである。奈良絵本以外ならば見られるが、本書は古い部類に属するものだけに注意される。管見では孤例である。(9)

特大本として、時期的には近いかと見られるものに、東京大学文学部国文学研究室蔵『大橋の中将』（二冊）がある。句点の付された奈良絵本として著名なもの。但し句点・濁点は、本文と墨の色が違うので、制作当初からのものか否か分からない。本書は下絵のない厚手の鳥の子紙を使っており、毎半葉十一行書の本文の上下に行数分、穴が開けてある。挿絵はすべて切断されて現存しないので、針目の有無は確認できない。針は丸穴である。

小括

一体、針目安はどこまで遡及可能であろうか。天文十三年の事例があることから、室町後期までは推測できる。もっとも奈良絵本では管見に入っていない。ただしかし、ここで注意したいのは、室町末期と目されている古奈良絵巻に確認できることである。即ち現在玉英堂書店にある『熊野の本地』（玉英堂稀覯本書目二三八・平成九年八月）がそれである。角穴によって上部の行間に穴が開けてある。本書によって巻子装のものにも針目安が使われることがあったということが明白になるのである。

おそらく室町期、物語草子・註釈書・故実書の書写に厚手の紙を使う場合、この技術を用いたであろうことが考えられる。古奈良絵巻にもまま使われたものと察せられる。江戸前期の奈良絵本の本文書写にあたって、針目安を使うことは、どちらの系譜にあっても可能な条件下に置かれていたことになろう。針目をつけるかつけないかは、後述のように個人差によるのではないかと思う。いずれにしろ、奈良絵本以前に針目安が用いられていたことは確実と見られる。勿論その場合、営利目的ではなく、個人的営為としての書写行為に用いられる場合であったろう。奈良絵本の針目安は、それを応用したものであったと見ることができる。

3　奈良絵本以外の寛文元禄年間頃の事例

いわゆる量産型の奈良絵本が制作された時期は寛文から元禄の頃までとされるが、当該期の、商品としてではなく、個人的営為として書写したものを瞥見しておきたい。

まず天和三年九月の書写になる徳江元正氏蔵『塩うり文正』は丸穴と罫とを併用している。半紙本で四十丁、そのうち後の六丁が長文の奥書という異色の一本である。書写の目的は「御ねふりの御とぎにも又ハ御わらいくさにもとそんしあくひつもはゞからすかきうつしまいらせ候」という一文から窺われる。本書が注目されるのは、料紙に楮紙を用いながら、針目が開けてあることである。しかも茶色の罫線が行間と天地とに懸けてある。毎半葉十一行書だから、縦線は十二本ある。一方、針目も上下の行間に十二箇所ずつ開けてある。だから本書の場合、本文を均等に書写するための目安として針目をつけたと見るよりは、むしろ均等に罫を懸けるためにつけたと解する方が順当であろう。

元禄年間の奥書をもつ拙蔵『歩立聞書／弧弓之始／射術案内』も参考になる。これは厚手の間似合紙を用いた枡形

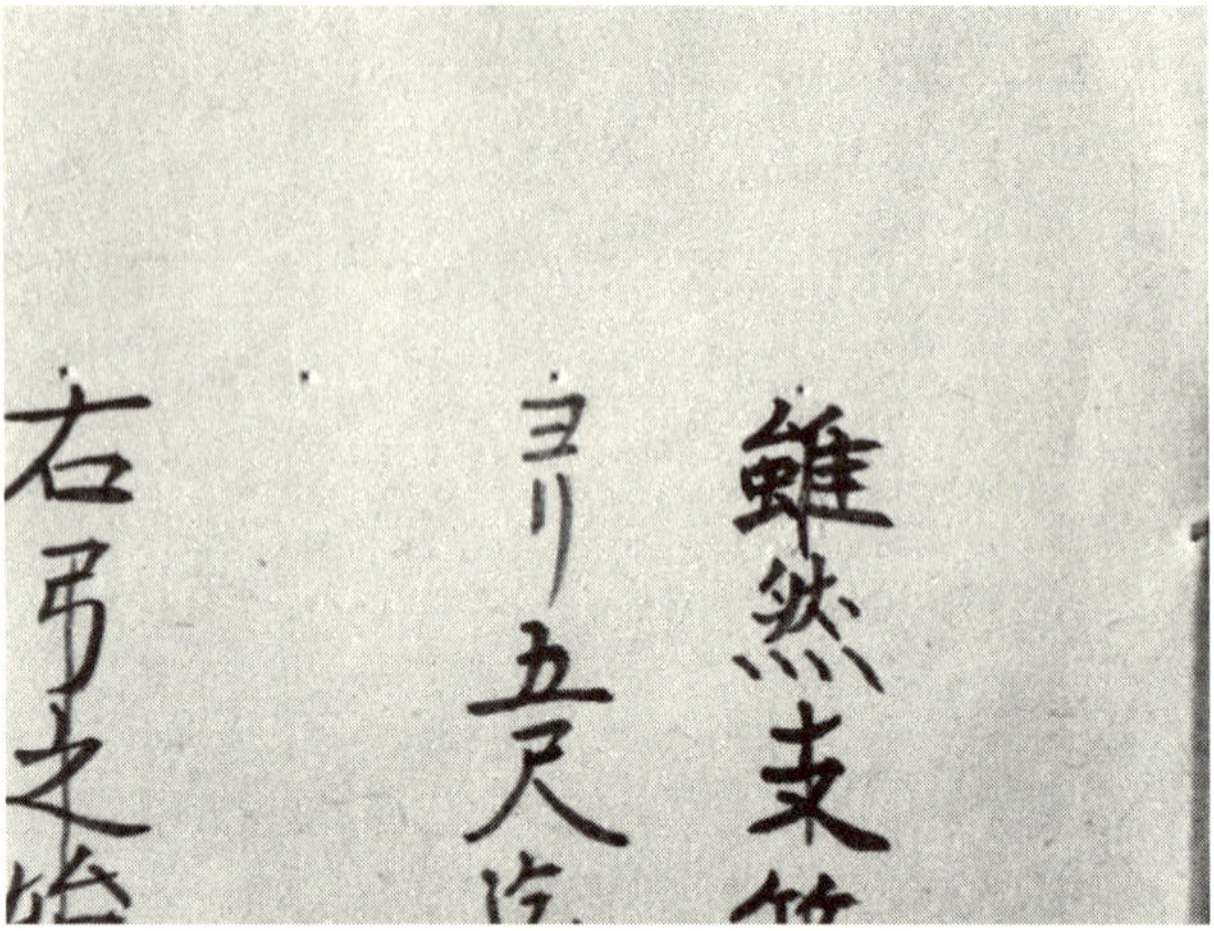

丸穴（『歩立聞書ほか』）

本列帖装である。縦二十一・八㎝、横十八・一㎝。「歩立聞書」の奥に「于時元禄十六歳十一月上旬寫之此時重央於安楽院道場九字護身法傳受告宥漢法印而冩之也」とある。両面十五行書で、上部に行数分、極小さな丸穴が開けてある。

国学院大学図書館蔵『きよしけ』もこの間のものと見られる折本だが、これにも針目がある。高田信敬氏によると南園文庫蔵『和漢朗詠集』も全三帖の折本で、上部に針目がある。目録の丁には中段にも開けてある。折本の古い事例は知らないが、十七世紀後半には存していたということができる。だから奈良絵本の量産期には、列帖装、袋綴のほかに、折本もこの技術を取り入れていたのである。なお、更に下る事例としては、南園文庫蔵『諸神本懐集』がある。これは江戸後期の書写になる由である。[10]

従って奈良絵本制作の場とは別に、また物語草子の書写に限らず、個人的な書写行為の中で、連綿と使われつづけていたことが知られる。

4　種々の針目の型

半紙本の事例

ここから、江戸前期、おおよそ寛永以降元禄以前のいわゆる量産型の奈良絵本に限り見ていきたい。半紙本と横型

【図一】

【図二】

【図三】

本とに分けられる。右側がのど、左側が小口、「—」は本文を示す。以下の図もすべて同じ。

【図一】は半紙本では最も典型的な型である。上下共行数毎に針目がある。例えば毎半葉十行書の作としては東北大学附属図書館蔵『住吉物語』、十一行書のものとしては東京大学国文学研究室蔵『住吉本地』などがある。同蔵『かわちかよひ』も原則として十行書であるが、第一丁だけは九行書である。そして穴も上下九つ毎に開けてある。

【図二】は多和文庫蔵『七草ひめ』（紙背の題には三帖ともに「なゝくさのひめ」とある）などに見られる。[11] 鳥の子紙列帖装。毎半葉十行書。上部は毎行、下部は両端の行にだけ開けてある。

【図三】は岩瀬文庫蔵『しそり弁慶』に見られる。本書は寛文頃の鳥の子列帖装で、三帖からなっている。図示したように、十行書でのどの側に穴が開けてある。これは角穴の針によったものであるが、何の為に刺したのか明らかでない。あるいは本文をこれ以上内側に書かないようにするための配慮かとも推測される。

なお、上部だけ針目のある型は横型本に多く見られるし、鳥の子紙列帖装の写本に見られることから、半紙本の奈良絵本にあっても然るべきだと考えられるが、寡聞にしていまだ管見に入っていない。

横型本の事例

横型本の場合、毎半葉十三行書が最も典型的であり、針目もそれに対応して上下共十三箇所の【図四】の型が多い。寛文頃の作に多いが、やや古い時期の徳江元正氏蔵『志た』（上冊のみ存す）にも見られる。紺紙金泥表紙で毎半葉十四行書。寸法は縦十六・八㎝、横二十四・三㎝。挿絵のすやり霞は水色で波型の珍しいもの。縁の線は濃い水色で、上下に金の雲形を描く。

いま上下行数毎の針目が横型本の場合典型的であるといったが、徳江元正氏蔵『しつか』や京都大学文学部蔵『七くさ』、龍谷大学図書館蔵『志加物語』の場合は聊か異なる。『しつか』は毎半葉十三行書で針目は上下共十四箇所にあり、『七くさ』『志加物語』は毎半葉十二行書で針目は上下共十三箇所ある。即ち本文は針目の行間に書いてあるのである。また、実践女子大学図書館蔵『つるのさうし』は上下十三箇所にあるのであるが、行数は、場所によって十二行であったり、十四行であったりと、必ずしも守られてはいない。市立船橋西図書館蔵『小町草紙』（仮題・挿絵裏書「小町」）は間似合紙使用の二冊本である。これは毎半葉十四行書だが、上冊十五丁裏は十五行書である。前後に挿絵料紙が入っているのでもない。つまり、目安をつけておきながら、それを活かしていないのである。この点は、書写者の個人差によるものと解される。

【図五】は【図四】についで多い事例である。東北大学附属図書館蔵『中将姫』などに見られる。

【図四】

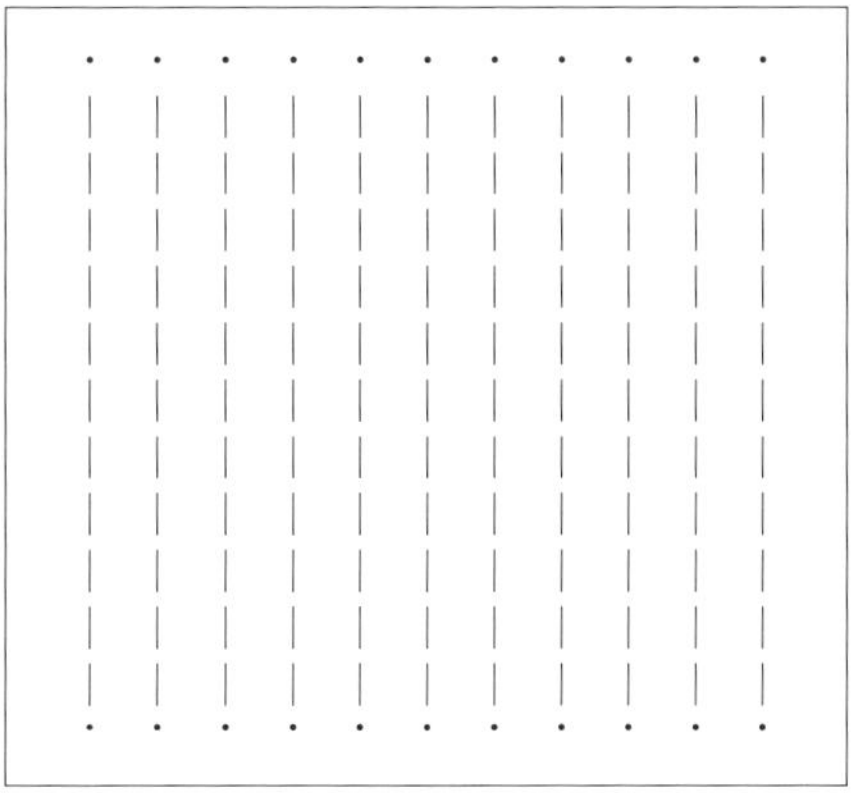

【図五】

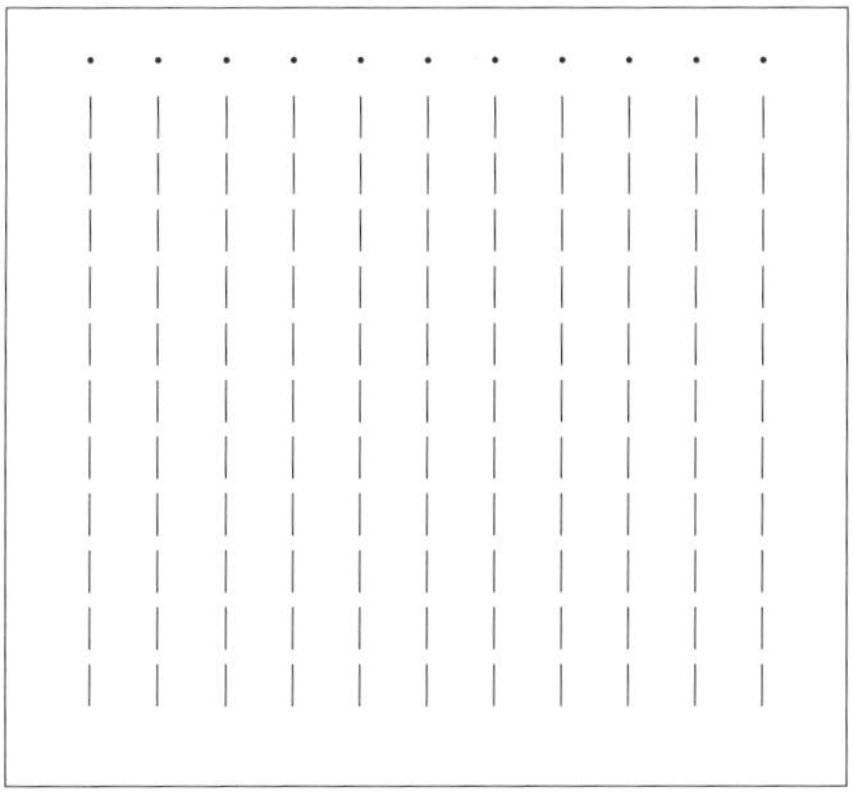

【図六】

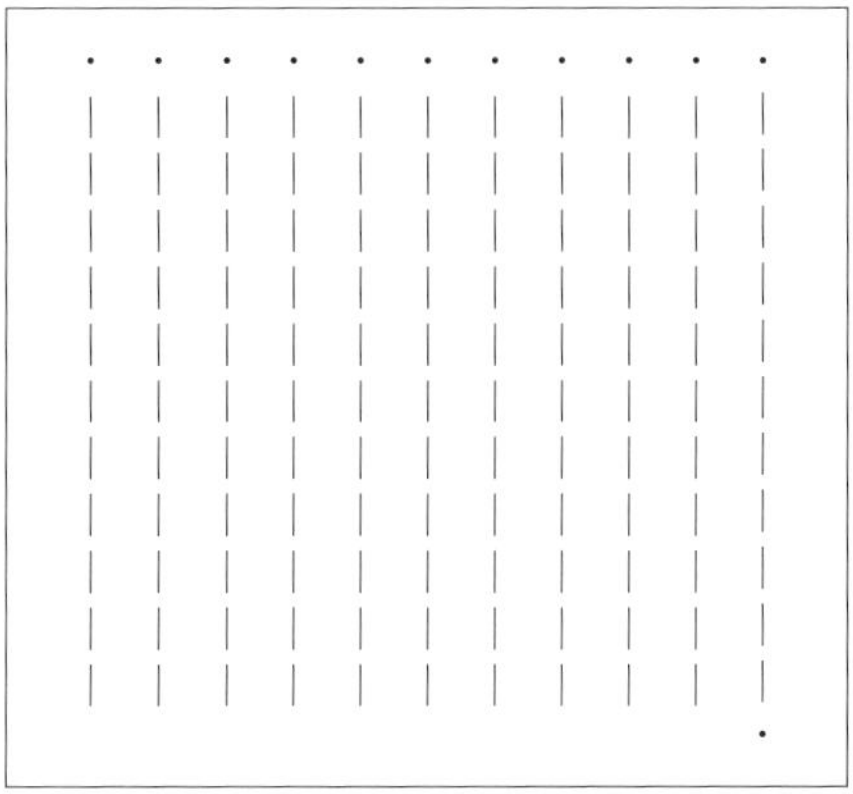

【図七】

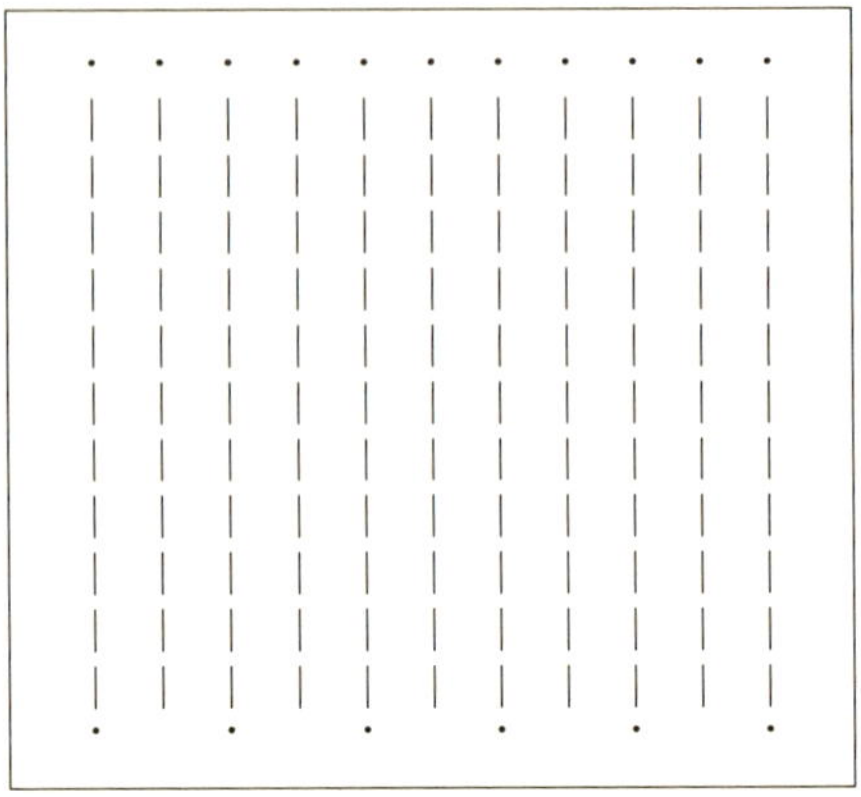

【図八】

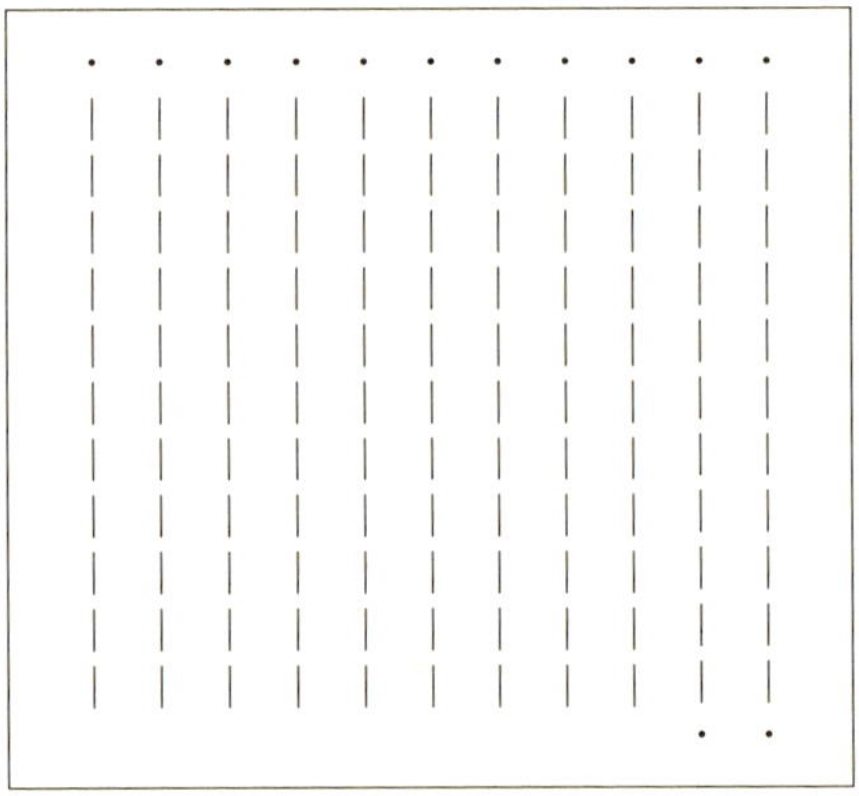

【図九】

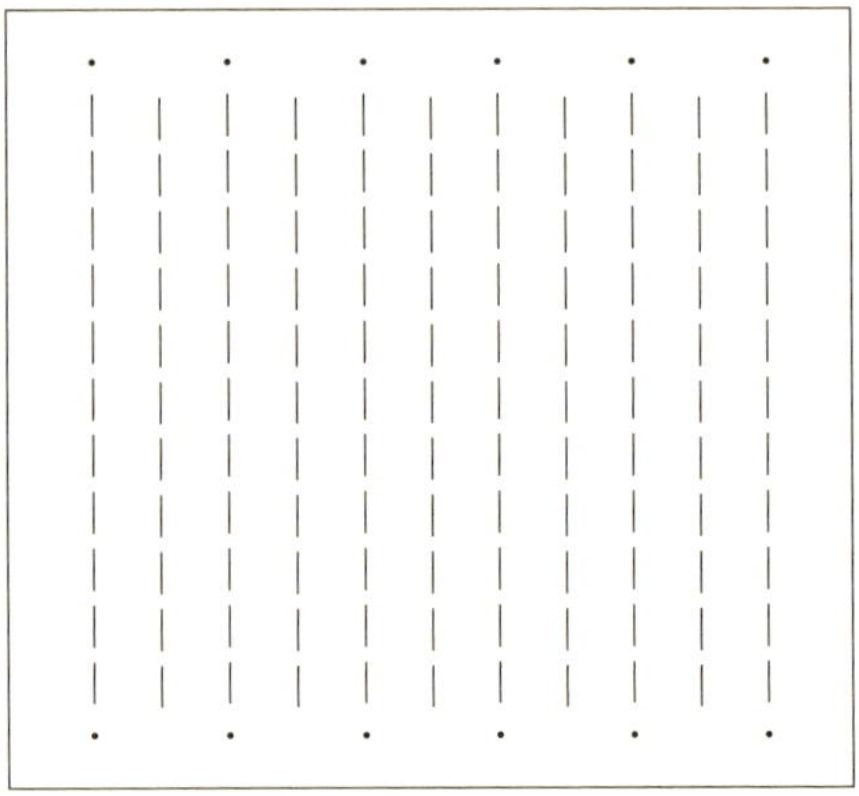

【図六】は東洋大学図書館蔵『秋月』や徳江元正氏蔵『くち木桜』などに見られる。ともに十三行書である。下部の穴は上部同様、表裏一致することから、折り曲げた後に開けたことが分かる。料紙には間似合紙を使用する。前者は静嘉堂文庫蔵『十本あふき』や群馬大学附属図書館蔵『せつたい』に近似する。但しこれらは下部の穴が無く、上部に行数分十三箇所あるだけの【図五】の型である。

【図七】は大東急記念文庫蔵『おたかのほんち』に見られる。二冊本で紺紙金泥の表紙、料紙に間似合紙を使い、挿絵は簡略ですやり霞は水色、縁には太目の黒い線を引き、金の雲形が描いてある。寛文延宝頃の量産型の典型である。尚、上冊後表紙の裏に城州屋の黒印が押してある。

【図八】は東京大学国文学研究室蔵『かくれさと』に見られる。紺紙金泥表紙の二冊本。書誌については『室町時代物語集』第一巻に記述がある。十三行書で、上部に十三、下部両端に二つずつ針目が認められる。料紙は間似合紙のようだが、比較的厚手のものを袋綴にして使っている。

【図九】は岩瀬文庫蔵『まんちう』に見られる。紺紙金泥表紙の三冊本。挿絵は簡略で、すやり霞は白味がかった水色、縁は黒い線、雲は銀泥で形式的に描く。料紙には間似合紙を使い、本文は十三行書。典型的な量産型である。ちなみに挿絵の裏には絵の描写に関する指示や感想が色々書いてある点、貴重である。本書は上下ともに一行おきに穴が開けてある。

【図十】a

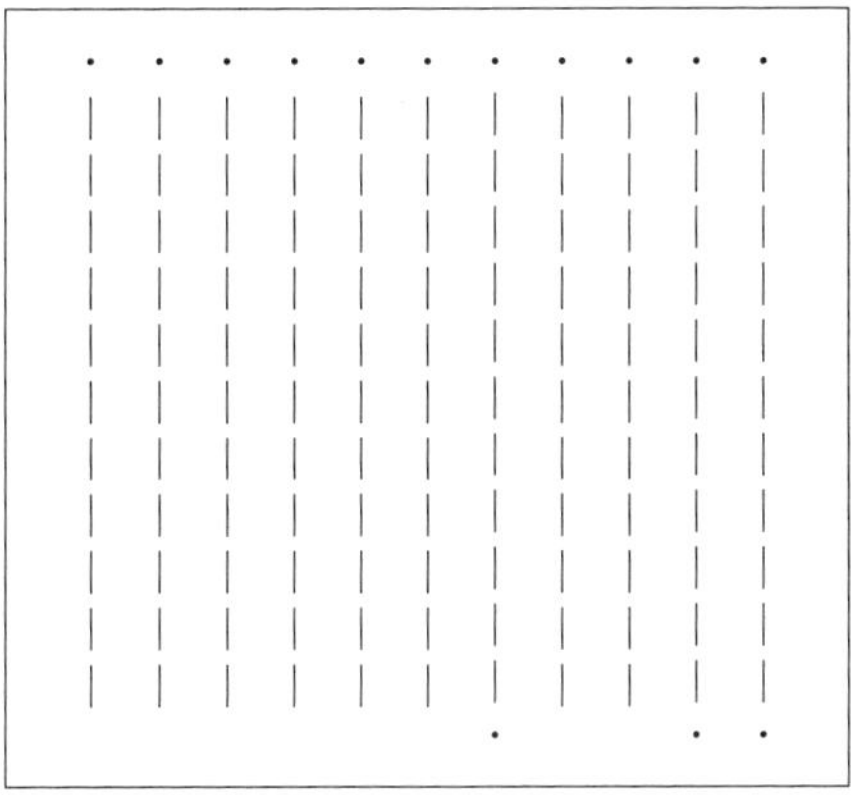

【図十】b

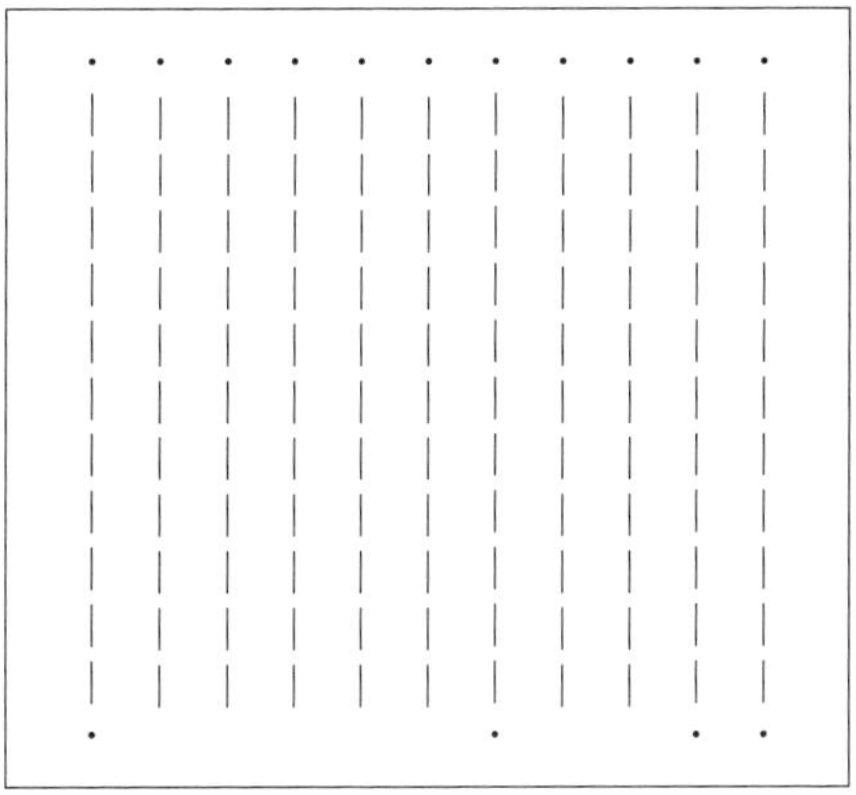

【図十一】

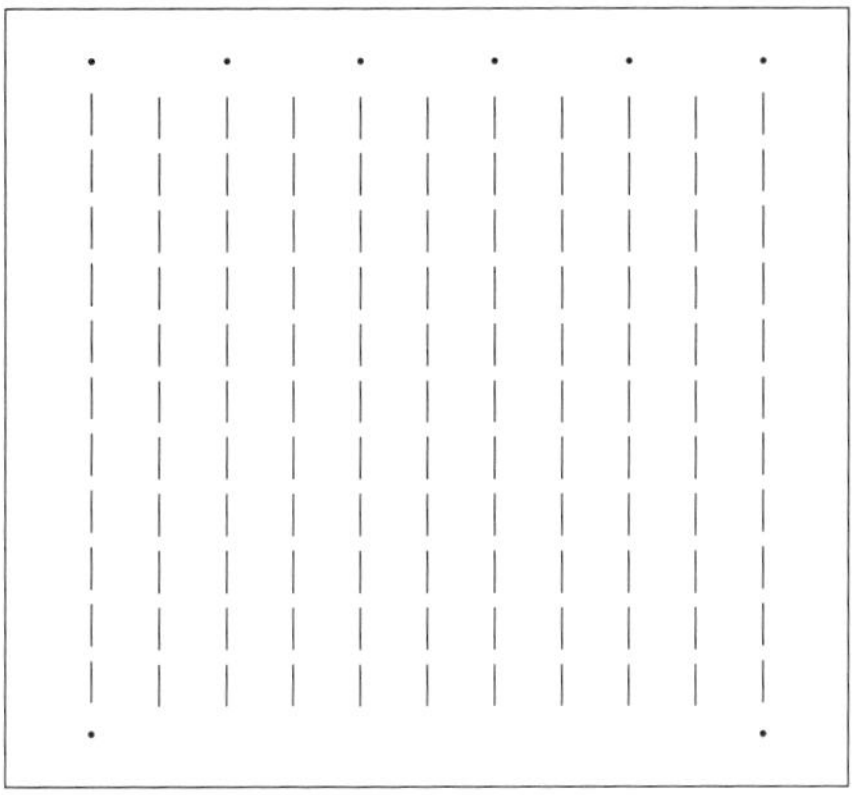

【図十】は、管見では国学院大学図書館蔵『ふくろう』だけの事例である。本書は二冊本で、上冊十三丁、下冊十四丁から成る。黒紙に金泥の装飾を施した珍しい表紙を使い、見返には銀紙に唐草文様が押してある。料紙には間似合紙を使用。絵は簡略な描写で、すやり霞は水色、縁の線は太目の黒い線を二重に引き、銀で雲形を描いてある。寛文延宝頃の典型的な量産型である。穴は本文料紙に二種あり、まず上冊巻頭から下冊五丁目までが【図十】aの型であり、下冊六丁目以降が下部小口側三行目に一つ加えたbの型となっている。

【図十一】は実践女子大学図書館蔵『中将姫』に見られる。紺紙金泥表紙の三冊本。挿絵は簡略な描写で、水色のすやり霞、縁は太目の黒い線、雲形なしという寛文延宝頃の量産型である。針目は上部には一行置きに開けられ、下部には両端に開けてある。

【図十二】は国会図書館蔵『あきみち』に見られる。屋代弘賢旧蔵の元二冊本で、現在は合冊となっている。改装表紙使用。毎半葉十二行書。挿絵のすやり霞は水色で、縁の線は藍色と白色との二重線。雲形は金で描く。針目は一行目の上下、十二行目の上下にある。

【図十三】は京都大学文学部蔵『はもち中納言』に見られる。三冊からなる。いわゆる絵抜本である。毎半葉十二行書。針目は角穴で、両端の行の上部にある。

押し目安

これらの外、針ではなく、箆で押して同様の機能をもたせたものがある。これを仮に押し目安と名づけておく。これは中京大学図書館蔵『築島　下』（横型本・一冊・題は整理名）に認められる。(12) 縦十六・八cm、横二十四・二cmで、元袋綴だが、現在は紙捻で仮綴にしてある。前表紙は欠け、後表紙は改装したものだが古い。料紙に鳥の子紙を使い、本文は毎半葉十三行で書いてある。全二十八丁、そのうち挿絵は八図ある。すやり霞は灰色がかった水色で、ぼかしはない。縁に二重、三重にやや太目の白線を引く。雲は上部が金、下部が銀である。古色を帯びた横型奈良絵本として価値がある。

本書が注意されるのは、上部には全行、下部には隔行に爪跡のような押型をつけていることである。これは先に掲げた【図八】と同じものであるが、書誌、本文の筆致、挿絵のどれをとってみても大東急記念文庫蔵『おたかのほんち』との関連性は認められない。この押型は本文料紙の表に見られ、裏には見られない。但し挿絵が表にある場合、その裏の本文料紙（第一・二・六・七図）にはつけてある。

岩瀬文庫蔵『四こくおち』も部分的ではあるが、『築島　下』に類似する例と考えられる。横型本二冊、やや大き目で、縦十八・一cm、横二十六・五cm。打曇表紙に料紙は鳥の子風の薄手の斐紙、すやり霞には藍色と淡い桃色との二種を使用した幾分古い作である。本文は十六行書で、そのうち上冊巻頭の六行分だけ、上部に小さな爪跡のような押型が認められる。

【図十二】

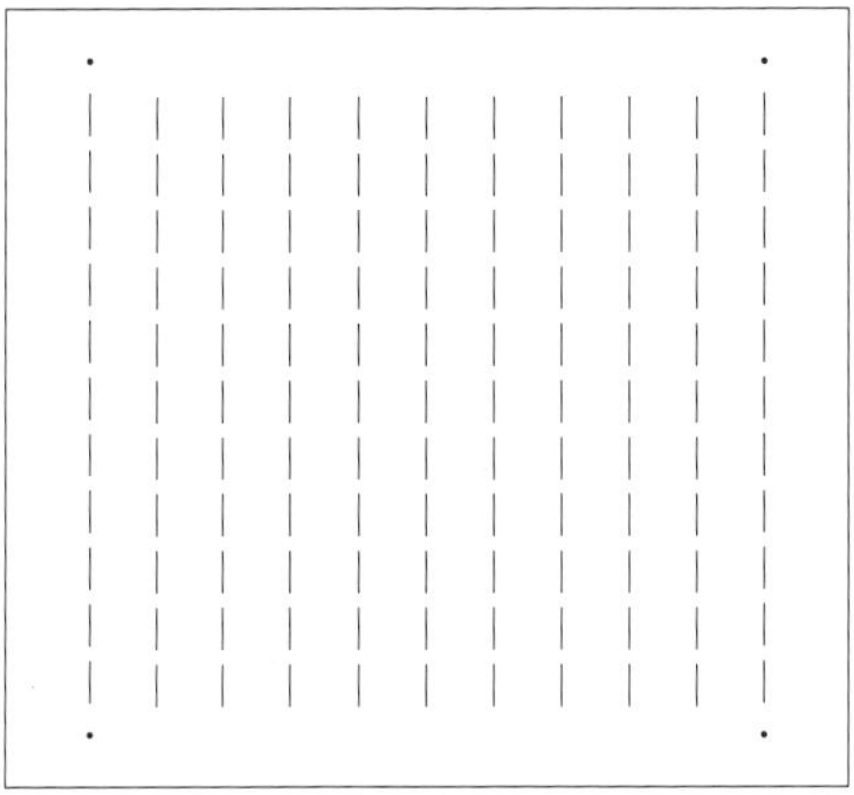

【図十三】

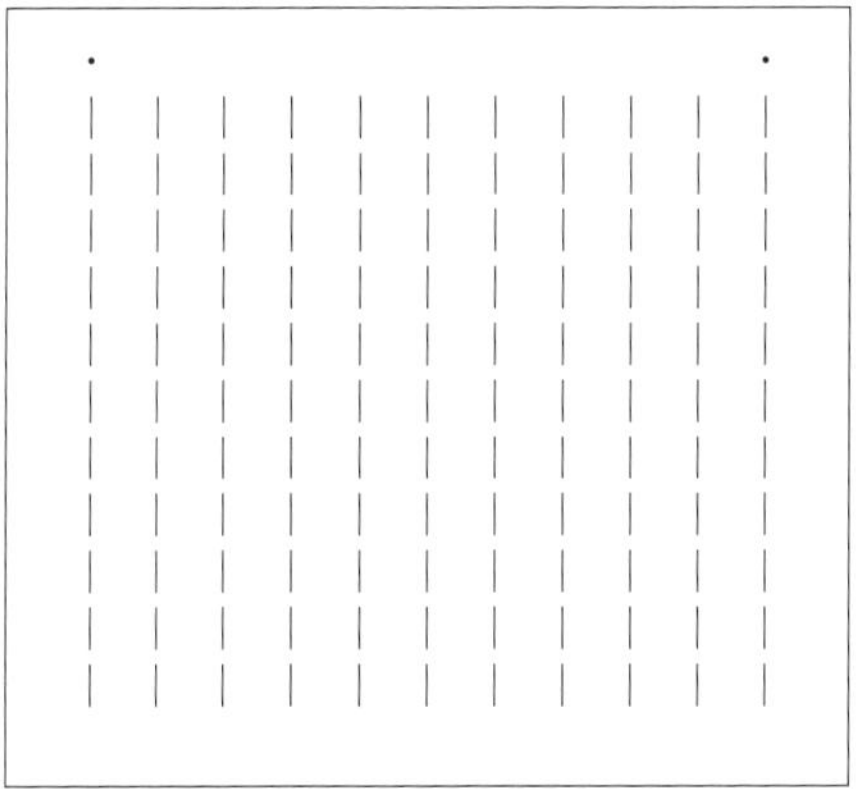

小括

以上のように、奈良絵本、特に横型本には様々な針目安の型があることが知られる。奈良絵本以外にあっては、かくまで広がりは認められない。したがって次のように考えられる。即ち針目安のヴァリエーションは個々の書写者という、個人レベルの奈良絵本本文制作活動の中で多様化した。そしてそれは恐らく個人的営為としての書写行為を通じて得た針目安の技術が、奈良絵本制作の過程で分化していったものだろうと推測したい。

なお、井田等氏蔵『花鳥』（横型本・一冊・鳥の子紙）には最終丁に罫を墨書した下敷が綴じ込まれてある。[13]従って、奈良絵本の料紙は厚手だから、書写の際、下敷は使われなかったという通説は、再考の余地がある。もっとも両面書の鳥の子紙を使った列帖装の場合は、やはり下敷は不適当だろうと思う。

5　異種並存

料紙の鳥の子／間似合いずれなるかは問われない。書写者の手許に双方があったことは、例えば国学院大学図書館蔵『ゆりわか大臣』が示している。これは上下二冊本で、下冊の半ばまで間似合紙を使っているが、以下鳥の子紙を使っている。共に針目があるが、位置が違う。これは間似合紙が手許になくなったので、別用のために穴を開けてあった鳥の子紙でその場を凌いだものと解するのが順当と思われる。

これに対して、大阪府立中之島図書館蔵『七夕』の場合は意図的に併用した事例である。三冊からなる紺紙金泥表紙の特大本であるから、一見ありふれた豪華本に見える。ところが繙いてみると、金泥肉筆の草花の下絵つき鳥の子紙と無装飾の間似合紙とが交互に使われていることが分かる。もっとも針目安はない。

なお、『ゆりわか大臣』の本文料紙の裏面には本文の反故が残る。表の本文と対照してみると、異同が若干認められる。ただし異同といっても、それは用字法の次元に限ったものである。同様の事例は岩瀬文庫蔵『鉢かつき』（半紙本・三帖）にも見られる。これは針目安のないものである。挿絵は比較的淡い彩色を施してあるが、寛文延宝頃の作と見られる。これにも同様の異同が見られる。従って親本との関係は用字法という側面に限ってみると、書写者の任意に委ねられていた可能性が高い。

さて、実践女子大学図書館蔵『こわたきつね』や『ほうらい山』は【図六】の『秋月』と同じ型であるが、絵、字ともに異なる。寸法もそれらより約一cm小さい。これらはむしろ針目のない同蔵『つるのさうし』に近い。東北大学附属図書館蔵『みしま』は【図四】の型に属すが、同蔵『たまみつ』と酷似する。このように、針目の有無と工房の異同とに相関性は認められない。

【図十二】の型の実践女子大学図書館蔵『中将姫』はたしかに異色だが、それ以上に注意されるのは、下冊第四図(十二丁表)の紙背である。本書の裏書は当該時期の諸本に数多く見出されるように、書名と番号とが記されてある。即ち「中将ひめ上ノ一」(上冊第一図)、「中将ひめ上二」(同第二図)の如きである。ところが下冊第四図の裏は【図十四】のようになっている。

【図十四】

いさこをひろさ五しやくにい
させ月に七まひつゝ七ねん
かけてまいらすへしそれを
ふそくにをほしめさは
きく　上一

ここに記された物語が何であるかは分からない(14)。しかし今問題なのは、穴が上下共十二箇所ずつあることである。この反古にされた物語の書写者と『中将姫』のそれとが一致するか否か、定かではないが、ともかく異なる型の針目安をもった本文料紙が、制作の場の近い場所にあったことは確かである。これを共通の工房にあって、異なる針目安をもった本文料紙が並存していたものと理解したい。

また、岩瀬文庫蔵『たかたち』は横型本三冊から成るが、上冊と中・下冊との挿絵が別人の手になっている。しかし本文は三冊ともに同筆である。針目も三冊とも上部は行数分、即ち十三箇所、下部はのどの一行にだけ開ける【図六】の型である。装丁その外の書誌的条件も共通するので、一つの制作の場に、異なる絵師による挿絵が共存していたことが分かる。

筑波大学附属図書館蔵『住吉物語』（横型本・三冊）は間似合紙に毎半葉十三行書。針目は上下行数分の【図四】の型である。ところが、第四冊には、同筆にもかかわらず、針目がない。さらに第五図はこれまでの挿絵と別人の手になる。その裏には「ミしま　二」とある。つまり『みしま』の第二図を転用しているのである。この種の転用の事例は、「はじめに」で一、二紹介したように、他にも散見される。東京大学国文学研究室蔵『あさいな』（半紙本・三帖）の下の第三図裏には「あさいな／十三」のほかに「きりね　六」なる散逸物語とおぼしきものの名が記されている。

先に【図九】の型として掲げた岩瀬文庫蔵『まんちう』には例外がある。上冊五丁表は七行で止めてある。それは次に挿絵料紙が来るからである。挿絵は本文料紙の端を折り、糊付してある。このような場合でも、本文料紙には上下七箇所ずつ丸穴があるはずだが、この五丁表に限って違う。即ち七行書で上部に一行置きに四箇所あるだけなのである。しかも注意すべきことに、この穴は角穴である。下冊の十七、十八、十九の三丁は【図九】の型ではあるが、のどの二箇所には上下に別に角穴が認められる。つまり書写者の手許に既に角穴の針で穴を開けた料紙が存しており、それを『まんちう』に流用した可能性がある。また一方では、追加の料紙を用いる際、別の針を使ったとも考えられるのである。これ以上のことは推測しかねるが、いずれにしろ、書写者は、一言で針といっても、丸穴と角穴との双方を使い得る環境に身を置いていたということはできるであろう。

従って次のようにまとめられる。即ち一工房にあって、複数の針目安の型が見出され、且つ料紙も二種類が併用されていた。紙質については、恐らく商品価値を左右するものであったと思われるが、針目安についてはその価値を左右したか否か不明である。だが金泥肉筆や摺の下絵を施した鳥の子紙を使っている豪華な特大本には、針目は見出されない。これは制作の組織の差によるものと推測したい。

おわりに

針目安は高田信敬氏の指摘されるように、奈良絵本に限らず認められる。この書写上の一技術には、鳥の子紙だの間似合紙だの、「料紙に応じた方法」があったと推測するむきもあるが[15]、実際は紙質によるものではない。むしろ、個々の書写者の経験によるものであった。

針目は本来、個人的営為としての書写の際の技術であった。これが奈良絵本の書写に応用された。この商品としての写本制作活動の中で、針目は多様なヴァリエーションを派生させた。これは書写者個人の意志にまかせていたらしい。

石川透氏の御指摘[16]からも窺われるように、絵巻と特大本とは近しい関係にあると思われるのだが、それらと本節で主に取上げたところのいわゆる量産型とを大別することができそうである。すなわち、制作の現場から見た場合、江戸前期、商品としての奈良絵本は、絵巻・特大本（袋綴・下絵つき鳥の子紙・いわゆる土佐絵風・能書）を主として作る工房と、いわゆる量産型の横型本（徳江元正氏の言われるA型・B型[17]）・半紙本を主として作る工房とが別々に存在したであろう。針目安は後者に認められるものである。

針目は書写者特定の目安にはなるけれども、工房とか草子屋とかの共同体を明らかにする手掛りにはならないだろう。例えば扇屋のように、制作機関が販売機関と同じなのか否か、現段階では判然としない。だから豪華なものと量産のものとが商品として、価値の高低こそあれ、同様に扱われていたのか否かということも、これからの重要な問題といえる。

なお、針目安の起源や写本文化史上の位相が明確に見えて来るようになるには、まだ事例が少ない。中世、少なくとも室町期の古写本を精査することが、この問題を解決に導く一番の近道となるだろう。

注

(1) 石川氏透氏「草紙屋城殿の周辺」(平成十一年十一月の近世文学会秋季大会での口頭発表)。

(2) 初出『立命館大学人文科学研究所紀要』第一号、昭和二十八年。再録『日本文学論考』初音書房、昭和三十五年六月。

(3)『実践国文学』第五〇号、平成七年十月。

(4)『奈良絵本』上、京都書院、平成九年十二月。

(5)『鶴見日本文学会報』第四二号、平成十年一月。

(6) 神奈川県立金沢文庫『絵入徒然草』展図録(平成十一年六月)に紹介がある。上村希氏の示教による。

(7) 高田信敬氏前掲(8)論文。氏はこれを「刃物」によるものとされる。

(8) 徳江元正氏「「さくらの姫君」「住吉物語」など―國學院大學図書館善本解題Ⅲ―」(『国学院大学図書館紀要』第三号、平成三年三月)に詳細な解題がある。

(9) なお、岩瀬文庫蔵『すみよし』(横型本・三冊)も針と押界とを併用しているが、本書はやや古風な横型本の体裁をとってはいるものの、絵柄と云い書風と云い、異色である。

(10) 高田信敬氏前掲(5)論文。

(11) なお、『つきわか物語(仮題)』として『大阪成蹊女子短期大学紀要』第三五号(平成十年三月)に翻刻紹介された物語は

『七草ひめ』の端本である。これはかつて岡見正雄氏が「「竹の雪」と題すべき端本の奈良絵本」として紹介されたものであった（本論第Ⅱ章第1節）。解題では、これが既に『室町時代物語大成』第一〇巻に翻刻されてある『七草ひめ』の一本であることばかりか、謡曲「竹の雪」と関係深いことさえ言及されていない。更にまた、異名を新たに追加した理由も理解しかねる。徒に研究環境を煩雑化するだけではないかと思われてならない。

(12) 石川透氏及び徳田和夫氏の示教による。『中京大学図書館蔵国書善本解題』（新典社、平成七年三月）未掲載。

(13) 工藤早弓氏前掲（4）書。

(14) 徳田和夫氏は「申し子を頼む時などの神仏祈願の場面の詞章であろう」と推測される（「享禄本「当麻寺縁起」絵巻と「中将姫の本地」」。初出『国文学研究資料館紀要』第四号、昭和五十三年三月。改訂再録『お伽草子研究』三弥井書店、昭和六十三年十二月）。

(15) 工藤早弓氏前掲（4）書。

(16) 石川透氏前掲（1）口頭発表及び「奈良絵本製作の一側面」（『中世文学』第四三号、平成十年三月）。

(17) 徳江元正氏「文学と美術―中世文学史と奈良絵本―」（『国語と国文学』第七九六号、平成二年五月）。

奈良絵本の霞——その形式と意義——

はじめに—なぜ霞を問題とするのか

中世から近代にかけての西洋や中東の装飾写本に比べ、日本の装飾写本の代表ということのできる奈良絵本なるものには、なぜ、物語の内容からして余分と思われる霞が紙面の大部を占めているのか、という疑問がある。これは、挿絵の天地を覆う霞の形態をどう捉えるかという、制作に関する問題として考える必要がある。金銀の泥による雲（雲形）については、また別に意義を考えるべきであると考えるが、その点は追って述べることとする。本節では霞を主とし、雲を補足的に位置づけて論じるつもりである。

まず、奈良絵本という術語については否定的な見解もあるが、わたしは、一応、次のような写本に対して用いたいと思う。すなわち、巻子本ではなく冊子本であり、挿絵は濃彩で、主要顔料に岩絵具や泥絵具を用いており、本文を漢字交じりの仮名書き文にし、制作者による奥書をもたない室町時代後期から江戸時代中期の絵入写本である。それに加えて、例外があるという条件付で、多くの場合、挿絵の天地に霞（すやり霞とも）を描くということも考慮にいれたいと思う。というのも、奈良絵本の挿絵のうち、ほかの絵入写本と比べて特色があるとすれば、そのほとんど、一部の例外を除いて霞があるということができるからである。そこで、装丁や寸法と同様に霞から読み取られる情報も奈良絵本の制作過程を考察する場合に有効ではないかと思われる。

一方、奈良絵本を絵画面から分類しようとすることの、現段階での困難さは理解されるものと思う。事物や人物について、その描写の精粗や印象といった先入観が入り込みやすいからである。そこで、そういった要素は二次的なものとして後回しにして、誰もがわかる視覚的特徴を第一条件としてみる。すると、この観点からも霞がまずは注意されなくてはならないと思われる。

ただ、奈良絵本を構成する諸要素すべてにいえることであるが、霞の場合も、現段階では年代特定の手掛りをつかむことは無理ではないかと思われる。顔料からは何ら歴史的側面はわからないだろう。雲霞の形態を整理したとしても、時系列化にすることは、〈解釈する〉という次元をでるものにはならないだろう。

ともあれ、一般論としてみても、第一に分析対象の特質を明確に認識しておく必要があるはずだ。取り分け、霞と雲とを区別する必要性がどこにあるのか、という懐疑的見解は出て然るべきである。本節の立場では、この違いはそれぞれの起源に固執するのではなく、画面上での機能的相違という点に重点を置くことによって、それぞれの意義が見出されるものと考えている。霞と雲とは、場合によっては素朴な遠近法という点で共通する側面もあるが、彩色・形態・配置などを比較するに、本質的に異なるだろうと考える。そこを明確にすることも本節の課題とした。

1　霞の形式と分類

諸形式

では、実際に霞の諸形式を見ていくことにする。まず、幾つかの実例を参考として【図1】～【図8】として掲載しておく。すべての形式を示しているわけではなく、適当と判断される最低限の例を示したに過ぎない。

【図 1】ささやき竹（内藤記念くすり博物館蔵）

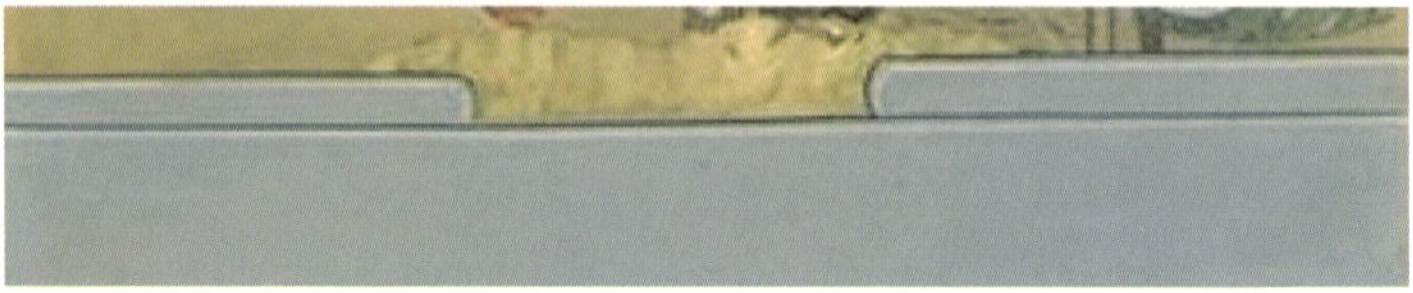

【図 2】大織冠（國學院大学図書館蔵）

【図 3】伊勢物語（九州大学附属図書館蔵）

【図 4】うつほ物語（京都大学附属図書館蔵）

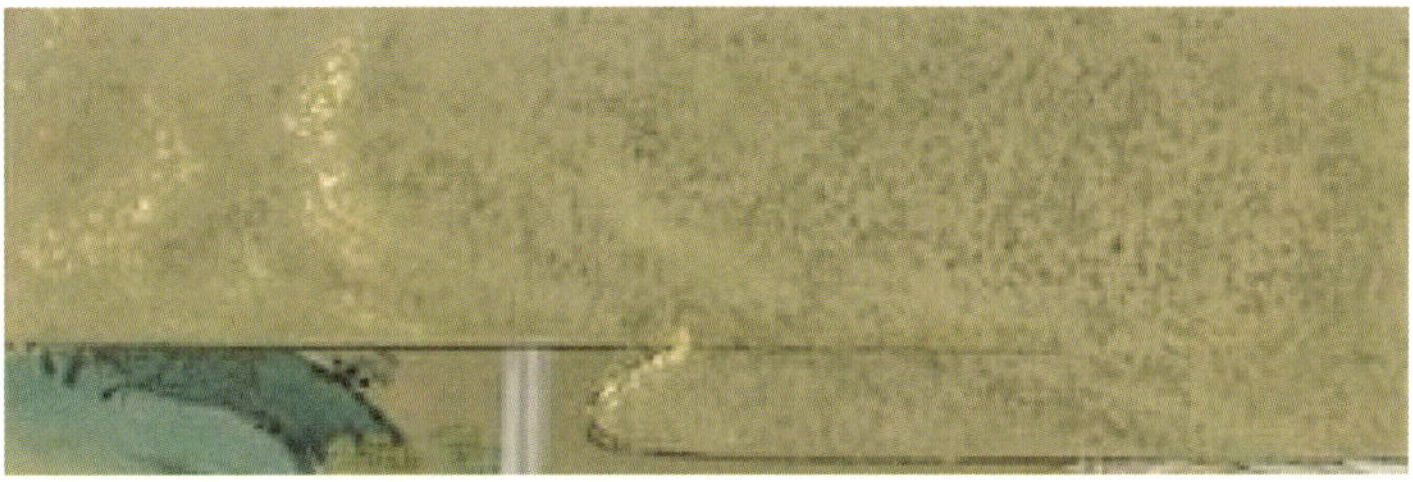

【図 5】伊勢物語（国学院大学図書館蔵）

【図 6】天神の本地（京都大学文学部蔵）

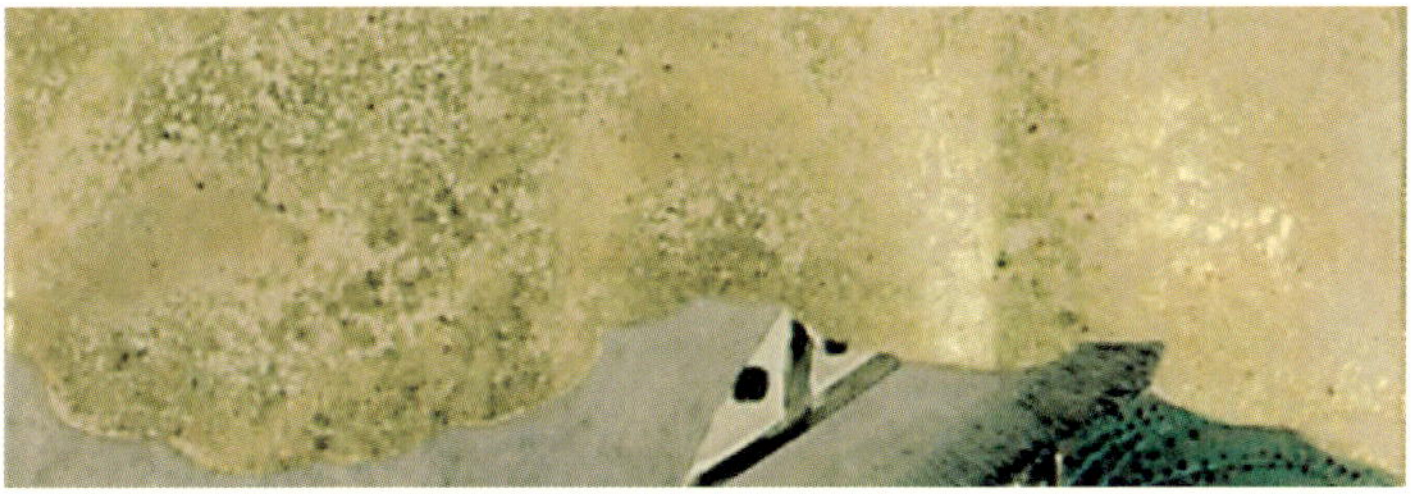

【図 7】竹取物語（九州大学附属図書館蔵）

【図 8】玉藻の草子（京都大学附属図書館蔵）

まず【図1】の内藤記念くすり博物館所蔵『ささやき竹』は水色の地に白い単線という典型的なものである。右は三層から成り、左は二層から成る。中央に波型の金泥雲形が添えられている。

【図2】の国学院大学図書館所蔵『大織冠』は水色の地に輪郭線を二重に引いたものである。外側は黒、内側は白。霞は左右対称の二層から成り、中央に波型の金泥雲形が添えられている。

【図3】の九州大学附属図書館所蔵『伊勢物語』は水色の地に白い単線で輪郭が引いてある。加えて、金箔がちらしてあるのが特徴である。霞は右側のみが二層から成っている。

【図4】の京都大学附属図書館所蔵『うつほ物語』は灰色がかった青色の地に二重の輪郭線が引かれている。外側が黒色、内側が白色。その上で地の部分に金箔が散らしてある。

【図5】の国学院大学図書館所蔵『伊勢物語』は無地に金の切箔はまばらにちらしたものである。輪郭線は黒い下描線の上から細い金泥の線をなぞっている。霞は右のみ二層になっている。

【図6】の京都大学文学部所蔵『天神の本地（菅相丞）』は上下の霞の地の色が違う。掲載部分の地は水色、その下部の霞は桜色（桃色）である。輪郭線はいずれも同じで、黒い波線が引いてある。霞はすべて単層。

【図7】の九州大学附属図書館所蔵『竹取物語』は無地に金箔を散らしたものである。輪郭線は金の細線を引いている。霞はすべて単層。

【図8】の京都大学附属図書館所蔵『玉藻の前』は水色の地に不規則な黒い輪郭線を引いている。その線状は波線風ではあるが、一定間隔で曲線を描くものではない。また、層は重層的であるが、【図1】～【図5】のすやり霞と異なり、法則的なものが認められない。これらの特徴から、不定形とみなすことができるだろう。

分類

次に霞の形式を幾つかの要素によって分類したい。

まず、第一に地の素材と彩色とによって分けようとすると、次のようになる。

a　絵具系【桜・白・灰・灰水・水・灰青・群青】

これは絵具を顔料に用いたものである。色の名は極力単純化した。というのも、伝統的な名称は現代人の感覚に合わないものが多い。また、奈良絵本の場合、複数の挿絵からなるが、霞の地の濃度が終始一貫しているとは必ずしもいえない。濃淡の差が見られる。したがって、たとえば桃色とみなすべきか桜色とみなすべきか判断しかねる場合が往々にしてある。そこで濃淡の振幅を許容するだけの単純化を第一にし、各論的に検討する場合、さらに差異化を試みればよいと考える。したがって、おおよその人に伝わるだろう名を示しておく。たとえば、暫定的措置として、便宜、灰水という名称を用いたが、これは灰色がかった水色ということである。【図1・2・6・8】

b　箔系【金箔・銀箔】

これは金箔や銀箔を散らしてあるものである。箔の形状については、今回は区別しない。【図5・7】

c　併用系

これは地に絵具を塗り、箔を散らしてあるものである。【図3・4】

第二に輪郭線の数と彩色とによって分けられるだろう。

a　単線【桜・白・灰・灰水・水・灰青・群青・黒・金・銀】

これは一本の単色線によって輪郭を引いたものである。【図1・3・6・7・8】

【主要形式表】

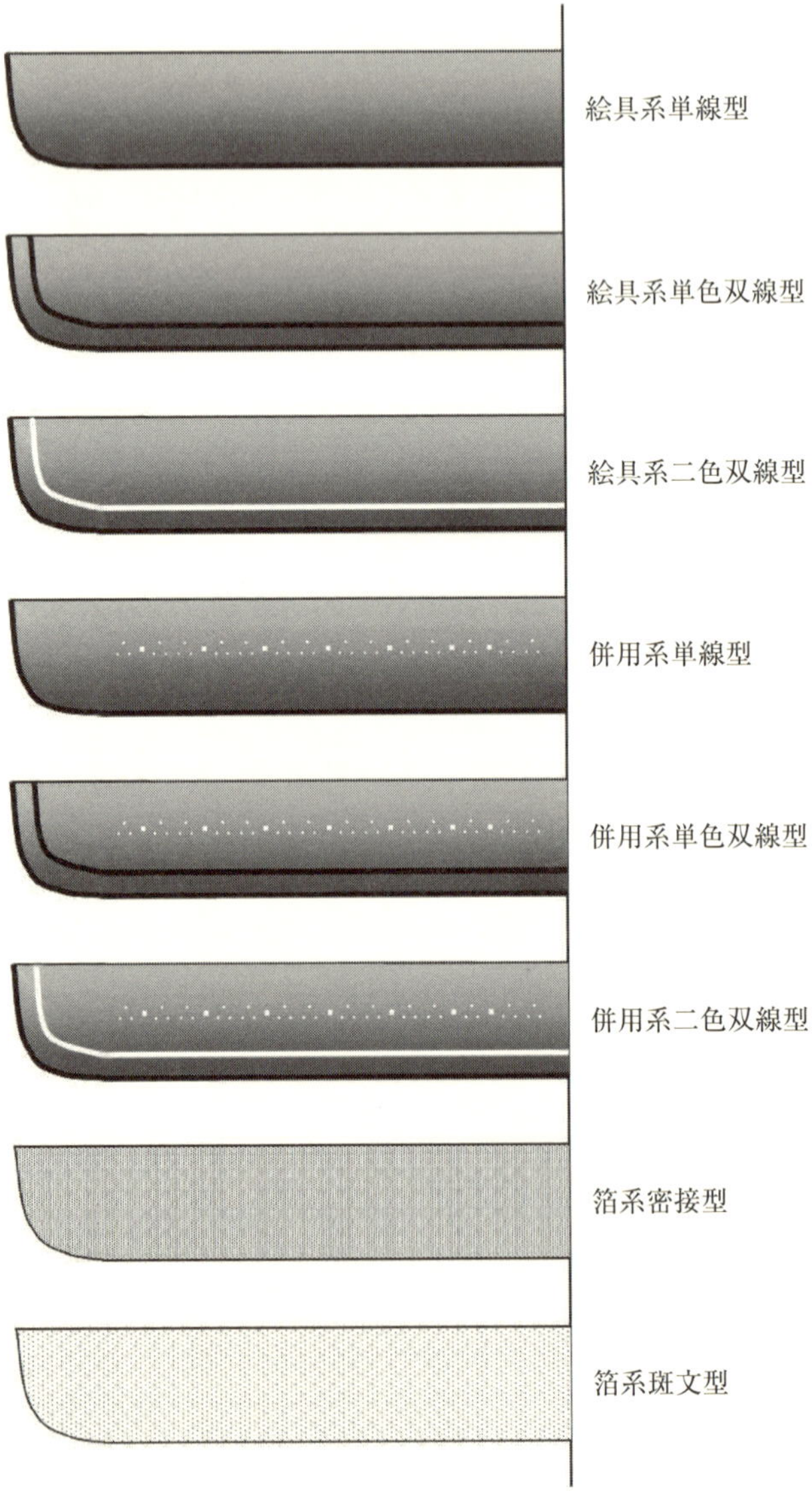

注 1. この図は上部の霞の第 2 層をモデルとしたものである。
注 2. 波線形はこれに準じる。
注 3. この他、不定形がある。

b　双線

これは単線各色による二重線のものである。同色による場合と二色による場合とがある。【図2・4】。

c　重線

これは黒色の下描細線の上から黒以外の絵具でなぞるものである。多くは金泥が使用される。【図5】。

第三に輪郭線の形状から分けることができるだろう。これはa直線形とb破線形とc不定形とに大別できるだろう。

以上のことを整理すると、【主要形式表】のようになる。ただし、ここに示したものは第三に挙げた輪郭線の形状による分類のうち、a直線形に該当するもののみである。b波線形も同様にある。更に、不定形の霞の併せてみなくてはならない。これを要するに、霞には十七種の形式を認めたいと考える。もちろん、たとえば絵具系単線型だけみても、細部においてはそれぞれの作品に個性がある。そうした各論的問題は、研究の深化にしたがって考慮に加えるべきであると考える。

さて、右の分類案に記号を付してみたい。すると、次のように示される。

①地の素材と彩色

a　絵具系【桜（ア）・白（イ）・灰（ウ）・灰水（エ）・水（オ）・灰青（カ）・群青（キ）・金（ク）・銀（ケ）】

c　併用系・金箔【桜（コ）・白（サ）・灰（シ）・灰水（ス）・水（セ）・灰青（ソ）・群青（タ）】

　銀箔【桜（チ）・白（ツ）・灰（テ）・灰水（ト）・水（ナ）・灰青（ニ）・群青（ヌ）】

b　箔系・金箔【密（ネ）・疎（ノ）】

　銀箔【密（ハ）・疎（ヒ）】

②輪郭線の数と彩色

a　単線【桜①・白②・灰③・灰水④・水⑤・灰青⑥・群青⑦・黒⑧・金⑨・銀⑩】【無⑪】

b　双線…①～⑪を繋げて示す。（例）①②

c　重線【黒・金・銀】…①～⑪の記号の間に／を挟む。

（例）①／②

③輪郭線の形状

a　直線形…無記号

b　波線形…①～⑪のあとに〈～〉をつける

c　不定形…①～⑪のあとに〈＊〉をつける

これに基づき、各作品に記号を与えたものが【分類表】である。便宜、約二百例を提示しておく。

次に、この表に基づき、考察に入っていきたい。

まずは記号で示した内容は次の通りである。

※A…【1／2／3】↓縦型・袋綴装【三〇cm前後／二六～二八cm／二〇～二五cm】

【4／5】　↓縦型・列帖装【二四～二七cm／一六cm前後】

【6／7／8】↓横型・袋綴装【三〇cm前後／一七～一九／一四～一六】

B…【a／b／c／d／e】↓画中混入本文が無く、鳥の子紙で下絵が下記のもの【金／銀／他／摺／無】

【a＋／b＋／c＋／d＋／e＋】↓画中混入本文が有り、右と同じ条件のもの

【f／g／h／i／j】↓画中混入本文が無く、間似合紙で下絵が下記のもの【金／銀／他／摺／無】

【f＋／g＋／h＋／i＋／j＋】→画中混入本文が有り、右と同じ条件のもの
【所在】の項のイニシャル表示は個人蔵を示す。
【混入】とは画中混入本文を示す。これは、画中詞が画中に書入れられた会話文や説明文をさすのに対し、本文料紙に書ききれないためという理由や、本文と挿絵との調和を効果的に示すためという理由で、挿絵料紙の余白などに混入させた本文をさす。便宜に造った用語である。

【分類表】

地	輪郭	A	B	書名	所在	装丁	寸法	紙	下絵	混入	霞	霞縁
ア	⑧②	1	e	狭衣の草子	国会図書館	袋	特大（三〇・七×二一・五）	鳥	×	×	上－無地、下－桜・ぼかし	黒＋白
ア	⑧②	1	e	文正草子	京都大学附属図書館	袋	特大（三〇・〇×二一・八）	鳥	×	×	桜・ぼかし	黒＋白
ア	⑧②	1	e＋	浄瑠璃物語	大東急記念文庫	袋	特大（三三・八×二四・四）	鳥	×	○	桜・ぼかし	黒＋白
アイ	⑧	7	o	大原御幸の草子	T・F	袋	横型（一七・六×二五・一）	鳥	×	×	上－白・ぼかし、下－桜・ぼかし	黒
アエ	②	1	e＋	築島	中京大学図書館	袋	特大（三一・二×二二・二）	鳥	×	○	上－灰水、下－桜	白
アエ	②	7	e	祇王	慶応義塾図書館	袋	横型（一八・五×二八・五）	鳥	×	×	灰水または桜・ぼかし	白
アエ	②	7	e	住吉物語	大阪府立中之島図書館	袋	横型（一七・二×二二・八）	鳥	×	×	上－灰水・ぼかし、下－桜・ぼかし	太白

アエ	②	7	e	玉水物語	G・T	袋	横型（一七・三×二五・四）	鳥	×	×	上—灰水・ぼかし、下—桜・ぼかし	白
アエ	②	7	e	天神の本地	鶴見大学	袋	横型（一七・八×二五・四）	鳥	×	×	水色・ぼかし、または桜色・ぼかし	白
アエ	②	7	e	常盤問答	中央大学図書館	袋	横型（一七・八×二五・八）	鳥	×	×	上—灰水・ぼかし・下—桜・ぼかし	白
アエ	②	7	e	花みつ月みつ	京都大学文学部	袋	横型（一八・三×二五・七）	鳥	×	×	上—灰水・ぼかし・下—桜・ぼかし	白
アエ	②	7	e	文正草子	国学院大学図書館	袋	横型（一七・〇×二三・八）	鳥	×	×	上—灰水・下—桜	白
アエ	⑧②	7	e	天狗の内裏	T・F	袋	横型（一七・七×二五・三）	鳥	×	×	桜色または水色	黒＋白
アオ	②	7	e	青葉の笛	国会図書館	袋	横型（一七・七×二五・四）	鳥	×	×	上—水色・ぼかし、下—桜・ぼかし	白
アオ	②	7	e	小式部	岐阜大学附属図書館	袋	横型（一七・五×二五・五）	鳥	×	×	水色・ぼかしまたは桜・ぼかし	白
アオ	②	7	e＋	住吉物語	国学院大学図書館	袋	横型（一七・六×二六・一）	鳥	×	○	上—水色、下—桜	白
アオ	②②	7	e	たなばた	九州大学附属図書館	袋	横型（一六・七×二四・三）	鳥	×	×	上—水色・ぼかし、下—桜・ぼかし	双白
アオ	③	7	e	敦盛	京都府立総合資料館	袋	横型（一六・八×二三・三）	鳥	×	×	上—水色、下—桜	灰
アオ	⑧②	1	e＋	文正草子	慶応義塾図書館	袋	特大（三三・四×二三・九）	鳥	×	○	上—水色・ぼかし、下—桜・ぼかし	黒＋白

アオ	⑧②	7	e	住吉物語	岩瀬文庫	袋	横型（一六・八×二四・〇）	鳥	×	×	上-桜、下-水色	×
アオ	⑧／②～7		e+	文正草子	中央大学図書館	袋	横型（一六・五×二三・〇）	鳥	×	○	上-水色・ぼかし、下-濃桜	黒／白・波
アキ	②	7	e	玉藻の草子	九州大学附属図書館	袋	横型（一七・八×二六・〇）	鳥	×	×	上-群青・ぼかし、下-桜・ぼかし	白
アキ	②	7	e	伏見常盤	岩瀬文庫	袋	横型（一六・六×二四・六）	鳥	×	×	上-群青色・ぼかし・下-桜・ぼかし	白
アキ	⑧②	7	e	四国落	岩瀬文庫	袋	横型（一八・一×二六・五）	鳥	×	×	上-群青色・下-桜	白
イ	⑧②	1		浄瑠璃物語	T・I	袋	特大（三二・五×二一・〇）	鳥	×	○	白・ぼかし	黒+白
イオ	②or⑧～7		e+	文正草子	T・I	袋	横型（一七・一×二四・六）	鳥	×	○	上-水色、下-白	黒または白、直または波
ウ	⑧②	7	e	火おけのさうし	国学院大学図書館	袋	横型（一七・〇×二四・七）	鳥	×	×	灰	黒+白
ウ	⑧②	7	j	秋夜長物語	G・T	袋	横型（一七・一×二三・九）	間	×	×	灰	黒+白
エ	②	8	e	住吉物語	国学院大学図書館	袋	横型（一六・二×二五・一）	鳥	×	×	灰水・ぼかし	白
エ	②②	1	e	住吉物語	T・I	袋	特大（三〇・四×二三・二）	鳥	×	×	灰水	白+白

エ	③＊	7	e	清水物語	神奈川県立図書館	袋	横型（一七・〇×二四・二）	鳥	×	×	灰水	灰〜
エ	③②	7	e	かざしの姫	慶応義塾図書館	袋	横型（一七・一×二五・五）	鳥	×	×	灰水	灰＋白
エ	③②	7	e	物くさ太郎	国会図書館	袋	横型（一七・九×二五・五）	鳥	×	×	灰水	灰＋白
エ	⑧	1	A	浄瑠璃物語	岩瀬文庫	袋	特大（三〇・一×二一・五）	鳥	筆金	×	灰水・ぼかし	黒
エ	⑧	4	e	かわちかよひ	東京大学国文学研究室	列	半紙（二四・三×一七・五）	鳥	×	×	灰水・ぼかし	黒
エ	⑧／②	7	e	一本菊	T・I	袋	横型（一六・七×二四・一）	鳥	×	×	灰水・ぼかし	黒／白
エ	⑧②	7	e	百合若大臣	国学院大学図書館	袋	横型（一六・八×二四・一）	鳥	×	×	灰水・ぼかし	黒＋白
オ	②	4	e	文正草子	T・I	列	半紙（二二・八×一六・五）	鳥	礬砂	×	水色・ぼかし	白
オ	⑧	4	e	物くさ太郎	岩瀬文庫	列	半紙（二三・四×一七・六）	鳥	×	×	水色・ぼかし	白
オ	⑧	7	e	志賀物語	龍谷大学図書館	袋	横型（一六・九×二四・三）	鳥	×	×	水色・ぼかし	白
オ	⑧	7	e	蛤の草紙	名古屋大学皇学館文庫	袋	横型（一六・五×二四・〇）	鳥	×	×	水色	白
オ	⑧	7	e	小敦盛	国会図書館	袋	横型（一七・五×二四・一）	鳥	×	×	水色（地面に銀砂子散）	白

オ	⑧	7	e	西行物語	京都大学附属図書館	袋	横型（一七・〇×二四・四）	鳥	×	×	水色	白
オ	②	8	e	酒顚童子（伊吹）	G・T	袋	元横型（一四・五×二三）	鳥	×	×	水色	白
オ	②	8	e	文正草子	九州大学附属図書館	袋	横型（一六・四×二三・七）	鳥	×	×	水色	白
オ	②	8	j	宝くらべ	慶応義塾図書館	袋	横型（一五・七×一一・五）	間	×	×	水色	白
オ	②②	7	e	鉢かづき	京都大学総合人間学部	袋	横型（一七・一×二四・八）	鳥	×	×	水色・ぼかし	双白
オ	②②	7	e	祇王	京都大学文学部	袋	横型（一六・六×二五・四）	鳥	×	×	水色・ぼかし	双白
オ	②②	8	e	小式部	T・F	袋	横型（一六・四×二三・四）	鳥	×	×	水色	双白
オ	⑦	7	j	千代野の草子	T・F	袋	横型（一七・〇×二四・五）	間	×	×	水色・ぼかし	群青
オ	⑦	7	j	稚児いま参り	岩瀬文庫	袋	横型（一七・一×二四・四）	間	×	×	水色・ぼかし	群青
オ	⑦	8	j	鉢かづき	名古屋大学皇学館文庫	袋	横型（一六・二×二四・二）	間	×	×	水色	双群青
オ	⑦〜	7	e	信田	G・T	袋	横型（一六・八×二四・二）	鳥	×	×	水色・ぼかし	群青〜
オ	⑦②	7	e	あきみち	国会図書館	袋	横型（一六・五×二四・五）	鳥	×	×	水色	群青＋白

オ	⑦②	7	e	かざしの姫	国会図書館	袋	横型（一七・三×二五・二）	鳥	×	×	水色	群青＋白
オ	⑦②	7	j	伏見の物語	慶応義塾図書館	袋	横型（一八・〇×二五・三）	間	×	×	水色	群青＋白
オ	⑦⑦	8	j	鉢かづき	大阪府立中之島図書館	袋	横型（一六・四×二三・五）	間	×	×	水色・ぼかし	双群青
オ	⑦⑧	7	e	鉢かづき	T・I	袋	横型（一七・五×二五・八）	間	×	×	水色	群青＋黒
オ	⑧	4	e	あきみち	東京大学国文学研究室	列	半紙（二四・三×一七・五）	鳥	×	×	水色・ぼかし	黒
オ	⑧	4	e	朝ひな	東京大学国文学研究室	列	半紙（二四・二×一七・六）	鳥	×	×	水色・ぼかし	黒
オ	⑧	4	e	和泉が城	東京大学国文学研究室	列	半紙（二四・二×一七・六）	鳥	×	×	水色・ぼかし	黒
オ	⑧	4	e	磯崎	東京大学国文学研究室	列	半紙（二四・二×一七・七）	鳥	×	×	水色・ぼかし	黒
オ	⑧	4	e	観音本縁経	東京大学国文学研究室	列	半紙（二四・一×一七・六）	鳥	×	×	水色・ぼかし	黒
オ	⑧	4	e	じぞり弁慶	岩瀬文庫	列	半紙（二四・三×一七・一）	鳥	×	×	水色・ぼかし	黒（下書）
オ	⑧	4	e	横笛草紙	国会図書館	列	半紙（二四・一×一七・五）	鳥	×	×	水色	黒
オ	⑧	4	e	をときり	慶応義塾図書館	列	半紙（二四・三×一八・三）	鳥	×	×	水色・ぼかし	黒

オ	⑧	7	e	狭衣の草子	名古屋大学皇学館文庫	袋	横型（一六・七×二四・二）	鳥	×	×	水色	黒
オ	⑧	7	e	静	G・T	袋	横型（一六・七×二四・一）	鳥	×	×	水色・ぼかし	黒
オ	⑧	7	e	中将姫	実践女子大学図書館	袋	横型（一六・六×二四・二）	鳥	×	×	水色・ぼかし	黒（太め）
オ	⑧	7	e	毘沙門の本地	慶応義塾図書館	袋	横型（一六・七×二四・八）	鳥	×	×	水色・ぼかし	黒
オ	⑧	7	e	文正草子	九州大学附属図書館	袋	横型（一六・五×二四・一）	鳥	×	×	水色・ぼかし	黒
オ	⑧	7	e	文正草子	京都府立総合資料館	袋	横型（一六・七×二四・〇）	鳥	×	×	水色	黒
オ	⑧	7	j	阿弥陀の本地	慶応義塾図書館	袋	横型（一六・七×二四・二）	間	×	×	水色	黒
オ	⑧	7	j	清水物語	国会図書館	袋	横型（一六・七×二四・一）	間	×	×	水色・ぼかし	黒
オ	⑧	7	j	六代	慶応義塾図書館	袋	横型（一六・六×二四・三）	間	×	×	水色	黒
オ	⑧	8	e	岩屋の草子	実践女子大学図書館	袋	横型（一六・三×二四・三）	鳥	×	×	水色・ぼかし	黒
オ	⑧	8	e	小男の草子	岩瀬文庫	袋	横型（一六・三×二三・四）	間	×	×	水色・ぼかし	黒
オ	⑧	8	j	一尼公	筑波大学附属図書館	袋	横型（一五・五×二三・二）	間	×	×	水色・ぼかし	黒

オ	⑧	8	j	姥皮	実践女子大学図書館	袋	横型（一五・六×二二・九）	間	×	×	水色・ぼかし	黒
オ	⑧	8	j	木幡ぎつね	実践女子大学図書館	袋	横型（一五・八×二三・〇）	間	×	×	水色・ぼかし	黒（太め）
オ	⑧	8	j	木幡ぎつね	G・T	袋	横型（一五・七×二二・五）	間	×	×	水色・ぼかし	黒
オ	⑧	8	j	小町の草紙	市立船橋図書館	袋	横型（一六・〇×二三・三）	間	×	×	水色・ぼかし	黒
オ	⑧	8	j	狭衣の草子	岩瀬文庫	袋	横型（一五・八×二一・六）	間	×	×	水色・ぼかし	黒
オ	⑧	8	j	ささやき竹	実践女子大学図書館	袋	横型（一五・六×二二・九）	間	×	×	水色・ぼかし	黒
オ	⑧	8	j	住吉物語	T・I	袋	横型（一六・五×二四・〇）	間	×	×	水色・ぼかし	黒
オ	⑧	8	j	玉だすき	慶応義塾図書館	袋	横型（一五・九×二三・二）	間	×	×	水色・ぼかし	黒
オ	⑧	8	j	俵藤太物語	T・I	袋	横型（一五・九×二三・五）	間	×	×	水色・ぼかし	黒
オ	⑧	8	j	築島	実践女子大学図書館	袋	横型（一五・六×二三・八）	間	×	×	水色・ぼかし	黒
オ	⑧	8	j	鶴の草子	実践女子大学図書館	袋	横型（一五・八×二二・六）	間	×	×	水色・ぼかし	黒（太め）
オ	⑧	8	j	七草草紙	京都大学文学部	袋	横型（一六・二×二三・五）	間	×	×	水色・ぼかし	黒

オ	⑧	8	j	橋姫	慶応義塾図書館	袋	横型（一六・〇×二三・一）	間	×	×	水色・ぼかし	黒
オ	⑧	8	j	文正草子	実践女子大学図書館	袋	横型（一五・九×二三・七）	間	×	×	水色・ぼかし	黒（太め）
オ	⑧	8	j	文正草子	龍谷大学図書館	袋	横型（一五・六×二二・八）	間	×	×	水色・ぼかし	黒
オ	⑧	8	j	妙法童子	岩瀬文庫	袋	横型（一六・一×二四・三）	間	×	×	水色・ぼかし	黒
オ	⑧	8	j	蓬莱物語	実践女子大学図書館	袋	横型（一五・七×二三・六）	間	×	×	水色・ぼかし	黒（太め）
オ	⑧	8	j	満仲	国学院大学図書館	袋	横型（一五・七×二三・五）	間	×	×	水色	黒
オ	⑧	8	j	満仲	岩瀬文庫	袋	横型（一五・四×二二・九）	間	×	×	水色・ぼかし	黒
オ	⑧	8	j	物くさ太郎	大東急記念文庫	袋	横型（一五・七×二三・〇）	間	×	×	水色	黒
オ	⑧	8	j	ゆみつぎ	慶応義塾図書館	袋	横型（一五・八×二三・五）	間	×	×	水色	黒
オ	⑧／②	7	j	田村の草子	T・I	袋	横型（一八・二×二六・一）	間	×	×	水色	黒・白（重）
オ	⑧／②	～7	e	文正草子	京都大学附属図書館	袋	横型（一六・五×二三・〇）	鳥	×	×	水色・ぼかし	黒・白（重）。直または波

オ	⑧／⑩	7	e	ゑんがく	岩瀬文庫	袋	横型（一七・三×二四・八）	鳥	×	×	水色	薄墨（下書）・銀泥（重）
オ	⑧②	1	e	烏帽子折	京都大学附属図書館	袋	特大（三四・一×二五・二）	鳥	×	×	水色・ぼかし	黒＋白
オ	⑧②	1	e＋	四十二の物争ひ	慶応義塾図書館	袋	特大（三一・八×二四・九）	鳥	×	○	水色・ぼかし	黒＋白
オ	⑧②	1	e＋	物くさ太郎	国学院大学図書館	袋	特大（三三・三×二三・五）	鳥	×	○	水色	黒＋白、白、黒
オ	⑧②	2	e	岩屋の草子	愛知県立大学図書館	袋	大本（二八・一×二二・〇）	鳥	×	×	水色・ぼかし	黒＋白
オ	⑧②	4	e	鉢かづき	岩瀬文庫	袋	半紙（二四・三×一八・〇）	鳥	×	×	水色・ぼかし	黒＋白
オ	⑧②	7	e	厳島の本地	刈谷市立中央図書館	袋	横型（一六・七×二四・六）	鳥	×	×	水色	黒＋白
オ	⑧②	7	e	貴船の本地	京都大学総合人間学部	袋	横型（一六・七×二四・二）	鳥	×	×	水色・ぼかし	黒＋白
オ	⑧②	7	e	撰集抄	東洋大学附属図書館	袋	横型（一七・二×二四・八）	鳥	×	×	水色	黒＋白
オ	⑧②	7	e	大織冠	国学院大学図書館	袋	横型（一七・二×二五・五）	鳥	×	×	水色	黒＋白

オ	⑧②	7	e	玉藻の草子	国会図書館	袋	横型（一六・五×二四・〇）	鳥	×	×	水色	黒＋白
オ	⑧②	7	e	判官都ばなし	慶応義塾図書館	袋	横型（一八・三×二七・一）	鳥	×	×	水色	黒＋白
オ	⑧②	7	j	酒顚童子（大江）	T・F	袋	横型（一六・六×二四・〇）	間	×	×	水色・ぼかし	黒＋白
オ	⑧②	8	e	一本菊	岩瀬文庫	袋	横型（一六・一×二三・二）	鳥	×	×	水色	黒＋白
オ	⑧②	8	j	狭衣の草子	鶴見大学	袋	横型（一六・三×二三・五）	間	×	×	水色・ぼかし	黒＋白
オ	⑧②	8	j	住吉物語	筑波大学附属図書館	袋	横型（一六・四×二四・六）	間	×	×	水色	黒＋白
オ	⑧②～	4	e	たなばた（別本）	慶応義塾図書館	列	半紙（二四・二×一八・一）	鳥	×	×	水色・ぼかし・金箔散	×～
オ	⑧⑧	4	e	一本菊	T・I	列	半紙（二四・二×一七・七）	鳥	×	×	水色・ぼかし	双黒
オ	⑧⑧	4	e	酒呑童子	九州大学附属図書館	列	半紙（二三・四×一七・二）	鳥	×	×	水色	双黒
オ	⑧⑧	7	e	十本扇	静嘉堂文庫	袋	横型（一六・七×二三・五）	鳥	×	×	水色	双黒
オ	⑧⑧	7	j	かなわ	T・F	袋	横型（一六・五×二四・二）	間	×	×	水色・ぼかし	双黒
オ	⑧⑧	7	j	秋月物語	東洋大学附属図書館	袋	横型（一六・五×二三・九）	間	×	×	水色・ぼかし	双黒

オ	⑧⑧	7	j	花鳥風月	岩瀬文庫	袋	横型（一六・五×二三・八）	間	×	×	水色・ぼかし	双黒
オ	⑧⑧	7	j	観音本地	慶応義塾図書館	袋	横型（一六・六×二四・一）	間	×	×	水色・ぼかし	双黒
オ	⑧⑧	7	j	朽木桜	G・T	袋	横型（一六・八×二四・〇）	間	×	×	水色・ぼかし	双黒
オ	⑧⑧	7	j	千手女の草子	群馬大学附属図書館	袋	横型（一六・五×二四・〇）	間	×	×	水色	双黒
オ	⑧⑧	8	e	隠れ里	東京大学国文学研究室	袋	横型（一五・五×二三・五）	鳥	×	×	水色・ぼかし	双黒
オ	⑧⑧	8	j	うつほ物語	鶴見大学図書館	袋	横型（一五・一×？）	間	×	×	水色	双黒
オ	⑧⑧	8	j	高館	岩瀬文庫	袋	横型（一六・三×二三・七）	間	×	×	水色・ぼかし	双黒
オ	⑧⑧	8	j	中将姫	九州大学附属図書館	袋	横型（一五・五×二三・二）	間	×	×	水色・ぼかし	双黒
オ	⑧⑧	8	j	中将姫	東北大学附属図書館	袋	横型（一六・三×二四・〇）	間	×	×	水色	双黒
オ	⑧⑧	8	j	ふくろふ	国学院大学図書館	袋	横型（一五・八×二三・〇）	間	×	×	水色・ぼかし	双黒
オキ	⑧	7	e＋	新曲	国学院大学図書館	袋	横型（一七・八×二六・二）	鳥	×	○	上―水色、下―群青	黒～
カ	②②	7		築島	中京大学図書館	袋	横型（一六・八×二四・二）	鳥	×	×	灰水	双白

カ	⑧②	1		四十二の物争ひ	T・I	不明	特大（二九・九×二一・七）	鳥	不明	○	灰青・ぼかし	黒＋白
カ	⑧②	7		毘沙門の本地	K・T、伊藤慎吾	袋	横型（一六・七×二四・二）	鳥	不明	×	灰青	黒＋白
キ	②	7	e	桜の中将	慶応義塾図書館	袋	横型（一七・三×二四・七）	鳥	×	×	群青・ぼかし	白
キ	⑦②	7	e	岩屋の草子	岩瀬文庫	袋	横型（一七・五×二四・二）	鳥	×	×	群青	群青＋白
シ	②	4	e	住吉物語	東北大学附属図書館	列	半紙（二四・〇×一七・六）	鳥	×	×	白灰・金切箔散	白
ス	⑧	1	A	狭衣の草子	岡山大学附属図書館	袋	特大（三〇・二×二一・九）	鳥	筆金	×	灰水・金切箔散	黒
ス	⑧	1	A	田村の草紙	大東急記念文庫	袋	特大（三二・四×二四・五）	鳥	筆金	×	灰水・金切箔散	黒（下書）
ス	⑧	1		住吉物語	東洋大学附属図書館	袋	特大（？）	鳥	×	×	灰水・ぼかし・金箔散	黒
ス	⑧	4	e	酒顚童子（伊吹）	大東急記念文庫	列	半紙（二四・九×一七・五）	鳥	×	×	灰水・ぼかし・金切箔散	（下書）
ス	⑧	4	e	文正草子	京都大学美学	列	半紙（二四・〇×一七・五）	鳥	×	×	灰水・ぼかし・金切箔散	黒
ス	⑧②	1	A	唐糸草子	国文学研究資料館	袋	特大（二九・八×二一・七）	鳥	筆金	×	灰水・ぼかし・金切箔散	黒＋白
ス	⑧②	1	A	十本扇	K・T	袋	特大（三〇・九×二二・九）	鳥	筆金	×	灰水・金箔散	黒＋白

ス	⑧②	1	A	田村の草子	国立歴史民俗博物館	袋	特大（三〇・六×二二・〇）	鳥	筆金	×	灰水・ぼかし・金箔散	黒＋白
ス	⑧②	4	e	うつほ物語	京都大学附属図書館	列	半紙（?）	鳥	×	×	灰水・ぼかし・金箔散	黒＋白
ス	⑧②	4	e	さよひめ	京都大学美学	列	半紙（二四・〇×一八・四）	鳥	×	×	灰水・ぼかし・金切箔散	黒＋白
セ	②	4	e	伊勢物語	九州大学附属図書館	列	半紙（二四・三×一七・八）	鳥	×	×	水色・ぼかし・金箔散	白
セ	②	4	e	源氏物語・明石	鶴見大学	列	半紙（二四・〇×一七・七）	鳥	×	×	水色・ぼかし・金切箔散	白
セ	②	4	e	源氏物語・朝顔	中京大学図書館	列	半紙（二三・九×一七・八）	鳥	×	×	水色・ぼかし・金切箔散	白
セ	②	4	e	源氏物語・須磨	東洋大学附属図書館	列	半紙（二三・九×一七・八）	鳥	×	×	水色・ぼかし・金切箔散	白
セ	②	4	e	源氏物語・松風	中京大学図書館	列	半紙（二四・三×一七・八）	鳥	×	×	水色・ぼかし・金切箔散	白
セ	③②	4	e	浦風	筑波大学附属図書館	列	半紙（二三・七×一七・六）	鳥	×	×	水色・ぼかし・金切箔散	灰＋白
セ	⑧	4	e	浦島太郎	東京大学国文学研究室	列	半紙（二四・二×一七・六）	鳥	×	×	水色・ぼかし・金砂子散	黒
セ	⑧	4	e	七草ひめ	多和文庫	列	半紙（二四×一七）	鳥	×	×	水色・ぼかし・金切箔散	黒
セ	⑧	8	j	岩竹	岩瀬文庫	袋	半紙（一六・四×二三・七）	間	×	×	水色・ぼかし・金砂子散	黒

セ	セ	セ	セ	セ	セ	セ	セ	ソ	タ	タ
⑧②	⑧②	⑧②	⑧②	⑧②	⑧②	⑧②	⑪〜	⑧	⑧	⑧
4	4	4	4	4	6	6	4	4	1	4
e	e	e	e	e	a	a	e	e	ac	e
岩屋の草子	姥皮	たなばた	玉藻の草子	文正草子・有欠	磯崎	七草ひめ	曾我物語	竹取物語	大織冠	物くさ太郎
京都大学美学	名古屋市立博物館	京都大学美学	京都大学美学	T・I	慶応義塾図書館	慶応義塾図書館	九州大学附属図書館	東北大学狩野文庫	中京大学図書館	T・I
列	列	列	列	列	袋	袋	列	列	袋	列
半紙（二四・二×一八・二）	半紙（二四・六×一八・六）	半紙（二四・〇×一八・三）	半紙（二四・〇×一八・四）	半紙（二三・二×一七・二）	横大（二五・八×三三・八）	横大（二四・六×三二・三）	半紙（二四・三×一七・五）	半紙（?）	特大（三二・六×二五・二）	半紙（二三・六×一七・二）
鳥	鳥	鳥	鳥	鳥	鳥	鳥	鳥	鳥	鳥	鳥
×	×	×	×	礬砂	筆金	筆金	×	×	筆金・藍	×
×	×	×	×	×	×	×	×	×	×	×
水色・ぼかし・金箔散	水色・ぼかし・金箔散	水色・ぼかし・金箔散	水色・ぼかし・金箔散	水色・ぼかし・金切箔散	水色・ぼかし・金切箔散	水色・ぼかし・金箔散	水色・ぼかし・金箔散	灰青・ぼかし・金裂箔散	無地に金泥・藍の多くの線・金箔散	群青・ぼかし・金切箔散
黒＋白	黒＋白	黒＋白	黒＋白	黒＋白	黒＋白	黒＋白	×〜	黒	黒	黒

ト	⑧②〜	1	e＋	祇王	京都大学附属図書館	袋	特大（三二・二×二三・三）	鳥	×	×	灰水・ぼかし・銀箔散	黒＋白、上−波、下−直
ネ	○	4	a	浦島太郎	実践女子大学図書館	列	半紙（二三・五×一七・四）	鳥	筆金	不明	金切箔散	不明
ネ	⑧	4	a	小萩がもと	東洋大学附属図書館	列	半紙（二三・二×一六・八）	鳥	筆金	×	金切箔散	黒
ネ	⑧	4	e	伊勢物語	T・I	列	半紙（二三・九×一八・〇）	鳥	×	×	金箔散・密	細黒
ネ	⑧	4	e	落窪の草子	東洋大学附属図書館	列	半紙（二四・二×一八・二）	鳥	×	×	金切箔散	黒（下書）
ネ	⑧	4	e	笠間長者物語	T・I	列	半紙（二三・九×一八・〇）	鳥	×	×	金箔散・密	細黒
ネ	⑧	4	e	鉢かづき	T・I	列	半紙（二四・二×一七・九）	鳥	×	×	金箔散・密	細黒
ネ	⑧	4	e	羅生門	東洋大学附属図書館	列	半紙（二三・三×一七・〇）	鳥	×	×	金箔散・密	黒（下書）
ネ	⑧／②	3	e	天神の本地	内藤記念くすり博物館	袋	半紙（二四・七×一七・五）	鳥	×	×	金箔散・疎	黒・金（重）
ネ	⑧／⑨	4	a	蓬莱物語	京都大学美学	列	半紙（二三・五×一七・二）	鳥	筆金	×	金箔散・疎	黒・金（重）
ネ	⑨	1	e	落窪の草子・秋上	実践女子大学図書館	袋	特大（二九・三×二一・八）	鳥	×	×	金箔散・密	金

ネ	⑨〜	3	e	栄花物語	実践女子大学図書館	袋	半紙（二〇・八×一七・五）	鳥	×	×	金箔散・密	金〜
ネ	⑨〜	4	e	竹取物語	九州大学附属図書館	列	半紙（二四・二×一八・〇）	鳥	×	×	金箔散・密	金〜
ネ	⑪	4	a	磯崎	国学院大学図書館	列	半紙（二三・八×一七・六）	鳥	筆金	×	金箔散・密	×
ネ	⑪〜	4	a	文殊姫	慶応義塾図書館	列	半紙（二三・七×一七・八）	鳥	筆金	×	金泥、金箔散	×〜
ノ	⑧	1	a	たなばた	大阪府立中之島図書館	袋	特大（二九・九×二二・三）	鳥	筆金	×	金箔散・疎	細黒
ノ	⑧	1	a	文正草子	T・I	袋	特大（二九・六×二二・五）	鳥	筆金	×	金箔散・疎	細黒
ノ	⑧	1	a+d	雨やどり	静嘉堂文庫	袋	特大（二九・三×二二・二）	鳥	筆金 摺藍	×	金切箔散	黒
ノ	⑧	4	a	二十四孝	K・T	列	半紙（二三・四×一七・一）	鳥	筆金	×	金箔散・疎	細黒
ノ	⑧	4	a	うつほ物語	K・N	列	半紙（二五・二×一八・六）	鳥	筆金	×	金切箔散	黒
ノ	⑧	4	e	うつほ物語	大阪府立中之島図書館	列	半紙（二三・五×一七・一）	鳥	×	×	金箔散・疎	細黒
ノ	⑧	4	e	浦島太郎	東京大学国文学研究室	列	半紙（二三・四×一六・九）	鳥	×	×	金箔散・疎	細黒
ノ	⑧	4	e	住吉物語	大阪府立中之島図書館	列	半紙（二三・四×一六・九）	鳥	×	×	金箔散・疎	細黒

ノ	⑧	5	e	小式部（別本）	東洋大学附属図書館	列	小本	鳥	×	×	金箔散・疎	黒
ノ	⑧／②	1	e	落窪の草子	実践女子大学図書館	袋	特大（二九・八×二二・四）	鳥	筆金	×	金箔散・疎	黒・金（重）
ノ	⑧／②	1	e	若草物語	実践女子大学図書館	袋	特大（二九・九×二二・四）	鳥	摺群青	×	金箔散・疎	黒・金（重）
ノ	⑧／⑨	1	a	雨やどり	東洋大学附属図書館	袋	特大（三〇・〇×二二・五）	鳥	筆金	×	金切箔・砂子散	黒・金（重）
ノ	⑧／⑨	1	a e	竹取物語	中京大学図書館	袋	特大（二九・六×二二・五）	鳥	筆金 摺藍	×	金箔散・疎	黒・金（重）
ノ	⑧／⑨	4	a	伊勢物語	国学院大学図書館	列	半紙（二三・四×一六・九）	鳥	筆金	×	金箔散・疎	黒・金（重）
ノ	⑧／⑨	4	a	長恨歌	東洋大学附属図書館	列	半紙（二三・二×一六・九）	鳥	筆金（遊紙）	×	金切箔散	黒・金（重）
ノ	⑧／⑨	4	a	徒然草	東洋大学附属図書館	列	半紙（二三・三×一六・七）	鳥	筆金	×	金箔散・疎	黒・金（重）
ノ	⑧／⑨	4	e	伊勢物語・十行	鉄心斎文庫	列	半紙（二三・六×一七・一）	鳥	×	×	金箔散・疎	黒・金（重）
ノ	⑧／⑨	4	e	伊勢物語・十一行	鉄心斎文庫	列	半紙（二二・二×一七・六）	鳥	×	×	金箔散・疎	黒・金（重）
ノ	⑨	1	a	月々のあそび	国学院大学図書館	袋	特大（二九・一×二二・二）	鳥	筆金	×	金切箔散・疎	金
ノ	⑨	4	a	栄花物語	東海大学	列	半紙（二四・〇×一七・三）	鳥	筆金	×	金箔散・疎	金

ノ	⑨	4	e	武家繁昌	K・N	列	半紙（二四・〇×一七・九）	鳥	×	×	金切箔散・疎	金

考察

まず、地の素材・輪郭線の数・輪郭線の形状から窺知されるいくつかの関連性について、絵具系には次のような傾向を読み取ることができる。

①霞の地に二色（上／下）を用いる作品は、輪郭線を白色とするか、もしくは外縁を黒色、内縁を白色とするものが多い。

②霞の地を水色とするものは、輪郭線を多く黒色とする。このほか、単色の輪郭線としては白色も、まま用いられる。双線としては外縁＋内縁を黒＋黒、もしくは黒＋白とする組み合わせが一般的である。

次に併用系には、次の事が窺われる。

③灰水色の地に金箔を散らす霞は黒色の細線で輪郭線を描くものが多い。

④水色の地に金箔を散らす霞は、単線では白色もしくは黒色が多く、双線では黒＋白の組み合わせが一般的である。

次に箔系には、次のことが見られる。

⑤金箔を満遍なく地に散らす作品には、輪郭線に黒色の細線を用いるものが多い。

⑥金箔をまばらに地に散らす作品には、輪郭線に黒色の細線を用いるもの、あるいは黒色の下描に金色の細線をなぞる重線を用いるものが多い。

総括

総括すると、霞の地は絵具系としては水色を用いるものが多くを占めている。その場合、輪郭線は黒色が主であるが、単線としては白色も比較的多い。また、双線としては黒+黒ないし黒+白の組み合わせが顕著である。併用系もほぼ同様の傾向を示している。箔系は黒い細線のみか、もしくは黒／金の重線が主である。輪郭線の太さは絵具系に比して細い。

輪郭線は単に霞の下描として機能するものがある一方で、装飾線として機能するものがある。とりわけ双線の場合はその意図が明確にうかがわれるようである。すなわち、それらは地を描いたあとに、地の縁に沿って描き足されているのである。

絵具系・箔系・併用系いずれにしても、波線形を採るものはわずかである。なお、波線形は単層から成っており、複数の層を重ねる霞は見られないようである。また、霞の地に二色の絵具を用いる作品は、概して古色を帯びている。

次に霞と奈良絵本の形態とのいくつかの関連性について見てみると、次のことが分かる。

①霞の地に二色用いる横型本は、若干の例外は出るであろうが、縦の寸法を約十七～十八㎝とする。

②霞の地を水色とするものには横型本が多い。そのうち、輪郭線に黒色の単線を用いるものが多い。それらの料紙のうち、鳥の子紙・斐楮交漉紙は、間似合よりも縦の寸法が約一㎝高いものが多いようである。すなわち、前者は約十七㎝であり、後者は約十六㎝であるという傾向が見られるように思われる。

③水色の地に金箔を散らすものは、そのほとんどが列帖装の半紙本である。それらの輪郭線は、単線ならば黒色もしくは白色、双線ならば黒+白が一般的である。

④金箔を満遍なく散らす霞は、一部の例外を除いて、列帖装の半紙本に限られる。

⑤金箔をまばらに散らす霞は、袋綴装の特大本に多く見られる。
⑥金箔をまばらに散らす霞は、列帖装の半紙本にも多く見られる。つまり半紙本には密度の濃いもの、薄いものの両方があるということである。

総括すると、水色地の霞は横型本にとって一般的なものである。間似合紙を使用した縦約十六㎝の作品群はほとんどがこれに該当する。鳥の子紙・斐楮交漉紙を使用した作品は、それよりも多様である。列帖装の半紙本には絵具系・併用系・箔系いずれも採用されている。絵柄は精粗の幅が広い。セ（併用・水色）は概して粗雑な印象を受ける。横型本（絵具系・水色地）の制作の場と関連する可能性があるのではないか。特大本には併用系もしくは箔系が多く採用されている。絵具系も散見されるが、それらは概して古色を帯びた作品である。なお、横型本には金泥地はあるが、箔系はみられないようである。

2　仮に霞と雲とを区別する理由

さて、これまで霞の形式を見てきたが、次に雲との違いという点を考えて見たい。

雲と霞との違いは、すくなくとも奈良絵本の中では比較的単純に解決できるのではと考える。問題は、たといその形式の淵源が雲（源氏雲など）にあるにしても、奈良絵本の構図の中で霞として機能しているのであれば霞と認定することが重要であると考えるか、一方、起源的に雲だから機能如何にかかわらず雲と見做すかである。わたしは前者の考えである。

江戸時代、霞や雲は奈良絵本制作者たちにとって約束事だったとおもわれる。西洋の装飾写本のほとんどの作品には画面の周囲に緻密な唐草文様がほどこしてあるが（foliate border）、それは内容を問わない。画面への効果があるかといえば、特にみられない（みる人個人が意識的・積極的に視覚的効果・印象をよみとろうとする場合は別として）。奈良絵本における雲霞についても、制作者たちは一つ一つの絵について、深い創作意識のもとにこれら雲霞を描いていたと考えるのはよろしくないのではないかと思われる。というのも、物語の展開に応じて挿絵の主題がいかに劇的に変化しても、天地の雲霞の彩色や形状に反映されることは、わずかな事例はあるにしても、ほとんど見出すことはできないからである。効果的な利用としては、上部の霞の輪郭線の間や、あるいは霞の領域内に月日や遠山を描くことで、遠近法的な表現をする場合があるに過ぎないようである。このことから、霞は各挿絵の主題や構図に支配されるものではなく、装飾モティーフの一種として作品単位で捉えるべきものではないかと考える。

これに対して、雲形は原則として霞に付随した状態で描かれている。霞より流動性に富むことから、しばしば飛雲として挿絵の中で情景描写に溶け込み、効果的に利用される点に特色を認めることができるだろう。ただし、天地の霞それぞれの第一層よりも外側（料紙の縁の側）になることはない。

このように、挿絵上での位置づけに相違があること、そしてしばしば色彩や形状が異なっていることから、霞と雲とは、単にわたし個人の主観的解釈ではなく、制作者の立場からも区別して扱われていたと推測することが許されるのではないだろうか。したがって、画面の天地は霞でおおうという約束事があったと考えることが、現段階では適当に思われる。

たとえばの『毘沙門の本地』零葉【図9】をみてみよう。この絵自体からは物語の内容は読み取られないものであるが、雲霞の機能を存分に発揮している点では非常に有益だと思われるものである。

まず、天地に灰色がかった青い霞が描かれている。それに対して金雲・銀雲が山々のそこここに配されている。本零葉のツレは徳田和夫氏が二葉所蔵されており、石川透氏も所蔵されている。それらも天地は同形式であり、雲には

【図9】毘沙門の本地（拙蔵）

金銀の泥を用いている。したがって、本奈良絵本挿絵制作者は、霞は灰青・黒白双線、雲は金銀泥という方針でつくったことが推測される。これによって、中央にある波線形のものは、天地の霞と地の顔料及び輪郭線が共通するものであり、一方、随所に描かれる雲形のごとく金銀泥を使用していないゆえに、天地の霞から派生した霞の異種と位置づけることができるだろう。これは、本零葉が物語場面を直接に描くものではなく、いわば道行場面であるゆえ、画面に主題性がなく、そこで霞を中央に配することにしたものと解することができる。

これについては、別の観点からも検証可能ではないかとおもわれる。詳しい考証は次節に譲るが、基本的に金銀の雲形を取り入れている奈良絵本にあって、雲形のない画面がある。その場合、ある画面との相違はなにかというと、ない場面は主として室内であるということである。部屋の中に雲が飛ぶというのは不自然であるという意識が働いているのであろうか。しかしながら、そうであっても、天地に霞はある。この点に雲と霞との機能的差異の一端を認めることができるだろう。雲形の代わりに見られる特徴は、室内の障壁や屏風の地に金銀が使われることである。ということは、雲形に使用する金銀の泥を室内装飾に流用しているということになるのではないだろうか。勿論、画面が室内であっても雲がとんでいる事例が見出される場合もある。この点は目下検討中であるので今後十分な検討が必要であるが、ともあれ、金銀の雲形と室内装飾とは関係があるが、霞とは相互関係は認められないといっていいのではないかと考えている。ちなみに【図9】のように、金泥・銀泥二色をもって一つの雲形を描く事例はきわめて珍しいものと思われる。藤井隆氏所蔵の『小式部』などわずかな作品に見出されるが、管見ではあまり例を見ない。

おわりに

奈良絵本の装飾モティーフである雲霞が挿絵絵師と同筆になるのか、それとも分業化されていたのかという設問には、一概に答えることはできないだろう。これについては各作品を個別に検証していくべきだと思われる。本節では、霞について、従来「霞（すやり霞）」や「雲霞」として一括して処理されてきたモティーフが、絵本制作の理解を深める上で有効であることを概略的に考察して示してみた。それらは概して絵具系・箔系・併用系に整理され、それぞれが装丁や寸法、料紙といった書誌とある種の傾向性をもって結びついていることが確認できた。

これまで奈良絵本は文学研究の立場から本文内容（物語作品）によって分類することが常套であった。一方、書誌形態によって分類することも、まま試みられている。それに対して挿絵の処理は容易でない。霞は、その点、膨大な現存資料群を把握していくための道具として有効ではないだろうか。二千に及ぶといわれる現存資料群を種々の要素の類似性によって分類していく際に誰にでもわかる視覚的特徴として、一つの手掛りとなるだろうと期待するものである。しかし、挿絵の問題としては、次に精粗や印象といった研究者による個人差が出やすい事物や人物の描写についていかに把握すべきかという問題に直面することになろう。今後の課題である。

一体に、奈良絵本の特徴の一つに奥書を持たないことが挙げられるだろうから、系統化を試みようとしても、現段階では容易ではない。各作品の成立期をより正確に判断する基準としては、奈良絵本の諸要素、たとえば、画中の人物の装束や髪型、あるいは料紙の質や、改装の危険性もあるが、表紙や見返などが使えるのではないかと想像する。勿論、絵のモティーフについては粉本・親本を模す場合が十分想定できるから、制作時期の特定の条件としては、表紙同様に薄弱といわなくてはならない。

それから、周辺資料として、今回はまったく取り上げなかったが、いうまでもなく絵巻がある。同時期のいわゆる奈良絵巻の類である。当然、巨視的にみれば、中世の寺社縁起や高僧伝などの絵巻にも配慮すべきだろう。いわゆる奈良絵巻や近世の前期から中期の風俗絵巻や小歌色紙の類には類似する霞が見受けられるが、ただし、奈良絵本には見られないもの、少なくとも、管見に入ったものの中では確認できない霞もある。反対に、奈良絵本にはあるが、絵巻には見られないものもあろうかと思う。

古いものでは、ほかに源氏絵からの影響も考えられるかと思われる。たとえば、おそらく源氏雲から派生したと思われる赤色系や青色系の顔料の上に金箔や銀箔を散らした雲霞がある。京都大学の『しほやき文正』や『祇王』がそれである。これは霞ではなく、他の挿絵も考慮すると、雲形と解する部分だといえる。これら雲形については金泥・銀泥が一般的だが、古色を帯びているという印象を受ける作品には絵具系の雲形も散見される。また最末期に導入された制作法かと想像されるものに、長方形の金箔を霞に添えて貼り付けるものがある（藤井隆氏蔵横型本『竹取物語』）。雲と霞とのより明確な関係性については次節で言及したい。

補足——個別的例外について

奈良絵本の定義の一つに、一部の例外を除いて霞があることを掲げることはできないだろうかという考えが本節執筆の出発点にあった。この場合、例外と認知する事例が幾つかあり、それらに対して補足的説明をしておきたい。

霞の無い事例にはおそらく二つの傾向がみられる。一つは古色をおびた奈良絵本の一部。もう一つは制作時期が江戸中期と想像される豪華本の一部である。

前者は奈良絵本の歴史的展開の中で説明可能かと考えられる。初期には定型ができていなかったから、その多様性の一つとして無霞型があったのだろう。それが合理化の過程で消滅したのではないかと考えられるのではないか。とりわけ、横型本に散見される（石川透氏蔵『花鳥風月』・穂久邇文庫蔵『鉢かづき』など）。これら古色をおびた横型本が小絵と直結するかは別として、縦型本とちがって天地が低いという横型本の特徴から、初期には霞をとりいれない傾向があったのではないかと考えられる。縦型本は天地に霞を描くことで絵巻同様の効果を期待しているのだろう。横型本の場合は形態上その余裕がないので意図的にはぶいているのでは、という解釈ができるのではないか。勿論、縦型本にも霞のない図はあるだろうし、横型本にもあるものもある。今のところ、大枠としては、このように想定することはできないだろうか。後者は当該期の絵画（画帖・風俗絵巻・屏風絵など）と同調するものであると思われる。

霞は、本節で述べたように、基本的に絵具系・箔系・併用系に整理できると考えられるが、わずかな事例ながら、金泥の霞も認められる。それらは、他のジャンルの作品、たとえば源氏物語画帖や社寺参詣曼荼羅からの類推によって、雲として捉えられるものである。しかし、奈良絵本の制作コードの上では、霞として機能していると理解される。たとえば大阪青山歴史文学博物館蔵『弥兵衛鼠』は絵具系単線波型と同単線型とを併用した作品であり、塩田町中通八幡宮蔵『八幡宮愚童記』は絵具系不定型である。

また、同一作品中に異なる型をもつ事例がある。国学院大学図書館蔵『物くさ太郎』や思文閣本『鉢かづき』（日沖敦子氏のご教示による。『思文閣古書資料目録』第一六八号）などがそれである。その要因は一概には処理できないし、内部徴証以外の手掛りは期待できないから、明確に要因を解明することは困難だろう。ただ、他作品からの流用・粉本の相違・絵師による何らかの作為などの可能性は想定されてよいものと考える。

雲形と室内装飾──横型奈良絵本における彩色の一傾向について──

はじめに

本節で取り上げる問題は奈良絵本の横型本の挿絵に描かれる雲形に関することである。なぜこれを問題にするかというと、奈良絵本をその形態から分類するという作業の必要性からである。それとももう一つ、雲形は霞に付随するものとして漠然と捉えられがちである。ここでいう付随して描かれるものというのは、主として天地を覆う霞の中央に配されているもののことである。実際、形骸的に、場面の状況に関わらず霞に付随して描かれる作品は少なくない。しかしながら、すべてがそうということではなく、中には素材や場面設定に関して、建造物の一部や調度品と密接に関連をもつ作品群があるということを指摘しておきたいからである。

霞と雲とは、彩色・形態・配置などを比較するに、本質的に異なるだろうと思われる。霞は中世においては各種絵巻にしばしば用いられ、また、社寺参詣曼荼羅や掛幅の高僧絵伝において場面を仕切る役割を与えられてきたものである。しかし、奈良絵本の挿絵に限定すると、一枚の挿絵に二つの場面が描かれるという事例は極めて少ない。だから一図に一場面を描く挿絵においては、霞は場面を仕切る役割を一枚の挿絵の範囲内では与えられていないといえる。本来的な役割は失い、形骸化した装飾的なモティーフとして描かれているものと理解できるのではないかと思われる。

霞の彩色には主として中世の高僧絵伝や参詣曼荼羅のすやり霞の多くのように、群青から白群、また灰青、さらには鼠色から白、赤系では桜色のような淡い色が使われる。雲形が金銀を主とするのとは対照的に、もっぱら水干絵具・岩絵具が用いられる。

形はすやり霞か波形が一般的で、不定形も見られる。しかし、いずれにしても挿絵の天地部分を占めるという点が原則的な条件である点で雲形とは区別することができる。

1　雲形の形態

奈良絵本における雲形とは、主として金銀の泥、あるいは箔によって、霞に付随的に描かれる装飾性の高いモティーフである。しばしば場面描写の一部としても機能する。

素材は金銀両種の箔のほか、赤・青・黄色系統のものが若干見られ、また泥もある。古くは国立国会図書館所蔵特大本『狭衣の草子』や京都大学附属図書館所蔵特大本『文正草子』のように極めて技巧的な表現も見られた。また、金色を基調にしながらも、一部の挿絵に限って赤系の顔料を使用したものもある（井田等氏所蔵横型本『花鳥風月』）。しかしそれらは古色を帯びた奈良絵本に見られる稀有な事例であって、一般的には輪郭線を伴わない金銀単色による彩色によって表現された。

その形状についてみると、まず波形のものが挙げられる。これはいわゆる古奈良絵本から既に見られ、また多くがこれを採用しているから、奈良絵本における雲形の典型と評することができるであろう。これはおよそ一定の間隔で湾曲しているものである。中には弧の幅が広く、一見、不定形と思われるものもあるが、それは印象としては間似合紙の奈良絵本に多いようである。実際、不定形を形状とする作品も多い。それから、直線形のものがある。これにつ

いて、藤井隆氏は、宝永〜享保頃、すなわち奈良絵本の衰亡期における技法であると説かれている。(1)

なお、雲形を描く場合、下描をあらかじめ描くものと、描かないものとがある。これは作品によって異なるが、一つの作品の一画面中であっても、下描のある雲形とない雲形とが並存する場合がある。

さて、前節において、わたしは次のように雲形について言及した。(2)

基本的に金銀の雲形を取り入れている奈良絵本にあって、雲形のない画面がある。その場合、ある画面との相違はなにかというと、ない場面は主として室内であるということである。部屋の中に雲が飛ぶというのは不自然であるという意識が働いているのであろうか。しかしながら、そうであっても、天地に霞はある。この点に雲と霞との機能的差異の一端を認めることができるだろう。雲形の代わりに見られる特徴は、室内の障壁や屏風の地に金銀が使われることである。ということは、雲形に使用する金銀の泥を室内装飾に流用しているということになるのではないだろうか。勿論、画面が室内であっても雲がとんでいる事例が見出される場合もある。この点は目下検討中であるので今後十分な検討が必要であるが、ともあれ、金銀の雲形と室内装飾とは関係があるが、霞とは相互関係は認められないといっていいのではないかと考えている。

本節は、この点を具体的に論じるものである。つまり、雲形の表現効果といった図像解釈的な問題ではなく、制作者に関わる問題として雲形を扱いたい。

2　典型例

実践女子大学図書館常磐松文庫所蔵『烏帽子折』の場合

本作品は構図についても事物の描写についても特異性は認められない。しかしながら、一点、際立った特徴があるとすれば、それはすやり霞の輪郭線に赤系の顔料を用いていることである。通常、霞の輪郭線には主として黒か白か金色が使われ、その他に鼠色や群青色もしばしば見られるところである。それに対して、本作品は赤い輪郭線を引いており、この点、希有な事例として興味深いものといえる。

書誌的事項

員数　三冊。

寸法　縦十六・〇cm　横二十四・〇cm（上冊前表紙）。

装丁　四ツ目袋綴。

外題「ゑほしをり　上（中・下）」朱題簽・中央・金箔散し、金泥装飾。

内題「ゑほしおり上」「ゑほしをり　中（下）」。

表紙　打曇表紙（紺・赤茶二色）。

本文料紙　鳥の子紙（挿絵料紙は薄様）。両料紙の接合には本文料紙の小口部分を五㎜ほど折り曲げて糊代とし、両料紙を糊付けする。

見返　鳥の子紙。金銀切箔散し。

丁数　上―十五丁、中―二十七丁、下―十七丁。

行数　毎半葉十三行。

表記　漢字交じり平仮名文。漢字は尠少。振り仮名・濁点、少々あり。校正表記散見。
挿絵直前、散し書き（特徴あり）。

針目安　毎半葉行数分（天地各十三個）。角穴（刃物の刃先による）。挿絵料紙にも同様の穴がある。

〈上冊〉

①室内／障壁・飲食具

②野外／雲形

③室内／障屏　野外／雲形

④室内／障壁

⑤室内／障屏

⑥室内／障壁・飲食具

〈中冊〉

①室内／障壁

②室内／障壁

③室内／障壁・飲食具

④野外／雲形

⑤室内／障屏

〈下冊〉

①室内／障屏

②野外（宴）／屏風・飲食具

③室内／障壁・野外／雲形

④野外（宴）／屏風・飲食具

⑤室内外／障壁

⑥室内／屏風・野外／雲形

⑦室内外／障壁

本文料紙と挿絵料紙との接合には、本文料紙の小口部分を五㎜ほど折り曲げて糊代として糊付けしてある。これは袋綴の奈良絵本の典型的な方法である。

印象としては、この作品はやや古風な作風のように思われる。打曇表紙を使用していること、針目安が角穴であること、料紙の質も考慮すると、十七世紀前半の制作になるかと想像される。小林健二氏作成の幸若舞曲の絵入り本目録(3)の中で、本作品について、十七世紀前半のものと記されているが、それと同じ見立てということになろう。

確認事項

さて、雲形の描かれ方をみると、金箔を使い、波形に描かれている。次に描かれる場面と描かれない場面との相違はどこにあるのか、確認することにしたい。

まず、上冊第二図の天地のすやり霞中央部分に付随する状態で描かれている波状のものが金色の雲である。それから、構図上の問題で、室内と野外とが半々に設定されている場面がある。例えば上冊第三図だが、これは右側が庭になっている。そういう場合の金雲は斜線のような形状で示されている。同趣のものは、下冊第三図の左下部分である。また第六図の右下にも見られる。このように、雲形というものは、野外に限って描かれていることが確認できる。

それでは次に、描かれる場面と描かれない場面との相違はどこにあるのか、確認する。

まず上冊第一図は場面が室内である。雲形は描かれていない。金泥はどの部分に使用されているかというと、第一図では、右上の襖と障壁画の地の部分、それから皿などの食器類である。以下、各図の下に示した対象物に金箔が使われている。なお、「室内外」は画面の半分を室内、半分を野外と描き分けていることを意味する。画面の大部分が建造物で占められている場合は「室内」として処理した。

結果

結論をいうと、本作品においては、金雲は野外にのみ描かれているということになる。構図上、室内と野外とが半々で描かれている場合は、片方の野外の側の隅に示されることになる。

では雲形が描かれない場面はどうかというと、金雲のかわりに、室内装飾の一部として金箔が使用されていることである。つまり障壁、屏風、飲食具などの調度品に使われているのである。

ちなみに、このような理解を踏まえると、下冊の第二図、第四図は野外であるにも関わらず、金雲が描かれていない。しかしながら、屏風や皿などの飲食具には金箔が使用してある。この点の解釈として、この宴の場面が室内に見立てられているものと解することができるだろう。つまり、宴の場を囲っている幕が、一種の建造物における壁と同様の働きを与えられているということになろうかと思われるのである。

小括

以上、要するに、本作品においては、金色は場面に応じ、野外であるならば雲形、室内であるならば障壁などの装飾に用いられる色であったということができるだろうと思われる。

3　雲形と室内装飾

確認事項

それでは、一体、金色が場面に応じて雲形または室内装飾に用いられる色であったということが、江戸前期から中期にかけての横型奈良絵本全般にいうことができるのだろうか。以下、この点を少しく検証してみたい。すなわち2から導かれた〈雲形と室内装飾〉という観点から、その金銀の箔、あるいは泥がどのように使用されているのかを確認したい。以下、紙面の都合上、整理した記録だけ、二十例、掲げておく。

a．国学院大学図書館蔵『ふんせう（文正草子）』三冊…金箔（一部銀泥）・波形

〈上〉①室内外／屏風　②野外／雲形　③室内／屏風　④室内／障屏　⑤野外／雲形　⑥室内／障壁　⑦室内／屏風　⑧室内／屏風　〈中〉①室内／屏風・野外／雲形　②室内／屏風　③野外／雲形　④野外／雲形　⑤室内／屏風　⑥室内／屏風　⑦室内／屏風　⑧室内／屏風　〈下〉①室内／屏風　②室内／屏風　③室内／屏風　④室内外／屏風　⑤野外／輿・雲形　⑥室内／屏障具　⑦野外／雲形　⑧室内／屏風

＊室内→障屏壁　　室内外→屏風　　野外→雲形・輿

b．西尾市岩瀬文庫蔵『たかたち（高舘）』三冊…金箔・波形

〈上〉①室内／障壁　②野外／雲形　③室内／屏風・飲食具　④野外／雲形　⑤室内／障壁　〈中〉①室内／障壁　②野外／雲形　③野外（見開）／雲形　④野外／雲形　〈下〉①野外／雲形　②野外／雲形　③野外／雲形　④室内／障壁　⑤野外／雲形

＊室内→障屏壁・飲食具　　野外→雲形

c．西尾市岩瀬文庫蔵『ちこいま（稚児今参り）』三冊…金箔・波形

〈上〉①室内／障屏　②室内外／障壁　③室内外／障壁　④室内／障屏　⑤室内外／障壁　⑥室内外／障壁　〈中〉①室内外／障壁　②室内／障壁　③室内／障壁　④室内／障屏　⑤野外／雲形　⑥野外／雲形　〈下〉①室内／障壁・野外／雲形　②室内／障壁・野外／雲形　③室内外／障壁　④室内／障屏　⑤室内／障壁　⑥室内／障屏

＊室内→障屏壁　　室内外→障壁　　野外→雲形

d．西尾市岩瀬文庫蔵『常盤の草紙』二冊…金箔（一部、銀箔併用）・不定形／他に金砂子による雲霞
〈上〉①室内外／装束　②野外／雲形・砂子雲霞　③野外／無・砂子雲霞　④野外／雲形　⑤野外／無　⑥野外／雲形・砂子雲霞　⑦野外／無　⑧野外／雲形　〈下〉①室内／屏風　②室内／屏風　③室内外／障壁　④野外／無・砂子雲霞　⑤室内／屏風　⑥室内／屏風
＊室内→障屏壁　室内外→装束　野外→雲形

e．西尾市岩瀬文庫蔵『四こくおち（四国落）』上一冊…金箔・不定形／他に金砂子による雲霞
〈上〉①室内／屏風・装束　②野外（見開）／雲形　③野外／舟・砂子雲霞　④野外／舟・砂子雲霞　〈下〉①野外／舟・砂子雲霞（但し空白のみ）　②野外／雲形　③野外（見開）／雲形・砂子雲霞
＊室内→屏風・装束　野外→雲形・舟

f．国学院大学図書館蔵『火おけ』二冊…金箔（一部、銀泥）・波形
〈上〉①室内外／屏風・雲形　②室内外／雲形　③室内外／雲形　④室内／仏像・雲形　⑤室内外／雲形　⑥野外（見開、半面欠）／雲形　〈下〉①野外／雲形　②室内外／雲形　③野外／雲形　④野外／雲形　⑤室内外（見開、半面欠）／雲形　⑥室内／雲形
＊室内外→雲形・屏風・仏像　室内外→雲形　野外→雲形

g．国学院大学図書館蔵『ふくろふ』二冊…銀泥・不定形／銀雲はすやり霞の内側に描き込まれている。
〈上〉①室内／雲形　②室内外／雲形　③室内／雲形　④室内／雲形　〈下〉①室内／雲形　②野外／雲形　③野外（見開）／雲形
＊室内→雲形　室内外→雲形　野外→雲形

h．西尾市岩瀬文庫蔵『花鳥風月』二冊…金箔・不定形
〈上〉①室内／障壁・扇・雲形　②室内／雲形・障壁　③室内外／障壁・雲形　④室内／障壁・雲形　〈下〉①室内外／屏風・雲形　②室内外／障壁・雲形　③室内／障壁・雲形　④室内外／障壁・雲形　⑤室内外／屏風・雲形
＊室内→雲形・障壁・扇　　室内外→雲形・障屏壁

i．西尾市岩瀬文庫蔵『さころも（狭衣の草子）』合一冊…銀箔・直線系
〈上〉①室内外／無　②野外／雲形　③野外／雲形　④室内外／雲形　⑤室内外／雲形　〈下〉①室内外／雲形　②野外／雲形　③室内外／雲形　④室内外／雲形
＊室内外→雲形　　野外→雲形

j．西尾市岩瀬文庫蔵『一本菊』三冊…金箔・不定形
〈上〉①室内外（見開）／雲形　②室内外／雲形　③室内／雲形　④室内／雲形　⑤室内／雲形　⑥室内／雲形
⑦室内／雲形　〈中〉①室内／雲形　②室内／雲形　③室内／雲形　④室内／雲形　⑤室内／雲形　⑥室内／雲形
⑦室内／雲形　〈下〉①室内外／雲形　②室内／雲形　③室内／雲形　④室内外／雲形　⑤室内／雲形　⑥室内／雲形
＊室内→雲形　　室内外→雲形

k．西尾市岩瀬文庫蔵『岩竹』二冊…金箔・波形
〈上〉①野外／雲形　②室内／雲形　③室内外（見開）／雲形　④室内外／雲形　〈下〉①野外／雲形　②野外／雲形　③野外／雲形　④室内外／雲形
＊室内→雲形　　室内外→雲形　　野外→雲形

l．西尾市岩瀬文庫蔵『法明童子』二冊…金箔・波形
〈上〉①室内外／雲形　②室内外／雲形　③室内外／雲形　④室内外／雲形　⑤室内外／雲形　〈下〉①室内外／雲形　②野外／雲形　③室内外／雲形　④室内外／雲形　⑤室内外／雲形
＊室内外→雲形　野外→雲形

m．西尾市岩瀬文庫蔵『まんちう（満仲）』三冊…銀箔・不定形／雲は霞の内外に使い分けている。
〈上〉①室内外／雲形　②室内外／雲形　③室内外／雲形　④室内外／雲形　⑤室内外／雲形　〈中〉①室内外／雲形　②室内外／雲形　③野外／雲形　④室内外／雲形　⑤室内外／雲形　〈下〉①室内外／雲形　②室内外／雲形　③室内外／雲形　④室内外／雲形　⑤室内外／雲形
注下描線なし。雲形の極一部には金銀混合の泥とおぼしきものがある。あるいはそれ以外の顔料を用いるか。未勘。ただし、装束の文様などには金泥・銀泥を単独で用いている。
＊室内外→雲形　野外→雲形

n．実践女子大学図書館蔵『つき嶋』三冊…銀箔・波形／雲は霞の内外に使い分けている。
〈上〉①室内外／雲形　②野外／雲形　③野外／雲形　④室内外／雲形　⑤野外／雲形　〈中〉①野外／雲形　②野外／雲形　③室内外／雲形　④野外／雲形　⑤野外／雲形　〈下〉①室内／雲形　②野外／雲形　③野外／雲形　④室内外／雲形　⑤野外／雲形
＊室内外→雲形　野外→雲形

o．西尾市岩瀬文庫蔵『住吉物語』二冊…金箔・不定形
〈上〉①室内／雲形　②室内／雲形　③野外／雲形　④室内／雲形　⑤野外／雲形　⑥野外／雲形　⑦室内外／雲

形　⑧野外／雲形　⑨室内／雲形　⑩室内外／雲形　⑪野外／雲形　〈下〉①室内外／雲形　②室内／雲形　③室内／雲形　④室内外／雲形　⑤野外／雲形　⑥室内／雲形　⑦室内／雲形　⑧野外／雲形　⑨室内外／雲形

＊室内→雲形　　室内外→雲形　　野外→雲形

p．西尾市岩瀬文庫蔵『ゑんかく』二冊…金箔及び銀箔・波形

〈上〉①野外／雲形　②野外／雲形　③野外／雲形　④野外／雲形　⑤野外／雲形　⑥野外／雲形　⑦野外／雲形

⑧野外／雲形　〈下〉①野外／雲形　②野外／雲形　③野外／雲形　④野外／雲形　⑤野外／雲形　⑥野外／雲形

⑦野外／雲形

＊野外→雲形

q．実践女子大学図書館蔵『むはかは（姥皮）』一冊…金箔・不定形／金雲はすやり霞の内側に描き込まれている。

①室内外／雲形　②室内外／雲形　③室内外／雲形　④室内外／雲形　⑤室内外／雲形

＊室内外→雲形

r．実践女子大学図書館蔵『さゝやき竹』三冊…金箔・波形／金雲はすやり霞の内側に描き込まれている。

〈上〉①室内外／雲形　②室内外／雲形　③野外／雲形　④室内外／雲形　⑤室内外／雲形　〈中〉①室内外／雲形

②野外／雲形　③野外／雲形　④室内外／雲形　⑤室内外／雲形　〈下〉①野外／雲形　②野外（後補）／雲形　③

室内外（後補）／雲形　④室内外／雲形　⑤室内（後補）／雲形

＊室内外→雲形　　野外→雲形

s．国学院大学図書館蔵『しんきよく（新曲）』一冊…金箔（一部金泥）

①室内／屏風　②野外／無　③室内／屏風.野外／扇　④室内外／障壁　⑤室内／屏風　⑥室内外／屏風　⑦野外

／甲冑　⑧野外／装束
＊室内→障屏壁　野外→扇・甲冑・装束
t．京都大学文学部国語学国文学研究室蔵『花みつ（花みつ月みつ）』二冊　金箔
〈上〉①野外／無　②室内／屏風　③室内／屏風　④室内／障壁・飲食具　⑤室内／屏風　⑥室内／障壁・飲食具
⑦室内外／障壁　⑧室内／障壁・飲食具　⑨野外／無　〈下〉①野外／無　②室内外／屏風　③室内外／無　④室内
外／屏風　⑤室内／屏風　⑥野外／無　⑦室内外／無
＊室内→障屏壁・飲食具　室内外→障壁　野外→無

結果

これらの事例から、〈雲形と室内装飾〉という観点からみた金銀の表現対象は、次のように整理することができる。

1　雲形と室内装飾とを使い分けるもの→a・b・c・d・e

2　雲形のみ、または雲形及びそれ以外の物に使うもの→f・g・h・i・j・k・l・m・n・o・p・q・r

3　雲形以外にのみ使うもの→s・t

もっとも、右の三種は一般化したかたちであって、各作品には個々の必要性によって若干の例外も生じる。たとえば事例aの『文正草子』では、下冊第五図において輿に金箔を押している。これは物語本文の中に関係があることである。文正の女が摂政関白の御曹司の妻として迎えられることになり、都上りをする。その時、本文中に「御こしをば、こがねにてかざり給ひ、たまをみがきたるごとく也」という一節があり、これを画中に表わしたからである。こ

のような個別的な表現上の処置を例外として位置づけると、結果として雲形と室内装飾とを使い分ける奈良絵本の一群が浮かび上がってくるのである。

ただ、全体的には、「2　雲形のみ、または雲形及びそれ以外の物に使うもの」が、印象としては多く見受けられる。

なお、今後、調査を進める中で、次のような事例も出てくる可能性は否定できないので、一応、掲げておく。

4　使用上の約束事が読み取れない

小括

さて、今みてきたことから知られるように、金銀が場面に応じて雲形または室内装飾に用いられる色であったとは必ずしもいえないことが確認された。「2　雲形のみに使うもの」は場面が室内であっても飛雲が描かれているのであるし、「3　雲以外のみに使うもの」は場面が野外であっても雲は描かれないからである。しかしながら、その一方で、実践女子大学所蔵『烏帽子折』に見られるような「1　雲形と室内装飾とを使い分けるもの」が一群を成していることも、明らかに確認できたものと思われる。

これらの違いがどうして生じたかというと、一概に処理することはできないので、今後、個別の分析を必要とするが、一つの要因として、挿絵の制作過程の相違が挙げられるだろうと思われる。雲形には、下描作成の段階であらかじめその位置を示しているものと、そうでないものとの両方がある。一画面中、下描のある雲形とない雲形とが見られる作品（例えば岩瀬文庫所蔵『ちこいま』）さえある。このうち、「2　雲形のみに使うもの」には、あらかじめすべての挿絵中で霞の下描に付随させて雲形を描いてしまっているもののようである。各場面描写は、その上で下描するという過程を経ているため、場面が室内であっても野外であっても区別されることなく雲形が配されているものと推測される。

4　金箔と金泥

これまで、金色の素材について、金箔と金泥とを、特に区別することなく述べてきた。なぜ両方の場合があるのかという点はまだ明らかでない。ただ、奈良絵本の場合、挿絵の制作過程の考察にあたっては区別してみておく必要があるのも確かだろう。金泥を使用する場合はこれ以外の顔料と同じであるから問題はないだろうと思われる。しかし金箔の場合はどうか。実践女子大学本『烏帽子折』や国学院大学本『文正草子』の分析を通して想定される合理的な制作の手順を試みに挙げてたたき台としたい。

①下描を薄墨で作る。これは厳密なものではない。たとえば『烏帽子折』上冊第一図では、彩色の段階で省かれた対象物がある。雲形には下描のあるものとないものとがある。たとえば『文正草子』では銀泥と併せて金箔を用いる場合、下描線を引く。しかし、金箔を単独で用いる場合は線を引かない。

②各対象物の地に絵具を塗る。霞の地もこの段階で塗る。

③金箔を押す部分に接着剤（膠液か）を塗る。雲形を配する場所には、下描のない場合、雲の形に接着剤を塗る。

④接着剤を塗った箇所に、それよりも大きな金箔を置く。

⑤乾燥後、接着剤のついていない余分な箔を取り除く（刷毛と楊枝とを用いるか）。

⑥野外なら霞の輪郭線、室内なら障屏具の縁の線引きをする。

金箔を押す段階が、②挿絵の地塗りと⑥線引きとの間であることは、まず、金箔がしばしば地の顔料の上に重なっていること、その反対がないことから推測されることである。そして、⑥輪郭線は金箔の上に引かれることが多いが、その反対がないからである。

なお、地塗りの後に金箔を押すことが原則であると推測されるが、地の彩色部分と金箔部分とに無地の部分など不具合が生じる場合がある。そういった箇所は箔押しの後から仕上げまでのどこかの段階で、補筆修正が行われる。『文正草子』は余分な金箔除去作業が杜撰であったためか、あるいは接着剤の力が弱かったためか、金箔の縁取りがぎこちなく、その結果、随所に補筆の跡が認められる。

ただし、注意しておきたいことは、この手順をすべての奈良絵本が踏んでいるわけではないということである。間似合紙の粗雑な横型本、3で例示した実践女子大学所蔵の『つき嶋』『姥皮』『さゝやき竹』などは、第一に地塗りをし、第二に輪郭線を引き、その次に金銀の箔押しをするという手順で作画されている。そもそもこれらの作品では場面の構図は極めて大まかな下描をした上で彩色を施すが、天地のすやり霞は下描がない。見当をつけて白群系の絵具を塗ってしまい、その上で輪郭線を引く。つまり、場面描写の下描線は上下に少し空白を残し、料紙の隅まで描き切ることはしない。これは霞を描くための配慮ということができる。その次に金銀の箔を押す。したがって上記の『烏帽子折』や『文正草子』にくらべて簡略な作画方法がとられているものとみなすことができるだろう。

5　雲形の意義

さて、3で見てきたことから、金色の表現対象は作品単位で相違が認められることが確認されたと考えるが、一体、これらの相違は何に起因するのだろうか。まだ奈良絵本の悉皆調査を行っていないので、安易に結論を下すことは差し控えたい。ただ、これらの相違が奈良絵本制作の問題を明らかにする際の手掛りの一つになるだろうことは考えてよいことだと思われる。もっとも、これが絵師の個人差なのか、各工房による特徴なのか、あるいは制作時期の違いなのか、そういった本質的な問題はまだ不明といわねばならない。

本節で取り上げた実践女子大学所蔵『烏帽子折』のような「1　雲形と室内装飾とを使い分ける」作品についてみると、雲形が室内に描かれないのは、おそらく霞の場合と違い、雲が室内に飛ぶことが不自然であるという意識が働いたからではないか。もちろん、先に見たように、霞とともに下描の段階で雲形を描きこんでいる事例もある。素朴に推測すると、雲形は、初期の段階ではある程度の流動性をもつ装飾的なモティーフとしての役割をもっていたものの、次第に霞と同様に形骸化し、流動性が失われたものと看做すことができるのではないか。実際、そういった形骸化した雲形を持つ奈良絵本は、間似合紙のものに多く見受けられるもののようである。

もう一つ考えられることは、一概にいうことはできないのだが、ある工房、あるいは絵師の系譜においては、〈各挿絵には一定の金箔を使用するようにする〉という慣習が行われていたのではないだろうか。それゆえに、室内では壁や調度品に金色を使い、野外では雲形に使っているということができるのではないかと思われるのである。岩瀬文庫本『ちこいま』は実践女子大学本『烏帽子折』とはまったくの別筆であることは明らかであるが、しかし室内図や室内外併図における金箔の処理法や群青地に下弦の月の襖絵の意匠などは、『烏帽子折』との何らかの繫がりを想起させるものがある。

その一方で、たとえば奈良教育大学附属図書館所蔵横型本『烏帽子折』（二冊）は実践女子大学蔵本と全図において同じ構図をもつ作品であるが、作風はまったく異なる。実践女子大学蔵本において室内と同等に処理された野外での宴の場二図のうち、一図に雲形を描きこんでいる。これは奈良教育大学蔵本の制作の場、あるいは絵師にとっては、金色について明確な使用基準をもっていなかったことに起因するものと推測できるのではないか。ともかく、そういった曖昧な基準で金色を表現する制作の場なり絵師なりがあった一方で、雲形か室内装飾かという明確な基準のもとに金色を表現する工房、あるいは絵師もあったということがいえるのではないかということである。というよりも、針目安の驚くほどの多様性も考えあわせると、〈工房〉という漠然とした術語が今日一般に識者の多くが想像するようなものではなく、ある制作監督のもと、個々の絵師の自由な表現が認められていたのではないかとさえ憶測したいところである。(4)

さて、雲形は霞に付随するものとして漠然と捉えられてきた。実際、形骸的に場面の状況に関わらず霞に附随して描かれる作品もある。しかしながら、本節で見てきたように、雲形とは、各作品によって表現上の基準が認められるものであった。そして、その基準の一つとして、金色の雲が素材や場面設定という点で建造物の一部や調度品と密接に関連をもつ作品群があるということを指摘しておきたい。

注

（1）藤井隆氏「奈良絵本について」（平成十六年十一月七日、安城市歴史博物館での講演資料）。

（2）拙稿「奈良絵本の霞―その形式と意義―」（『奈良絵本・絵巻研究』第二号、平成十六年九月）。

（3）小林健二氏『中世劇文学の研究―能と幸若舞曲―』（三弥井書店、平成十三年二月）所収。

（4）拙稿「近世前期奈良絵本の本文製作―針目安をめぐって―」（『国語国文』第六九巻第四号、平成十二年四月）参照。

Ⅳ

お伽草子の周辺

街談巷説—都鄙のうわさ話—
1 話を好む心
2 世間を知る
3 知識の収集
4 うわさ話と口伝
神仏の〈噂〉—霊験の演出をめぐって—
1 勧進僧の生態学
2 実践の方法
3 言説の内と外—衝動と唱導—
4 継承される心性
おわりに
弁慶地獄破りの舞と道味
はじめに
1 「法師辯慶与《ト》二炎魔王一問答ノ記」について
2 演じ手について
おわりに
【翻刻】
文之玄昌と『聖蹟図』
はじめに
1 慶長期薩摩藩における動向
2 『孔子聖蹟之圖』屏風について
付 寛永本『孔子聖蹟之圖』について
3 『聖蹟図和鈔』について
おわりに
語彙学習とお伽草子—『魚類青物合戦状』をめぐって—
はじめに
1 『精進魚類物語』と『魚類青物合戦状』
2 語彙の学習と遊戯
3 勢揃
4 読み物と語り物
おわりに
【翻刻】

これまでの章は文芸として主にお伽草子を取り上げてきた。ここでは隣接しながらも従来あまりかえりみられて来ていない問題をいくつか論じていきたい。

物語は文学ではあるが、その根本には物語・談話それ自体への関心があるだろう。恋愛・神仏の霊験・合戦・英雄などが主題となるのは、文学として読む以前にそれらの出来事が広く関心に持たれてきた経緯があるからだろう。つまり文学としてではなく、ハナシとして取り上げ、またそれを聴くことも日常生活の中で重要な意義があったはずである。室町戦国期の言葉では物語・雑談ということになるが、これが実際どのようなものであったのか。第1節ではこの点を論じている。それとともに、室町人が求めたモノガタリはお伽草子の中にもカタリの枠組みが趣向として取り込まれていることに気づかされる。

たれか、おもしろきたとへなどの物がたりやあらむ

これは『御茶物かたり』（室町時代物語大成三）の発端部分である。源頼朝が御前に仕える家臣らにハナシを所望しているのである。そうして家臣の一人が語り出すハナシが「たとへの物語」であった。これがどんな物語かというと、茶の湯の威徳を述べ、さらには茶道具や茶の子が歌を詠むというものであった。つまりお伽草子の異類物が、家臣によって殿の御前で語られるという設定である。この設定が当時の読者に自然に受け入れられたのであれば、武家方の御伽においては、時に異類物が、いわば〈たとえ話〉として利用されていたことを示すだろう。そう考えると、尾張藩医小見山道休が『魚太平記』という、淡水魚と海水魚とによる合戦の物語を著したことが違和感なく受け入れられるのではないか。

それだけでない。物語・雑談は時に宣伝に利用されることもあった。寺社縁起の物語世界での出来事が現実世界に置き換えられることがあった。物語世界において、霊験の目撃者は作者の作り上げた人物だから、思惑通り、大いに

驚き、感涙にむせながら敬仰させることができる。しかし現実世界においては個々人に意思があるから、信じる者もいれば、信じない者もいる。そこで巧みな演出はもちろん、情報操作・扇動といった工作も必要となる。これによって熱狂的な盛り上がりを作り出せれば利益が見込まれる。時として法を犯し罰せられるものも出てくる。このような詐欺的な行為は庶民に夢を見せることにもなるから、一概に悪いとはいえない。『宇治拾遺物語』に見える地蔵という名の子を地蔵菩薩と信じて極楽往生した老尼の例もある。

この時期、これを行っていたのは勧進聖であり、似て非なる売僧であった。前者の場合、寺院組織の中で職務として勧進活動を遂行していた僧たちもいたが、その一方で霊験などを蒙って一念発起して殿舎の修造や建立を志した個人の信者もあった。この流れは江戸期にも続いた。第2節では江戸初期の彼らの活動の一端を論じたものである。霊験の物語を語り、また演出することで信仰の機運を盛り上げていく過程を示した。

物語を現実世界に示す場合、もうひとつ、舞台の上での再現ということがある。芸能である。第3節では弁慶が地獄に行って閻魔王と問答をするという作品について論じている。江戸時代、次第に零落していく幸若舞曲であったが、戦国期の風俗が根強く残る慶長期はまだ興行記録が散見される。そうした中、九州南部の大隅で島津義久が新作舞曲を上演させたのである。この地は、戦国期、能・幸若が盛んで、しばしば酒宴の席で興行されていた。中には『高館』と『含状』とが一体の舞曲も上演されたようである。

当該期の地方文芸を示すものとしては、もう一つ、第4節で漢籍の受容の問題を取り上げた。当時の文化的中心地は京に違いないが、地の利からすれば、中国の文物は京よりも西国のほうが早く入ってくるのである。単なる中継地としての機能しかないならば問題ないが、当時は守護大名、守護代、戦国大名と、京の文化を吸収することに加えて地の利を生かした文化形成がみられた。島津家にとっては坊津という中国との交易の拠点があったことで、唐物の陶器や絹のほかにも漢籍の輸入には有利であった。そうした漢籍の一つに『孔子聖蹟之図』があった。戦国期、島津忠良がこれを得てから当家で重んじられるようになった。そして屏風に仕立てられ、さらにカナ注の抄物が作られ、家久の時に版本が上梓された。この中で直接・間接にかかわってきたのが儒僧文之玄昌であった。本書を絵入りの伝記とすれば文芸であり、学ぶべき聖人の伝記とすれば学芸でもある。第4節は地方における文芸形成の一端を明らかにしようとしたものである。

さて、室町戦国期の物語文芸の代表がお伽草子であるならば、その流れは仮名草子に展開するというのが一般的理解だろう。それはそれでよい。本書でも第Ⅱ章でその一面を描こうと試みてきた。しかしほかにも赤本成立の土壌になっていくものがあり、また地方の縁起文学として、また語り物文芸として流れていくものもあった。それから赤本の桃太郎が磨滅するほど摺られて幅広く読まれたことで黒本青本、さらに黄表紙の題材となったように[1]、お伽草子の中にはそれを題材としてその時代時代の文学ジャンルの中で再創造されていくものがあった。『鉢かづき』[2]や『浦島太郎』[3]『物くさ太郎』[4]『酒呑童子』が好例だろう。

お伽草子の展開は実に多様だが、その中の一つにやや異色の観があるものとして、最後の第5節では『精進魚類物語』の後続作品を取り上げた。この異類合戦物の秀作は、精進／魚類という食文化を代表する二つの勢力の争いであり、設定自体、興あるものになっている。そればかりでなく、登場するキャラクターの名前やそれぞれの特色を反映した属性にも細かな設定がなされている。近世には滑稽な異類合戦が物語作品となり、また摺物にされて、明治まで続くことになる。その長い系譜の中で『精進魚類物語』は大きな存在感を示している。その流れを汲んだ作品の一つに『魚類青物合戦状』がある。もちろん、これも読み物として娯楽対象になっていただろうが、実はその一方で読み書きの学習に役立つように図られていたもののようである。思えば『精進魚類物語』も学習書の一種だったわけだから、その要素も継承したことは自然なことだったろう。物語草子の内容が問題なのではない。文体や表記の方法から啓蒙的配慮を読み取ることは可能で、『魚類青物合戦状』はそれを体現する作品であったと評価できる。

その一方で滑稽な語り物文芸である早物語との接触も考えられるのも事実である。つまり文体や表記という読み物固有の側面を抜きにして、その趣向や表現、そもそもの題材が、早物語と共通するのである。『精進魚類物語』からすでに口承文芸と関係があったが、後続作品においてもその関係は保たれていたのである。

注

（1）木村八重子氏「「日本小説年表」考　黒本・青本を中心に」『江戸文学』第一五号（平成十二年五月）所収。

（2）松原秀江氏『薄雪物語と御伽草子・仮名草子』（和泉書院、平成九年七月）。

（3）林晃平氏『浦島伝説の研究』（おうふう、平成十三年二月）。

（4）ケラー・キンブロー氏「草双紙にみるお伽草子受容」（徳田和夫氏編『お伽草子　百花繚乱』、笠間書院、平成二十年十一月）。

街談巷説——都鄙のうわさ話——

1　話を好む心

珍しき事候はぬか。

というのは、謡曲「小林」の一節である。ハナシを求める時の常套句として、現代人にも実感をもって理解できる表現であろう。今日との相違点は社会的諸関係に見出だされるが、しかし精神的側面においては共通する発想といえる。狂言「なりあがり」(虎寛本・岩波文庫)には次のようにある。[1]

(主) 扨いつもとは云ながら、夜前も大まいりで有たなあ。

(太郎冠者) 誠に大参りで御ざりました。

(主) 扨何も珍らしい咄しはなかつたか。

(太郎冠者) 去ば其の事で御座る。私の居た当りで色々の雑談を申て御ざるが、中にも物の成上ると申咄を致いて御座るが、聞かせられて御ざるか。

(主) イヤ〳〵、身共は聞ぬが、夫は何といふ咄じや。云て聞せい。


ここでは、清水寺参籠の際に、共に夜籠りをした人々の間で交わされたハナシを太郎冠者が主に再話するよう求められているのである。つまり、信仰目的の参籠であるべきが、他方ではハナシの種の収穫をも目的化していることが読み取られる。古浄瑠璃『和気清麻呂』（加賀掾本・古典文庫）に、

道鏡見て、いかに義一。けふは別にかはりたる、はなしもなきか、

義一承り。いや別にかはりたる事も御座なく候。

とある。普段の「かはりたる事」、すなわち耳新しい話題を求める精神は咄の衆を生み出す淵源の一つだが、主と咄の衆との関係以前に、一般的な人間関係の中で、新鮮な刺激をハナシに求めることは存在しているのである。具体的な場として挙げられるのは、多く右「なりあがり」のように参籠先の寺社であり、お伽草子『三人法師』などは、それが物語文学のかたちで表象化されたものといえる。『諏訪の本地』（吉田幸一氏旧蔵・室町時代物語大成八）には次のようにある。

夜もふけかたに、なりければ、人々の中より、物かたりとも、はしめたり、此なかに、大みねとをりたまふ、御ばうたち、十人はかり、参られたり、されは、たつとき事ともかたり給ひけり

そして、十七、八歳の新発意に求められて六十歳ばかりの老僧が巻物を開いて外国の様子を述べ始める。

夜籠り時の物語を、その場の娯楽として一概に括ることは出来ない。ただ、「なりあがり」にみられるような雑談は、その場の興味として、持続的ではないといえよう。その点、柳田國男氏のいう「世間話」と基本的に変るものではないだろう。(2)接待の場や『看聞日記』に詳しく示されるような邸内での雑談の場はより日常的な場面として推測することができる。とりわけ京ならば田舎、田舎ならば京からの訪問者のもたらすハナシは情報伝達という言葉では括りきれない多義性をもっていたであろう。

ともあれ、物語・雑談のついでとして、様々な話題が生まれ、このうちの僅かの事柄のみが説話文学の領域で扱わ

れているに過ぎない。中世言説史という枠組での再検討が必要な時期に来ているといえる。(3)

2　世間を知る

天正三年（一五七五）の書写になる『静の草紙』（興正寺蔵）に次の一節がある。(4)

　みやこの人、ゐ中にくたりぬれは、京物かたりとてつかまつり候。又、ゐ中の物、京へのほりては、ゐ中物かたりとて申ことに、此間はるかに御わたし候つる。御さいこくのおもひてに、かのやしろにまいりて、都にての御ものかたりも候へかし。

京物語／田舎物語という相対化は中央と周縁という図式が室町期の人々の意識の中に存在したことを前提とする表現だろう。お伽草子『あじろの草子』（銚子市円福寺蔵・室町時代物語大成補遺一）にも次のようにある。

　あつまより、あき人のほりけるか、あきないおさめて、あつまへくたりつるか、かのせうしやうの御やかた、うけたまはりおよひける、おりふしに、けんふつ申、あつまにての物かたりにも、なさはやとおもひ、たゝひとり、しのひやかに、けんふついたしける

『静の草紙』では「都にての御物語」、『あじろの草子』では「吾妻での物語」にすることが当該地見物の目的となっている。つまり見物によって得るものは「ハナシの種」である。

この京物語／田舎物語を求める心がコミカルな場面を作り出している例が狂言「二千石《じせんせき》」（虎明本）だろう。主の大名が下人の太郎冠者に対して、

　よの所へたちこへたらは、たちまちめいわくさせうずれ共、京内参りといふ程に、此度はさしおかふ

とあり、京物語を語らせる。虎寛本にも、

某もいつ〱よりも腹は立たれども、京内参りをしたといふに依てゆるいた。是へ出て都のやうすを語れ。

とある。つまり腹立《ふくりゅう》しながらも、京物語を語ること、換言すれば、「ハナシ（物語・雑談）の種」を引き渡すことを条件に許しているのである。なぜ、そのような価値が与えられているのだろうか。その手掛りを狂言「地蔵舞」（虎寛本）は与えてくれる。

誠に、皆人の申さるゝは、若い時旅を致さねば老ての物語りが無いと仰らるゝに依て、ふとおもひ立て御座る。

類似詞章は狂言「磁石」などにも見えるが、つまり、旅によって得られる知見が後々の人生の上で大切な「ハナシの種」となっていたであろうことが想像される。同趣のことはお伽草子『小男の草子』（高安六郎氏旧蔵・室町時代物語大成四）にも見える。

○わかきとき、ふうこうをしてこそ、としよりての、物かたりにもなれ、また、くにさとの、なもしりて、人の、ういむしやうをもしると、うけたまはりおよひたれ

○われは、はや、廿にあまりて、いつを思ひての、ていもなく、あかしくらさんことの、くちおしやいてさらは、みやこへ、のほり、ふうこうせん

ここでは旅ではなく、奉公である。小男は大和国から京上りをして奉公するのであるから、旅をするのと変らない。小男が述べていることは、老いての糧というべきハナシの種を得るには奉公することが大切であり、その点、右「地蔵舞」と同じである。もう一点、奉公することによって「国・里の名」、つまり地名を知ること、且つ「人の有為無常」、つまり人間社会の在りようを知ると世に言われていることを挙げている。これは要するに、「世間」を知るということであると理解される。

ハナシには、今日想像されるごとく、その場限りの言い捨て、言い放しとしての側面もあるが、他方、積極的な意

義づけをするならば、右に挙げたように、老いての生活の糧となる面も存在したといえるだろう。それが旅や奉公によって得られる、「世間」を知るという経験に内含されることなのだと思われる。

この経験が家の範囲を超え、村落社会で確固とした地位をもつと、古老として重要な機能を持ってくる。[5] 彼らの語る故実の権威は強いものであった。『堺記』（尊経閣文庫蔵・駒沢国文四）には、伊勢大神宮が鳴動し、鏑矢が放たれたことを神人らが目撃したとある。これについて「古老の神人共」は「弘安の蒙古襲来の時も此御神殿より鏑矢出て蒙古対治せられければ憑敷御事なり」と説明している。つまり、事態の処理や異常な出来事の解釈には彼らのハナシは有効だったのである。また、寺院縁起の成立過程で古老の口伝は周辺的なものではあるが、重要な要素として取り込まれていっている。[6]

このような少人数の専門性の強い立場による故実の物語は、問題にされてしかるべきであろう。しかし、その一方で、より一般的に、家内での親から子へのハナシが果たした役割は、文献資料化されていないものの、大きな意義を持っていたものと想像される。たとえば『雑兵物語』（岩波文庫）では、馬取の彦八が「命こそ物種」の例として次のように述べる。

おれが父《てて》めが昔物語して聞《き》かせたが、耳にひつぱさんで居る。にしに語て聞《き》かせべいぞ。耳の穴をひつぴろげ聞《き》け。

そして、楠木正成の故事を語り、これは「盲法師が早物語に語《かた》つたとて父《てて》めが話《はな》してきかせ申たを、能耳にひつぱさんで七八年耳の底にとつて置《を》き申た」というのである。このように、文字に依存しない身分の社会では、他者の体験談を自己の見聞談として教訓に用いる場合が多かったものと思われる。他方、文字の依存度の高い身分では故事・先例が取り上げられる場合が多く、お伽草子『愚痴中将』前半の中将への母のハナシはこれをコミカルに描いたものとして捉える事が出来るだろう。

さて、もう一点、より多数の老人が好んだのは、彦八の父の見聞談以上に、自己の「昔物語」であったと思われる。応永三十一年（一四二四）八月十八日、伏見宮の里邸から貞成親王の継母の廊の御方が同じ継母の典侍の禅尼の病中見舞のために京に行った（『看聞日記』続群書類従）。

病気同前。但言語分明ニ及。昔物語云々。不食一口も不沙汰無憑式云々。

病床にて語ることは昔物語であったという。

お伽草子『花世の姫』では異形の姥が雨に濡れた姫を迎え入れる際、「こゝへよりて、ひにあたれ、むかし物かたりして、きかすへきそ」と声を掛ける（室町時代物語大成一〇）。その内容は身の上話である。

このような自己の「昔物語（昔語り）」は、男の場合、前掲「地蔵舞」や『小男の草子』などに見られるような若い頃の旅や奉公という経験に基づく場合が多かったものと推察される。他方、女の場合も奉公が想定され、時代は下るが『おあむ物語』はそれをよく示しているといえる。中世の老人の社会的役割という点を見るならば、故実の物語が欠かせないのであるが、老人自身の娯楽（老いの慰み）という点から見れば、「昔物語」が日々の生活の中で大きな比重を占めていただろうことは想像に難くない。

このように、ハナシの種として記憶の中に保存され、これを取り出し、自己の体験談として、あるいは見聞談として語ること。それが後々の自己、もしくは他者への教訓譚として機能する。さらに自己の体験談は老後の昔物語として機能していたものと思われる。

3　知識の収集

「世間」を知るという、身分差を越えたハナシの機能の一方で、もう一点、積極的意義づけをするならば、「知識」の収集ということが挙げられよう。冒頭の「小林」中の「珍しき事候はぬか」という発言もこれの一例といえなくもないが、あくまで物語・芸能モティーフの一つに過ぎないから、ここでは扱わない。文学ジャンルを度外視して、言説史という枠組でハナシを捉えようとする場合、個人の日次の記録が適切である。

中原康富は十五世紀中葉に生きた外記である。幾つかの点で重要な歴史的意義を有する人物であるが、ここでは一条兼良をして「莫大故実之者」（『康富記』嘉吉四年（一四四四）一月二十九日の条）と称さしめた知識人であったという側面が関係してくる。その日記『康富記』には、彼がいかに日ごろから学芸に勤しんでいたかが窺知できる点で好資料である。その文安五年（一四四八）五月十七日の条に次のような記事が見える（史料大成）。

予詣局務文亭。山下同道也。有麦飯。人々雑談曰、

①室町殿（御留守御所也、）御泉水池之辺、此間蛇出来（ウハばみと云。物也云々、）遁世者見付之云々。予申云、ウハバミトハ何ノ字ヲ読候哉之由尋申。外史云、不知。只蛇ノ字ヲウハバミトモ読歟云々。或語云、元北山殿御池（室町殿京御所御移徙以後、）蛇在之。（今鹿王院也、）僧達普見及云々。

②又今年嵯峨天龍寺炎上之後、大晃之南柱之下、青白之小龍在之。焼死之形見云々。是柱被造付木作之龍之精如此成歟云々。此天龍寺之柱、昇降二龍事、何たる故候哉之由、予尋申外史。返答云、宝篋院殿御代、大井川之上龍像現在之間、此子細被申於等持院殿御勧請也。其時被造付天龍寺仏殿大晃之柱云々。

康富は局務（外記の上首）の亭すなわち清原業忠の許を訪れ、麦飯を食べる。亭には他にも来客があり、彼らとの雑

談の中から関心事を二点日記に書き留めている。その①が室町殿の邸内の池にウワバミという蛇が出たことについて。ここでの関心点はその実体ではない。ウワバミをいかに漢字表記するかということであった。業忠はそれについて「蛇」を「ウハバミ」とも読むかと意見を言っている。ちなみに易林本『節用集』には「蝮蟒《ウハヽミ》」と見える。その②は天龍寺炎上時、青白い小龍が見え、それが柱に彫られた龍の精ではないかということについて。ここでの関心はその実否ではない。天龍寺の柱の龍の由来であった。業忠はそれについて足利義詮の時、尊氏に申して大井川の龍像を勧請したのだと返答する。

このように、実際の珍奇なる巷説自体に関心を寄せるのではなく、ハナシの中から学問・文事に有効な知識を収集しようとする態度を、ここに読み取る事が出来る。この点は、『看聞日記』に見える康富と貞成親王との交流からも読み取られることである。[7] つまり都の知識人の間では、街談・巷説といえども、その場の一時的な興味に終始するのではなく、自己の学問の糧として変換しようとする志向性をもっていたと思われるのである。それであるから、巷説を談義の場で応用することもあったことは、桃源玄朔の『史記抄』や惟高妙安の『玉塵抄』などの抄物資料から窺われるのである。

4　うわさ話と口伝

街談・巷説、もしくは風聞・うわさ話というのはその場の話題として日常社会の中で好んで用いられる要素の一つであった。ただその中に教訓を読み取り、ハナシの種として後々までも活用することは生活の知恵であったと思われる。街談・巷説は見聞談であるが、その一方で自己の体験談も有効なハナシとなった。これは老後の物語として自らを慰め、子どもを啓発するものであったと思われる。どちらにしても、これらハナシは「世間」を知るための意義をもっていたものと推測される。

街談・巷説が身分の別なくこのような意義をもっている一方で、知識人の間では話題自体よりも、その中に含まれる有効な知識のみを吸収する場合もあった。それは学問・文事の注釈作業の一環として利用する態度であるようである。

さて、中世のハナシという枠組を考えたとき、街談・巷説と対極的側面をもちながら、ハナシに含まれうる発話行為は何かというと、口伝である。この点については別稿で言及したい(8)。

注

（1）中世の術語としてハナシを用いることを疑問視する識者もあるはずだが、物語・雑談、あるいはカタリは、歴史的に、より多義的であり煩雑である。ここでは昔話や伝説に対して、話題の類型や伝承性への依存度の低い、その場に即した発話行為としてハナシを用いる。なお、物語・雑談については猿田知之氏「雑談・咄」（『説話の講座』第二巻、勉誠社、平成三年九月）、拙稿「『看聞日記』における伝聞記事」（『伝承文学研究』第五〇号、平成十二年五月）など参照。また、福島那道氏「はなし（咄）とその類義語」（『実践国文学』第五三号、平成十年三月）参照。

（2）柳田國男氏『口承文芸史考』（中央公論社、昭和二十二年一月）。

（3）『歴史評論』第六〇七号（平成十二年十一月）「特集・中世社会とことば」、拙稿「中世日本世間話研究の現在」（『世間話研究』第一三号、平成十五年十月予定）。

（4）徳田和夫氏「興正寺蔵『静の草紙』について—付・翻刻—」（『学習院女子大学紀要』第五号、平成十五年三月）。なお、本稿への引用に際し、改行記号「／」は省略。

(5) 蔵持重裕氏『中世日本村落社会史の研究』(校倉書房、平成八年十一月)。
(6) 橋本正俊氏「観音寺院縁起の展開―「古老伝」等の記述をめぐって―」(『国語国文』第六九巻第二号、平成十二年二月)。
(7) 前掲(1)拙稿。
(8) 前掲(3)拙稿。

神仏の〈噂〉——霊験の演出をめぐって——

1 勧進僧の生態学

寺社建立に関する一般的な視点は個別的な寺社の建立についての実証的な研究で、史料や遺跡調査のデータに基づく、歴史学からのアプローチである。この立場の研究は枚挙に遑がない。また、勧進の研究としては、寺社組織における勧進僧の機能や、宗教活動における実態把握が主要な視点といえる。これは歴史学や芸能史の研究者が行っている。(1) 各地の個別の事例に関しては、地方史家が金石文などを手掛りに分析を行い、活動の一端を明らかにしている。(2)

一方、説話文学研究・文学史研究の立場では、個別の説話・物語の分析・解釈を通して、その背後に想定される唱導者＝勧進聖の存在を描き出す試みが戦前から行われている。(3) なお、寺社建立における象徴的テクストとしてあるのが勧進帳であるが、それに関する研究は、ほとんど未開拓といってよい状況である。(4)

ところで寺社の建立、説話の生成と展開という硬軟両翼にまたがる存在として、勧進僧（勧進聖）がいる。右のような各研究領域におけるオーソドックスな動向に対して、この僧たちの活動を、社会変動の中で位置づけようとする立場ではなく、それ自体の社会的諸関係の中での一回的な生きた姿を描くことも配慮したと思われる論稿に徳田和夫氏「勧進聖と社寺縁起—室町期を中心として—」（『お伽草子研究』三弥井書店、昭和六十三年十二月）がある。これは勧進聖たちの活動とそれを契機にした寺社縁起の成立や説話伝播の実態を論じたものである。勧進聖が縁起作成の発起人であり、自ら霊験譚を語り広めた様子が具体的に示されている。とくに彼らの話術について、多くの例証を挙げて描いている点で、やや抽象的のきらいのあった従来のいわゆる唱導文芸論とは明確に異なる革新性をもっている。この論では、論者の本意はともかく、結果として個別の現象の中から勧進僧のもつ普遍的側面を示しえているということがいえる。つまり、宗教者としてみるのではなく、その社会の中でどのように在るかという、いうなれば生態を示しているのである。

本節の立場は勧進僧の生態やその背後にうかがわれる心性を主に見ようと考えており、その観点から、霊験を演出する営為に関心を向けたいと思っているのである。つまり、霊験をめぐる演者／観者の心性に焦点を当てるつもりである。言い換えれば、実践としての勧進活動が縁起生成の前提に立ち得る可能性（本節では、あくまで可能性の段階までを示す）を見てみたいとおもう。本節のこの立場、つまり勧進僧の生態を描くという立場は、寺社縁起を文化史論的に扱うものとして、すなわち寺社縁起の文化学の一環としても位置づけられるだろう。

2　実践の方法

さて、勧進僧が寺社建立の資金収集に際して、方便として神仏の〈噂〉を使うことはあり得ただろうか。言い換えれば、神仏としての説話——故実ではなく、現在進行形の生きたハナシ——を活用することはあったかということである。その答えは、あったということができよう。前掲徳田氏論文に示されているように、勧進僧の中には勧進に際して霊験譚を説くものがあったからである。だから、その説話を操作することで収益が増すことが期待されるならば、利用したであろうことは容易に想像がつく。

しかしながら、この点に関して、史料をもって具体な事例を挙げようとすると、これは容易ではない。勧進僧の活動に関して詳細に記述した観察者はかつていないし、寺社側にしても衆生を導く方便とはいえ、そのような些末なことを記述することは稀有であったろう。そのような中にあって、次に挙げる『慶長見聞集』の事例は注目に値する。すなわち、その巻の九「新福寺諸国くわんじんの事」には次のような内容が記されているのである。

江戸町屋敷のかたわらの洲崎に新福寺という僧が寺を建立して住んでいた。この僧は、江戸は天下の中心で諸士が集まるところなのに八幡宮がない。だから武士の氏神八幡宮を建立しようと発願した。以来、七〜八年、諸国勧進をするが宮柱一本もない状態にある。そこである人の助言に、源頼朝による鶴岡八幡宮建立の例を挙げ、ともかくもまず社を建立することが肝要だという。またもう一人は芝の愛宕明神・駒込の富士浅間の例を挙げ、日本橋に高札をたてたら、物見高い貴賤がこぞって参詣に来ると説く。

ここでいう新福寺は、残念ながら特定することができない。すでに廃寺になっている可能性も高い。

この記事で特に注意されるのは、二人目の助言者（「かたへなる人」）の発言である。やや長文になるが、重要であるから、この人の台詞を以下に部分引用する。

(1)されば十年以前の事かとよ、桜田山へ愛宕飛給ふと風聞する。是は希代不思議哉と我も人も此山へのぼりて見れば、草村の中にたゞ幣帛ばかりを立置たり。其後草のかり屋を結び、御へいを納め愛宕へしゆご申せしが、今みればしやうごん殊勝におはします。

(2)扨又、神田山の近所本郷といふ在所に、昔より小塚の上にほこら一つ有て、富士浅間立せ給ふといふ共、在所の者信敬せざれば、他人是をしらず。然る処に近隣こまごめと云里に人ありて、せんげん駒込へ飛来り給ふと云てつかをつき、其上に草の庵を結び、御幣を立置つれば、まうでの袖群集せり。本郷の里人是をみて、我が氏神を隣へとられうらやむ計也。今見れば駒込の社立置し、あけの玉がき前に大鳥井立、しやうごん殊勝に有りて、皆人是へ参る。神は人のうやまふによりて威を増すといふことおもひしられたり。れいげんあらたにおはしますと云ならはし、近国他国の老若貴賤皆悉く駒込の富士浅間へ参詣し、六月一日大市立て繁昌する事、前代未聞也。(3)かくの如きの二つの大円鑑目前に有て、新福寺明暮拝すといへども、其わきまへなきおばいかゞせん。古語にかつはうの木も毛末よりおこるといへるなれば、まづわづかに草のかりやしろを結び、御幣なりとも立置そんじやうそこに新八幡宮御立あると、日本橋のほとりに高札立置くならば、江戸は物見たけき所にて、貴賤群集をなし、繁昌いやましならむ事をしり給はぬのうたてさよ。

さて、「かたへなる人」は、新福寺の僧に(1)芝の愛宕明神の一件、(2)駒込の富士浅間の一件を引き合いに出して、(3)新福寺も同様にせよと勧めているのである。新福寺が七〜八年行った、いわゆる遊行型の勧進形態は、実際のところ、必ずしも効果的な方法とはいえず、[5]このような素朴な方法をとる僧に対して、「かたへなる人」はその才覚のなさを不甲斐なく思っているように理解される。

(1)(2)の風聞が神社ないし信者の情報操作によるか否かは明らかでない。しかし、「かたへなる人」が風聞の発生を期待し、建立資金獲得の妙案と捉えていることは充分に読み取ることができるだろう。つまり「かたへなる人」は高札を立てることによって不特定多数の庶民の間での共同幻想の生成を期待しているのである。このような熱狂的宗教心理が発生すれば、そこから(1)(2)のような風聞が生まれることは想像にかたくない。次の段階としてこれを文字化し、縁起テクストとして固定する方向づけが想定できるわけである。

3 言説の内と外—衝動と唱導—

さて、「かたへなる人」は高札を立て、自然発生的に信仰的熱狂が発生することを期待したわけであるが、その期待の拠り所を一言で示しているのは、「神は人のうやまふによりて威を増す」ということだろう。つまり、ここではこの一文を貴賤群集による神社繁昌の論理として捉えているのである。

もともとこの句は次の『東大寺八幡験記』所引の託宣にみられるように、神と人との相即関係を観念的に示したものである。

宝亀四年二月廿五日御託宣に云はく、神と云ふ物は人のいつきいはひ祭るに、神の徳は増す物ぞ。世は替はるとも神は替はらず。之に因りて、神道に跡垂れ給ひて、朝廷を守り奉るといへり。已上。

その実践にあっても、恒常的な祭祀のように、静的なものといえるものであった。能の「白髭」や「巻絹」での用法も、その範疇で解釈できるものである。

ところが近世になると、より即物的な捉え方が現れるようになる。たとえば、天正八年（一五八〇）、織田信長の命で遷宮にあわせて石清水八幡宮を見事に再建したが、これに関して、太田牛一は『信長公記』巻十三「八幡御造営の事」で次のように評している。

誠に神は人の敬ひに依つて威を増すとは夫れ是を謂ふ歟。ますます信長御武運長久、御家門繁永の基なり。参詣の輩、貴賤群集をなし、いよいよ尊み拝呈す。

つまり、神社が時の権力者の庇護を受け、且つ貴賤群集する状態を形容する表現として取り入れられているわけである。

ところで『慶長見聞集』は、地の文にしろ登場人物の会話文にしろ、故事・金言の類を引いて読み手を啓発しようとする態度が各話について陰陽に示されている。新福寺の記事においては話末評語をもうけず、その「かたへなる人」の新福寺の僧に対する教訓的発言で終えているところからも、僧に対する発言の中に、著者の読み手に対する啓蒙的配慮が込められていると考えることは許されるだろう。巻の八「江戸町大焼亡の事」でも「かたへなる人」が話末に諫言をとどめている。

「新福寺諸国くわんじんの事」と類似する主張は他巻にも二、三見出すことができる。たとえば巻の四「神田明神、山王氏子の事」では、ある老人が「神を祭る事、神武天皇の御時より始れり。委日本紀に見えたり」として、神について説く中に、次のような一節がある。

神は非礼を請給はねば、疎心なく神のいますがごとく祭り給ふべし。然らば神の三熱の沙汰世話に申ならはせり。天神七代、地神五代の出世の後、其沙汰なし。扨又、人皇よりこのかた見所一ゑんなき事也。夢々おろそかにおもふべからず。神の神たるは人の礼によりてなり。人の人たるは神の加護によるがゆへ也。

この部分、江戸史料叢書では地の文として処理しているが、老人の説と解釈するほうが穏当かとも思われる。いずれにしても、これは著者の見解と記事中の人物の会話文とが曖昧な事例の一つである。換言すれば、説話を淡々と記述するのではなく、著者三浦浄心が自らの思想を登場人物に込めていることを示唆するものと理解されよう。

さて、この引用文中、いま注意している理由が「神の神たるは人の礼によりてなり。人の人たるは神の加護によるがゆへ也」であることはいうまでもない。これに加えて慣用句「神は非礼を請給はねば」に続く「疎心なく神のいますがごとく祭り給ふべし」という部分にも留意すべきだろう。というのも、これも同様に次に挙げる『御成敗式目』第一条「神社を修理し祭祀を専らにすべき事」と密接に関わる文句だからである。ここで問題としたいのは、式目との直接関係如何ということではない。共通の心性を窺知できるのではないかということである。その冒頭二文を左に挙げる。

右、神は人の敬ふに依つて威を増し、人は神の徳に依つて運を添ふ。然れば則ち恒例の祭祀、陵夷を致さず、如在の礼奠、怠慢せしむること勿れ。

この一条は、前提として『論語』「雍也」の「鬼神を敬して之を遠ざくるを智と謂ふべし」及び「八佾《はちいつ》」の「祭るには在すが如くし、神を祭るには神の在すが如くす」を念頭においた上で理解すべきものである。この条について、式目の注釈書中、写本／版本を問わず、もっとも流布した宣賢注を参考に部分引用しておく。

人ハ神ノ徳ニ依ツテ運添フル事ハマギレナキ事也。運トハ運命ゾ。如在トハ『論語』ニ「祭《ルコト》レ神《ヲ》如《シ》レ在《イマスガ》」トアル也。マツルニハ其ノ神ノ厳然トシテマスガ如クスベシト云フ心也。

さて、もう一例、挙げておこう。巻の十「湯島天神御繁昌の事」である。すなわち、昔は湯島天神は荒廃し、「神は威を」失っていたが、家康江戸入府以来、「如在の敬見えたり」という状況になり、「霊験あらたにおはしますと云ならはし」繁昌していることを（「新福寺」の「かたへなる人」と同様の表現である）[6]、天神別当の口を通して述べているものである。そして、例のごとく、別当の説か地の文か不分明な末尾に次のように記している。

故に経に神仏一致水波のごとしと説かれたり。かゝる神りきを誰かあをがざらん。

この記事にも『御成敗式目』第一条及び二条「寺社を修理し仏事等を勤行すべき事」との関係を示唆させる文言があることに注意したい。それと同時に、直接関係があるとは言明できないが、右に引いた「神仏一致水波の如し」ということも幾つかの系統の注釈書に見られる。たとえば清原業忠の『貞永式目聞書』第二条には「仏神（神ハ皆仏ノ化身也）ハ、水波ノ隔タルゾ。故ニ寺社トツヾケタゾ」と見える。

それはさておき、一体、この新福寺の記事に見られる信仰的熱狂を生み出す要素は何であろうか。「かたへなる人」は『信長公記』のように、「神は人のうやまふによりて威を増す」という原理を、内省的に捉えるのではなく、人心煽動の方便にすり替えて用いており、他方、それを考えつかない新福寺に不満を覚えているのであった。この、いわば祀り上げの結果の繁栄状況に対して、「神は人の敬ふにより威を増す」と表現する考えは、中世の事例は管見に入らず、太田牛一や三浦浄心ら近世初期の武士の著作に現れるようになるようである。大田南畝も「芝崎村鎮守八幡宮御本地阿弥陀如来略縁起」(『向岡閑話』中巻所収)の跋文中に、次のように説いている。

謹んで按ずるに、神といひ仏といふも、水と波とのへだてにて、もと是造化の一元気にして、陰陽不測の道理なり。尊像のしばしばかくれ、しばしばあらはれ給ふは、里人の信不信を試み給ふなるべし。夫、神は人の敬ふによりて威をます。里人、正直の心をもて神仏の徳を仰ぎ、法令を守り農業をつとめ、長く此村の鎮守として、如在の祭おこたらずば、神仏の冥加にかなひ、願望成就、疑ひあるべからず。仰ぎて敬ひ俯して信ずべし。

落語の「ぞろぞろ」で知られる大阪の赤手拭稲荷の霊験譚も、また慶長年間という、そもそもの縁起譚に対しても、おそらくこの発想が適用可能であろう。もっとも、新福寺の場合、果たしてこれによって神の徳がもたらされ、運を添うことができるのか分からない。神は非礼を受けずというのであるから。

天文年間の事例であるが、次のようなことが鶴岡八幡宮で起こった。すなわち、『快元僧都記』天文九年(一五四〇)四月十六日の条によると、神主山城が新しい橋の建造のために神前に散銭櫃を置いたが、その後、神主は病気になってしまう。これは神の祟りではないかと快元は考えている。つまり、ここで問題なのは新架橋のために設置した散銭櫃が神意に背くものゆえ、神罰を蒙り、病床に臥すことになったと解している点である。

しかし右の快元のような否定的見解を示す人のあるのと並行して、寺社の建立・修造のためには手段を選ばないということは、決して倫理的に不当とはいえないという考えかたも確かにあった。(7)「神は人の敬ふにより威を増す」は、『慶長見聞集』の文脈では自然発生的な信仰的熱狂を生み出す原理を示しているものと捉えることができる。そして、衝動的に貴賤群集の状況をもたらす装置が、すなわち高札なのであった。巨視的に見るならば、結果的に衆生を導く方便という点で、これも一つの唱導の方法であったとみることができる。

4　継承される心性

このような発想は、近世という時代の所産であろうか。おそらくそうではあるまい。寺社縁起の生成の一面として、常に想定され得るものだったと思われるのである。

『桂地蔵記』は一種の往来物であるが、その一方で室町期の京の祭礼を描写した資料としても価値がある。(8)この記には、冒頭、応永二十三年（一四一六）七月四日、巫女《かんなぎ》が庶人を前に地蔵菩薩が霊夢に現じ、翌五日、石体として顕れる由を説いている。その出現の様子は次のように記される。

果たして翌日、桂川の上《ほとり》に一石の地蔵尊、俄然、現じ給ひ、殆と光明を放ちて偏く世界を照らし、しばしば神通有りて、益々霊徳を現ず。

この地蔵に関しては、一方で次の記録もある。すなわち『看聞日記』応永二十三年（一四一六）七月十六日の条には次のような趣旨の街談が書き留められている。(9)

阿波国の貧しい男が山城国桂在住の小法師に請われて桂の里に行く。そこに破損した辻堂の石地蔵があり、小法師は失せる。そこで、かの小法師が桂地蔵の化身であることを知る。阿波の男が辻堂に留まっていると、竹商人である西岡の男が訪れたので、彼に地蔵の奇特不思議を語る。ついで御堂造営を頼んだところ、これを拒む西岡の男と口論となる。果てに西岡の男は阿波の男を切りつけようとするが、狂乱する。ついで地蔵を切りつけたところ、仏罰のためにたちまちに腰折れて物狂いとなってしまった。その後、取り直し、地蔵に祈念したところ、果たして腰も治り、狂気も醒めたという。それから二人は御堂造営の奉行をするというのだが、この結果を貞成親王は次のように記している。

此の事、世に披露ありて、貴賤参詣群集しける程に、銭以下種々の物共、奉加、山の如く積みて、造営ほど無く功成りけり。祈誓も則ち成就し、殊に病者盲目など忽ち眼も開きければ、利生掲焉なる事、都鄙に聞こへて、貴賤参詣幾千万と云ふ事なし。種々風流の拍物をして参ず。都鄙経営、近日、只、此の事なり。伝説、信用し難しと雖も、多聞の説、之を記す。且つ比興なり。

この記事の後半に見える「種々風流の拍物」の部分は『桂地蔵記』にいきいきと記述されるところである。しかし、ここで重要な点は、『桂地蔵記』では、巫女に夢告したあと、桂川のほとりに忽ちに現じたということを荘重に記録しているのに対し、『看聞日記』に書きとどめられた風聞では、勧進僧となった男二人の因縁譚となっていることだ。のちに阿波の男（実は近郷の者）ほか与党七人の狂言が発覚し、捕縛されることになる（『看聞日記』同年十月十四日の条）。この霊験譚が正規に採用されることはなかったわけである。しかしながら、貞成親王は「たとひ相語らふと雖も、病人、万人の利生に於いては争か謀略を為さんや。」と考え、その後の地蔵堂は「貴賤参詣の者、相替はらず」という状況であることからすれば、親王の見解は当時の多数派を代表するものだったようである。

類例をもう一つ挙げよう。狂言「仁王」はばくち打の一人が仁王立像に変装し、もう一人は仁王尊が降ったと触れ回り、参詣者を集めて散銭・散物を騙し取ろうとするものである。ばくち打はその案を次のように提示している。

某が方《かた》に仁王の持たせられた道具があるによって、そなたを仁王に仕立て、みどもはこのあたりへ行き、上野《うえの》へ仁王が降らせられたと言うて触れ廻ったならば、さだめて参詣もあろうず、また散物もあまたあろうによって、それをもっていま一揉みしようと思うが、何とあろうぞ。

これが桂地蔵と直接的に関係があるかはともかく、(10) その趣向には注目すべきものがある。

右に掲げた桂地蔵や仁王の狂言では、人々に触れ回ったりして、たくみに風聞化することをねらっている。その噂の機能を用いて多数の参詣者、すなわち金品を進んで落としていく人々が来ることを期待しているわけである。新福寺の場合も、動機の純／不純、すなわち散銭・散物を神物とするか人物とするかを問わず、方法としては同じ発想に基づいていることが理解されよう。

『桂地蔵記』に記される巫女の夢告というモティーフに、このような勧進活動が背景にあることを考慮すると、縁起譚へのすり替えではないかと推察することが可能ではないだろうか。僧尼や巫女が夢告を受けたことで勧進を行う趣向は多く見られるものである。(11) 勧進僧が自ら驚異的な長寿を仄めかすことも、一つの演出法として効果的であったろう。

今日、鞍馬寺御堂の造立供養なり。導師定法寺僧正、曼陀羅供を修せらると云々。室町殿御堂、御聴聞のため御参詣あり。去んぬる長禄二年二月三日炎上以後、十方檀那を以て造立し、今日、供養を遂げ了んぬ。大勧進聖、希有の僧なり。文保年中生まるる人なり。百六十余歳歟と云々。（『長興宿禰記』文明十三年三月二十八日の条）

右の述べたように、人心煽動のための一手段として、噂を流すということが、時代を問わず行われていたことは推測することができるだろう。このようにかたり（騙・語）の文化史の一端を担ってきたわけだが、通念として、まさしく存したのならば、よく知られる事例であるが、犬に柄杓を加えさせての犬堂勧進は、珍奇な方法ではあるが、それを許容する環境が一方ではあったということでもあるわけだ。[12]

このように見ていくと、次に挙げる矢田寺での仏像鳴動もその一種ではないだろうかという可能性が出てくる。すなわち『看聞日記』応永二十五年（一四一八）三月十二日の条に次の出来事が記録されている。

抑も、矢田地蔵堂、此の間、勧進平家有り。平家の最中、地蔵菩薩、錫杖を振り給ふ。仏体、聊か動き御すと云々。平家聴聞の芝居の物共、これを見る。不思儀の事なり。火災の瑞想なり。先例、此くの如き事有りと云々。

つまり、京の矢田地蔵堂での勧進興行としての平家語りのとき、本尊の地蔵菩薩像が錫杖を振りながら体を揺らしたというのである。伏見宮貞成親王はこの奇瑞を火災の瑞想と見ているが、多くの聴衆は平家語りによる感応と考えていたのではないかと想像される。この奇瑞は聴衆の共同幻想に過ぎないかも知れないが、かつても同様のことが起こったということからすると、勧進僧による演出という可能性も捨てきれないようにおもう。

ここで見方をかえよう。たとい建前としてであっても、仏道に導くという目的の方便に霊験や奇瑞といった〈不思議〉なるもの[13]を用いることは、広く見られるところである。右に掲げた桂地蔵、仁王や鞍馬寺の大勧進上人には、一面、この要素が含まれている。

大石千引は『野乃舎随筆』の中で、最近の出来事として「偽幽霊」の説話を取り上げている。板木彫の松五郎は妻が死んだことを悲しみ、立山に行けば死んだ人に会えるということを信じて旅に出た。麓の家に泊まり、そのことを語ると、主はこの山には尊き仏がいて、故人に会わせてくれるという。そこで登ると、確かに白衣の女が現れたので、近づいて捕えると、泊まった家の下女だった。実は主の命で幽霊に化けたのだという。偽幽霊を立山で見せることは、実際の出来事か否かは問題ではない。そのようなことが信じられていたことが前提としてある、という信仰的事実が重要である。しかしその一方で、当該説話の語り手のように、懐疑的立場から捉えるものもいたわけだ。この偽幽霊を演出した宿の主は勧進僧ではない。特殊ではあるが、俗人であっても、信仰心の昂揚のための狂言は許容されると考えている者がいたことを示している。

これは一人の対象に対して行った演出であるが、〈不思議〉を不特定多数の衆生に見せることの有意義なることは、近代に至ってもやや異端的の観はあるものの、提唱されている。すなわち近藤嘉三は『幻術の理法』[14]で次のように説く。

今この術を応用して、特に効力の現著なるべきは、宗教家の説教に際し、この理法に由て、聴者に因果応報の理を目撃せしめ、或は仏薩の尊像を礼拝せしむるの一事なり、これ仏門最上の法旨より云へば、極めて卑近にして児戯に類するの誹《そしり》を免れざるならんも、要するに只幻術を以て、幻燈に代用せしむるのみにして、その出現の幻像、即ち仏薩の尊体なりなどゝ云ふにあらず、只これを用ひて聴者の心力を確め、疑心を去るの一方方便に供せしめんとの意に過ぎず。

そして、実際、これを用いる僧もいるらしいことが記されている。

宗教上のことは熱心を以て之を伝へ、熱心を以て之を迎ふ、即ち宗教上の説教には、この術の応用が、他の演説々明の場合よりも、特に便利なり位置に立てりと思為する所にして、現に府下品川の某寺に於て、或る僧侶が、幻術を以て極楽浄土の状《さま》を目撃せしめて、非常に信徒の信念を加へたるが如き其の一例なり。

右に示したように、〈不思議〉を演出することは、話術と同様に信仰心の昂揚の効果的手段として、近代にいたるまで認知されていたことがうかがわれる。

この不思議なるものを、仏道のためという目的ではなく、娯楽を目的としたところに「「恐怖」を遊戯化したものの典型」[15]である化物屋敷が位置づけられるのではないだろうか。すなわち〈不思議〉なる観念のうち、怪異に比重を置いたものである。一方、この観念のうち、怪異の要素から離れたところに手妻使いが位置づくのではないだろうか。貞成親王の表現を借りるならば、「神変不思議」ということだ。

おわりに

霊験記や縁起テクストに記述される事柄は、あくまで神仏を中心にした〈表〉の世界の物語である。その物語世界の〈裏〉、つまり縁起生成の担い手の物語を読み取ることは、〈表〉の物語の行間からは極稀にしかできない。その意味で、桂地蔵をめぐる二つのテクストの存在は重要である。われわれは貞成親王が日記に書きとどめておいたおかげで、美しく完成された『桂地蔵記』とは異なる世界を捉えることができるわけである。

ところで、今日、新福寺八幡宮縁起なるものの伝来は確認できない。そもそもこの神社が建立されたかどうかさえ不明である。しかし、仮に正規の本縁起が製作されたのならば、いかなる内容になるだろうか。おそらく『桂地蔵記』と『看聞日記』に記録される風聞との関係と同様の認識論的断絶を読み取ることができたであろう。

本節はやや奇矯なる論ではあるが、寺社縁起の生成の一端を担った勧進僧の活動の背後にある心性を読み取ろうとした試みである。神仏の噂を流し、あるいは自然発生の装置をつくり、その演出によって寺社建立の一助としようとした勧進僧の活動やその心理的背景について考えてみた次第である。

注

（1）森末義彰氏「長谷寺の炎上とその復興」（『中世の社寺と藝術』畝傍書房、昭和十六年十一月）、五来重氏『増補高野聖』（角川書店、昭和五十年六月）、中ノ堂一信氏「中世的「勧進」の形成過程」（日本史研究会史料研究部会編『中世の権力と民衆』創元社、昭和四十五年六月）、同氏「中世的勧進の展開」（『芸能史研究』第六十二号、昭和五十三年七月）、同氏「中世の勧進と三昧聖」（『歴史公論』第五五号、昭和五十五年六月）、日和祐樹氏「立山信仰と勧進」（高瀬重雄氏編『山岳宗教史研究叢書一〇　白山・立山と北陸修験道』名著出版、昭和五十二年九月）、松尾剛次氏『勧進と破戒の中世史』（吉川弘文館、平成七年八月）、同氏『鎌倉新仏教の誕生』（講談社、平成七年十月）、久保尚文氏「「鉢の木」伝承と勧進聖―越中桜井庄の場合―」（『越中における信仰史の展開』桂書房、昭和五十九年十月）、太田順三氏「中世の民衆救済の諸相」（民衆史研究会編『民衆生活と信仰・思想』雄山閣出版、昭和六十年十一月）、細川涼一氏『中世律宗寺院と民衆』（吉川弘文館、昭和六十二年十二月）、同氏「中世の法隆寺と寺辺民衆　勧進聖・三昧聖・刑吏」（『中世の身分制と非人』日本エディタースクール出版部、平成六年十月）、橋本初子氏『中世東寺と弘法大師信仰』思文閣出版、平成二年十一月、下坂守氏「中世的「勧進」の変質過程―清水寺における「本願」出現の契機をめぐって―」（『古文書研究』第三四号、平成三年五月）、古川元也氏「天正四年の洛中勧進」（『古文書研究』第三六号、平成四年十月）、青木淳氏「快慶作遣迎院阿弥陀如来像の結縁交名―像内納入品資料に見る中世信仰者の「結衆」とその構図―」（『仏教史学研究』第三八巻第二号、平成七年十二月）など。

（2）都道府県史や市町村史の類にその成果は反映されている。論稿の一、二を挙げるとすれば、中尾尭氏「備州における勧進聖の系譜」（河合正治氏編『瀬戸内海地域の宗教と文化』雄山閣出版、昭和五十一年二月）、鶴岡静夫氏『古代中世宗教史の研究』雄山閣出版、昭和五十七年九月）などがある。各地の金石文史料を扱って巨視的に勧進僧を考察した論稿には川勝政太郎氏「勧進僧に関する考察」（『大手前女子大論集』第五号、昭和四十六年十一月）がある。

（3）その代表的なものに渡辺貞麿氏『平家物語の思想』（法蔵館、昭和六十四年三月）、徳江元正氏『室町藝能史論攷』三弥井書店、昭和五十九年十月）、佐伯真一氏「勧進聖と説話―或は「説話」と「かたり」―」（『平家物語遡源』若草書房、平成八年九月）。また天野文雄氏「替間成立の一側面―道者アイをめぐって―」（『芸能史研究』第七五号、昭和五十六年十月）

は「白髭」論の立場で白髭神社・伊崎寺の勧進に関して言及している。

（4）『文学』第八巻第四号（平成九年十月）収録の座談会「中世仏教の臨界」参照。村山修一氏『日本都市生活の源流』（関書院、昭和二十八年十月）、河原由雄氏「勧進の美術」（『日本美術工芸』第三八一号、昭和四十五年六月）、徳田和夫氏「勧進聖と社寺縁起」（『お伽草子研究』三弥井書店、昭和六十三年十二月）、小峯和明氏「説話研究の現在」（『説話文学研究』第二九号、平成六年六月）、同氏「中世唱導文芸断章―真福寺蔵『書集作抄』をめぐって」（今成元昭氏編『仏教文学の構想』新典社、平成八年七月）、拙稿「中世勧進帳をめぐる一、二の問題」（『芸能文化史』第一六号、平成十年三月）、同「三条西実隆の勧進帳製作の背景」（『日本文学論究』第六三冊、平成十六年三月）、藤原重雄氏「大和田原本・楽田寺の勧進帳」（『ぐんしょ』第五八号、平成十四年十月）。また、拙稿「中世勧進帳年表」（『芸能文化史』第一八号、平成十二年三月）は表題通り勧進帳を編年形式で示したものだが、現在、追加すべき事例が多くある。

（5）この形態の非能率性については、中ノ堂一信氏が中世の元興寺極楽坊聖徳太子造立勧進を例に挙げて指摘されている（「中世的勧進の展開」『芸能史研究』第六二号、昭和五十三年七月）。

（6）ちなみに両話とも、寛永年間の記事と推測されるものである。水江漣子氏「曲輪内町屋とその周辺」（『江戸市中形成史の研究』弘文堂、昭和五十二年六月）、大沢学氏「三浦浄心の著作における慶長十九年」（『近世文芸研究と評論』第三二号、昭和六十二年六月）参照。

（7）五来重氏「俊乗房重源と高野聖」（前掲（1）書所収）参照。

（8）たとえば徳江元正氏「那須与一の風流」（前掲（3）書所収）参照。

（9）この説話に関しては徳江元正氏「室町藝能史論のもくろみ」（前掲注（3）書所収）などで考察されている。

（10）小山弘志氏「史料解説・狂言」（『日本史の研究』第三八号、昭和三十七年七月）参照。

(11) 徳田和夫氏前掲（4）論文。

(12)『康富記』応永二十五年（一四一八）九月六日の条。

来たる九日より四条坊門大宮犬堂に於いて千一検校と珍一検校と勧進平家を語るべしと云々。此の間、奇犬有り。杓を以て洛中一銭勧進を致す。仍て此くの如く堂を造り了んぬ。未だ終功せざるの間、山名金吾禅門、彼の勧進を致し、平家を興行すと云々。

また『自戒集』にも関連記事が載る。

(13)「不思議」に関しては徳田和夫氏「中世の「不思議」「七不思議」資料稿」（『世間話研究』第一〇号、平成十二年十月）の事例や尾注に引用される諸論稿をご参照願いたい。

(14) 日本仏教新聞社、昭和十一年六月。

(15) 橋爪紳也氏『化物屋敷』（中央公論社、平成六年七月）。

弁慶地獄破りの舞と道味

はじめに

慶長元和期、鹿児島では島津氏の庇護を受けた臨済僧文之玄昌が活躍していた[1]。文之は藩主の代筆をしていたこともあって[2]、その詩文集たる『南浦文集』は、当該期の南九州の政治・文化面を知る手がかりを与える点で価値がある。文之の文集の一つ、『南浦戯言』[3]には当時の当該地域における芸能事情の一端を窺知できる情報が含まれている。

本節では、それを指摘すると同時に、慶長期の薩摩藩における芸能興行に、単なる一地方の問題として処理するには惜しまれる問題が孕んでいる点を提起することが目的である。

1 「法師辯慶与《ト》二炎魔王一問答ノ記」について

さて、『南浦戯言』（刊本では『南浦文集』巻之下）巻頭には「法師辯慶与《ト》二炎魔王一問答ノ記」なる文が載る（刊本では「辯闇問答」）。これは慶長十三年、大隅の新舞殿での興行のために、新たに創作した舞曲の梗概と興行事情とを記したものである。これによると、道味が振付を担当し、松田なる者が詞章を作った由である。

その梗概は文之自身が直接聴いたところを記したという。今それを、更に私に条陳すれば、次のとおりである（原文翻刻は本節末尾に掲載）。

①極楽は娑婆より遥か遠方にある。一方、炎魔国は極楽の近くにあると聞く。炎魔王は主君地蔵菩薩の大臣にして、多くの鬼を従える。
②比叡山西塔には、昔、「武蔵房辯慶」という剛勇の法師がいた。弁慶は源義経に事えること二十余年、武名を轟かす。
③弁慶は三十八歳で娑婆での生涯を終え、三途の川を渡り、炎魔国に行く。
④時に炎魔国は飢饉のさなかで、炎魔王をはじめ多くの鬼が飢え疲れる。
⑤炎魔王は弁慶を噉らおうとするが、王を物ともしない様子に怖れて、それができない。そしてこの者が弁慶だと知って肝を冷やす。
⑥炎魔王は源平合戦の顛末の物語を求める。弁慶は承知するが、まず王を上座から引きずりおろし、対等に坐らせてから語り始める。
⑦清盛の悪逆から衣川での死までを語ったあと、弁慶は炎魔王を前駆として極楽浄那に赴く。
⑧弁慶は極楽で九品蓮台に坐し、炎魔王は鉄棒・鉄槌を手に陛楯に立つ。

右に、「法師辯慶与ト二炎魔王一問答ノ記」に記された舞曲の梗概を簡略化して示したが、ここで気づくことを述べる。それは狂言「朝比奈」との類似性である。本作はやはり閻魔王が地獄の飢饉に遭って羅斎に出るものである。そして剛勇の士朝比奈に遭って、軍語りを聴かされ、朝比奈と共に浄土に向かうという内容である。

両作品には次の点に共通するものがある（番号は右の梗概番号）。
④閻魔王自身が通行の罪人を探しに出るという点
⑤朝比奈が閻魔王を物ともせず、名乗をしたあと、閻魔王が後悔する点
⑥閻魔王が朝比奈に合戦（「朝比奈」では和田合戦）の顛末を語るよう求める点
　また、朝比奈が閻魔王を上座から退かせる点
⑦閻魔王を前駆として極楽浄土に赴く点
⑧朝比奈が閻魔王に武具を担わせる点
などである。

　このように、弁慶と閻魔王とのやりとりを扱った芸能は、その骨子を狂言「朝比奈」と同内容のものに求めたものであることが考えられるであろう。それに序にあたる①や、②の「朝比奈」では代替できない弁慶の素性、⑥中の源平合戦の語りといった独自モティーフを加味したものと思われる。

2　演じ手について

　文之は、道味について京都の「楽師」という呼称を用いているが、雅楽とは無縁であるから、それ以外の芸能者と見るべき人物である。しかし、その伝記史料は管見ではいまだ見出されない。そのため、今は『南浦戯言』に見える道味の姿を整理することにとどめたい。すなわち、次のように記されている（・は朱点を示す。また返り点は原文に従う）。

　道味ハ・京師楽官ノ之一人ニシテ・而能ク始ニ終スル條理ヲ一者ノナリ也・

（「法師辯慶与ト二炎魔王一問答ノ記」）

楽師道味ハ者・洛陽人ナリ也・素《モトヨリ》妙二ニシテ於舞踏一ニ・而其ノ声容ノ之感レスル人ヲ者ノ・多ク至二ル於忘レ食ヲ忘一レル、ニ憂ヲ矣・是ノ故ニ・関ノ之東西・無レシ不レル知レラ其ノ名ヲ者一ノ矣比来《コノコロ》蒙二ツテ我カ龍伯翁ノ嘉招一ヲ・留二滞スル於是ノ那一ニ者ノ・三五年矣・是歳夏四月翁命レシテ有司ニ・新タニ営レシテ舞殿ヲ・使三シム人々ヲシテ視二聴セ焉ヲ・

（贈二ル楽師道味一ニ詩并序）

文之によると、道味は京の「楽師」で、その名は関の東西を分けず、知れ渡っていたという。島津義久の招きによって、十五年間（「三五年」）逗留していた。かくて、義久に命じられ、慶長十三年四月下旬に大隅の新舞殿で「舞踏」を興行したのである。つまり、もともと京で活動をしていた道味が義久の招きで薩摩に下向した時期は文禄四年の頃であったと推測されるのである。

この道味に対して、文之は詩と文とを贈っている。それは、右に引用した「贈二ル楽師道味一ニ詩并序」である。その詩は七言絶句で、計五編ある。その内容が「楽師」道味の素性を知る手がかりになると思われるから、以下、煩を厭わずここに掲げる。

①

鎌足ノ大臣形已ニ枯ル
房崎ニ寄レテ跡ヲ幾バク年カ徂ク
漁家ノ児女有レリ奇計
奪二ヒ得タリ龍宮蔵裏ノ珠一ヲ

②

昔日争レツテ雄ヲ四海喧シ
清盛ハ平氏頼朝ハ源
古人ノ言語今盈レツ耳ニ

③
舞踏能ク招ク二千歳ノ魂ヲ一
志多既ニ放レテ一身軽シ
賢姉尋テレ之ヲ日ニ悩ースレ情ヲ
持佛堂前誦経ノ裏
誰カ知ラン悲涙ノ變ーセントハレ歓声ト

④
平氏ノ敦盛二八ノ秋トキ
頻リニ鞭ツテレ兵馬ニ欲レ追ハントレ舟ヲ
惜ヒ哉カナ熊谷カ一刀ノ鈍ニブキ事ヲ
不レ断二千年無キレ限リ愁ヲ一

⑤
義経本被二梶原ニ訕ソシラ一
微服シテ徒カチヨリテ行透ルレ幾ハク關ーヲカ
若シ及ンテレ黄泉ニ再ヒ相見セハ
秀衡カ諸子又何ンノ顔セソ

さて、右に示した七絶は何を素材としたのであろうか。文之はこれらを慶長十三年四月下旬、大隅の華第の傍に新設した舞殿で道味が待った「用ヒテ二舞楽ノ故事ヲ一」綴ったものと述べている。わたしは、これらを幸若舞曲の詞章に基づく詩であると推測している。

まず①は『大織冠』である。第一、二句は鎌足が龍宮の宝である珠を得るために「都《みやこ》の内《うち》を忍《しの》び出《いで》、形《かたち》をやつし給ひ、又房崎《ふさ》へ下らるゝ」という一節に対応する。[4] 第三、四句は、鎌足と契った海女とが、策によって八大龍王をはじめ、その眷属をおびき出し、その間に海女が龍宮に行って珠を奪い取ったことに拠っている。

②は後述することとして、次に③は『信田』である。第一句は信田が小山太郎行重の策略にかかって追放されたことに対応する。第二句は、後に囚人となった信田が死を免れたことを姉が知り、比丘尼の姿に身をやつして諸国を尋ねて廻ったことに対応する。第三句は、姉の比丘尼が、盂蘭盆供養の日、信田が奥州の国司を任されたとは知らずに館に招かれる。そして持仏堂に請じられ、「夜もすがら御経を」読んだこと、一方、信田も比丘尼を姉と知らずに自ら「持仏堂《ぢぶつだう》に御座ありて、夜もすがら御経を」読誦したことに対応する。第四句は信田が回向の声から比丘尼を姉と知り、走り寄って再会を果たしたことに対応する。

④は『敦盛』である。一門の御座船が遥か沖に出て、独り馬に鞭打って落ち駆けていた十六歳の敦盛を、熊谷直実が捕らえて斬首する内容に対応して描かれている。

⑤は『高館』である。第一句は『高館』冒頭の頼朝と梶原景時との対面部分に対応し、以下は義経一行の奥州下りと衣川での討死、泰衡ら秀衡子息の追討のことに拠っている。第三句でとくに黄泉での再会を詠み込んでいるのは、義経・弁慶の別れの贈答歌に拠っていよう。すなわち、

源義経

後《のち》の世《よ》も又後の世もめぐりあへ染《そ》む紫《むらさき》の雲《くも》の上《うへ》まで

武蔵坊弁慶

六道の衢《ちまた》の末に待《まつ》ぞ君遅《きみをく》れ先立習《さきだつなら》ひありとも

というもので、これを次の泰衡らの死に掛けていよう。そして注目すべきはこの第四句である。これは一般に流布す

る『高館』には見られないモティーフである。それではなく、内容的には『高館』に後続する『含状』に見られるものである。しかしこの両編が当初一体であったことは、小林健二氏の大方家本『高館』に関する御考察から明らかとなっている。[5] そのことを考えると、文之は分割以前の『高館』を見物し、これを詩に綴ったと解することが自然なことと思われる。

さて、以上のように見ていくと、いずれも幸若舞曲の詞章を素材に用いて創作した詩であることが考えられよう。ただし②は特定の舞に取材したものではなく、源平物の舞全般を取り上げたものと思われる。頼朝が大仏供養の後に船上で興行した舞楽を描く『浜出』に拠ったとも考えられるが、この七絶からだけでは判然としない。今は配列上不自然の観は否めないけれども、一応、道味の芸に就いて、その舞が死者の魂を慰撫するに足るものと讃じたものではないかと解釈しておきたい。

さて、以上見てきたところから、道味の属性について立ち返ろう。文之は『南浦文集』で道味の行を「舞楽」あるいは「舞踏」と記している。雅楽であるとは考えがたい。右に取り上げた詩は、慶長十三年に演じられた「用《ヒテ》二舞楽《ノ》故事《ヲ》一」綴ったものだからである。その「舞楽《ノ》故事」は幸若舞曲の諸編に対応することから、舞楽即ち幸若舞曲である可能性が大きいということは許されよう。してみると、「楽師」道味とは幸若舞曲の太夫ではなかっただろうか。能・狂言の担い手とするよりは、曲舞系統の舞の担い手と見ることが順当と思われるのである。

おわりに

本節では、まず弁慶の地獄破りが狂言「朝比奈」と同内容の行能に取材したものではないかということを、ついでは道味が幸若舞曲の太夫ではないかということを述べた。そうすると、次に幸若舞曲の担い手が狂言「朝比奈」と同内容の舞を扱っていたことが考えられねばなるまい。その前提があってこそ、その改作を舞台に上げられるからである。

これに関連して、落合博志氏が次のような指摘をされている。(6) すなわち『建内記』応永三十五年三月某日の条に「□秀ハ[redacted]《ク》セ舞絵トキ等常□□□也」と見え、これを文脈や当時の文学・行能史的環境から判断して、「応永末年頃の曲舞や絵解きが朝比奈義秀の物語を「常に」演じていたことを示す」ものと解されている。室町期以来、風流の作り物に仕立てられたり（『看聞日記』応永三十年七月十五日の条など）、地獄破りの物語絵巻が作られたり（チェスター・ビーティ図書館蔵など）していることから、「朝比奈」が曲舞として存在していた可能性は高いのではないかと推測される。少なくとも、そう仮定したほうが、慶長期薩摩での弁慶地獄破りの舞の問題を、無理なく考えられるのである。

上井覚兼の日記には、天正期、幸若太夫が酒宴の場などで舞を演じた記事が散見され、たとえば天正十一年七月十二日の条によると、『笛の巻』『鎌足（入鹿カ）』『大織冠』などを舞っている。能狂言を含め、島津義久をはじめとする薩摩の武士が行能を好んだ様子が窺われる。道味は義久の嘉招によって、文禄頃からその庇護を受けていたようであるから、義久後年の時期に至っても、その嗜好性は変わらなかったようである。が、残念ながら、まだ慶長期の行能の諸相を窺知できる段階ではない。

以上、文之の詩文を幸若舞曲の史料として取り上げ、演目として、かつて「朝比奈」が存した可能性に及んだ。

注

（1）文之の伝記は神谷成三氏「文之和尚の生涯（上）（下）」（『鹿児島大学文科報告』第四号、昭和四十三年十月。同第五号、昭和四十四年十月）に詳しい。また、その学問の一端である訓点に関しては村上雅孝氏「文之玄昌と「周易伝義大全」」

（『日本文化研究所研究報告』第二五集、平成元年三月）、及び同氏「文之玄昌と宋学――「周易伝義大全」の書き入れを通して見た――」（『文化（東北大学）』第五七巻第三・四号、平成六年三月）などの一連の研究がある。

（2）田中健夫氏「漢字文化圏のなかの武家政権――外交文書作成者の系譜――」（『思想』第七九六号、平成二年十月）、本論第Ⅳ章第4節参照。

（3）慶安二年の刊本など伝世するが、本稿中の本文引用には自筆本（鹿児島大学附属図書館玉里文庫蔵）を使用した。本文の異同は支障のない程度のものである。

（4）本文引用は、便宜上、寛永整板本『舞の本』の翻刻版（岩波書店、平成六年七月）に拠った。

（5）小林健二氏「固定前の幸若舞曲に関する一考察――大方家本「高館」をめぐって――」（『中世劇文学の研究』三弥井書店、平成十三年二月）。初出は『中世文学』第三〇号（昭和六十年五月）。

（6）落合博志氏「『建内記』の「クセ舞」――朝比奈伝承との関連――」（『日本古典文学会々報』第一一九号、平成三年一月）。また小林健二氏「番外曲〈朝比奈〉をめぐって――風流、絵巻、絵解き、曲舞のことなど――」（『銕仙』第三八三号、平成二年七月）をも参照した。

【翻刻】

法師辯慶与《ト》二炎魔王一問答記《ノ》

極楽《ノ》之去《ル事》レ娑婆《ヲ》、不レ知《ラ》二幾百《ク》千萬里一《ト云事ヲ》、相傳《フ》、其《ノ》地《ノ》之遠《キノ》者千
萬億土《ト》、非《ス》三世人《ノ》之所《ロニ》二得《テ》而可《キ》レ測量《ハカル》也、雖《モ》レ然《リト》、人々娑婆《ノ》生
縁盡《ツクルトキハ》、則無《シ》二不《ル》レ往《カ》レ其土《ノ一ニ》者矣、反《ホノカニ》聞《ク》、極楽《ノ》近邦有《リ》二炎魔國一、々《ニ》
有《リ》レ六道、曰《ク》、地獄、餓鬼、畜生、修羅、人、天《ト》、此《ノ》六道《ニ》有《リ》レ主君、其《ノ》
名《ヲ》二曰《フ》地蔵菩薩《ト》一、其《ノ》眷属《ニ》有《リ》レ衆鬼、其《ノ》形《チ》不レ同《カラ》、有《リ》下戴《イタヽク》二撥《ハラフ》レ雲角《ヲヲ》一
者上、有《リ》下敲《ク》二哨《ウソブク》レ風《ニ》糞《バシヲノ》一者上、或牛《ハ》レ其頭《ニシノラヲ》、或馬《ハ》レ其頭《ニスノラヲ》、或朱《ハアカフシノカミヲ》レ其髪、或碧《ハミトリニス》
レ其睛《ノマナコヲ》、無《シ》下一鬼類《モースル》二於世人《ニ》一者《ノ》上、且復《ツ》、有《リ》二虎狼野干之《ノ》咀《カミ》レ之践《ヲフム》
レ之者《ヲノ》、又有《リ》二群狗之《ノ》嘷吠《イガミホフル》者《ノ》一、若有《シレハ》二世人之死《スル》者《ノ》一、衆鬼群聚《ムラガリアツマツテ》
争《ツテクラツテノーヲ》噉レ其肉、以充《テアツ》レ其餓《ノニ》、既飽《ニテノ》之後、悪心轉熾《ウタヽサカンニシテ》、其闘鬩《ノタヽカヒセメグ》者《ノ》、甚《タ》
可《キ事ヲソレ》レ怖畏《ル》、可レ勝《ケンヤテ》言《フ》哉、炎魔王者《ハ》、主君地蔵菩薩之《ノ》大臣《ニシテ》、而
治《ムル》レ衆鬼《ヲ》者《ノナリ》也、人世有《ニテ》士師之《ノ》官、而治《ムルノ》レ衆士《ヲ》之比《タグヒナリ》也、南瞻
部洲大日本國王城、有《ニ》二鎮《リ》國之《ノ》大山一、其高《ノキ事》四萬八千丈、
名《ケテ》曰《フ》レ比睿《ト》、本國第一《ノ》山《ナリ》也、其餘《ノ》衆山之《ノ》在《ルヲ》レ東國《ニ》、曰《ヒ》レ冨士《ト》、
曰《フ》レ筥根《ト》、在《ルヲ》レ西州《ニ》、曰《ヒ》レ阿蘇《ト》、曰《フ》レ霧島《ト》、皆是高《レキ事ハ》則高《シ》矣、雖《ヘトモリト》レ然、無《シ》二
不《ーセ》レ称レ其《ノ》名《ヲ》者《ノ》一、独《リ》比睿《ノミ》不レ名《シテナイハ》而曰《ヘハ》レ山《ト》、庸人孺《ジユ》子知《モル》三其為《ノタル事ヲ》二
比睿之《ノ》山也一、其佳境《ノ》不《シテ》レ言而《ハ》可《シ》レ知《ヌ》也、山有《ニリ》二東道西道横《ヨ》

」一オ

川《カハノ》之勝地一、其《ノ》中《ニ》有《リ》二三千八百之《ノ》僧房一、銀閣朱甍《マウ》、餘《アマシ》二輪奐《リンクハンノ》
之美麗《レイヲ》一、瓊林琪樹、列《ツラヌ》二岡岳之《ノ》體勢《ヲ》一、雖レ曰《フトモフト》二天台之《ノ》山、匡廬《ノ》
之峯《ト》一、何敢《ソテシカン》加レ焉《レニ》、此山《ノ》西《ノ》道昔《ニシ》者有《リ》レ法師、名《ク》二武蔵房辯慶《ト》一、
其《ノ》色真黒《マツクロニシテ》、其《ノ》形頎《ヒト〳〵シフシテ》且整《ツタケタカシ》、力以《ハテ》、抜《ヌキ》レ山《ヲ》、氣以《ハテヲ、フ》蓋《ヲ》レ世、開闢《ヒヤク》以来、
勇力之《ノ》士、未レ有《ラ》二如《クナル》レ辯慶者《カノ》一矣、元暦《リヤク》年間、源平《ノ》二氏争《ソフーヲ》二雄
於海内《ニ》一、未レ決《セ》二其勝輸《ノセウシユヲ》一、於レ斯《テヤノ》時《ニ》也、辯慶法師事《フマツル》二源氏華冑《ノクハチウ》
頼朝《ノ》公令弟源九郎義経公《ニ》一者《ノ》、二十餘年矣、其《ノ》武名之《ノ》
鳴《ル》レ世者非《ニノス》二独人士之《リノ》所《ロノミニル、》レ見明知《カラ》、塞垣《サイエンノ》草木亦偃《ノヘフスノ》二其威風《ニ》一、
是故《ノニ》、児童誦《モーシ》レ武蔵《ヲ》、走卒知《モル》レ辯慶《ヲ》、當《テヤ》二其《ノ》三十六歳《ニ》一、娑婆《ノ》
生縁已尽而《ニテ》将《ニ》レ赴《カント》二極楽浄邦《ノニ》一、即乗《シテジ》レ輀車《ニ》、超《コヘ》二剣山刀山之《ノ》
嶮《ヲ》一、又乗《シテ》二般若之《ノ》舟《ニ》一、渡《ル》二三塗之《ノ》川《ヲ》一、既《ニシテ》而漸達《クイタル》二於炎魔國《ニ》一、是《ノ》
時炎魔國有《ニリ》二飢饉之《ノ》患《ヒ》一、衆鬼飢疲《ウヘツカル》、炎魔王亦《モ》其顔《ノ》雖《セ》レ朱《ヘトモアカシト》、
其《ノ》形甚悴《タカシク》、見《ルニ》二辯慶之《カ》来《ルヲ》一也、口流《ナガシ》レ其涎《ノヨダレヲ》、歯《ハニ》生《シテノ》レ其津《ヲ》、将《ニ》レ啖《クラハントノ》レ其
肉《ヲ》、於《テカ》レ是乎《ニ》、辯慶不レ膚《ハダヘタヲマ》撓、不レ目逃《マシロキセ》、手《ニシテ》二強弩矛戟《ホウゲキ》、鉄棒鉄槌《ツイヲ》一、
而對《ス》二炎魔王《ニ》一、々亦《モ》有《テ》レ恐《ル、事》二於心《ニ》一、試問《ニテ》レ之曰《ニク》、汝是何《ハンソ》人、辯慶《カ》
曰、我《ハ》是《レ》娑婆世界大日本國《ノ》武蔵房辯慶也《ナリ》、汝未《ラ》レ知《ヲ》レ我
乎、炎魔王不レ得レ啖《クラフ事ヲ》其《ノ》肉《ヲ》、却寒《テヒヤシテノキモヲ》レ其膽、謂《テ》レ辯慶曰《ニク》、聞《ク》二子之《カ》名《ヲ》一
者《ノ》、今《マ》已《ニシ》久矣、不《リキ》レ意《ハ》、直《ニ》見《ントハノ》レ其面《ヲ》、居《ヲレ》吾語《レラン》レ子《ニ》、々亦《モ》詳《カニ》説《ケ》レ之《ヲ》、娑

」一ウ

婆日本國源平二氏之《ノ》争闘《サウトウ》、我《レ》願《クハ》聞《カンヲ》レ之、辯慶曰《カク》、諾《タク》、時炎《ニ》
魔王坐《ーシテ》二百尺楼上《ニ》一、以《テ》欲レ令《シメント》三辯慶《ヲシテーシテ》坐《ヲ》二之於平地《ニ》一、辯慶勃然《ボツトシテ》
而変《ーシテ》レ色謂《ヲテ》二炎魔王《ニ》一曰、汝亦坐《モ》レ平地《ーセヨト》、王《ノ》曰我《レハ》是《レ》國王、汝《ハ》是《レ》 」一二オ
新到之《ノ》一客、其位《ノ》不レ相似《ル》者《ニノ》、天地懸隔《ケンカクナリ》、早坐《クーシテ》以《テ》語《レト云》二源平
二氏之事《ノヲ》一、是時《ノ》、辯慶手《ニシノ》二其鉄棒《ヲ》一、腰《ニシテノ》二其軍器《ヲ》一、直前《ーニス、ンテ》昇《ツテ》二百尺
楼上《ニ》一、曳《ヒイテノ》二王衣裾《ヲ》一而下《クダシテヲシム》レ之使《ヲシテーシテ》三之坐《ニ》二於平地《ニ》一、我《レ》即坐《ース》二百尺楼
上《ニ》一、王知《テノノ》二其勢之不《ル事ヲ》レ可《ル》レ當而不《シテ》レ得《ム事ヲ》レ已、坐《ス》二於平地《ニ》一、傾《ケテヲク》レ耳聞《ク》二辯
慶《カ》之言《ヲ》一、其《ノ》言《ニ》曰《ク》、汝不《チヤ》レ聞二源平二氏之《ノ》争闘《ヲ》一乎、平氏有《ニリ》二大
政大臣清盛《ト云ノ》者一、悪逆無道《ニシテ》、而使《シム》三民《ヲシテーセ》坐二於塗炭《トタンニ》一、源氏有《リ》二
右大将頼朝公一、不レ忍《ヒ》レ見《ルニ》レ之《ヲ》、使《シム》下悪逆之《ノ》徒《ヲシテ》、迸《ヲヒシリゾケテヲ》二之四夷《ニ》一、以為《テナサ》中
國泰民安之《ノ》謀《ヲ》上矣、右大将令弟《ノ》義経公武勇勝《スグレ》レ世《ニ》、権威
出《ツ》レ衆《ニ》、手《ニテ》把二三尺之《ノ》剱《ヲ》一、而却《シリソクルノーヲ》レ其敵者《ノハ》、如《ク》二箒《ハフキノハラフカヲ》泛レ塵、胸蔵《ニカクシテ》二数萬《ノ》
之兵《ヲ》一、而揮《フルフノヲノ》レ其威者、如《シ》二風偃《ノノヘフスカヲ》レ草、是以《ヲテ》、頼朝公使《シム》下之《ヲシテナシテハンリノ》作二藩籬
之将《ート》一、以撃《テウタ》中凶徒之《ノ》平氏《ヲ》上、義経受《テヨリヲコノカタ》レ命以来、夙夜憂《ニヒ》二慮《ハカル》其命《ノーノ》
不《ラン事ヲシルシアラ》レ効、因《テ》レ茲《ニ》、遍《ネク》求《ム》二名士之《ノ》鳴《ナル》レ世者《ニノヲ》於四方《ニ》一、亀井、片岡、伊勢、
駿河、常陸房海尊、武蔵房辯慶等是《レナリ》也、就中《コノ》、不《ル》レ離《レ》二其膝《ノヒザ》 」一二ウ
下《モトヲ》一者《ノハ》、莫《シ》レ我《レニシクハ》若矣、尓来《カタ》、我君《カ》義経挑《イドミ》二摂州一谷戦《ノヒヲ》一、揚《アク》二讃州
八島誉《ノレヲ》一、平家数十萬之《ノ》精鋭《エイ》、無《シ》下一人当《モル》二我義経之《カノ》鋒《ホコサキニノ》一者《ノ》上

矣、其《ノ》威武《ノ》之壓《ヲス》衆兵《ヲ》者非《ス》口《ノ》之所《ロニ》得《テ》而可《キ》述《ノフ》之《ヲ》矣、嗚呼、
義経公天《カ》乎命《カ》乎、逢《ヘリ》時《ノ》不祥《ニ》、梶原平三景時《カ》之讒《ー》、非《ス》一
朝一夕《ノ》之故《コトニ》、孔夫子《ノ》所謂浸潤《ノ》之讃《ナリ》也、頼朝《ノ》之為《タル》君、非《ス》
無剛《キニハ》明、不覚《サトラ》其讒《ノーノ》之以《テ》漸《ーヲ》入《ル事ヲニ》耳、不幸《ニシテ》而兄弟《ノ》之間、有《リ》矛《ム》
楯《ジユンノ》之隔《テ》、義経憂《ルノ》之餘《ヲリ》、號《カウ》泣《キウシテビン》旻天《ニ》、雖《ヘトモ》告《マフストカ》我之不《ル事ヲ》二《ツニセ》其《ノ》心《ヲ》
頼朝深信《クースルニヤ》梶原《カ》讒言《ヲ》也、其《ノ》惑《ヒ》終《ニ》不解《トケ》矣、我奉《レウケ玉ハツテ》義経命《ノーヲ》、書《ーシテ》
状《ーヲ》於腰越《ニ》、一筆抽《ニヌキンテ》万般《ノ》之忠《ーヲ》、決《ーシテ》戦《ヒヲ》於堀川《ニ》、一刀《ニ》殺《ス》数百《ノ》
之仇《アタヲ》、加之《ス》、入《テ》富樫《トガシカ》之新城《ニ》、独對《リーシテ》老将《ニ》而徉《イツハツテーシ》誦東大勧進《ノ》
之帳《ーヲ》、経《ヘテ》佐藤《カ》之舊宅《ヲ》、偶《〱》遇《テ》阿母《ニ》而詳《カニ》説《ク》西國闘死《ノ》之事《ヲ》、
且《ソノウヘ》復《タ》、遥《カニ》超《ヘ》北海《ヲ》、径《タ、チニイタツテ》達東奥《ニ》、脱《ースル》我君《カヲ》於虎口《ノ》之中《ニ》者《ノ》、是皆
法師《カ》之力《ナリ》也、生《イキテ》雖《ヘトモ》苦《シムトカ》我君《ノ》独離《リアヘル事ヲ》此咎《ノトガニ》、死《ーシテ》喜《フ》声誉《セイヨノ》之達《ースル事ヲ》於
六道《ニ》、今我見《レテ》君《ノ》之危《キヲ》、致《サツクーヲ》命於奥衣河《ニ》、我事《カー》既畢《ニヲハンヌ》矣、汝《チ》
炎魔王雖践《フトモムト》位《ヲ》於迷冥《ノ》之國《ニ》、何《ソ》敢敵《テーセンヤ》我激昂《カゲキカウノ》之勇《ーニ》乎、汝《チ》
當《ニ》從《カフ》我《レニ》、々将《ニ》赴《カント》極楽《ノ》浄邦《ニ》、於《テ》是《ニ》、炎魔王閉《テ》口《ヲ》唯々《イ、ス》、然《フシテ》後
俶装《タビヨソヲヒシテ》、為《メニ》辯慶法師《カ》、為《ナツテ》其《ノ》武夫《ト》、而司《トル》前呵《ノ》之職《ーヲ》、辯慶即《チ》往《テ》
極楽《ニ》、高坐《クース》二九品《ノ》蓮臺《ニ》、炎魔王身被《ニキテ》毳《ニコゲノ》之破《レタルヲ》、荷《ツテ》鉄棒鉄槌《ヲ》、
而立《ツ》陛楯《ノ》之下《モトニ》、辯慶《カ》之勇匪《ス》翅鳴《タ、ナルノミニ》娑婆世界《ニ》、雖《ヘトモ》炎魔極
楽《ノ》之國《ト》、其《ノ》剛心勁《ケイ》氣、威《ーアツテ》而猛《タケキ》者《ノ》、誰《カ》敢抗《テウデヲシセンヤニ》之乎哉、維《レ》時慶

」三オ

長十三戊申、夏四月下旬、有《テ》二
龍伯尊君之《ノ》命《ー》一、使《シム》三道味《ヲシテナサ》作二舞楽《ヲ》於隅州　華第之《ノ》傍《ハラニ》一、観《ミル》
者《ノ》如《シ》レ墻《ノ》矣、道味《ハ》、京師楽官之《ノ》一人《ニシテ》、而能始《ク》二終《スル》條理《ヲ》一者《ノナリ》也、
時《ニ》有《リ》二松田《ト云ノ》者一、狂《ーニシ》レ其言《ノコトヲ》、綺《キニス》レ其語《ノヲ》、使《シム》下人《ヲシテセウ》聳二動之《シヲ》一、振中起之《セヲ》上、詳《カニ》説《ク》二
辯慶炎魔王之《ノ》問答《ヲ》一、予今聞《テ》レ之《ヲ》、即記《ースト》二其一二《ノヲ》一云、

雲興散人書於正興丈室

」一三ウ

文之玄昌と『聖蹟図』

はじめに

明代、『孔子聖蹟図』が編まれた。かつて朱熹が孔子の正しい伝記を作るべく、『史記』「世家」などから抄出し編輯したが、これに明の張楷が序や讃などを加えて絵入刊本としたものである。この書について、江戸前期、二人の儒家・儒僧が注釈書を作った。一人は文之玄昌であり、一人は林羅山である。

文之玄昌のほうは後で詳述するとして、まず羅山のほうは『聖蹟図説諺解』といって、これは万治二年（一六五九）に刊行された。[1] 延宝三年の『書籍目録』に「直ニ漢語ヲ平假名ニ諺」とあるように、書き下し文にしながら、且つ部分的に平易な解説的言説も付加したものである。尤も柳田征司氏のように「原典の翻訳であるが、絵入り平仮名交り体であって、注釈書というよりは、仮名草子と呼ぶ方がふさわしいものである」という評価も可能であろう。[2] 羅山がこの『聖蹟図』をどのように扱っていたかは判然としない。

一体、近世初期の本図の受容自体不鮮明である。ただしかし、舟橋秀賢が本図に接していたらしいことは、家乗『慶長日件録』の記事から知られる。すなわち慶長八年（一六〇三）十二月二十六日の条に次のように見える。

狩野源七来。五明十本進之。聖蹟図返之。令対面之畢。

狩野源七が誰なのか、特定しがたいが、狩野松栄の三男源七郎のことであろうか。とすれば、絵師の手にかの『聖蹟図』も渡っていたことになる。がしかし、ここでいう「聖蹟図」が孔子の画伝を示すものであるか否かも明確でない。但し「聖蹟」の呼称を用いる対象として、当時としては孔子以外に想定しがたい。また、「探幽斎」の朱印を持つ『孔子聖蹟図巻』一巻が近年世に出たことから、狩野派の絵師による孔子聖蹟図が当時存在したとみていいだろう（『京都古書籍・古書画資料目録』第八号）。なお、『佐倉藩紀氏雑録』巻第四の延宝八年（一六八〇）十月二十五日の条に「唐筆聖跡之巻物、之を献上す」とみえるが、これも「孔子聖蹟図」の肉筆巻子本の一種であろうと思われる。後考を俟ちたい。

1　慶長期薩摩藩における動向

さて、慶長期、島津家では『聖蹟図』をめぐって、ある動向が見られる。伊地知季安の『漢学紀源』巻三「南浦第三十六」の慶長十三年（一六〇八）の記事に、次のような記述が見える（『續々群書類従』第一〇巻）。

十三年公及松齢公新蓮金院於二高野山一定二宿房一焉、初日新君得二聖蹟圖一製為二屏障一、恒置二座右一以備二観戒一矣、乃孔子終身之履歴、而明張楷所レ賛也、君既物故、傳至二貫明公一慨レ難二遽解一命二文之一別為二謄寫一施二之倭點一、又以二國字一為二和鈔一、以恵二後生一、而迨二公時一以與レ私二一家一孰三若弘二祖業於永久一、以公二諸世一乃命二畫師日野等林一、摸二寫其圖一、蔵二之高野山一、欲四以使三後裔永仰二聖徳一也、又命二文之一記二其事一焉、

慶長十三年、公すなわち島津家久と松齢公すなわち義弘とが源頼朝の御願所として創建されたという蓮金院を高野山の宿坊と定めたことと、それに関連する事柄とが記述されている。後者を整理すると、次のとおりである。

㈠日新君すなわち島津忠良は『聖蹟図』を屏風絵に仕立て、恒に座右に置いていた。これは孔子一代の記録であり、

明の張楷が賛を付したものである。

(二)忠良没後、貫明公すなわち島津義久が文之に命じて謄写し、倭点を施さしめた。さらに国字を以って和鈔を作らしめた。

(三)島津家久が日野等林（田中藤次兵衛）に命じて『聖蹟図』を摸写せしめて高野山に納めた。また文之に命じて序文を作らしめた。

(二)でいう、忠良の没年は永禄十一年（一五六八）のことである。慶長十三年の条にある記事だが、この年の記述は(三)のみなのである。なお関連文書は『旧記雑録』後編（『鹿児島県史料』所収）などに収録されている。そのうち本図を明記する文献が一点ある。すなわち慶長十四年七月十五日の日付をもつ「堀重継・成正院頼真連署蓮金院道具注文」（文書番号六〇八）で、「蓮金院交割新造之具之事」として、

一　孔子聖蹟之圖屏風　　一雙

と見える。ここから『漢学紀源』に見える屏風の名称が分かるのである。これは後述の寛永刊本と同名である。

さて、この記事は何に基づいているのであろうか。わたしは次の二点に拠るものと考える。すなわち一つは「砭愚論」、もう一つは寛永本『孔子聖蹟之圖』序文である。

まず前者について見る。「砭愚論」は文之玄昌が京法輪寺の住僧恭畏の批判に対して著した論駁文で、『漢学紀源』には慶長十五年（一六一〇）の作とするが、実際は翌年であろう。(3)この中に、次の記述が見られる。(4)

往歳我龍伯翁《カ》招《テ》レ予《ヲ》命《ーシテ》之《ニ》曰、我《ニ》有《リ》二孔子聖蹟圖《ノ》一、々《ハ》即我《カ》祖父日新翁文庫中《ノ》之什物也《ナリ》、雖《ヘトモースト》レ賛《ノ》二孔子聖蹟《ヲ》一、未レ有レ倭点、今汝謄《シテ》レ之《ヲ》、以為《テナセト》二倭点《ヲ》一、予詳《カニ》検《ースルトキハヲ》レ之、則孔子一生《ノ》之蹟《アトニシテ》、而賛《ハ》即四明張楷《ノ》之《カ》所レ着《ナリ》也《ハス》、倭点《ハ》雖レ非《ヘトモスト》二予之《カ》所《ニ》レ能《クスル》、命《ーニ》豈可《ケンヤ》レ逃《ル》乎、加《フ》二之《レニ》倭点《ヲ》一、後《ニ》又命《ーシテニ》レ予、以《テ》二假名《ノ》字《ヲ》一為《ナセト》二之《カ》和鈔《ヲ》一即信《セテ》レ筆《ニ》鈔《ス》レ焉《ヲ》、

まず先の『漢学紀源』梗概番号㈠の後半にあたる「乃孔子終身之履歴、而明張楷所賛也」という一文が、「則孔子一生之《ノ》蹟《アトニシテ》、而賛《ハ》即四明張楷之《ノ》所《ナリ》レ着《ハス》也」に拠っていると考えられることである。さらに㈡は全文を「倭点《ハ》雖《ヘトモ》レ非《スト》二予之《カ》所《ニ》能《クスル》一、命《ー》豈《ニ》可《ケンヤ》レ逃《ル》乎、加《フ》二之《レニ》倭点《ヲ》一、後《ニ》又命《ーシテ》レ予《ニ》、以《テ》二假名《ノ》字《ヲ》一為《ナセト》二之《カ》和鈔《ヲ》一」に基づいていることが察せられよう。

次に後者について見る。寛永本『孔子聖蹟之圖』とは寛永七年（一六三〇）に刊行された所謂薩摩版である。その序文は島津家久の署名がなされている。がしかし、実際は文之玄昌が代筆したものである。事実、文之の文集たる『南浦文集』にこれが収録されている。いま『孔子聖蹟之圖』から引用する。

此《ノ》孔子《ノ》聖蹟者《ハ》我《カ》曾祖父前《ノ》相州《ノ》刺史日新翁為《テ》二之屏障《ヲ》一置《テ》二之座右《ニ》一以《テ》備《フ》二其《ノ》観覧《ニ》一矣予幸《ニ》継《テ》二其《ノ》芳躅《ヲ》一将《タ》レ廣《ント》二曾祖父《ノ》業《ヲ》一
因《テ》命《シテ》二畫師等林《ニ》一摸《シメテ》レ之《ヲ》以《テ》欲《ス》レ使《ント》下我《カ》子孫《ヲシテ》仰《カ》中聖跡《ヲ》於百千歳之《ノ》後《ニ》上今《マ》寄《ス》二附之《ヲ》高野山《ニ》一

ここから明らかなのは、㈠の前半にあたる「初日新君得二聖蹟圖一製為二屏障一、恒置二座右一以備二観戒一矣」という一文が、「日新翁為《テ》二之屏障《ヲ》一置《テ》二之座右《ニ》一以《テ》備《フ》二其《ノ》観覧《ニ》一矣」に拠っていると考えられることである。さらに㈢は全体を「予幸《ニ》継《テ》二其《ノ》芳躅《ヲ》一将《タ》レ廣《ント》二曾祖父《ノ》業《ヲ》一因《テ》命《シテ》二畫師等林《ニ》一摸《シメテ》レ之《ヲ》以《テ》欲《ス》レ使《ント》下我《カ》子孫《ヲシテ》仰《カ》中聖跡《ヲ》於百千歳之《ノ》後《ニ》上今《マ》寄《ス》二附之《ヲ》高野山《ニ》一」に基づいていよう。もちろん序文は家久の立場で記され、『漢学紀源』の当該箇所は家臣の立場で記されたものであるから、その点での差異を慮外視すると、この推測は問題ないものと思われる。さらにこの序文が文之の代筆であるということは、寛永本『孔子聖蹟之圖』のみでは分からないが、『南浦文集』に収録されていることによって、判断できることとである。従って、伊地知季安は①②を個別に見たのではなく、『南浦文集』によったことが考えられる。

慶長期薩摩藩での『聖蹟図』をめぐる動向は、実のところ、これ以外に史料というべきものが見当たらない。そしてしばしば取り上げられるところの『漢学紀源』の当該本文は、右に見たように「砭愚論」と寛永本『孔子聖蹟之圖』序文とを合成した近世後期の編集史料であった。さらに付言するならば、依拠した両史料がいずれも文之玄昌の手になるものなのである。

ここで文之の略歴を簡単に記しておこう。文之玄昌は弘治元年（一五五五）、日向国に生まれた。永禄十二年（一五六九）、東福寺龍吟庵の熙春龍喜に学ぶ。慶長四年（一五九九）、島津義久に従い山城国伏見の邸に上がり、ついで東福寺で『大学』を講じる。また後水尾天皇の詔により四書新註を講じる。同六年、薩摩に下向し、大隅の正興寺に住す。同十六年、薩摩の大龍寺開祖となる。その間、またその後も島津氏の庇護のもと、外交文書の作成を行ない、(5) 慶長八年には宇喜多秀家を伏見に護送するなど、政治面を含めて幅広く活躍した。そして元和六年（一六二〇）に没する。(6)

以下では、その文之と『聖蹟図』とのかかわりを掘り下げて行きたい。

2 『孔子聖蹟之圖』屏風について

『聖蹟図』を屏風に仕立てたのは島津忠良であった。彼の没したのは永禄十一年（一五六八）であるから、その製作時期は言うまでもないが、それ以前ということになる。がその詳細はわからない。では家久の命によってこれが模写されたのはいつか。高野山に寄付された年は慶長十三年（一六〇八）であるから、おそらくこれよりやや前のことであろうことが考えられる。前掲寛永本『孔子聖蹟之圖』序文では絵を模写した絵師が日野等林であることは明記されているものの、本文を書写した者が何人であるかは明らかでない。当該屏風は今日所在不明となっているが、幸い昭和九年に写真版が刊行された。(7) これによって、筆蹟を察ることができる。わたしはこれを文之自身の手になるものと認めるものである。そこで、以下に若干のサンプルを提示して検証を試みる。

文之の自筆資料は、管見に入ったものに次のものがある。

①『襟帯集』一冊…お茶の水図書館成簣堂文庫蔵
②『南浦文集』二冊…鹿児島大学附属図書館玉里文庫蔵
③『南浦戯言』一冊…鹿児島大学附属図書館玉里文庫蔵
④『南浦棹歌』三冊…鹿児島大学附属図書館玉里文庫蔵
⑤『周易伝義大全』十三冊（書入）…宮内庁書陵部蔵
⑥『周易句解』一冊（書入）…国立公文書館内閣文庫蔵
⑦「薩隅日三州府君歴代歌」断簡…高野辰之氏旧蔵
⑧詩文断簡…園田稃氏旧蔵
⑨七言律詩…萩野由之氏旧蔵
⑩『論語義疏』巻第四・五巻（書入）…東福寺即宗院旧蔵

このうち①は奥に「永禄己巳十月吉日」と文之の署名とがある。(8) 永禄己巳の年、すなわち十二年（一六五九）というのは文之弱冠十五歳にあたるから、この奥書に若干の疑問は残るものの、従来の説の通り、文之自筆とみて問題はないものと考える。②③④は文之が自らの詩集を筆録したもので、分量が充実しており、最もよい資料である。(9) ⑤は村上雅孝氏が明らかにされたもので、(10) ⑥についても氏の詳論がある。(11) 両者は概ね小文字の書入である上、目的としたものでなかったためか、奥書も略式の書風である。それゆえ参考程度のものである。それに対して⑦⑧は大様な楷書であるから、断簡ながらも比較に耐えられるものである。(12) 但し⑧は画像の質が劣悪である。⑨は書体を崩しており、参考程度にしかならない。(13) ⑩は大江文城氏が紹介された文献であるが、(14) 現在は所在不明である。(15) このほか文之の自筆本もしくは模写本を用いた『黄石公素書』の刊本がある。また貞享三年（一六八六）の「大龍寺交割状」に「鹿苑寺

【対照表】

	為	河	義	久	見	乎	氏	書	昌	然
襟帯集	爲	河	義	久	見	乎		書	昌	然
南浦文集	爲	河	義	久	見	乎	氏	書	昌	然
南浦戯言	爲	河	義	久	見	乎	氏	書	昌	然
聖蹟図	爲	河	義	久	見	乎	氏	書	昌	然
南浦棹歌	爲	河	義	久	見	乎	氏	書	昌	然
歴代歌	爲	河	義	久			氏		昌	

有	門	福	年	得	道	弟	陳	孫	即	
有	門	福	年	得	道			孫	即	襟帯集
有	（間）	福	年	得	道	弟	陳	孫	即	南浦文集
有	門	福	年	得	道	弟		孫	即	南浦戯言
有	門	福	年	得	道	弟	陳	孫	即	聖蹟図
有	（閏）	福	年	得	道	弟	陳	孫	即	南浦棹歌
有		福			道	弟	陳	孫	即	歴代歌

集堯和尚墨蹟一幅但文之和尚歳旦詩之和韻」が載るものの、明治維新期に散逸したらしい[16]。

以上のうち、画質や書体的に①②③④⑦が有効であるから、それらとの対照表を掲げる。紙面の都合で、二十例に限定して挙げてみたが、この表から幾つかの共通点が指摘できよう。たとえば偏と旁との間の余分な撥ねである。「河」では三水「氵」の三画目と「可」の一画目とが繋がるか繋がりかかるような書体である。『南浦戯言』の事例では「可」の「口」の一画目にもその特徴が示されている。「書」や「昌」、「陳」の旁の場合、一部に同様の事例が見える。三水でいうと、「得」の偏は本来行人偏「彳」であるが、これを「氵」の体にしている。その三画目と旁の「日」の書き出しが「河」の偏と旁との関係と同じであることは明らかである。「即」は旁最終画の点が撥ねるというより、節旁「卩」を点から伸ばすように書き出す場合がある。『聖蹟図』『南浦棹歌』「薩隅日三州府君歴代歌（歴代歌と略す）」の事例である。「孫」の子偏「子」と旁の「系」との関係も同様である。この場合、「系」の一画目は、「子」と繋がるために右から左にはらうのではなく、左下から右上に棒線を引くような筆遣いを示している。示偏「ネ」は四画目の点が旁の一画目と繋がるように撥ね、一方、旁の一画目の「一」は左下から細い線をもって書き出している場合が目に付く。門構「門」の偏と旁とも同様である。「門」は『南浦戯言』の事例が示すような崩した形の場合も多いが、楷書では「門」の左側最終画が右上に撥ねることが特徴である。このほか表には掲げなかったが、口偏「口」・火偏「火」・米偏「米」・言偏「言」・下心「心」など概ね共通する。

それから、「日」や「目」「月」の中の横棒は点のように短めに書き、左右のいずれかもしくは両方が縦棒と重ならない場合が多いというのも特徴の一つである。それは「見」や「書」「昌」「即」「道」「得」「有」の例から知られることである。

ほかに個別的に指摘すると、まず「爲」の五画目・「為」の二画目の右上から左下への斜線ははらうのではなく、やや左ないし左上に撥ねている。「義」の下部「我」の三画目の左下から右上に及ぶ一画は後半やや上に湾曲している。これは表に示した「孫」やその他の子偏の諸文字などにも共通する特徴である。「久」は自筆本のほぼすべてに俗字が見られる。「見」は「目」の四画目の左側が大きく突き出している。たとえば「賛」など「貝」を含む諸文字にもこの特徴は見られるが、「見」においては「目」の幅の半分から同等の長さで出ており、際立っている。「氏」は二画目の撥ねが、ほとんどの場合、四画目と重なっている。しかもその多くが突き出している点に特色がある。これは左下から右上に撥ねるというよりも、伸ばして止めている形である。表には挙げていないが、「武」なども同様の特徴を示す。「弟」は最終画の中央部分から左下へのはらいが太く且つ長い。そして先述の「為」と共通することであるが、撥ねるように止めている。ちなみに表には示していないが、「弟」と同じ旁をもつ「第」にも同様の特徴がある。「道」は之繞「辶」の一例としてあげた。文之の「辶」は一、二、三画目を繋げて書くのだが、その際、略す場合は一本の縦線で処理するが、楷書の場合、その縦線が歪に震えたような形になっている。『南浦戯言』の事例はやや簡略な形をとっているが、そのほかの事例は典型的な形である。「年」は三つの形を併用する。三画目から五画目に特徴が表れる。この三画が「三」の形を採るもの、中央の横棒が左寄りの点であるもの、上の横棒が最下の横棒とほぼ等しい長さをもつものである。このうち上の二つの例を表に挙げた。『聖蹟図』の事例は中央の画が線ではなく、点のものである。これは『襟帯集』に見られるものと同じい。「有」は月偏「月」の最終画の横棒がやや右下に下がる場合が多い点に特徴がある。上の横棒はほぼ平衡線で若干右側に隙間を残したまま止めるのであるが、下の横棒は左側にもやや隙間を空け、中央辺りから右下に点「、」を打つように書いている。それゆえ上下の横棒は右下に崩れたような配置となっている。

以上、二十例に限ってみたが、おおよそ文之の筆蹟の特徴は示せたものと思う。これまで見てきた諸例から、蓋然的に、『聖蹟図』も『襟帯集』以下の自筆本と同等の筆蹟をもつものであるということは言い得るものと思われる。文之が『聖蹟図』に倭点を施し、注釈を作り、また忠良以降、島津家の信任を得、家久の学問の師でもあったという状況を考慮に加えると、文之を『聖蹟図』の本文書写の役として考えることは順当な見方と思われる。

　してみると、『漢学紀源』に見える、島津家久が日野等林に命じて『聖蹟図』を模写せしめて高野山に納め、文之に命じて序文を作らしめた、という記述は若干補足する必要が出てくる。すなわち、家久は文之に命じて序文を作らしめ、さらに、忠良旧蔵屏風の本文を転写せしめたということである。つまり小林音次郎氏旧蔵『聖蹟図』は日野等林画・文之玄昌書と考えられるのである。

付　寛永本『孔子聖蹟之圖』について

　次に寛永本『孔子聖蹟之圖』について簡単にみておきたい。冒頭に挙げた『漢学紀源』うち、島津義久が「命二文之一別為二謄寫一施二之倭點一」とあった。しかし、この記事からは、文之が何を親本としたのか判然としない。幸い文之自身は「砭愚論」中で義久が「日新翁文庫中之《ノ》什物」を貸し与えたと記している。そして「今汝謄《シテ》レ之《ヲ》、以為《テナセト》二倭点《ヲ》一」と義久に命じられたのである。では、本書は伝存しているのであろうか。残念ながら自筆本は確認されていない。そこで問題となるのは寛永七年に家久の序を付して刊行された『孔子聖蹟之圖』である。

　寛永七年本は国立公文書館内閣文庫や東洋文庫、早稲田大学図書館、大阪大学懐徳堂文庫などにある。[17] 今、内閣文庫本によって簡単にみておくと、外題「聖蹟圖　上（下終）」（左肩に題簽墨書、後補）[18]、内題「孔子／聖蹟／之圖」（陰刻）、柱題「聖蹟上（下）」とある。寸法は縦二十八・三cm、横十九・六cm（匡郭内縦二十二・一cm、横十六・五cm）。四ツ目袋綴装。改装表紙。上巻丁数五十丁（うち巻頭一丁は序文で、丁附けなし）、下巻丁数三十七丁。匡郭は四周単辺、無

界、毎半葉八行、毎行十二字（讃は八字、跋は十三字）詰め、小文字双行。板心大黒口、上下花口魚尾。

長澤規矩也氏『和刻本漢籍分類目録』によると、当該書籍は弘治中吉藩刊本と元禄期の刊本（元禄四年深津又一刊本及び同十一年山口屋権兵衛刊本）との二系統が挙がっている。そして前者、すなわち寛永七年本は朝鮮本覆刻板（及びその後印板）であると指摘されている（朝鮮本未見）。なお、元禄四年刊本は批判的にこれを取り込んだものである。

巻頭に「寄二附ス高野山ニ屏風ヲ一」という文が、慶長十三年、島津家久の署名を付して掲げられている。この文は先述したように『漢学紀源』の㈢の箇所で述べられている文である。

さて、本書が所謂文之点[19]であることに相違はない。問題は刊本の親本である。わたしはこれを文之の手になるものか、またはそれを模写したものではないかと推測する。その際、比較になる資料は十七世紀前期の刊行になる薩摩版『黄石公素書』である。[20]すなわちこれには「慶長二十年乙卯閏六月下澣。大龍老夫玄昌書。」とある。その文字表記も前章で例示したものに酷似することから、通説どおり、文之自筆本もしくは模写本を版下に使用したものと考えられる。これと『孔子聖蹟之圖』とが類似する筆蹟であること、また刊行時期が近い薩摩版であること、文之点を使用していることなどから、後者もまた文之自筆本もしくは模写本に基づくものではないかと推測したい。つまり、寛永刊本は文之が義久に命じられて書写し、その上で訓点を付した本文を忠実にとどめているものなのではないかと思われるのである。義久の手許にあった『聖蹟図』は従って寛永本の跋文にあるように、明代弘治十年（一四九七）に刊行された刊本であった。このように、まだ『孔子聖蹟之圖』についての考察は不十分なので、本書の版下が文之自筆本か否かについては後考を俟ちたい。それから、なぜ寛永七年なのか。家久が江戸に上り、将軍家光に謁見したのは同年四月であり、本書の刊行は五月であるが、両者の関係が判然としないなど、問題は多い。

3　『聖蹟図和鈔』について

次に、『聖蹟図』の注釈書を取り上げたい。『聖蹟図和鈔』なるものがある。これは、『国書総目録』によると、刊本が存したようである。もっともその記載の拠るところは『新纂禅籍目録』であって、所蔵者が挙がっているのではない。その『禅籍目録』はどうかというと、『漢学紀源』巻三「南浦第三十六」の「所レ著有二南浦文集・聖績（ママ）圖和鈔・日州平治記・砭愚論・決勝記等一」という本文に依拠したものであるから、やはり所蔵者は挙がっていない。佐藤一好氏も「日本における弘治本系統の国訳『聖蹟図』としては、島津家久の『孔子聖蹟之図』と密接に関連する、文之《ぶんし》和尚の『聖蹟図和鈔』という国訳があったらしい（『漢学紀源』巻三）」[21]と、『漢学紀源』の件の本文によって言及するのみで、本書の委細は明らかでない。近世の書籍目録の類にも見られないから、稀刊の所謂薩摩版ではなかったかと思われる。

ところで、わたしの所蔵する『黄石公素書』（写本、一冊）には、幾つかの短文とともに、無題の孔子伝カナ注の写本が合綴されている。これは『孔子聖蹟図』を対象とするものである。わたしはこれを文之玄昌の著した『聖蹟図和鈔』ではないかと考えている。とするならば、『聖蹟図和鈔』なる書は羅山の『聖蹟圖説諺解』と異なり、漢文を漢字平仮名混淆文に改め、また平易な表現に改めたという次元のものではない。序文から刊記にいたるまで、語句の注解を施したものであるということになる。

『聖蹟図和鈔』に関して注目されるのは、恭畏との接触である。すなわち慶長十四年（一六〇九）から十六年にかけて、京法輪寺の住僧恭畏は、薩摩に下向して文之と問答をしている。[22]結果、恭畏は『破収義』という批判書を著して刊行した。その中に『聖蹟図和鈔』が部分引用されているのである。[23]便宜上、私に改行した。

人《ノ》善《ヲ》取《テ》我善《ト》サセラルル事舜《ハニ》チカハヌホトニ異《トモ》レ世《ヨ》トハ世《ヲ》異《ニ》スレドモ
同レ轍《スヲ》トハ車輪《ノ》ダチノチカハヌヤウニ同事也
天下車《ノ》一《ツ》尺ナルホトニ輪ノヒロサチカワヌ也

恭畏の批判を受けた文之は、この後「砭愚論」で反駁している。その際、『聖蹟図和鈔』の当該箇所を引用しているので、それを次に掲げる。

人ノ善ヲ取テ、我善トサセラル丶事ハ、舜ニチカハヌホトニ、異《ニス》レ世《ヨ》トハ、世ヲ異ニスレトモ、
同《フス》レ轍《ワタチヲ》トハ、車ノワダチノチカハヌヤウニ同事也、
天下ノ車一《ツ》尺ナルホトニ、輪ノヒロサチガハヌ也、

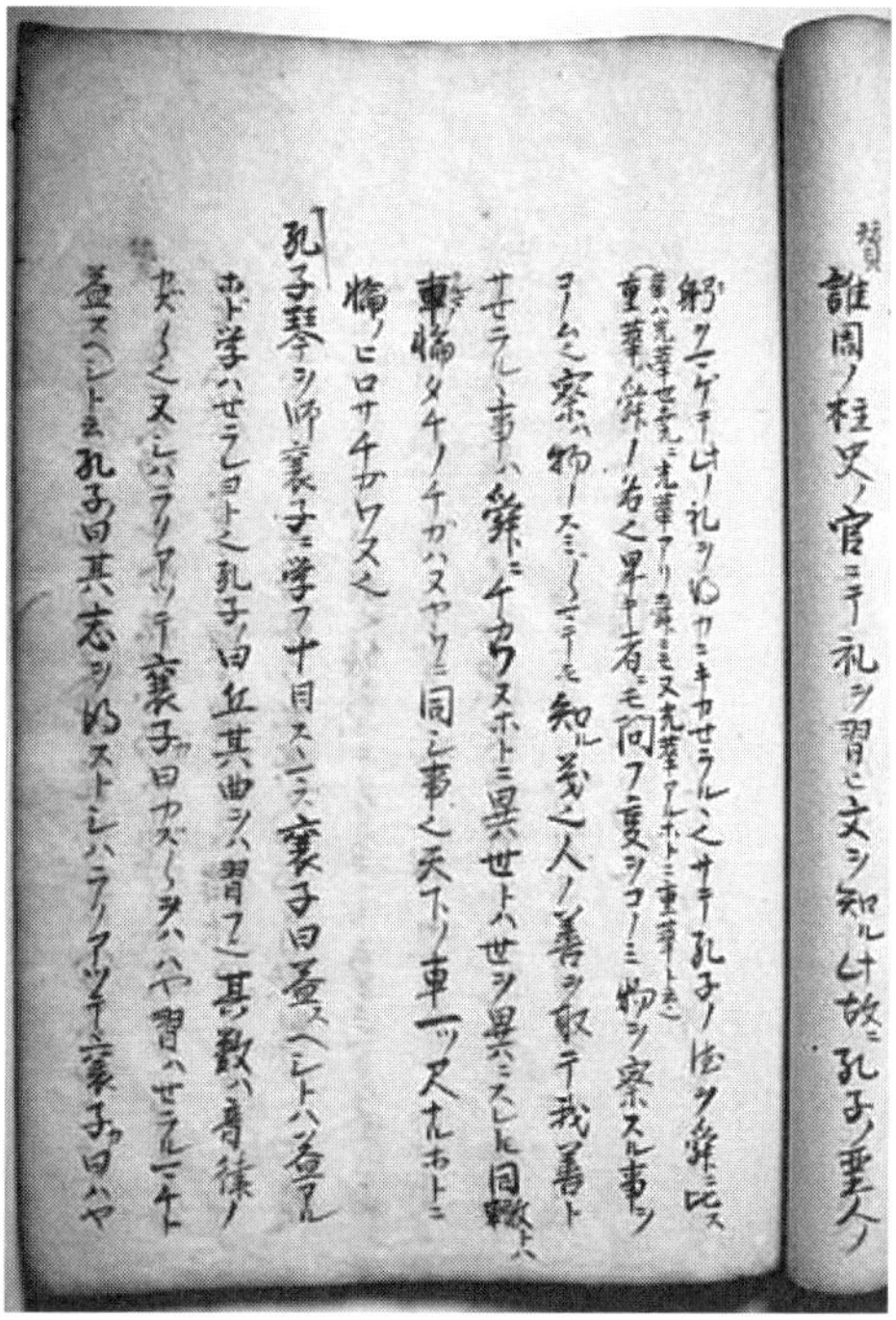

聖蹟図和鈔（仮題）

さらにこの部分、拙蔵本カナ注で確認してみると以下のとおりである。

人ノ善ヲ取テ我善トサセラル丶事ハ舜《ニ》チカワヌ
ホトニ異世トハ世ヲ異ニスレトモ
同轍トハ車ノ輪《クルマ》タチノチガハヌヤウニ同シ事也
天下ノ車一《ツ》尺ナルホトニ輪ノヒロサチガワヌ也

以上の注釈の対象本文は第九段(24)にあるもので、張楷の詩の一句「異世同轍」に対するものである。表記の違いはあるものの、同文であることは明らかである。

ところで先に拙蔵本は『黄石公素書』と合綴してあると述べた。これは何の転写本であるかというと、慶長二十年文之玄昌の跋文をもつ伝本であった。但し、跋文を記していない上、訓点にも若干の異同が見られるから、刊本が親本であるか否か詳らかでない。このあとにある『南北経験醫方大成』跋文には「雲興叟白」と識してある。『南浦文集』には雲興軒や雲興散人、雲興玄昌などが見えるが、雲興叟とする文は未収録である。しかしたとえば中院通勝こと也足軒は也足叟と併用される。また天隠龍澤を天隠叟龍澤と記す例があることなどを考慮すると、雲興叟とは文之のこととみて相違ないであろうと思われる。ただしかし、この署名のある『医方大成論』は未詳である。(25) ほかに『法華経』跋文には宋の真徳秀のものや『性理大全』『小学』の抜書がある。短文ながら、文之点とみて差し支えのないものである。ともあれ、これら文之にちなむ書の写しが合綴されている状況からも、このカナ注が文之の『聖蹟図和鈔』であることが察せられよう。

さて、『破収義』は慶長十六年（一六一一）に刊行されたのであるが、一方、『和鈔』の本文中に次のような文言がある。

正統甲子ヨリ日本慶長壬寅ニ至テ一百五十九年也

「正統甲子」とは正統九年（一四四四）のことで、『聖蹟図』の初版発兌の年である。「慶長壬寅」の年は七年にあたる。したがって、『和鈔』の成立は慶長七年から十五年の間ということになる。本文中に右のような文言があることからすれば、七年に『聖蹟図』に関して薩摩藩内に何らかの動きがあったのではないだろうか。前年の文之自身の薩摩下向が影響しているように思われる。

それから『続破収義』第百四十条に気になる一文が見える。すなわち、「尓之《カ》誤《アヤマル》和鈔若不《シスンバ》レ寄《ヨセ》二于高野山《ニ》一則《チ》我《レ》何《ソ》言《シヤ》レ之哉」という。これは謙虚に読むならば、前提として、文之が高野山に『聖蹟図和鈔』を納めたことがあるのだろう。とするならば、高野山に個人的な繋がりを持たない文之であるから、慶長十三年の家久による『聖蹟図』屏風寄進と時を同じゅうするものと推測するのが順当であろう。いずれにしても、本節冒頭に掲げた『漢学紀源』梗概番号㈡から㈢の間であることに相違あるまいと思われる。

さて、『聖蹟図和鈔』には次のようにある。

時ニ弘治丁巳季春ハ三月也三月［以下、二〜三字分鼠損］吉府ト云処ニ重ネテ此板ヲ刊《エル》トナリ

つまりこれよると、弘治丁巳の年の重版本を用いたことが記されている。弘治丁巳の年というのは明代（公元一四九七年）にあたる。これは正統九年本を改訂した弘治本の刊記「于時弘治丁巳季春月朔日吉府重刊」に対応するものであることは明らかである。では文之は直接この刊本に拠ったのであろうか。『聖蹟図和鈔』に、次の一文が見える。

黙然ハ史記ニハ黯然トアリ

第二十四、学琴師襄の段の文言である。文之が『和鈔』作成に用いた『聖蹟図』には当該箇所に「黯然」という語ではなく「黙然」が使用してあったのである。では家久刊本にはどうあるだろうか。実は「黯然」を使っているのである。ちなみに『聖蹟図』屏風でも同様である。『聖蹟図』諸本すべてを調べていない段階であるから、明確なことは分からないが、今のところ「黙然」とする伝本は管見に入っていない。憶測の域を出ないが、二つのことが考えられる。一つは、文之は刊本を直接取り扱ったのではなく、義久蔵本を転写して一本を献じた。これが寛永刊本のもとになった写本である。このほかに副本を誂えて手許にとどめた。それを用いて『和鈔』を作成したのではないか。しかし、この転写本では「黯然」を「黙然」と誤写したために、『聖蹟図和鈔』中でわざわざ「黙然ハ史記ニハ黯然トアリ」という註を加えねばならなかったのではないか。もう一つは、忠良の蔵本がすでに誤写しており、『和鈔』ではこれを忠実に取り上げたために、右のような注釈を加える必要があった。しかし、家久の命で転写する際は『史

記』本文に效って「黯然」と訂正し、寛永本でも同様に処理したのである。それゆえ、『和鈔』のみにかかる文言が見られるのではないかと思われる。後考を俟ちたい。

おわりに

慶長期、薩摩藩では孔子の生涯を描いた『聖蹟図』をめぐって藩主と儒僧文之玄昌との間で文化活動が見られた。これは京をはじめとする他地域には見られぬ独自の動向であった。かつて日新公すなわち島津忠良が座右に置いて戒めとすべく制作した『孔子聖蹟之圖』屏風を、義久は文之に命じて書写し、倭点を施させ、さらに『聖蹟図和鈔』を作らせた。ついで家久が絵師日野等林に絵を、文之に本文を模写させた。本節ではその家久時代の『聖蹟図』が小林音次郎氏旧蔵のものであることを指摘した。そして、存在の確認できなかった『聖蹟図和鈔』を見出し、その内容に言及することを主要な問題とした。

ところで『聖蹟図和鈔』はどのような評価が与えられていたのだろうか。文之玄昌は藤原惺窩や林羅山に比べ、いまだに正当な評価を与えられてきていないというのが現状だろう。[26]が、いまは総括的な評言はしない。『聖蹟図』は島津義久以来、家久のころまで島津家の中で精神的に大きな影響を与えたものと想像される。これに訓読をつけた人物であり、更に注釈を施した人物が文之玄昌である。だがしかし、文之のこの働きにつき、内外からの評価は判然としない。

ただ一人、京法輪寺の恭畏のみが明確な意見を提示している。それは文之批判書たる『破収義（正・続）』においてである。先述したごとく、第九の問礼老聃の段であるが、そこの語句の解釈を難じているのである。さらに、前掲『続破収義』第百四十条で『聖蹟図和鈔』高野山寄贈の一文に続き、次のように説く。

高野山是《ハレ》天下《ノ》貴賤道俗往還《ノ》之地《チニシテ》而顕密兼学《ノ》之道場《ナリ》也看《ミン》二尓《カ》之和鈔《ヲ》一者《モノ》誰《カ》不《ンヤ》レ難《セ》之乎然《ハ》則唯《チタヽ》不《ジ》レ曰《イハ》二尓《カ》之一人《ノミノ》過《アヤマリトハ》一矣三州《ノ》之学者不《サル時ハ》正《タヽサ》二此過《ノヲ》一則三州亦《モ》似《ニタリ》レ無《トナキニ》学者誰《カ》不《サランヤ》レ曰《ハ》レ之《ヲ》乎

このように、語句の注釈の誤りを指摘した上で、その過失を認めないところから進んで、文之の態度自体を難じている。

『聖蹟図和鈔』は管見では他に伝本が伝わっていない。桂庵幻樹の訓点をより平易化し、四書集注を手がけ、羅山にも影響を与えた文之であるが、訓点以外の学問的成果は不明な点が多い。その意味で聖人孔子の伝記について彼のまとまった見解が見出されたことは初期薩摩藩の学問史的理解を深める手掛りを与えてくれるものだろう。『聖蹟図』は忠良や義久・家久らの学問的関心に拠るところが大きい産物であるが、一方で、星窩や羅山よりはやく『聖蹟図』を読み込み、付訓や注釈をなし得たことは、従来から朝鮮を通じての朝鮮・中国書籍の摂取（略奪を含めて）[27]が前提としてあったものと思われる。当該期の薩摩版についても、島津家との関係の中で再考する必要があろう。

注

（1）羅山没後の刊行である。鈴木健一氏『林羅山年譜稿』（ぺりかん社、平成十一年七月）参照。
（2）柳田征司氏『室町時代語資料としての抄物の研究』（武蔵野書院、平成十年十月）。
（3）神谷成三氏「文之和尚の生涯（上）」（『鹿児島大学文科報告』第四号、昭和四十三年十月）の説による。
（4）鹿児島大学附属図書館玉里文庫蔵自筆本『南浦文集』所収のものを引用。以下同文集所収の文はいずれもこの自筆本を使用。
（5）田中健夫氏「漢字文化圏のなかの武家政権―外交文書作成者の系譜―」（『思想』第七九六号、平成二年十月）参照。

(6) 文之の伝記については神谷成三氏「文之和尚の生涯(上)(下)」(『鹿児島大学文科報告』第四号、昭和四十三年十月。同第五号、昭和四十四年十月)に詳述されている。
(7) 中山久四郎氏編集『至聖文宣王』(春秋會、昭和九年)。当時の所蔵者は小林音次郎氏。なお、文政十三年(一八三〇)に転写したものが加世田市立郷土資料館に伝わる。
(8)『成簣堂叢書』第三四九号として大正七年四月に複製刊行された。のちに『禅学典類叢刊』第一一巻(臨川書店、平成十二年十二月)に再録。
(9) 書誌解題については神谷成三氏が『玉里文庫目録』(鹿児島大学附属図書館、昭和四十一年十月)に詳述されている。
(10) 村上雅孝氏「文之玄昌と「周易伝義大全」」(『日本文化研究所研究報告』第二五集、平成元年三月)、及び同氏「文之玄昌と宋学―「周易伝義大全」の書き入れを通して見た―」(『文化(東北大学)』第五七巻第三・四号、平成六年三月)。
(11) 村上雅孝氏「元刊本『周易句解』をめぐって」(『汲古』第二二号、平成四年十一月)。
(12) ⑦は徳川公継宗七十年祝賀記念會編集『近世日本の儒学』(岩波書店、昭和十四年八月)所収。⑧は『鹿児島縣史』第一巻(昭和十四年)所収。
(13) 西村天囚(時彦)氏『日本宋学史』(梁江堂書店、明治四十二年九月)所収。
(14) 大江氏「近世初期における儒学勃興の状態(四)」(『斯文』第一三巻第三号、昭和六年三月)。
(15) 村上雅孝氏前掲(10)論文「文之玄昌と「周易伝義大全」」による。
(16) 若山甲蔵氏「文之和尚の襟帯集」(『日向文献史料』日向文献史料刊行会、昭和九年十月)による。
(17) なお、西村時彦氏旧蔵本の複写版を鹿児島県立図書館が製作している。但し西村氏旧蔵本は、上巻(第十八段)のみの端本である。「孔子聖蹟圖」と打付けの書外題がある。また先聖小像の本文が、内閣本では八丁オモテにあるのに対し、西村本は九丁ウラにあるなどの相違が見られる。

(18) 大阪大学蔵本には「孔子聖蹟之圖　乾（坤）」という原題簽がある。

(19) 文之点については川瀬一馬氏「近世初期に於ける経書の訓點に就いて―桂庵點・文之點・道春點をめぐりて―」（『書誌学』第四巻第四号、昭和十年四月）など参照。研究史は村上雅孝氏前掲（10）論文「文之玄昌と「周易伝義大全」」に詳しい。

(20) 川瀬一馬氏は本書の刊行時期について、跋文の年を示して「略當時の刊行と認む可き」ものとされ（『古活字版之研究』安田文庫、昭和十二年十月）、この説に従う識者も多い。

(21) 佐藤一好氏「『聖蹟図』の歴史」（加地伸行氏編集『孔子画伝』集英社、平成三年三月）。

(22) 両者の問答については岡井慎吾氏「恭畏僧正について」（初出『藝文』第二〇年第一〇号、昭和四年十月。再録『柿堂存稿』有七絶堂、昭和十年十一月）に詳しい。

(23) 引用本文は謄写版『破収義』（岡井慎吾氏私家版、昭和五年）による。

(24) 段数は加地伸行氏編集『孔子画伝』（集英社、平成三年三月）に従う。

(25) 小曽戸洋氏「『医方大成論』解題」（『和刻漢籍医書大成』第七輯、エンタプライズ株式会社、平成元年十一月）参照。

(26) 村上雅孝氏前掲（10）論文「文之玄昌と「周易伝義大全」」参照。

(27) その一端は『漢学紀源』巻四「正龍」第三十七に掲げられている。

語彙学習とお伽草子——『魚類青物合戦状』をめぐって——

はじめに

お伽草子作品の受容の在り方は、単に娯楽目的というだけではない。作品によっては教育目的を含むものもあった。これには道徳・信仰・歌道・情の道といった情操面に関するものがある。たとえば『梅津かもむ物語』には文末に次のような評語が見える。

人、まづしといふとも、むさぼる心を失ひて、正直を守り、信心をいたし、神をうやまひ、仏をたつとみ奉るときは、感応あらたにして、利益をかうぶり、貧なるものは福を得、卑しきものは位にのぼりなどして、世に名をあらはすものなり。心あらん人、ねがはくは嘲る事なかれ。

これに類する作品は多々見出すことが出来る。総じて正直・孝行・慈悲・忠義・神仏信仰などを説くものである。福田晃氏はとくに唱導布教の面での受容について話末評語に着目して詳述されている。(1) しかしその一方で文字言語の学習に配慮したものもあったと考えられる。具体的には『精進魚類物語』『鴉鷺合戦物語』がその代表とみることができる。この系譜は時代がくだっても見出される。これら異類合戦物の語彙研究は沢井耐三氏の一連の御研究がある。(2) また近年国語研究の立場からまとまった成果もでている。(3) ここで取り上げる『魚類青物合戦状』もまたその一種として捉えられるが、本節では語彙表現についてではなく、その受容の在り方について考えてみたい。

1　『精進魚類物語』と『魚類青物合戦状』

その前に、『精進魚類物語』について少し触れておきたい。この物語は軍記物の文体をもって叙述されている異類合戦物の代表作品である。勿論、その内容自体、面白いものであるが、『平家物語』や『太平記』を知る読み手であれば、一層の興味をもって読み進められたことであろう。

　祇園林の鐘の声、きけば諸行も無常なり。沙羅双林の蕨の汁、盛者必衰しぬべき理をあらはす。おこれる炭も久しからず。美物を焼く灰となる

このように始まるのであれば、誰しも『平家物語』を念頭に置いてみられるのである。これはすなわち本格的な軍記のパロディとしての側面があるということであるが、なぜそのような趣向の作品が生み出されたのかは判然としない。単に有閑教養人の手慰みとも受け取られるが、読み手にとってはもっと有益な扱い方もあったはずである。でなければ、これほど豊富な、あたかも知識をひけらかすような故事・故実の挿入や語彙の列挙はしなかったであろう。有益な扱い方とは、たとえばその一つに語彙の学習ということを挙げてよいだろう。

『連々令稽古双紙以下之事』（東京大学史料編纂所蔵）という記録がある。[4] これは室町後期の或る真言宗寺院において学ぶべき書を掲げたものである。稽古に使う草子には「幼童読ましむる分」と「十五歳三月已前に読ましめ候ふ」ものとがある。このうち前者すなわち幼童に読ませる草子の中にはお伽草子が数編含まれており、その中には「〵。精進魚類一巻」という記載も見られる。[5] 合点は「一段稽古の分」、円点は「披覧の分」と注記されているから、ひらき見ると同時に一段と稽古すべき草子であったことが分かる。しかしどのような点に値打ちがあったのだろうか。

そもそも『精進魚類物語』には付訓のものと無訓のものとがあり、それは受容の在り方の差を示すものだろう。付訓本の一つである明眼院本には語彙の列挙に次のような方法を採っている（明眼院本）。

其時馳参人々ニハ誰々ソ先鯨大海《ヲ、ウミ》ノ高鯛《スケタイ》ノ赤助　鱐《シヤチホコ》　ノ帯刀《タテワキ》先生鮖《イシモチ》ノ大助嫡子　鮞《ハラ、コ》　ノ太郎鮵《ツフ》實同次郎鮷吉鱧《ヨシハモ》ノ長助鰑《アメノ》冠者鱒《マス》ノ藤五　鱅《ヒラカ》ノ左衛門　鰌《タニハラ》　右京権ノ助　鮇《イサホコ》　源九郎　鰱《ウルノ》ノ平三　魛《タチウヲ》　ノ備前ノ守鯖《サハ》ノ刑部ノ大夫　鱲《サハラ》　ノ判官代鯡《ニシ》ノ出羽守　鯤《キ、ノ》　左小将鰍鯉《アイキヤウ》　兵衛ノ尉池《イケ》殿ノ公達水鯉御曹司《サウシ》小鮒ノ近江ノ守同　款冬《クハントウ》井手助熊野ノ侍ニハ鱸《ス、キ》ノ三郎鮓《ハス》ノ左大忠《チウ》宇治殿ノ御中　鮊《ヒラノ》　助力一族白鰸《シラハヘノ》　河内守鰕魿《カレイ》ノ中務　鯰《ナカツカサナマツノ》　判官代鱣《ウナキ》ノ右馬ノ允　鰶《セウスハシリ》　ノ　鮻《コノシロ》　魫《カマツカ》　法師　鮇《ヤナキ》

鮗《イソハセノ》　左衛門鮎《アユ》ノ小外記鯷《エイ》ノ陸奥ノ守　鰔《カイラキ》　大蔵ノ卿魶《シヒ》ノ助力子共ニハ鰏《フク》ノ冠者醒鰭《コ》ノ次郎鮎《シヒ》ノ入道　鰾《サコノ》　源六鮟鱇《アンカウ》ノ

弥太郎大鮭ノ陰陽ノ頭魚　鰪　鰭《アワナキメイタ、キトチヤウ》　鯲

特徴的なことは、そのほぼすべてに振り仮名がついていることである。「鮷吉」に振り仮名「ヒツヨシ」が付いていないのは前出語だからであろうし、「鯨」や「小鮒」「水鯉（みごい）」は難読語と看做さなかったかだろうと思われる。いずれにしてもここでは魚扁の語彙は〈漢字＋振り仮名〉という形で表されていることが知られるのである。思えば、本物語は成立の段階ですでに当該期の辞書と連絡があったのである[6]。異類合戦という、内容的には荒唐無稽な滑稽物語であっても、語彙学習の教材としての利用に耐えうるものであったことは、右引用箇所からだけども窺われることだろう。いやむしろ、内容が内容だけに年少の者の学習には適していたと思われる。

ところで『精進魚類物語』の後続作品には『魚太平記』や『魚類青物合戦状』『精進魚類問答』『精進魚類軍記』などがある。異類合戦物でこの作品の影響をうけたものはそれ以外にも見出されるだろう。同趣向の物語は江戸後期に至って一層作られたようである。多くは写本として読まれ、出版文化とは異なる位相で創作と鑑賞との対象となっていたもののようである。そうした物語群を続帝国文庫の編者は〈万物滑稽合戦記〉と名づけて総称とした。この種の

作品群の一つに『魚類青物合戦状』がある。これは魚類方と精進方とが合戦する物語である。精進方将軍の白壁豆腐守は家老の黒膚蒟蒻兵衛・丸麩軽石次郎の意見を受け入れ、魚類方将軍桜鯛赤助の不在をついて龍宮城を攻める。しかし、最後には蛸入道ら四天王の働きで、精進方の城が攻め取られ、捕えられた豆腐守は油揚にされるというもの。

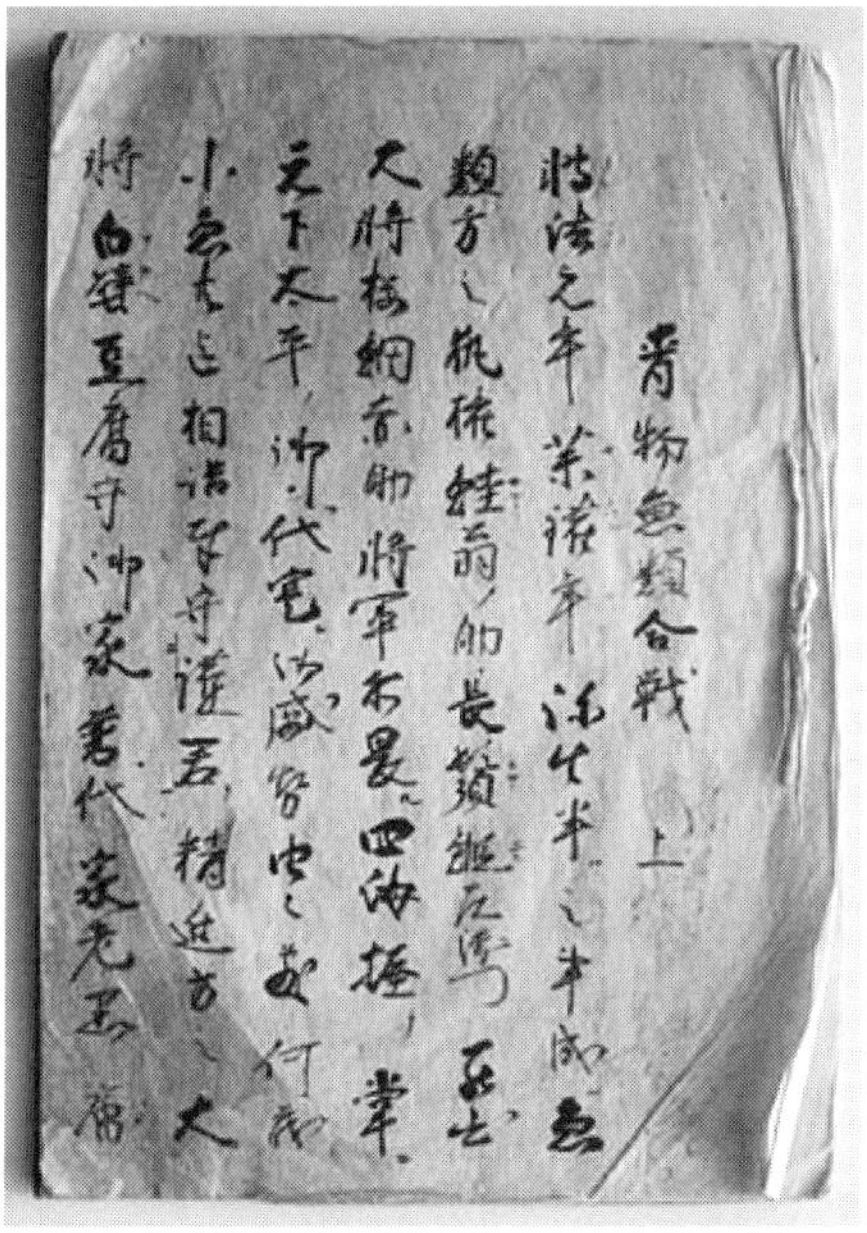

伊藤本巻頭

　伝本は二種確認される。一つは静嘉堂文庫所蔵の写本一冊、もう一冊は筆者架蔵の江戸後期写本一冊。まず静嘉堂本は沢井耐三氏によって翻刻紹介されている。[7] それによると天明八年（一七八八）書写の写本一冊。「青物魚類合戦状」は題簽に書かれた題。伊藤本も写本一冊で、書写の時期は判然としないが、江戸後期のものである。未紹介のものだから、少し詳しく述べておく。寸法は縦二十四・五㎝、横十七・〇㎝。表紙のない仮綴で料紙は楮紙。全十六丁。書名は内題に「青物魚類合戦　上（下）」とある。毎半葉七行、字数は一行十五字前後。文体は変体漢文で、静嘉堂本と同じであるが、本文に多少異同が見られる。

　この『魚類青物合戦状』も先述の『精進魚類物語』と同様の文体によって叙述されている。すなわちかなり和様化された変体漢文であり、随所に振り仮名をつけているのである。

　この作品は題名からも知られるとおり、『精進魚類物語』の改作本と看做してよいだろう。しかも登場人物（擬人化された魚類・青物）に共通する名が見出される。受容の在り方も似ているようである。というのも、伊藤本では所々に勘物が見られるからである。すなわち次のような事例がある。

行膝〔右訓〕ムカハキ〔左訓〕ハ、キ　一〇ウ
真甲小額〔右訓〕ヒタヘ〔脚注〕ヌカ　一〇ウ
薙倒〔右訓〕テイトウ「薙」〔左訓〕ナク／クサキル「倒」〔左訓〕サカシマ　一〇ウ
抜群〔右訓〕ムラカル〔脚注〕トモカラ／タクヒ／ヲ、シ／キン／クン　一一オ
法論々々〔左訓〕アラソウ　一一ウ
茨〔右訓〕チカヤ〔左訓〕ヨシ　一二オ
投《キ》倒《シテ》〔右訓〕ナケウチ〔脚注〕ナクル　一三オ
延置〔右訓〕ス、メ〔脚注〕ナカシ　一三オ
鱻〔右訓〕メ、サコ〔左訓〕アタラシキウヲ　一三オ
将監〔右訓〕カン／カンカム〔左訓〕カヘリミル　一三オ
水涷〔右訓〕トウ〔脚注〕コホリ／ツユ　一四オ　＊涷は練の誤り
樊噲〔右訓〕フンクハイ「樊」〔左訓〕タヲヤカ「噲」〔左訓〕イカル　一四ウ
撚斬〔右訓〕キル〔左訓〕タツ　一五オ
不レ可レ屓〔右訓〕キ〔左訓〕チカラヲオコス　一五ウ
風雨之卯〔右訓〕ハウ〔脚注〕マク　一六オ
流二車軸《ヲ》一〔右訓〕チク〔脚注〕ヨコカミ　一六オ
茹揚〔右訓〕ハカリ〔脚注〕クラシ／ユテル　一六オ

これらの注記は別の訓みや一般的な語義を示したものである。一体、何によってこれらの注記を施したのだろうか。漢字一字に対する注記には傍らに訓みを記し、下の辺りに語義を列挙している。これは『和玉篇』等から派生した一般的な字書の体裁に似ている。しかし二字熟語はその種の字書には付録としてしか記載されないから、熟語はおそらく『節用集』の類に拠っているのだろうと思われる。「行膝」には右訓に「ムカハキ」、左訓に「ハ、キ」とある。あるいは両点形式の『節用集』を用いたか。「鱻」に「メ、サコ」「アタラシキウヲ」の両訓を付けるのは、管見では正徳四年（一七一六）刊行の『四民童子字尽安見』（改題本・改編本あり）(8)くらいしか見られない。もちろん元禄六年（一六九五）版『大広益節用集』のように上段に「増補和玉篇」を併載する辞書を用いたとも思われるが、完全一致するものは未確認。ともかく、複数の辞書に拠ったことは疑いなかろうと思う。

しかし、考えてみると、これらの注記は随分とおかしい印象を受ける。たとえば「樊噲」については、人名なのであるから、その履歴を記すべきであろう。ところが「樊」と「噲」とそれぞれの一般的な語義を記すのみなのである。これは作品の読解には何ら益するところのない注記ではないだろうか。そうみると同様の不適切な注記が目に付く。「法論々々」は「五加木《ウコキ》法論々々《ト》成被《レ》喰梟」という文脈で「論」に「アラソウ」と記している。また「将監」は「鱻《メ、サコ》小源太・鮴《コリカシカノ》将監《ケン》（中略）自《レ》下石 蒸養覗《ウムシニヲクリノソキ》、紫蘇《シソ》兵部組打《ト》、終雑《ニ》喉之汁成被《レ》吸梟」という文脈であり、すなわち官職名の「将監」を分解して、それぞれの語義を記している。「車軸」も「流二車軸《チクヲ》一」という句中の「軸」に「ヨコカミ」と記している。

このように、文脈と関係のない語義が併記されているわけで、このことは、物語の読解という点からすれば、無思慮な所為ではないかと感じざるを得ないであろう。

しかしこれを別の見方からすれば、本書の書写兼読み手にとっては物語の内容は内容として、ほかに関心事があったということではないだろうか。すなわち使用漢字の一般的訓みと語義とを知るという点に主眼があったということかと思われる。

2　語彙の学習と遊戯

そもそも『精進魚類物語』の作られた室町戦国期はどのように漢字の学習がなされていたのだろうかというと、世俗では経典・幼学書類のほか、往来物を用いていたことだろう。往来物は多く消息例文型を採るが、『庭訓往来』のように随所に同範疇の語彙（名寄とも物尽くしともいう）を列挙するものもしばしば見られるところである。これを石川孝太郎氏は庭訓往来型と名づけた。『庭訓往来』にも付訓本と無訓本とがあり、前者は手習いのみならず、漢字の読み書きにも使用されるものだった。(9) たとえば後者に属する寛永版『庭訓往来註』の本文には次のような部分がある。

生物《ナマモノ》者《ニハ》鯛《タイ》 鱸《スヾキ》 鯉《コイ》鮒《フナ》 鯔《ナヨシ》 王余魚《カレイ》雉《キジ》 兎《ウサギ》 鴈《ガン》鴨《カモ》 鶉《ウヅラ》 雲雀《ヒバリ》水鳥山鳥一《ト》番《ツガイ》

生物の前後にも削物や塩肴の名を夥しく列挙している。これらは書簡中、贈答品の目録として機能しており、意味がないわけではない。しかし現存する当該期の消息の中に、これに類似するものがあるかといえば、管見には入っていない。通常、目録は別紙に認めるものであるから、仮に見出せたとしても極めて珍しいものということがいえよう。つまり、この手の往来物は単に手紙の書き方の手本となるばかりでなく、物尽しに代表されるような語彙を強調した部分は、別の目的、すなわち語彙を学習するためのものとみられるわけである。

これと共通するものがお伽草子の中にも散見されるが、語り物系や和文調の物語草子になると、しばしば韻文で綴られる。たとえば『姫ゆり』（室町時代物語大成一一）には次のような一節がある。

まづ、なにはづより参りたる、梅の花かひをはじめて、竹のうらはのすゞめかひ、もりにこゑあるからすがひ、なみ打《うち》あぐるすだれかひ、たかのおにきくやかたがひ、なみしら糸のよろひがひ、あまの衣のうつせがひ、ふわのせきやのいたやがひ、なみとや花の桜がひ、柳のうらのやうじがひ、このみひろふかしはがひ、なみにぬれたる袖かひや、日もくれなたのすほうがひ、かやうのかひ共をそろへて、あそび給ひける。

このように七五調で表現されるのである。語彙の列挙と韻文という点で、これらは道行文と共通する性質をもつ。『精進魚類物語』の中にも「適々待ち得て契る夜は、哀を告ぐる烏貝、世を厭へども尼貝の、思ひ隔つる簾貝、年寄りたれば婆《ウバ》貝の、女貝こそなかりけれ」（古活字本）といった本文が見られる。しかしながら漢文調の軍記物の場合はこのような音読を意識したような表現はほとんど採られないのである。そのかわり、語彙の列挙という点ではもう一つの異なる形を取り入れていることに注意すべきであろう。それがすなわち勢揃である。

3　勢揃

軍記物には伝統的に勢揃の趣向が見られるものであるが、それは各陣の人物やその属性を記す必要があったからであろう。単に読み物として楽しむばかりでなく、歴史書としての側面も備えているのであるからだろうが、一般読者からは一見無味乾燥に感じられる部分であろう。しかしたとえば『臥雲日件録』寛正七年（一四六六）閏二月六日の条を見ると、江見河原入道が客の慰みとて『太平記』を読んだ。それを聴いた葉山三郎・上月六郎は「赤松入道円心、軍功有るの事、尤も当家の名望為り、之を聞くに幸ひと為すなり」と喜んでいる。このように登場人物の関係者の縁者や歴史事実を知りたい読み手からすれば、歴史資料の一種なのであり、勢揃の部分は、むしろ潤色が施されていない分、値打ちのある部分だったことは想像に難くない。

地理科往来の一種に十六世紀中葉、星琮庵重治なる人物の著した『富山之記』（『日本語と辞書』第七輯）というものがある。これは当該期越中の神保氏の善政や一向一揆との闘争などを描いたものであるから、一面からすれば軍記物である。物尽しや勢揃を取り入れている点でも興味深い作品である。文体は漢文調であるが、かなり俗化している。つまり軍記物の体裁を採った語彙集とみるべきもので、やはり語彙学習の手本として作られたものかと想像される。

魚者鯉《コイ》鮒《フナ》鱸《スヽキ》鱒《マス》鮎《アユ》鯰《ナマツ》鮫《サメ》鮪《シヒ》鯔《ナヨシ》鯵《アチ》魬《ハマチ》鯛《タイ》鰈《カレイ》 鰩《トヒイヲ》 鯨《クシラ》 海長《タチウヲ》鰐《ワニ》鯗《フカ》鰹《カツヲ》 鯖《サハ》海鹿《イルカ》魳《イカ》小鮹《スルメ》刷斗《ノシ》鮑《アイ》 鯯《コノシロ》 辛螺《ニシ》栄螺《サヽイ》 蛤《ハマクリ》 海鼠腸《コノハタ》生海鼠《ナマコ》
海老《エヒ》鰯《イワシ》宝螺《ホラカイ》䲳《イクイ》鱧《ハモ》鮠《ハヱ》 鮞《ハラヽコ》 鯡《ニシン》干鮭《カラサケ》鰌《ウナキ》鰤《フリ》鰏《フク》 鯥《フクラキ》 鱛《エイ》鱏《ヱソ》 鱰《シイラ》 雑魚《サコ》也

軍記物の体裁をとりながら、語彙列挙の部分を設けて学習に供しているわけである。

では異類合戦物において勢揃はどのような役割をもっていたのであろうか。一つは勿論、物語の展開上、交名《きょうみょう》という性格が与えられている。対峙する陣営それぞれの武士とその属性とを明記することで、夥しく記述される人名を整理するのである。これは軍記物一般にもいえることだろう。しかし、異類合戦物の場合は、もう一つ重要な役割がある。すなわち異類の名前はその者の属性を反映するものであるが、それと同時に読み手に対して俳諧的な興趣をもたらすのである。たとえば鱒赤左衛門は、鱒の腹が赤いことに由来する名であるから、鱒と赤との関係は連想に基づくわけである。長鬚蝦左衛門は鬚が長いからであり、丹後鰤助は鰤が丹後の名物だからである。

『魚類青物合戦状』の名前には『精進魚類物語』から踏襲もしくは改変したものと、独自のものとがある。前者に該当する名には、類似名も含めて、次のものがある。

『魚類青物合戦状』　『精進魚類物語』

鮭翁助	鮭大助長鮫
鯆粒助	鯆太郎鮑実
鯛赤助	鯛赤助鯇吉

鱸三郎　　　　　鱸三郎（刊本系）
蛸入道赤色　　　蛸入道
丹後鰤助　　　　鰤丹後守
納豆太郎糸重　　納豆太郎糸重（刊本では太郎種成とする）
黒膚蒟蒻兵衛　　蒟蒻兵衛酢吉

後者の事例についても参考までに魚類のみ一覧して示しておこう。

長鬚蝦《えび》左衛門　長鰭《ながひれ》鯨之作（助）　鱒《ます》赤左衛門　鰐《わに》一口五郎　鯡《にしん》臭太郎　鰈《かれい》白助　鯔《なよし》玄番　鰶《このしろ》兵衛　鮮鱈《なまだら》虱之助　大魚
骨《と》牙《げ》治郎　大眼鯱助　早業　鰙《とびうお》之丞　河豚《ふぐ》黒助　泥鰍《うなぎ》永助　鯰瀞助《なまずのとろすけ》　鱶《ふか》皮太郎　細魚《さゆり》小平治　鱑《しろ》源門　鱧《はも》雲蔵
鰤《はまち》源太骨直　鮎《あゆ》小市郎　鮠《はや》惣七　鯔《ぼら》戈助　丹魚《あから》丹五郎　鱓《やつめ》小六　鰍鯉《あいきょう》七郎　鱻《めめざこ》小源太　鮴《ごりかじか》将監　鰧《おこぜ》判官
木魚赤声入道

人間世界の軍記物では、通常、人名やその属性を列挙するばかりであったが、異類合戦物になると、沢井耐三氏も説かれるごとく(10)、名前自体が物語のおかしみを表す上で重要なものとなるのである。その際、効果を発揮するのが、一見無味乾燥に思われるところの勢揃のくだりであった。そして『精進魚類物語』を踏襲した文体をもっているということは、名前の列挙に魚尽しとして物の名の読み書きに供する役割が与えられていたのではないかと思われる。

4　読み物と語り物

さて、『魚類青物合戦状』はこれまでみてきたように、『精進魚類物語』の影響下に成ったのであるから、漢文調の軍記物の系譜に連なるものであり、文体は特殊な和様漢文であった。であるから、乱暴な言い方だが、読み物か語り物かといえば、本質的に読み物であるといってよいだろう。

ところが、伊藤本の冒頭の一文はいささか注意すべき文言というべきである。

転法《テンハウ》元年薬鑵《ヤクハン》年弥生半《ハ》之事成《ニ》魚類方之執権鮭《サケ》翁ノ助長鬚蝦《ヒケエヒ》左衛門罷出大将桜鯛赤助将軍前畏ル

すわなち〈転法元年薬鑵の年〉という戯年号が使われているのである。戯年号といえば『精進魚類物語』の〈魚鳥元年〉、『花鳥風月の物語』の〈花月元年〉、『魚太平記』の〈嘉霊二四の年〉などほかにもいくつかのお伽草子・仮名草子作品に見られ、くだっては滑稽本などにも見られるところのものである。その中で伊藤本が〈転法元年薬鑵の年〉を採用している点が面白いのである。なぜなら、これは語り物であるてんぽ物語、すなわち早物語に使われることのある年号だからである。

早物語とは座頭など琵琶法師の初心の者が主に語ったもので、早口に滑稽で短い物語を語りきるところに興趣のあるものであったようである。座興となる一方で、語りの鍛錬にもなった。娯楽的内容でありながら、語りの勉強にもなったのである。座頭の芸としては近世以前からのものだが、のちには祭文語り、瞽女などもこれを扱っていた。また芝居の口上や素人の座敷芸としても語られるようになっていった。(11) さらに東北地方では田植踊りにも取り入れられ、今日に至っている。

早物語の戯年号が物語草子のそれと違う点を挙げるとすれば、多く、〈鯰元年鯉の年〉〈黄粉元年あずきの末〉〈づほう元年狐の年〉のように、元号に次いで、十二支も加えていることである。その中で「てんぽう元年やかんの年」とするものが東北地方、とくに山形県で数例報告されている。(12) 戯年号を含め、早物語の趣向を文芸に活かすことは近世後期の戯作で行われている。滑稽本『世帯平記雑具合戦《がらくた》』は「頃はほうろく元年やくはんの年ちろりの正月ひよゝの朔日の事なるが」で始まる。〈ほうろく元年〉も早物語に多く見られる年号である。奥浄瑠璃「餅合戦」にも「天腹元年薬鑵の年」とあり、〈やかんの年〉は早物語の中では広く用いられていたことが察せられるだろう。

ここから推すに、伊藤本に戯年号〈転法元年薬鑵の年〉が見られることは、書写伝来の過程で、早物語で聴き知ったこの年号を取りこんだのであろう。これは早物語にも「清盛蜂合戦物語」や「餅酒合戦」「虫合戦」などのように戯合戦物が一群をなしているからであろう。また命名法に顕著に示されるように言語遊戯性にも共通するものがある。鯑の太郎鰤の助、大酒九郎三郎、蛍左衛門尻照など、物語草子に登場しても不自然でない名前である。また祝儀性という点でも同じである。早物語の擬合戦物は祝言で結ばれる。『魚類青物合戦状』もやはり「千穐万歳万々歳、目出度共、中々申す計りも無かりけり」とある。

このようにみてくると、『魚類青物合戦状』は早物語を草子化したものではないかという気がしてくるであろう。が、そもそもの文体の特殊性は、語り物とはかけ離れているといわねばなるまい。また本作が名前自体のおかしみを表していることは先述した。とくに丹魚丹五郎などの滑稽味は文字でないと伝わらず、音読では理解しえないのである。これを要するに、本作はもともと『精進魚類物語』の改作として作られたが、伊藤本もしくはそれ以前の書写者が早物語擬合戦物との類似性に気づき、その発句を借用したということであろう。

おわりに

『精進魚類物語』の後続作品には物語構成だけでなく、語彙や文体でも影響を受けた作品がある。『魚類青物合戦状』はその典型である。その一方で擬合戦という構成面だけに示唆を受けたものもある。『精進魚類問答』（筆者架蔵・写本一冊）は江戸後期の戯作だが、その一種である。早物語の中にも人名に納豆次郎糸重の登場するものがあるように（『旅と伝説』一三－一二）、多少関係の見出されるものはあるが、しかしそれは耳で聴いてもおかしみの伝わるものに限られた(13)。

『魚類青物合戦状』は『精進魚類物語』の流れを汲むものとして、語彙学習にも参照される向きがあったことは伊藤本の書入から知られたことと思う。一体、お伽草子や仮名草子を俯瞰したとき、物尽し、道行、そして異類合戦物に特徴的な勢揃はしばしば見受けられるものであるが、これらは単に文飾や面白味を出すための趣向として取り入れられているものばかりではないようである。殊に勢揃は漢字の読み書きにも供されることを考えた趣向ではなかったかと思われる。もっとも早物語は読み書きの学習には供することはできないから、遊戯面のみである。物語草子には、室町期以降江戸後期に至るまで、早物語に付かず離れずの関係を持ちながら展開してきた一つの流れが見出されるであろう。『精進魚類物語』はその中核であり、『魚類青物合戦状』はその流れから派生した物語草子と見ることができるかと思う。

注

(1) 福田晃氏「物語唱導の系譜〈その一〉」(徳江元正編『室町芸文論攷』三弥井書店、平成三年)、「物語唱導の系譜〈承前〉」(『伝承文学研究』第四〇号、平成三年十月)。

(2) 沢井耐三氏「「鴉鷺合戦物語」表現考―悪鳥編―」(『国語と国文学』第五九巻第七号、昭和五十七年七月)、「「鴉鷺合戦物語」表現考―神仏編―」(『国語と国文学』第六〇巻第一〇号、昭和五十八年十月)、「「鴉鷺合戦物語」表現考―遊子伯陽説話の系譜と流布―」(『愛知大学国文学』第二四・二五号、昭和六十年三月)、「『精進魚類物語』擬人名考」(『愛知大学国文学』第二六号、昭和六十一年十一月)、「『鴉鷺合戦物語』表現考―軍陣編―」(『国語と国文学』第六五巻第五号、昭和六十三年五月)。

（3）高橋忠彦氏・高橋久子氏・古辞書研究会編『御伽草子精進魚類物語　研究・索引篇』（汲古書院、平成十六年）。

（4）高橋秀城氏「幼童の稽古―東京大学史料編纂所蔵『連々令稽古双紙以下之事』にみる文学書・付影印―」（『智山学報』第五六輯、平成十九年三月）、「東京大学史料編纂所蔵『連々令稽古双紙以下之事』をめぐって―室町末期真言僧侶の素養を探る―」（『仏教文学』第三一号、平成十九年三月）参照。後者には翻刻を載せる。

（5）前掲（4）翻刻では該当箇所の円点が欠けている。

（6）高橋久子氏「御伽草子と古辞書」（『日本語と辞書』第三輯、平成十年五月）。

（7）沢井耐三氏「翻刻と解題『魚類青物合戦状』・『さかなあを物大合戦』」（森川昭氏編『近世文学論輯』和泉書院、平成五年）。

（8）関場武氏『近世辞書論攷』（慶応義塾大学言語文化研究所、平成六年）

（9）石川松太郎氏『往来物の成立と展開』（雄松堂出版、昭和六十三年）。

（10）沢井氏前掲（7）解題。

（11）安間清氏『早物語覚書』（甲陽書房、昭和三十九年）。

（12）矢口裕康氏『出羽の庄内　早物語聞書』（東北出版企画、昭和五十二年）、武田正『天保元年やかんの年―早物語の民俗学―』（岩田書院、平成十七年）。

（13）なお、『精進魚類物語』と口承文芸との関わりについては小島瓔禮氏「精進魚類物語と口承文芸」（初出『日本民俗学会報』第三六号、昭和三十九年十一月。再録『中世唱導文学の研究』泰流社、昭和六十二年）参照。

【翻刻】

青物魚類合戦　上

轉法《テンハフ》元年薬鑵《ヤクハン》年弥生半ハ之事成ニ魚
類方之執権鮭《サケ》翁ノ助長鬚蝦《ヒケエヒ》左衛門罷出
大将桜鯛赤助将軍前畏ル四海握テ掌ニ
天下太平ノ御代寔ニ御威勢由々敷何茂
小魚共迄相詰奉守二護君ヲ一精進方之大
将白壁《ヲカヘ》豆腐守御家譜代家老黒膚《ハタ》　」一オ
蒟蒻《コンニヤク》兵衛丸麩軽《フカル》石次郎進出　踞《ヒサマツイテ》畏ル従
昔至レ于《マテ》今ニ　動《ヤヽモスレハ》被レ隔《ヘタテ》魚類方無念類《タクイ》者
無リケリ梟承候得者今度於テ二濱浦一大将鯛ノ赤助
被レ懸二引網ニ一依テ其取物モ不取敢明城落人
罷成之由今風聞専ラ也倡《イサ》押寄テ決ン二勝負ヲ一
獨リ武者納豆太郎糸重聞之尤従二往古《ムカシ》一
而魚類方精進方如ク二源平両大将一而天　」一ウ
下ヲ相持ツ今更事新申条能々有テ二御思案一
可レ然ト諫而申上ル御大将豆腐守聞召之

否《イヤ》々其者臆病之至也古語曰　與《アトフルヲ》レ天ヨリ不レ取者
却而成レ讎ト此度能折柄也國々江觸廻可レ率二
軍兵ヲ一両家老畏テ承リレ之勢揃ヲ為レ仕梟先一
番ニ干瓜腹巻同毛五巻甲着ナシ二居首ニ一五尺
八寸芋　茎《イモノクキノ》　太刀三尺弐寸　薯蕷《ヤマノイモノ》指副夕　」二オ
兒馬打乗而尾張大根守ト名乗二番韮《ニニラノ》皮
鎧着干蕪《ラノ》　甲喫《イカ》物作帯二　藜茎《アカサノクキノ》太
刀ヲ一林檎ノ駒ニ為レ置二茸鞍ヲ一掛二干瓢ノ手綱ヲ一
桑山蕪法師ト名乗三番黒革威ノ鎧梨
子皮鉢巻茄子ノ駒ニ打乗テ永井牛蒡守
名乗テ通ル四番野老《トコロノ》皮腹巻　鋸《ノコキリノ》葉指
物最上人参ト名乗出ル右四天王為レ先ト　」二ウ
都合其勢百万余騎龍宮城二重三重
押取巻　鯨波《トキノコエヲ》　上梟魚類方不二思寄一
事成者上下ヲ　游《ヘトヲヨキ》梟其日当番者　鱒《マスノ》赤
左衛門是ヲ聞何者成者門外迄責寄ル
彼蹴散セト為下者鰯小殿原　鮞《ハラヽコノ》粒助　鯡《ニシンノ》
臭《クサ》太郎丹後鰤助　鰈《カレイノ》白助　鯔《ナヨシノ》玄番聞

レ之其引《ヲナト》而走出寄手従《リツル》レ方栗《ノ》皮《ノ》鎧着
胡桃《クルミノ》駒《ニ》打乗《テ》杉菜三郎《ト》名乗而只今
爰許《江》為歩如《ハ》白成者《ト》欤思覧精進
方大将白壁豆腐守日頃欝憤為
晴青物方不レ残御供申也命惜
為降参鰶兵衛従聞憎奴目雑言哉
手並之程見迚　鯲《トチヨフノ》弓熨斗絃三人張
指三本取《而》伽羅離弾放《シ》無慙成哉

└三オ

杉菜朝露《トソ》消《ニ》梟蕪五郎見レ是其引《ナト》云
伬　茅《ニチカヤノ》鑓《ヲ》振《テ》懸　鰶《ルコノシロ》《ト》　何欤為レ仕濫水不
レ溜被二突殺一鮮鱈《ナマタラ》虱之助刻《キサミ》昆布着《ノ》レ鎧《ヲ》
宥寛出梟胡《ニ》椒粉《ノ》治郎　瓢《フクヘノ》駒打乗観《テ》
世紙結《ユリノ》懸二手綱一《ヲ》三寸四方之白紙織《ヲリ》形着
レ甲膳《ヲノ》隅《ニ》為レ扣《ヘ》倡参候《ト》云梟《ハ》両馬間《カ》動度《ニトフト》
落二計《ト》成《テ》失梟魚類方四天王長

└三ウ

鰭《ヒレノ》鯨之作(助カ)大荒布鎧《ノ》栄螺《サヽヘノ》空甲帯二于
鮭《ノ》太刀一蟫《エイニ》駒打乗閑《テシツ〳〵ト》々出《ニ》梟精進方
之四天王黒皮綴《ノ》腹巻梨子皮鉢巻

└四オ

水蕗《フキ》四尺八寸太刀乗二茄子駒一《ニ》牛房
守在《ト》レ之諌《イサミ》勇《テ》為レ扣《ヘシハラク》暫　勝負者不見鯢《クシラ》
何欤為仕慳《ケン》吸口葱白《ネブカ》真那箸請
毒矢　額《コフヘニ》流二油汗一湯洗《ユカン》難レ砕二牛房身《ノノ》

└四ウ

繊《センニ》一被レ入二白水一無慮也吸物成《トテニ》失梟松
茸椎《シイ》茸卜治《シメチ》舞茸滑《ナメスヽキ》茸　獅子茸
畏茸谷地《ヤチ》茸《モタシ》　岩茸青苔鶏冠《ノリトサカ》苔
凝海藻袋苔雪苔　膚《ハタヘ》　身拵堅苔思々
装束得物云々　持道具雑唯後陣掛
梟鯉鮒　鯎《ウクヒ》鱠《キヌコ》残魚氷魚《ヒウヲ》鮎石首魚《カチカ》
鯲馬貝空鎧為レ置二蟹甲《ノ》膚《ル》鞍一

└五オ

親重代之波分丸虎　鱐《シヤチホコ》為レ前爰詮度
防《フセキ》　戦辛子《カラシ》短気之助擂鉢着鎧摺
小木脇指芥子《カラシアヒト》　鱠　無物手並之程見
迚　弾《ヒイテ》　鼻油進梟　鱸《スヽキ》　三郎見之
署量《イカメシ》精進方薯蕷髪《ホツ》木打
独活《ウトノ》大木虎杖《トフコヘ》空芙蓉葉《ミツハセリ》茗荷唇
青莧《ヒユノ》　分《ト》而我等為《ニ》敵對事蟷螂

└五ウ

斧成飛《トテ》出三分為レ討不レ叶 鰹《トカツウヲ》 小鯛
鮢《カナカシラ》 鯒《コチ》 鰆《サハラ》 鯖《サハ》小鮹魚《スル》鮑《メ》交《リ》進出《テ》敵百
騎被レ討者味方茂百騎負レ手入乱上
下 噪《トサワキ》 梟寄手蔓《ツル》茂天蓼《マタヽヒ》守笋《タケノコ》子皮
鎧草摺長颯《ク》土着密《ミ》柑《ノ》皮《ノ》五枚甲
十六大角足《ノ》太刀 蕨《ワラヒノ》 指法神馬藻
駒茘《レイシ》支鞍榧《カヤ》実空鎧葡萄《フトフノ》鈴」六オ
懸レ首胡《キ》瓜輪切《ノ》沓《ヲ》為レ噛《ハマ》魚類方大
将鯛赤助将軍《ニ》見参哉被レ呼大将
御覧而者々《シノ》 青物方志娜《ノヤサ》敷出之手
並見迚大之眼《ニ》立レ角《ヲ》振二尾 鰭《ヒレヲ》一游
赤助其日装束者海月《クラケ》甲 鮑《アハヒノ》 貝頬
當(白カ) 鮫《サメノ》 皮鎧龍宮傳如《ノ》二祓玉《ハ》散一金作
鱰《シイラノ》御帯刀鮟《アンコウノ》 鰊 駒珊《サン》瑚樹鞍為レ置」六ウ
海忝《ミルノ》大房海雲《ムツクノ》藻手綱赤螺《アカニシ》之鎧
御馬廻者鰐一口五郎御供廻者江豚《イルカノ》
千疋連参候言促真一文字游掛天 蓼《マタヽヒノ》
守蟹味噌為二心得一打掛鯛赤助飛

羅離放拂《シヘハ》レ下游レ上附而廻者底《レ》 潜《クヽリ》 天蓼
守 飽《アクミ》 果打物業《ニテ》 不レ叶秘術軍法有二
方便一社菱 蔓《ツルノ》 掛レ 細(綱カ) 沢潟《ヲセタカ》水菜土筆《ツク〱シ》田」七オ
烏《ワ》子《ヘ》水芹大芹哉蓮大根為前曳
哉云々引程赤鰐一口五郎江豚 鯷《ヒシコ》
生海鼠《ナマコ》 蜆《シヽミ》 蛤《ハマクリ》 等冑貝《ヒ》甲貝《ト》鱗迄
無レ残掛《テ》レ 細(綱カ) 揚《リ》梟生姜《カ》七郎是見《テ》先
一番鯛生捕乗二末那板《ニ》一挽レ鱗放《シ》レ鰓
祓レ 腸《ハラワタヲ》 削三枚為レ酔煎酒《ヨハイリサテ》少《ノ》間寝《ネ》所《ヲ》
取惣作《テ》二差身一出梟是扱置龍宮留守」七ウ
居番大魚骨《ト》牙《ケ》治郎大眼鯱助蛸
入道守政《跡》ニ為レ居我君大将被レ討給由
聞之為二歯 噛《カミヲ》一怒梟菟角君敵打取
遂二本望一迚思々出立蛸入道申様精進
方大将豆腐守者本来坊主之喰物
也任二置此入道赤色《ニ》一残之青物共者御
身達両魚而討給《ト》云儘差精進方之」八オ
城郭一《ヲ》被レ急梟 忙《イソクニ》 無程豆腐之城

阮欠入《ン》与仕給處早業鰩《トヒウフ》之丞馳参
押續大魚鯇助河豚《フク》黒助泥鰍《ウナキノ》永助
鯰《ナマスノ》瀞《トロ》助鱶《フカノ》皮太郎細魚《サユリ》小平治鱝《シロノ》源
門鱧《ハモノ》雲蔵其外小魚共都合其勢八万
魚尾鰭《ノ》貝《ヲ》吹立鯡《テアクノ》皮陣太鼓干鱈
白簱押建精進之城大手捕手揉《モミ》合　」八ウ
一度突押寄凱歌揚梟

青物魚類合戦　下

斯而其後城中精進方急為期待儲丸
麩軽石治郎摩《サイ》押取走出招二寄手勢野
菜種《クサヲ》一定二先陣後陣《ヲ》一群《ムラカル》味方者雪風
靡レ草秋野尾花自レ末繁《シゲシスルケキノ》釼戟之光
必レ輝二朝日霜《ニ》一両陣鬨音金笠《チクモ》砕哉　＊笠＝存疑　」九オ
晦《サガリメ》臭渡魚類共穢二精進方戦場一彼
奴原蹴散為二下知一雪消間鴬菜聞レ之
鶴翼従《ノ》レ備真先掛為レ進魚鱗之楯
鰣《ハマチノ》源太従レ見唯今爰許江為二押寄

如白成者欤《ト》思覧鯛赤助御臺所之御
便大魚之骨《トケ》牙治郎大眼《ノ》鯇助鮹入
道大将主之敵為レ討罷向候也参候言侭　」九ウ
五尺八寸一勢《スルリト》秡鴬菜掛《ニ》梟為二意得一
腰之助秡《刀》所許《ニ》打被レ切梟杓杞《クコノ》三郎在
レ之請看《テミユト》飛掛引放丁《シ》打《ト》不レ透山葵《ワサヒノ》
小弥太為レ支迚無二會釈一欅(ムット)組少《シ》働《ノ》処　＊欅＝捽カ
娜《ヤサ》敷尫《ヒワツ》者将《イサ》娑婆《ノ》暇為《ント》レ取細首中捻《ニ》
剪《テ》貫二太刀先《ニ》一軍神血祭魁《サキカケ》鰣《ハマチノ》源太
骨直《ト》高聲旬訇《ニノ、シリ》梟青物方三人迄　」十オ
並レ枕討死小薊《スヲニアサミ》黄《キ》糸腹局《マキ》為二生付《レ》一針
毛行縢《ムカハキムカ》縢《ハキ》(ハ、キ)膝《ヒサ》栗毛駒乗《ニ》扨角《マタ》振《フリ》立山刀《ナタ》
大豆《ハ、ノ》輪廣帯二太刀一提《ヒツサケ》二鉄抱《テツハフヲ》一如レ雷聲音而
無情《ムショフ》八丸《ニ》切廻《ル》手本進《ム》魚類奴真甲小額《ヒタヘ》《ヌカ》
左右臑《ノコテ》助切大袈裟車剪脇節《ツカサ》後
疵《キス》向疵楯突者唐《ハ》竹破逃者追北伐《カケキリ》
六々《エイく》(鯉)魚始而三十六魚薙倒《テイトウ》《ナククサキル》《サカシマ》自二魚類方一　」十ウ
是見小薊殿御手柄適《アツハリ》為及承秡群《ムラカル》《トモカラ》《タクヒ》《ヲ、シ》《キン》《クン》

見事候爰踊《ニヲトリ》為《ル》レ出者烏賊《イカノ》甲 鎺《ヨロイ》老《ホ》海
鼠冑《ヤカフト》膚者條《シイラ》魚下着上者 鱰《シイラ》腹局仍《テ》
上帯丁締《トシメ》抜魚《ウナキノ》刀 鱓《ヤツメ》指添海 牛《ス、メウヲ》
鎧踊張鞍笠《ニツ〳〵》 衝《タチカカリ》 挙大魚魷《トケ》次郎青
物方四天王見参哉被レ呼梟五加木《ウコキノ》百
平茄子空五枚甲菠薐草《ハフレンソウ》 紫《ムラサキ》 裾《スソ》濃《コ》
」十一オ
之鎧南蛮 枡《ハシハミノ》 駒 柚《タチハナ》 子二割鎧忍冬草《スイカツラノ》
懸二手綱一母衣者絲瓜《ヘチマノ》皮駄袋和茶苦茶
言《テ》為レ向大魚是見荒業々敷百平請《テ》
看《ミヨト》 打而掛推乱《ルスラリト》離放飛掛《テル》為レ支迚丁打《ト》
無慙《サン》成哉五加木《ウコキ》法 論《アラソウ》 々々《ト》成被レ喰梟
蓼《タテ》摺十良名乗出《テイテ》鮎小市良是在互《トニ》
手者之事成者半時計勃動《ホトメキ》明梟
＊勃＝存疑
」十一ウ
終者両方相討小市良炙物《ト》成被
レ掛二蓼酢一珍客之前《ニ》引物《ニテ》成失梟
越瓜奈良漬一騎當千剛者《コハ》黒胡
麻茄子漬鞍為レ置 苣《チサノ》 葉鎧木通《アキヒ》
甲 茨《チカヤ》《ヨシ》 鎺千大根長刀風車《ニテ》振廻
＊千＝干

鯋《イサヽト》 名乗伐結被《フ》レ懸二脇《コシノ》下《ニ》一朝露消梟《ト》
鱈不レ透翔 繋《トンテカヽル》 細首被レ討落是無《モ》レ墓
」十二オ
成梟 鮑《ハヘノ》 惣七陣鎌振掛《テリ》梟珍敷惣
七将《イサ》参覧 扣《トタ、キ》 合越瓜《シロ》為二輪《メクリ》切一 翔《トツ、》 跂《ハネツキ》
鎌無手遣《ヲ》梟剛者南風《カケツカ》北風《ヘセツリ》為レ戦
無慙成哉鮠《ハヒ》者諸膝 薙《ヒサクサキレ》 岸《ト》波伏 鰡《ホラノ》
戈助有之越瓜為得合剪結鰡者何欤
為仕慳傍《ソハ》成石跆《ニケシ》飛《テ》高股被レ伐引入
丹魚《アカラ》丹五郎 鱓《ヤツメ》 小六 鰍《アイキヨウ》 鯨七良三騎
連而掛梟越瓜不二事共一差理無理捽《ヲシ》
」十二ウ
捕《ヘ》膝《ヒサノ》下押《ヲツ》掠《テ》離レ 鰓《アケヲタ、キ》 扣二氷頭一秡レ鰭
投《ナケウチニ》 倒《ナクル》 半《シテ》死半生成《ニ》透迤《テヨツカフツカト》不可游
鮓《スシニ》 成《テ》失《ニ》梟大眼鯱助為レ居欤 唆《アイツ》
斗《リノ》奴原何迄延《ス、メ》《ナカシ》置早打取《ント》 為二下知一
鱻《メ、サコ》《アタラシキウヲ》 小源太 鮴《コリカシカノ》 将監《カン》《カンカム》 鰺《アジノ》鮨《スシノ》自レ下石 蒸《ウムシニ》
養 覗《ヲクリノソキ》 紫蘇《シソ》兵部組《ト》打終雑《ニ》喉之《カヘリミル》
」十三オ
汁成被レ吸梟人魚大納言此由見《ら》
精進方四天王見参哉被レ呼野菜

種残少被討不《ト》レ叶哉思慳蒟蒻
兵衛進出命期《カキリ》為レ戦人魚右肩
先左乳之下掛而被切迚絶 倒《ノツケニタフル》處
細首中被打落雷光朝露《トソ》 消梟
䲢《ヲコチ》 判官堪《コラヘ》忍兼山祇《カミ》威《ニ》神通方便
吹レ 汐《ウシホ》白昼黒闇《ヲクラヤミ》陸《ヲ》為レ海《ト》社掛《リ》梟麩《フ》蒟
蒻是見荒々仰々敷方便哉我等者従二
先祖一水凍《トウ》《コホリ》《ツユ》家也迚少茂不レ譟《サワカ》以二菽《マメ》鉄炮《ヲ》一
捌《ヒカヘタリ》 是者不レ知判官者深入《スル》 處ニ至而打程
䲢《ヲコチ》 者空討死今早敵茂味方茂残 些《スクナニ》
被二討成一菟角青物方之生捕大将魷次良
鯱助入道為先精進方城内江乗込将《ンイサ》
支度尤大将入道装束者海 膽《カフトカヒ》居首
被召千里《アハヒ》錮仍《テ》上帯丁《トシメ》締金魚鍔《ツハ》
銀魚 鑘 鱭《ハ、キタチヲ》 魚御帯刀海馬《アシカ》引寄
優《ユラリト》 乗真前進出梟魷次良鯱助思々
帯二太刀一諫《イサメ》為レ切威勢之程大唐 樊《フン》《タヲヤカイカル》 噲《クハイ》

＊凍＝練カ

」十三ウ

」十四オ

＊樊《はん》噲《くはい》が正しい

張良我朝之頼光綱金時武蔵坊辦
慶金平勢茂是者争増覧 懼《ヲチン》 者社
無梟斯而精進方皆々被二討取一面色者
青物方成二漂 倒《シトロマドロト》 息一 哼《ヒヨロ》斗《ツノ》 掛所《ヲ》魷次郎
鯱助一二之木戸蹴破攻《リ》二寄《ル》本丸《ニ》一天 蓼《マタ、ヒノ》
守解味噌手並程知覧寄組《ト》尤魷次良
押並閑《シツカト》動組曳哉々々云聲者天地響
計也魷次郎天 木蓼《マタ、ヒノ》押臥猫喰而
啼《ナキ》味噌《ト》者汝《カ》事欤主君之敵首 撚《ヒネリキル》斬《タツ》
貫二太刀前一梟豆腐守被レ討残兵共
招二寄一所《ニ》一此度者最期軍不レ惜レ命高
名而挙二名後代《代》一迚先進出梟豆腐守
手下《ニ》進《ム》魚類共弐百騎切引入項羽《コフウ》之
太刀先茂《ニ》不レ可レ肩《キ》《チカラヲオコス》 蒟蒻兵衛軽石次郎
垢《アカツキ》 取大根守毒解人参佐長命《ナカイキ》死
狂《ヒニ》 剪程四天王四人而死人之山《ヲ》築《ニ》梟鮹
入道是見為二仕済一奴原哉我等計並
見《ン》迚龍宮之神道自由自在向レ天

」十四ウ

」十五オ

＊解＝存疑

」十五ウ

味方之幡上者魔除《ヨケ》法敵旗《ノハタ》者釼風
雨之印《マク》熱湯《ハウネツトフノ》法《ヲ》結《ヒ》掛《レ》流二車軸《チクオ》《ヨコカミ》一青
相方如レ被二茹《ユテル》《ハカリクラ也》　揚一取次《シトロモトロ》筋《ト》斗片《ヘラ》乱附所《ヲ》
鯱助鱿次良前後押取巻生二捕豆
腐守《ヲ》一手採《トリ》足取掛レ縄大将前《ニ》引居《ル》　」十六オ
鮹入道見之其《レ》謀《トナシテ》為二下知一鍋城押《ニ》
取込油揚《ニ》為レ仕梟木魚赤聲入道
早態鰷之丞城中江欠入精進方之
兵西風《ヲツ〱》東風《マクツ〱》礒打浪之幐代《ト》云物蕪大
根四天王不残打勝今早遂二本望一
勝凱《トキ》吶ト作差二本國一帰《リ》梟千穐万
歳萬々歳目出度共中々申計無梟　」十六ウ

付録　近世前期お伽草子年表

これは市古貞次氏『中世文学年表』「小説」以降、すなわち慶長十九年からはじめ、約百年後の元禄年間までを収録するものである。

慶長十九年（一六一四）

五月七日　『源氏供養表白』撰出

一源氏供養表白撰出（時慶卿記）

七月二十一日　『箱根山の縁起』到来

鎌倉荘厳院飛脚来。七月二日之状来。箱根山之縁起来。則返書遣ス。（本光国師日記）

元和三年（一六一七）

四月二十六日　清水物語（東京大学総合図書館蔵）奥書

しぐれ（龍門文庫蔵）奥書

元和四年（一六一八）

一月四日　堀江物語（実践女子大学図書館蔵）奥書

天和四つちのへむまの年正月吉日

右天和四年戌年、古写本、以三河國宝飯郡新城町三原屋紋右衛門家本、写之

于時弘化三乙巳年七月下旬

遠江國引佐郡狩宿村

峯野次郎左衛門峯隆

大正元年八月五日　久志本本より写す　潮甫

是年　西行（筑土鈴寛旧蔵）奥書

元和五年（一六一九）

一月十七日　幸若舞曲「静」「新曲」上演

萩原兼従ヨリ使来、幸若大夫舞在之申〔由脱カ〕、俄罷出、隣ホクシユ院ニテ之儀、俄罷出、仕合極上也、當座樽銭百疋令持参也、晩食種々念入之義也、舞ハ静・新曲二番也、（下略）（舜旧記）

元和六年（一六二〇）

十一月二十五日　『一条観音縁起絵』披見

一條観音縁起繪於知傳寺一見、

外題、金山天王寺縁起繪

後奈良院宸翰

縁起筆　　　逍遥院（三条西実隆）仍覚筆

繪筆　　不知

聖徳太子十六歳之御時、山城國愛宕郡柳原ト云所ニ、始テ木《コ》屋カケ有リ、是太子之杣入ト申ハ、此義ナリ、其後一條烏丸トヲリニ本堂立也、其瓦ヲ烏クハヘテ運也、悉如此也、依烏丸通トハ申也、其後退轉シテ、高倉院御宇ニ再興アリ、小松三位中将維盛之御内、渡邊ノ吉延ト云者、奇瑞夢想アテ、彼御本尊像ト太子像トヲ掘出、重而　再興也、予縁起一見也、少覚記之也、（舜旧記）

十二月一日　『多武峰縁起』画中詞書入

入夜召御前、御雑談有之也、多武峯之縁起大（織）初冠前後畫圖題之、其上加詞也、（泰重卿記）

元和七年（一六二一）

一月一日　弁慶物語（国会図書館蔵）奥書

元和七歳辛酉青陽上旬元日

庄右衛門

光重（花押）

元和八年（一六二二）

一月吉日　厳島の本地（天理図書館蔵）奥書

右《みき》之《の》一巻《ひとまき》いつれもかなもしによらす本《ほん》のことくうつし畢

元和八年

正月吉日

二月二十五日　熊野の本地（天理図書館蔵）奥書

元和八みつのへいぬ年二月廿五日

寛永元年（一六二四）

三月十一日　梅若丸の絵

書暦號於梅若丸賛之末（寒松日記）

三月十二日　梅若丸絵持参

昨純帰宅持梅若丸繪東行令見之晩（寒松日記）

五月吉辰　白身房（国会図書館蔵）奥書

寛永元稔仲夏吉辰

七十二歳而　　吉田恕軒了庵叟宗末書

八月九日　『清水寺縁起』読申

晩従女院御所召伺公、清水寺縁越（起）よみ可申由仰也、
三巻一巻よみ申候、次一条殿御伺公、二巻被遊候、
行恵居士草庵心造立後延鎮田村丸御建立也、其外種奇
瑞有之也、（泰重卿記）

寛永二年（一六二五）

二月十九日　諏訪の本地（京都大学附属図書館蔵）奥書

五月四日　梅若塚因縁談聴聞

浅草観音角田川ヘ舩ニて参詣申候於角田川ニて梅若丸
為廻向一首つゝ被置也住持ニ所望申前々ヨリ参詣之
御方々讀被置候御哥共見申又ハ角田川之因縁をも
緩々語候也聞申也　（観助僧正日記）

寛永三年（一六二六）

十月二日　『八幡宮縁起』書写

信州八幡宮社家縫殿・奥守（正常）・采女祐（鈴鹿治忠）・主殿允、朝飯
来也、則八幡之御縁起所望之由候間、令領掌、書寫
之事喜兵衛談合申付也、（舜旧記）

寛永四年（一六二七）

三月吉日　富士の人穴草子刊行

寛永四年三月吉日

七月二十三日　『平野五所之縁起』五巻新作

西洞院（時慶）松庵ヘ音信、對面ニテ平野五所之縁起五巻、新
作出来也、一段奇特之由申入了、（舜旧記）

八月十一日　雨やどり（国会図書館蔵）奥書

十月二十日　『愛宕権現由来』書写

福壽院（兼英弟）下山、浄勝院ヘ来、予方ヘ當年之茶箱ニ入、極
上半袋添、朝倉山桝一臺持給也、則一禮罷出、先度
愛宕権現由来、書進之趣申入也、（舜旧記）

是年　田村の草子（桜井慶二郎蔵）奥書

寛永五年（一六二八）

二月一日　熊野本地絵巻（津島熊野神社蔵）寄進

新田之門葉松平宰相源朝臣令寄進
熊野権現之本地此十三之畫幅當所之鎮守
権現之社壇者也仍如件

干時寛永五季戊辰

衣更着吉日（演劇研究三二深谷論文）

今年当所熊野三所大権現宮へ五衰殿之巻物熊野縁起拾
三巻御奉納被遊候

（一伯公御記録・演劇研究三二深谷論文）

八月吉辰　宝満長者（中村五兵衛）刊行

寛永六年（一六二九）

一月二十六日　もろかど物語（彰考館蔵）奥書

寛永六歳巳ノ初春廿六日書之ヲナリ

二月吉日　相模川（天理図書館蔵）奥書

此さうし、寛永六年閏二月吉日に、是を書、長松殿
に参る也

筆者年五十七

六月二十一日『多武峰縁起』読進

朝供御御相伴、無御中酒、多武峯縁起二巻仕候へと
仰候、則仕候、一時半時読果畢、御盃出、其内夕供
御時分、供御過退出、（泰重卿記）

寛永七年（一六三〇）

四月吉日　御茶物語古活字本刊行

寛永七年卯月吉日

東洞院通下三本木町　有之

五月十二日　相模川（慶応義塾図書館蔵）奥書

秋　西行物語（毛利家旧蔵）奥書

右西行法師行状之絵
詞四巻本多氏伊豆守
富正朝臣依所望申出
禁裏御本命于宗達法橋
今模写焉於詞書予染
禿筆了招胡廬者乎

寛永第七季秋上澣特進光広（花押）

十月五日　たなばた（慶応義塾図書館蔵）奥書

寛永七年初冬初五

寛永八年（一六三一）

四月十日　文正草子（筑波大学附属図書館蔵）奥書

寛永八年卯月吉日

四月十日　『八幡宮縁起』上下二巻誂える
良音坊ヘ勧修寺之在所八幡宮縁起上下巻、安田九郎兵衛誂出来故、宮傳遣了、能使宜也、（舜旧記）

九月上旬　常盤物語（高山市歓喜寺蔵）奥書
寛永八年九月上旬　　よま

寛永九年（一六三二）

七月吉旦　富士の人穴草子（中野道也）刊行
寛永九年壬申孟秋吉日中野道也新刻

十二月吉辰　伊吹（中野道也）刊行

十二月吉日　住吉物語（中野道也）刊行

十二月吉日　文覚（中野道也）刊行
寛永九年壬申十二月
吉日中野道也梓

是年　中将姫（熨斗勝一蔵）奥書

寛永十一年（一六三四）

四月吉日　はなや（さうしや太郎右衛門・薩摩太夫正本）刊行
寛永拾一歳四月吉日
西洞院通長者町　さうしや太郎右衛門開板

十二月中旬　天狗の内裏（橋本直紀蔵）奥書

是年　恵心僧都物語（国会図書館蔵）奥書

寛永十二年（一六三五）

一月吉日　七人比丘尼（杉田勘兵衛尉）刊行

二月吉日　烏帽子折（不明）刊行
寛永十二年乙亥二月吉日　開板之

十二月廿某日　常盤問答・玉虫の草子（日向市・川越家蔵）表紙書付
寛永拾弐年乙亥十二月廿□日

寛永十四年（一六三七）

二月二十二日　『天神縁起』披見
自金川、到鎌倉・金澤、見物。於荏柄《エカラ》天神、正宗脇指并縁記拝見。（隔蓂記）

十月吉日　清水物語（国会図書館蔵）奥書
　寛永拾四年丑十月吉日　　　　水尺□《貫カ》一
七月二十日　文正草子絵巻（京都市立芸大蔵）粉本奥書
　十五歳時
　　土佐光起筆ノ写
　繪昏数
　　廿八枚有
　寛永拾二年七月二十日
七月吉辰　むらまつ（草紙屋太郎左衛門・古浄瑠璃正本）
刊行
　寛永拾四年文月吉辰
　　二条通両替町　草紙屋太郎左衛門
是年　長宝寺よみがへりの草紙（大阪市長宝寺蔵）奥書
　依写旧本、可有烏焉馬錯也、慙愧々々
　　于時永禄四龍集辛酉林鐘十八日
　後花園院永亨十一己未年ヨリ、永正十癸酉年マテ、
七十五年也、永正十年ヨリ、天文十四己巳年マテ、
三十三年也、天文十四年ヨリ、永禄四年辛酉年マテ、
十七年也、永禄四年ヨリ、寛永十四丁丑年マテ、七
十七年也
都合、永亨十一年ヨリ、寛永十四年マテ、百九十九
年也

寛永十五年（一六三八）

十一日『因幡堂縁起』披見
自今晩、明王院・吉権・西左同道、赴因幡堂執行。
明朝茶湯之故也。般舟院亦同途也。予亦自今晩、赴
因幡堂也。於因幡堂、先本願亦被居也。金光寺亦被
来。於桃坊、而喫温飩、喫茶三種。予亦鳳團一種持
参。因幡堂縁起三巻拝覧。於執行、而一宿。（隔蓂
記）

寛永十六年（一六三九）

六月十五日『天神縁起』表紙作製
天神縁儀《起》之繪一巻渡左京、表紙頼也。（隔蓂記）
八月十二日『天神縁起』表紙出来
天神之繪縁記之巻物表紙出来。自大経師左京、来也。

秋　『水沢寺縁起』披見
（隔蓂記）

この堂はかうけん天皇の御宇に高光中将といひし人、上野のこくしにておはしけるか、そのほたひ所とかや。かの高光卿は本地やくし如来にてわたらせ給ふゆへに、諸病しつちよのためいかほの里の滝の湯はいたさせ給ふとなり。さてこそかの滝の上にやくしはたゝせ給ふなれ。北の御かたいかほの姫と申せしは則観音のさいたんにてわたらせ給ふとくわしくえん起にみへたり、これはのちいかほのやとにてみ侍りなり。（伊香保記）

秋　『榛名神社縁起』披見

かのそうしやの八郎権現の御ち、君にておはしましけるとそ。えんきはおもひかけすそうしやにてみまいらすれはいよ〳〵有かたき事にておもひし。（伊香保記）

秋某月二十四日　『すみよし物語』の絵を例示

あやしきわらはとものくまてもち籠おひたるか所々に散たる木の葉かきあつめ、松の落葉ひろひたるさまたゝすみよし物語の絵を見むこゝちす。（伊香保記）

是年　相模川（東京大学国文学研究室蔵）奥書

寛永十七年（一六四〇）

三月二十七日　日光の縁起（東照宮縁起カ）につき在府

青御門主日光ノ縁起ノコトニテ在府候也、（慈性日記）

五月　浄瑠璃物語（杉田勘兵衛尉）刊行

是年　西行物語（京都大学文学部蔵）奥書

寛永十八年（一六四一）

七月吉日　鴉鷺物語（中嶋四郎左衛門）古活字本刊行

寛永十八年辛巳
七月吉日
京寺町四条上町 中嶋四郎左衛門開板

是年　熊野の本地（慶応義塾図書館蔵）奥書

是年　八幡宮縁起（誉田八幡宮蔵）奥書

是年　林羅山、「鳥羽恋塚碑銘」を著す

鳥羽恋塚者文覚為源渡妻所築也初藤盛遠聘彼婦而無道劫婦之母為媒徑母呼而告之婦念不聴則殺母不孝聴則棄夫不義噫不孝不義吾生不如死欲以身當之乃佯諾曰請失我夫而後可以従也一夕在閨新沐而臥者即是矣我開戸而待之盛遠約去婦還設酒與源渡相献酬使臥於奥婦自沐臥閨夜闌盛遠果到断頭持去黎明視婦之首也盛遠甚哀即為僧所謂文覚是也其後在高雄遙望埋婦之處名曰恋塚世俗所傳蓋如此噫呼婦孝于母于夫義即于其身雖丈夫不過此也長安大昌里之節女同日之談乎秦之漂母墓以恩墓胡地之青塚以怨何以比之哉曹娥之孝漂水女之貞其碑其名古今不泐此婦之名亦然乎彼之恋之者在色耶不可不擇也浮屠之有塔銘猶如碑碣也　銘曰

吁節婦兮　惟孝惟義
石可泯兮　貞名不已

寛永十九年（一六四二）

五月　秋夜長物語（安田十兵衛）刊行

上陽日　平家花揃（京都大学文学部蔵）奥書

十二月九日　『善悪物語』借用

令帰山之次、川勝喜上洛故、見舞也。柳原川勝丹州宿所也。對談、而歸。詰之引茶壹棗・墨壹俵贈于川勝喜内也。善悪物語上下貳冊、於川勝喜、而令許借也。（隔蓂記）

是年　『磯崎』引用

おもはずもくらがりに見し鬼の面
あまり嫉妬のふかき女房

いそさきとかや云草双紙に、本妻が目かけを妬みて、申楽に鬼の面をかり、同く鬼形に出立て、ほのくらき燈火の影よりによつと出たれば、女おどろきこかれたるをうはなりせし也。そのいかれる心誠の鬼と成て、面が顔に取付てはなれず、其まゝ山に入て鬼となりしを、一子に出家のありつるが行て教化してければ、面はぬけがらとなりぬ。浅間しと思ひてと

もに佛道に入りと云々。（俳諧之註）

是年　『鼠の草子』引用

連式に云源氏は大部の物なれば、二句まではすべしと。此百韵には已三所有。俳諧なればくるしかるまじき歟。但俳諧には鼠のさうしなどこそはへ有べけれ。源氏はよしな。（俳諧之註）

寛永二十年（一六四三）

九月二十九日　たなばた（赤木文庫旧蔵）奥書

くわんゑい二十年ひつじの九月廿九日

九月吉日　釈迦の本地（橘屋源兵衛）刊行

寛永廿癸未年九月吉日　　橘屋　源兵衛開板

九月吉日　阿弥陀本地（草紙屋喜右衛門・若狭守藤原次正正本）

寛永廿一年九月吉日

二条通　草紙屋喜右衛門板

是年　和泉式部縁起（誠心院蔵）奥書

弁慶物語（東京大学国文学研究室蔵）奥書

正保二年（一六四五）

二月　朝顔の露（赤木文庫旧蔵）奥書

此一巻者宗祇法師之真筆無疑也一覧次記之畢

正保二年二月日　　八十歳　玄陳

是年　あかし（山本九兵衛）刊行

是年　玉藻の前の句

ばけ出る茅花は露の玉藻哉　　貞勝（毛吹草巻第五）

正保三年（一六四六）

三月吉日　花つくし（杉田勘兵衛尉）刊行

正保参年三月吉日

杉田勘兵衛開板

三月吉日　浄瑠璃物語（杉田勘兵衛尉）刊行

五月二十六日　『善悪物語』書写

善悪物語写事、頼能有、為持、遣之也。（隔蓂記）

朱明日　西行物語（木村次郎兵衛）刊行

正保第三丙戌朱明日

木村次郎兵衛刊行

九月二十六日　茶屋に絵双紙を置く

午時前、仙洞之宮照宮尊君於當山、御成也。（中略）被為成茶屋、於茶屋、而茶之湯、餅・豆腐煎・勧御盃。茶屋之道具出之、焼栗・繪双紙・揮鼓・風車・赤玉等、指巻藁、出之置也。（隔蓂記）

十月三日　『酒天童子之絵小屏風』到来

自伊藤長兵衛、酒天童子之繪小屏風来、見焉也。（隔蓂記）

十月四日　法蔵比丘（京都大学附属図書館蔵）奥書

正保三年戊丙十月四日ニ書之

如本之写之畢

十月七日　『善悪物語』到来の書状

若王子之内、式部近日依赴江戸、而書状言傳、善悪物語上下二冊着下也。治寸散粉薬亦遣之也。（隔蓂記）

十月十七日　『廿四孝絵讃』のうち「孟宗」の讃を命じられる

自　仙洞、被　仰出、廿四孝之中、孟宗繪讃被　仰出也。（隔蓂記）

十二月二十三日　『二十四孝』のうち「孟宗」の讃の中書を叡覧に備える

自　仙洞、被　仰付二十四孝之讃、予手前孟宗也。以中書、而奉備　叡覧也。小川坊城黄門公迄進之者也。（隔蓂記）

十二月二十八日　『二十四孝』のうち「孟宗」の讃の清書をする

自　仙洞、被仰付二十四孝之内孟宗冬筍之讃令清書、小川坊城黄門公迄遣之、令呈上也。（隔蓂記）

是年　高藤公絵詞（神宮文庫蔵）奥書

田村の草子（杉田勘兵衛尉）刊行

慶安元年（一六四八）

二月二十六日　うそひめ（静嘉堂文庫蔵）奥書

慶安元年二月廿六日書之

四月　文正草子（国会図書館蔵）奥書

慶安元稔

卯月日

五月二十八日　日光の縁起（東照宮縁起カ）を寄進する

江戸帰、讃州へ参、此度之参宮有難存候旨申候、御縁起此度持参、神前ニ備申候由、（池田光政日記）

六月十七日　日光の縁起（東照宮縁起カ）を寄進する

御宮へ御縁起、御たまやへ三部経上ヶ申候事、（池田光政日記）

十一月吉日　天神の本地刊行

慶安元年戊子霜月吉日

慶安二年（一六四九）

一月吉日　鴉鷺物語（荒木利兵衛）古活字本刊行

二月吉辰　釈迦并観音縁起（岩瀬文庫蔵）上巻奥書

我昔依宿習之芳縁、得端正微妙之霊像。伏拝其儀式、宛合往生浄土本縁之説。誠権化之所作、凡鄙豈可窺之乎。爰有俗士。名椙原氏盛安。依此霊像、蒙不思議之瑞夢。最信仰之運、十餘年之思、以和字書本経、加図模縁起、欲令男女貴賤早解本経之素意而已。可謂出離生死之霊寶、往生刹土之亀鑑也矣。慶安二戊子年仲春吉辰

三月中旬　釈迦并観音縁起（岩瀬文庫蔵）下巻奥書

寛永之比、我蒙不思議之霊夢。始而奉拝此両尊者、坐長二寸七分横一寸七分之圓木之中、奉開見。一方者釈迦之像前有阿難迦葉二尊者、一方者観音之像前有惣持自在菩薩。以栴檀刻其尊容、頗可為佛作者欤。且亦二尊之相好、偏相叶観世音本縁経之説。依之以此経、為和訓加盈圖、則奉為縁起、花洛北野廻向院令寄進者也。誠如説一切之衆生、現世者福智願望速令満足、未来者往生浄土必可無疑者也。慶安第二戊子姑洗中澣　施主平盛安

是年　西行物語（川瀬一馬旧蔵）奥書

慶安三年（一六五〇）

一月吉日　花鳥風月刊行

慶安三年孟春吉日

一月上旬　ふじの人あなさうし（近江屋弥兵衛）刊行

慶安三歳孟春上旬寺町通二条上ル二町目近江屋弥兵衛板

是年以前　茶室調度としての絵草紙
御成座敷餝《かざり》物事、先床者三幅一對掛物・盆・香
合・香爐・香箸・花瓶・盆石・石菖鉢・硯水・滴《たく》
墨《ぼく》・筆架、或《は》厨子、或《は》違棚・歌書・文書・繪雙紙、
或《は》管絃《の》道具、皆以古實《の》置様番《つがひ》様御座候得共、紹鷗《せうおう》
已来墓《はか》く敷《しき》相傳輩《の》無レ之候、近来利休居士可レ被レ存
候得共、古田織部なども指て執心不レ被レ申候哉らん、
慥《に》覚知旨《の》も不二相聞一候得者、當時断絶浅猿事共《に》候也
　十月廿八日　小笠原監物實之
真田数馬様　（貞徳文集）
是年　彦火々出見尊絵詞（田中有美蔵）奥書

慶安四年（一六五一）

七月中旬　弁慶物語刊行
　慶安四初秋中旬
八月吉日　中将姫の本地刊行
　慶安四年八月吉日　開板

承応元年（一六五二）

十一月下旬　阿弥陀の本地（山本長兵衛）刊行
是年　禁裏御文庫目録に記載
北野宮物語　（箱）同一
高藤公繪　同一
十二類繪　同一
西行繪　同□（以上、御櫓子御箱目録）
善光寺縁起　一冊
本大寺縁起繪詞　二ー
粉河観音縁起繪詞和長卿筆狀一冊
和光本誓繪詞　和長卿筆一ー
介錯佛師繪詞　三ー
戒法繪之詞　一ー
高野大師三國傳　一ー
慈覚大師物語　一ー（以上、黒御櫓子第一）
十王讃嘆　一ー（以上、黒御櫓子第二）
嵯峨物語　一ー（以上、黒御櫓子第七）

太平記劔巻　後法興院筆一ー
中書王物語　一ー
泰衡征伐物語　宣秀卿筆一ー
鵜鷺合戦記　一ー

七天狗繪之詞　宣秀筆一ー
弥勒地蔵合戦記　一ー
玉藻前物語　二部
玉取尼物語　一冊
禅師君繪之詞　一ー
久阿弥繪詞　言國卿筆一ー
酒天童子物語　一ー
武蔵房弁慶物語上下基綱卿筆　二ー
有明繪　逍遥院筆一巻
切目王子繪詞上下　一ー
女人可恐男子繪詞言國卿筆一二三一冊（以上、黒御檜子第八）
酒天童子　三巻
今ハ昔てんちくー　一ー
十二るいの繪　一ー
藤ふくろ　以量卿筆　一ー（以上、御繪目録）

承応二年（一六五三）

二月吉日　墨染桜（木曽屋次郎兵衛、藤屋次郎左衛門）刊行

承応弐年二月吉日
木曾屋次郎兵衛
藤屋次郎左衛門　開板

三月吉辰　玉藻の草子（西田庄兵衛）刊行

承応二年三月吉辰
西田庄兵衛開板之

季春上旬　八幡の御本地（山本長兵衛）丹緑本刊行

承應二癸巳暦季春上旬
山本長兵衛板

九月二日　『天神之絵詞』披見

於真如寺、而有佛光（祖元）忌、予亦赴真如寺也。（中略）松井喜左衛門・庄右衛門可来之由故、於當寺、夕湌可相侑之旨、内々申遣、相待、而来也。自松喜左衛

門、風呂布〔敷〕壱枚恵之、自庄左衛門、薄匁挺恵之也。振舞點濃茶也。喜左衛門持参、而瑪瑙石之瑚物之石・天神之繪〔言〔詞〕書為秀卿〔上冷泉為秀〕筆之〕見之也。各及晩、而帰也。（隔蓂記）

十月吉辰日　愛宕地蔵物語（西田加兵衛尉）刊行

十一月　源氏供養草子（藤井隆蔵）奥書

　承應二歳癸巳十一月日

承応三年（一六五四）

五月吉日　弘法大師御本地（高橋清兵衛）刊行

　承応三年甲午五月吉日　高橋清兵衛開板

夏　八嶋（山本長兵衛）刊行

　承應三甲午暦季夏吉日

　　山本長兵衛開板

七月十七日　『箕面寺之縁記』披見

於御前、箕面寺之縁記〔起〕・繪圖・女房之奉書等令披見之也。飛鳥井栄雅息女新曹之筆歌書令披見之也。（隔蓂記）

十一月吉日　毘沙門天の本地（林長右衛門）刊行

　承応三甲午暦十一月吉日

　　林長右衛門板行

是年　狭衣の草子（実践女子大学図書館蔵）奥書

明暦元年（一六五五）

十二月二十四日　幸若舞を謡う

早々赴于狩野探幽〔守信〕、伊與〔豫〕素麺〔索〕壱桶令持参也。法眼被居于内、被請予、相對。五十嵐幸清先居也。予初而幸清與成知人也。然則猟徳院道安〔武田信重〕法印被来、内々探幽江被頼、襖障子繪、今日可被書之筈之由。依然、繪被相催、而予亦令見物也。其次予亦三幅壱對被申法眼、被書也。（中略）予・幸清・長二達而相留、被出振舞也。芝原勾當茂一来、予初相逢。弾琵琶、而唱平家也。乗輿而大酒数篇〔遍〕。探幽以外機嫌能、而被歌謡幸若之舞。予令爛酔、予供者下々迄、被振舞也。及初更前、令帰山也。（隔蓂記）

明暦二年（一六五六）

一月二十三日以前　林羅山、「題酒顛童子洞并序」を著す（羅山先生詩集巻第三十五）

二月七日　『弘法大師の縁起』を叡覧に入れる

　初午なりとて、畿内の国々近村邑は云ふにも及ばず、子を抱き妻を伴ひて、稲荷の社に詣で侍る。（中略）此社の神は、和銅年中の草創、藤森は慶雲の頃なれば、はるかに程をも隔てぬれど、稲荷の社人等まで当社の氏子として、五月五日の祭礼には皆当社の祭をいとなびしぞかし。一年、東寺、弘法大師の縁起、後光明院の叡覧に入れしに、玉軸も砕け表具も破れて、霊宝とても扱ふことを歎き思し召して、内外の箱を取換へ金襴にて表具あらため、いと貴く物し給ふことありたり。其序でによりて悉く拝見しけるが、常に稲荷と当社の事、伝へ聞きしに依りて尋ねけれど、しか〳〵の事もなく、大師高野山に登りし時、紀州田辺の郷にて、一人の老翁、稲を荷ひ通りしに行あひ給ふ。大唐にての事、今に忘れずなど言ひ給ひ、洛陽に上りて、九条二階堂のほとりにて、われを待ち給へと云ひて、大師は高野に登り、老翁は以上四人にて京師に行き、其後、大師天朝に奏し給ひて、三つの山に宮柱つくりすませ給ふことを書きのせたり。三つの山は今のいなりの奥、其山あり。其後、何れの御代にか、今の社、造り初めけん。思ふに桓武の後たるによりて、当社にことわりまし〳〵て、かく稲荷と栄えさせ給ふなるべし。委曲は当社の縁起に、二位書きつらねたれば記すに及ばず。（赤塚芸庵雑記）

三月吉日　はまくりはたおりひめ（林長右衛門）刊行

　明暦弐年三月吉日　　林長右衛門板

四月十八日　『二十四孝』の外題を書く

　十雪詩書付注、亦遣狩野探幽（守信）法眼也。自狩野探幽、二十四孝之古法眼元信筆之繪之外題四幅分書来也。彦公（慶彦）・吉権・西瀬・予所持之也。（隔蓂記）

五月十八日　『佐太天神之記』作成

　河内之國佐太天神之記従永井信濃（尚政）殿、被頼之由、被

製、可遂愚覧之旨、依然、天祐翁来訊、一巻令披閲之者也。（隔蓂記）

十一月　角田川物語（山田市郎兵衛）刊行

明暦二丙申歳十一月日　山田市郎兵衛板

十二月吉日　廿四孝（松会市郎兵衛）刊行

是年　厳島の本地（婦屋仁兵衛）刊行

明暦貳年

婦屋仁兵衛

かくれ里（婦屋仁兵衛）刊行

明暦弐年　婦屋仁兵衛

明暦三年（一六五七）

一月二十三日以前　酒顛童子の詩文

題二酒顛童子洞一　并レ序

洞在二八瀬河西山中一俗號曰二鬼洞一洞口狭中闊高二丈強深三丈有奇世稱酒顛童子自二此洞一移二於丹波大江山一云焉余性嗜レ捜レ奇探レ幽毎レ遇二名山佳水古跡霊區一無レ不レ歆二羨之一今欲レ見二此洞一一日登レ山令二一氓先導一レ之数健丁負二児子一暨同来者数輩倶共行一千餘歩許達二于洞一其路嶮而細葛藟縈レ足荊棘簽レ手匍匐蚑行沙石轉動或前者脚踏二後者帯一或傍レ岩而側行則臨二不側之谷一或有二憚レ嶮而不レ能レ陟者一余亦中途倦怠少焉息又躋二於是一乎余後矣如レ有二華山之啼哭一而無中象山之健歩上従者扶而行既而望レ洞相距殆二百餘歩至レ此愈峻隘會下児子與二数輩一早出レ洞而帰上児子迎二見余一曰我已見レ之無二異事一請自レ此還余乃下遂無二一人誤跌者一殆乎天也所謂道而不レ徑不レ立二於岩墻之下一者余自悔自警焉児子唯諾曰不二敢忘一且請レ記二此事一告レ余曰聞二諸或人一讀二流俗猥雑之圖畫一有レ云昔叡山有二一童一僧徒愛二其美一勧レ酒交レ歓時時齩レ人舐レ血和レ酒飲レ之一旦為レ魅入二此洞一遂行栖二大江山一毎レ至二天陰月昏風迅雨甚一則出而攫二人民婦女一尋而不レ見二其所一レ之又有二金熊石熊二童一為二之徒属一者数十鬼往往害レ物人皆患之事以聞源頼光奉レ勅率二綱保昌等七人一陽為二入レ峯行者一

俗號山伏一入《リ》レ山《ニ》渉《ル》レ溪《ヲ》見《ル》三婦《ノ》浣《フテ》二血汚衣《ヲ》一婦曰此非《クレス》二人《ノ》所《ニ》一レ到《ル》也可《シ》二遄《ニ》去《ル》一頼光問《フ》レ之《ヲ》其《ノ》郷居姓字有《リ》レ信相共《ニ》語《ル》一遂與《ト》レ婦約《シテ》到《ル》二鬼窟《ニ》一鬼現《シ》二童形《ヲ》一出《テ、》見《ユ》頼光等《ラ》誘《テ》而使《ム》レ強《シヒ》二毒酒《ヲ》一童酔臥《ス》二窟裏《ニ》一諸鬼盡酔婦導《テ》開《テ》二石扉《ヲ》一而直入見《ル》三一太鬼寝《ヌル》ヲ二石床《ニ》一貌甚可《シ》レ畏《ル》也頼光抜《キ》レ劍《ヲ》大呼《テ》曰普天率土悉《ク》皆王民《ナ》何《ノ》鬼魅之所《ナランヤ》レ居哉叱《チ》爾鬼此劍《ハ》是八幡大神之霊劍也《ナリ》鬼駭起《テ》将《ニ》レ搏《ント》二頼光《ヲ》一頼光徑前《テ》刺《ス》レ鬼《ヲ》鬼猶摑《ム》二其《ノ》頂《ヲ》一綱復進《テ》而斬《ル》レ鬼《ヲ》并戮《シ》二金熊石熊諸屬《ヲ》一戴《ス》二鬼首《ヲ》於一車《ニ》一頼光還奏《ス》二天子《ニ》一大喜《ヒ》勅《シテ》納《メ》二鬼首《ヲ》石函《ニ》一埋《ム》二于山中《ニ》一有《リヤ》諸余曰然《リ》民俗所《ノロ》レ傳《ルアラス》不《リカ》二獨我那而已《ニ》一若《キハ》下武王克《ツ》レ商《ニ》時妲己化《シテ》為《リ》二九尾狐《ト》一飛《テ》欲《スル》レ上《ント》レ天《ニ》太公以《テ》レ符《ヲ》呪《スレハ》則狐乃墜《シルカ》上則非《シテ》二史傳之所《ニ》一レ載《スル》而婦人児女子之野語也《ナリ》何足《ソン》レ上《スニ》二丈夫之歯牙《ニ》一哉若《シハ》或萬物変化難《キ》レ測《リ》者或深山大澤自有《ラル》二厲鬼《ノ》一者有《リ》レ之又或借《リテ》二事於妖術《ニ》一以為《テスル》二劫盜《ヲ》一者亦有《リ》レ之他日讀書格物宜《ク》二自知《ラル》一於《テ》レ是又問曰羅城門生田森鈴鹿山足立原戸隠山皆云昔有《リ》レ鬼是亦然乎觸《ルカレテ》レ類而長《スル》レ之乎余曰然《リ》有《クリ》レ説《ニ》二於此《リ》一有

下大《ナル》二於酒顛童子《ナル》一者上酒顛為《タル事》レ害小《ニシテ》而桀紂《ハ》大《ナリ》曰何《クソヤ》也昔紂斮《シ》レ渉《ヲ》割《キ》レ心《ヲ》刳《シ》レ胎焙烙呑《シ》二啖于玉杯《ニ》一盤《ニ》二栖于瓊宮《ニ》一沈《シ》二湎于酒池《ニ》一餐《シ》二饕於脯林《ニ》一穢腥聞《フ》二於天《ニ》一所《ル》レ謂主卒淵藪豈翅《ニ》一鬼小洞之比《ノミナランヤ》而已乎哉居《レハ》二于下流《ニ》一天下之悪皆帰《ス》焉豈翅《タ、》大江山涓涓之細流之類《ナランヤ》乎哉在《ル》二于列《ニ》一者聞而笑《フ》之児子又笑之曰頼光此一時也武王彼一時也雖《トモ》二以《テ》レ小喩《フト》一レ大而除《クハ》レ害一也遂作《ルト》二一絶句《ヲ》一云《フ》

酒池顛飲肉林中

殷紂元来是狡童

為《ナリ》レ鬼為《トテ》レ人倶作《スヲ》レ害

不《セ》レ論三窟宅與《トヲ》二瓊宮《ヲ》一（羅山先生詩集巻第三十五）

四月七日　厳島の本地（国会図書館蔵）奥書

明暦四年／万治元年（一六五八）

三月吉辰　法性無明物語（石黒庄太夫）刊行

明暦四戊戌年三月吉辰

石黒庄太夫板本

四月二日　『清和院聖観音縁起』作成
　清和院之聖観音縁起近頃予可作事、依被相頼、而此中令作為、今日吉権於堀川式部（弘忠）、而令持参、相渡也。内々自清和院之取次者、堀川式部故也。（隔蓂記）

四月二十日　『清和院聖観音縁起』清書
　自清和院、被頼河崎聖観音之縁起清書、於北野目代友世、頼故、下書為持、遣也。（隔蓂記）

四月二十四日　『清和院聖観音縁起』送付
　清和院聖観音之縁起改、而今日遣堀川式部（弘忠）所也。（隔蓂記）

五月上旬　石山物語（藤井五兵衛）刊行
　明暦四年
　　仲夏上旬
　　　藤井五兵衛

九月十六日　ふくろうのそうし（東京大学国文学研究室蔵）奥書
　みやうれき四　九月十六日

九月吉日　あさがほのつゆ（山田市郎兵衛）刊行
　明暦四年戊九月吉日　山田市郎兵衛開板

九月吉日　敦盛（山田市郎兵衛）刊行

九月吉日　静（山田市郎兵衛）刊行

九月吉日　ふしの人あな（山田市郎兵衛）刊行
　明暦四年戊九月吉日　山田市郎兵衛開板

九月吉日　横笛草紙（山田市郎兵衛）刊行
　明暦四年戊九月吉日　山田市郎兵衛開板

九月吉日　文正草子（不明）刊行
　明暦四年戊九月吉日

閏十二月十二日　『狭衣物語』講釈
　北野預能圓（梅林）法橋内々金諾故、被来、紹圓亦能圓老供、而被来、能圓小衣（狭）物語之講尺（釈）被仕、令聴聞也。夕飡令相伴、點鳳團也。（隔蓂記）

是年　猿源氏草紙（山田市郎兵衛）刊行

是年　三人法師（山田市郎兵衛）刊行

是年　諏訪の本地絵巻（えびの市・大明司諏訪神社）奥書

是年　よこぶえたきくちのさうし（山田市郎兵衛）刊行

是年　八島（松会）刊行

是年　猿源氏草紙（松会）刊行

万治二年（一六五九）

四月吉日　善光寺本地（佐野七左衛門）刊行

佐野七左衛門

ぜんくはうじほんぢおはり

万治二年己亥卯月吉日

五月吉辰　三人法師（松会）刊行

五月吉辰　鉢かづき（松会）刊行

萬治二年仲夏吉辰

松會開板

八月　おちくぼのさうし刊行

万治二年仲秌日

九月吉日　美人くらべ（石津八郎右衛門）刊行

万治貳年九月吉日　石津八良右衛門開板

十月仲旬吉日　あさかほのつゆのみや（松会）刊行

萬治二年己亥孟冬仲旬吉日

松會開板

十月仲旬吉日　しだ（松会）刊行

十月中旬吉日　富士の人穴草紙（松会）刊行（『日本小説年表』による）

万治己亥年孟冬仲旬吉日松会開板

十二月吉日　松風むらさめ（尾崎七郎右衛門）刊行

萬治二年己亥極月吉日尾崎七良右衛門板行

十二月吉日　松風むらさめ（野田弥兵衛）刊行

萬治二年己亥極月吉日　野田弥兵衛板行

是年　かげきよ（松会）刊行

松風むらさめ（松会）刊行

万治三年（一六六〇）

二月吉日　おもかげ物語（福森兵左衛門）刊行

万治三歳庚子二月吉日　福森兵左衛門　板行

三月吉日　田村の草子（慶応義塾図書館蔵）奥書

万治三年

子ノ三月吉日　高野山　清裕之

五月三十日　賀茂之本地（国学院大学図書館蔵）奥書

万治三年五月晦日に書之

五月吉辰　一本菊（西田勝兵衛尉）刊行

萬治三庚子皐月吉辰

二條寺町西田勝兵衛尉開板

五月吉辰　一本菊（野田庄右衛門）刊行

萬治三庚子皐月吉辰

野田庄右衛門

五月吉日　百万ものがたり刊行

万治三年庚子五月吉日

五月　一本菊（松会）刊行

七月吉辰　小町歌あらそひ（野田弥兵衛）刊行

于時万治三年夷則吉辰

野田弥兵衛開板

八月吉旦　雪女物語（石津八郎右衛門）刊行（近古小説解題による）

十月吉日　道成寺物語（ひしや瀬兵衛）刊行

万治三年子ノ無神月吉日

冨小路二条上ル二丁目

ひしや瀬兵衛板開

万治四年／寛文元年（一六六一）

一月吉日　女郎花物語（中野小左衛門）刊行

萬治四年辛丑初春吉日

中野小左衛門板行

一月吉日　ふじの人あな（田中清兵衛）刊行

万治四年辛丑孟春上旬　高橋清兵衛板行

七月　大江坂子易物語／清水子易物語（林長右衛門）刊行

寛文元辛丑年七月日　沢薬師通

林長右衛門

閏八月　十二類絵巻（国立国会図書館蔵）奥書

伏見宮初而東武御下向之節堅く願而

被仰下書置之内撰筆而奉之畢　繪段廿四段

則大樹之御捧物之一具也　三木蔵人　寛永初年閏八寫畢

右繪巻者二巻

住吉法眼慶廣通筆寫

文化十五戊寅二月住吉内記

是年　無刊記書籍目録刊行

二冊　西行物語　（以上、歌書）
一冊　廿四孝
一冊　同半切
二冊　大佛物語
一冊　秋夜長物語
二冊　墨染桜
一冊　小夜寝覚　（以上、和書幷假名類）
二冊　からいと
二冊　相模川
二冊　ふんしやう
二冊　はちかつき
二冊　さころも
二冊　朝かほの露
二冊　ふしの人穴
二冊　酒天童子
一冊　よしうち
二冊　物くさ太郎
一冊　浦嶋太郎
二冊　三人法師
一冊　花つくし
二冊　四十二の物あらそひ
一冊　子あつもり
二冊　いはやさうし
二冊　あかし
一冊　ふくろふ
一冊　よこふえ
二冊　猿源氏
二冊　天狗内裏
一冊　いそさき
三冊　雨やとり
一冊　白身房
二冊　花鳥風月
二冊　かくれさと

二冊　まんしゆのまへ
一冊　織女草紙
一冊　玉むしさうし
三冊　十二段さうし
二冊　六代さうし
一冊　小町草帋
一冊　火桶のさうし
一冊　扇さうし
二冊　田むらさうし
二冊　めのとのさうし
二冊　玉もの草紙
一冊　はまくり草紙
二冊　紅葉のまへ
三冊　角田川
一冊　空花論
三冊　梵天こく
三冊　釈迦本地
三冊　同ゑ入

三冊　あミたの本地
三冊　毘沙門本地
三冊　熊野の本地
三冊　あたこの本地
二冊　月日の本地
二冊　七夕の本地
二冊　中将姫本地
三冊　善光寺本地
三冊　かもの本地
三冊　八幡の本地
二冊　清水本地
三冊　きふねの本地
三冊　祇園の本地
二冊　庚申の本地
三冊　弘法の本地
三冊　いつく嶋の本地
二冊　ゑんや物語
二冊　秀郷物語

二冊　弁慶物語
二冊　しミつ物語
二冊　あた物語
四冊　石山物語
二冊　北野通夜物語
二冊　恋塚物語
二冊　勧学院物語
二冊　ゆや物語
三冊　閻魔物語
三冊　松風村雨物語
二冊　うす雲恋物語
二冊　美人くらへ
三冊　一本きく
二冊　雪おんな　（以上、舞井草紙）

寛文二年（一六六二）

五月吉日　鶴の草子（婦屋仁兵衛）刊行
　寛文二壬寅五月吉日
　　三条通菱屋町　婦屋仁兵衛

是年　さよひめ（南法華寺蔵）奥書

寛文三年（一六六三）

三月吉日　楊貴妃物語（本屋太兵衛）刊行
是年　四十二の物あらそひ（早稲田大学図書館蔵）奥書

寛文四年（一六六四）

一月吉日　幻夢物語（松長伊右衛門）刊行
一月吉日　ほうらいさん由来（度々市兵衛）刊行
　寛文亖甲辰年初春吉日
　　度々市兵衛開板
三月吉日　朝顔露の宮（山本九左衛門）刊行
　寛文四甲辰年三月吉日
　　山本九左衛門板
五月十七日　『浪岡八幡宮縁起』書写
　方々寺社方より縁起・棟別登らす覚え
一、棟札、古懸・浪岡・百沢　三枚
一、縁起、浪岡八幡宮　一通
一、御郡謂れ書き　二通
一、満蔵寺古目録　一通

一、津軽昔の由来書　一冊
右のうち、最明寺殿日記つけられ候書き出し、右のほか棟札・書き物とも以上六通
一、十三物語
このほか方々棟札写し留め置き候。（弘前藩御日記）

五月吉日　秋月物語（絵双紙屋喜左衛門）刊行

九月吉祥日　恵心僧都縁起（長谷川市郎兵衛）刊行
寛文四年菊月吉祥日
長谷川市郎兵衛開板

十二月吉日　文正草子（長尾平兵衛）刊行
寛文四年甲辰十二月吉日
長尾平兵衛

是年　十二類絵巻（早稲田大学図書館蔵）奥書

寛文五年（一六六五）

一月吉祥日　大倭二十四孝（松永伊右衛門）刊行
寛文五年乙巳正月吉祥日
松永伊衛門開板

一月吉祥日　大倭二十四孝（松永伊右衛門）刊行
寛文五年乙巳正月吉祥日
書林　洛陽烏丸　積徳堂

六月吉日　ものくさ太郎（松会）刊行
寛文五乙巳年六月吉日
松會開板

七月吉日　狭衣の草子（松会）刊行

八月吉日　しつか（松会）刊行

八月吉日　雪女物語（松会）刊行
寛文五乙巳年八月吉日
松会開板

八月吉日　わださかもり（松会）刊行

八月吉辰　宝満長者（中村五兵衛）刊行
寛文五乙巳年仲秋吉辰
中村五兵衛

十月五日　鼠草子の類
余曰、温公通鑑猶有漏事、所謂商鞅入奏之前不記彗星出、屈原之忠不詳載之、淵明之節義偶遺之、況其餘史書哉、今延喜以来闕正史、唯是日記・倭字書而已、太平記以後倭字之拙、多是鼠草子之類、始末不

分明、此度卿等所草雖不免後世良史之嘲、在当時則敝帚享千金乎、在後世則七百年来之公案乎、（国史館日録）

是年　からいと（松会）刊行

是年　西行物語（山根家蔵）奥書

寛文六年（一六六六）

二月吉日　鉢かづき（松会）刊行

二月吉日　鉢かづき（山本九左衛門）刊行

寛文六丙午年

二月吉日　山本九左衛門板

三月一日　岩殿山千手観音縁起の評

水野石見守寄武州比企郡岩殿山千手観音縁起、而問記中所載有據否、一見之則皆虚妄也、乃附其使返之、

（国史館日録）

三月四日　和田義盛図・朝夷名義秀図鑑賞

申刻之後、與友元・信・常赴石川主殿頭宅入浴、先逢主人、席上有屏風一雙、一隻者和田義盛射殪西木戸國衡之圖、一隻者足利義氏與朝夷名義秀挑戦之圖也、余曰、此珍畫也、主人曰、是乃祖忠総初所命畫工也、既而入浴、及薄暮而出浴、（国史館日録）

絵本の運搬

一、鵜川三太由（大）ならびに絵書き文（六カ）右衛門絵具・絵本箱御荷物へ入れ登せ申したき由。但し十五貫目ほどこれあるべく（ママ）由に候。絵本の儀は大切の物に御座候間、手前の荷物へ入れ、その代わりに余の持物入れ御荷物へ入れ申したき由に候。

ついては、去年江戸よりまかり下り候時のごとくにつかまつるべき由申し渡す。（弘前藩御日記）

三月五日　『猿賀山縁起』送付

猿賀山縁起□（虫損）去々年御用につき、神宮寺より上げられ候を、今月御□（虫損）より御出しなされ候について、神宮寺へ北村弥右衛門一判にて書状さし添え、飛脚にて遣わす。

（弘前藩御日記）

三月上旬　花の縁物語（国立公文書館蔵）奥書

器之子

寛文六丙午三月上旬書焉

六月　誉田宗廟縁起（誉田八幡宮）奥書

誉田宗廟御縁起繪土佐光信正筆也

寛文六年六月日　法印狩野探幽

十月三日　善光寺本地（慶応義塾図書館蔵）奥書

くはんふん六ねん、ひのえむま、神無月上の三日に、

これをうつしおはんぬ

是年　付喪神記（彰考館・京都大学附属図書館等蔵）奥書

寫本云 此付喪神上下二巻之繪令書寫畢　詞書者僧義拙

書□

寛文六年　月　日

頼業

法妙童子（松会）刊行

寛文七年（一六六七）

一月吉日　青葉の笛の物語（藤井五兵衛）刊行

寛文七年丁未正月吉日

藤井五兵衛新板

一月吉日　磯崎（松会）刊行

寛文七歳正月吉日　松会開板

一月吉日　まつら恋物語（松会）刊行

一月吉辰　あたこのほんぢ（鱗形屋）刊行

一月吉辰　わかくさ物語（鱗形屋）刊行

寛文七稔未正月吉辰

江戸大伝馬町三丁目 うろこかたや開板

十一月吉日　堀江物語（野田弥兵衛）刊行

寛文七年丁未十一月吉日　野田弥兵衛板行

是年　扇流し（松会）刊行

御茶物語（京都大学文学部蔵）奥書

寛文八年（一六六八）

一月二十三日以降、年内『鼠の草紙』の類

此学（心学）うつりもてゆきて。程朱《ていしゅ》をまなぶ人も

又経書《けいしよ》の外はこと〳〵く雑学《ざつがく》なりとて聞もいれず。
鼠の草紙などやうにおもふ。（醍醐随筆上）
二月吉日　御すいでん刊行
寛文八暦二月吉日
三月二十七日　史書としての『北野通夜物語』
秉燭小田原拾遺書至、曰、北条泰時政□東鑒外見於
何書、答曰、太平記第三十五北野通夜物語及沙石集
粗有之、（国史館日録）
八月吉辰　法妙童子（長尾七郎兵衛）刊行
寛文八年仲秋吉辰　長尾七郎兵衛開板
十月吉日　しのばずが池（かぎや七兵衛）刊行
寛文八年
初冬吉日　七兵衛《かぎや》
十月　天狗草紙延暦寺巻（東京国立博物館蔵）極書
此延暦寺縁起一軸者土佐
将監光信畫図焉妙非庸
流之所及也遂援筆解
他日之惑云
寛文戊申年陽月下澣
狩野法印探幽
十月　天狗草紙東寺巻（東寺蔵）極書
此東寺縁起一軸者土佐将監
光信之所圖也筆精筆妙
誰敢聴氷哉於是漫書
言於紙末云
寛文八祀冬十月
下澣　宮内卿法印探幽
十一月　法妙童子（足立三郎兵衛）刊行
是年　幻夢物語（国立公文書館内閣文庫蔵）奥書
唐土の書は、我朝の、かしこく、耳とき人の為には、
其理通ふといへとも、をろかに、くらき人の為には、
やまと言葉をもて、其道を明らむ
今此双紙の言葉、いやしきといへとも、一つとして、
いつわりなく、まことをあらはす、庶幾は、見ん人、
うたかひをなさす、来世をふかく願ふへきとそ

寛文八歳申五月三日　書之

是年　庚申待縁起（徳島市・天正寺蔵）奥書

寛文九年（一六六九）

三月吉日　勧学院物語（杉原太郎兵衛）刊行

寛文九己酉年三月吉日　杉原太郎兵衛開板

三月吉日　さよごろも付ゑんや物語（杉原太郎兵衛）刊行

寛文十年（一六七〇）

一月吉日　さくらの中将（本問屋）刊行

寛文十年正月吉日

通油町本問屋開板

一月吉日　釈迦の本地（本問屋）刊行

一月吉日　十二人ひめ（本問屋）刊行

寛文十年正月吉日　通油町

本問屋開板

春吉旦　屋しま尼公物語（松会）刊行

四月八日以降、夏　酒顛童子等の鬼を論ず

地獄《ぢごく》の畫《ゑ》を見侍れは。鬼《をに》は角《つの》を戴《いたゞ》きなから。上下牙《きば》おひそろひける。されば角あるものは。上歯《うはば》なきなり。鬼も生物ならば角ありて。上歯あるべからす。いつはりは。事ごとにあらはるゝと笑《わら》へは。不破《は》翁聞て日本にも。むかしは鬼多《おほ》く有と聞つれど。近代はなきによりて引出してたゞさんやうもなしとて笑ふ。日本の鬼とは。鈴鹿《すゞか》山。大江《おほえ》山。羅城《らしやう》門などの事にや侍らん。鈴鹿山の鬼《をに》は。強盗《ごうだう》なるべし。往《ゆき》来の人をころして。はぎとる故に。鬼といひはやしたるならん。大江山の酒顛童子《しゆてんどうじ》は。叡山《えいさん》の児《ちご》にて。大酒のみて色つねにあかし。酒に酔《えい》てくるふゆへに。酒顛と名づく。強力《がうりき》のものにて。酒狂《しゆきやう》の時は。人をそこなふによりて山を追出されぬ。民家《みんか》にもゆるしをかざれば。大江山のふもとにたゝずみて。往来の人をなやましぬと聞ゆ。羅城門の鬼も又強盗《ごうどう》成べし。勇力《ゆうりき》あるにより。人をなやます。渡邊綱《わたなへのつな》と出合てきられたるを。こと〳〵しくいひ傳るなるへし（醍醐随筆下）

十月吉辰　判官都ばなし（林市三郎）刊行
寛文十年庚戌正月吉辰　　林市三郎開板
十月二十五日　『菅神縁起』侍読
侍読菅神縁起　夕（紀州藩石橋家家乗）
十二月六日　『清水寺記』侍読
侍読清水寺記上（紀州藩石橋家家乗）
十月九日　『清水物語』侍読
侍読清水物語（紀州藩石橋家家乗）
十月十日　『清水物語』侍読
侍読清水物語終（紀州藩石橋家家乗）

寛文十一年（一六七一）

一月一日　一もとぎく（松会）刊行
寛文十一年辛亥陬月吉日　松会開板
一月吉辰　桜川物語（松会）刊行
春　しぐれのえん（鱗形屋）刊行
六月二十五日　『菅廟縁起』一覧
侍讀　菅廟縁起及一覧（紀州藩石橋家家乗）
八月二十八日　庚申縁起（赤木文庫旧蔵）奥書
于時寛文十一年八月廿八日宥盛書者也
大町村
実相寺　宥恵
十月二十二日　善害房絵詞（慶応義塾図書館蔵）奥書
寛文十一年十月廿二日
三右衛門みせよき図にて写もの也、庄三へ見せ
しゆ《（ママ）》

寛文十二年（一六七二）

是年　八幡宮縁起（筥崎八幡宮蔵）奥書

寛文十三年（一六七三）

一月吉辰　万じゆのひめ（鱗形屋）刊行
寛文十三年癸丑歳陬月吉辰
江戸大伝馬町　鱗形屋板
五月吉日　西行はなし（松会）刊行
十月上旬　還城楽物語（藤井隆蔵）奥書
還城楽之物語
若遣《（マヽ）》法親王

右一冊者、以杉石見守勝光筆蹟、遂書写校正、応人
之求者也、悪筆恥後見而已
寛文十三癸丑暦初冬上旬　　　　本順　判

延宝二年（一六七四）

四月二十三日『あしびき』絵巻五巻相続
松平隠岐守遺物
御刀正宗代金五拾枚　御薬壺小ちりめん
御臺様江芦曳之繪巻物五軸土佐筆　詞書梶井宮尭胤親王筆（御徒
方万年記）

是年　海女物語（天理図書館蔵）奥書

延宝三年（一六七五）

八月吉日　貧乏之草子譲与
貧乏之草子之巻物は仁石へ
遺物ニ遣し申度候（「三宅道乙遺書之條々」『蘭室藤村正
員年譜考』所収）

九月八日　松風むらさめ（松会）刊行

是年　西行物語（山崎美成写、川瀬一馬旧蔵）本奥書

延宝四年（一六七六）

八月十六日『秋の夜の長物語』所引歌注
新古今集二十釈教
人の身まかりける後結縁経《けちえんきやう》くやうし
けるに即往安楽《そくわうあんらく》世界《せかい》の心をよめる
瞻西《せんさい》上人号雲居寺上人
昔見し月のひかりをしるへにて今宵や君か西へ行ら
ん
此哥の事秋夜長物語にあり其略に云（下略）
（岩つつじ）

八月十九日　西行法師巻物一巻（物語カ。未勘）持参
正則朝臣ノ許へ、御状箱并西行法師巻物一巻大灯國
師二巻為世卿古今集一部、使者遠藤平助持参。（伊
達治家記録）

十一月一日　鉢かづき（万屋庄兵衛）刊行

十一月吉日　鉢かづき刊行
延寶四辰丙年霜月吉日

延宝五年（一六七七）

五月上旬　賢学草紙（酒井家旧蔵）奥書

右道成寺之繪一巻者
土佐弾正忠廣周真筆
無疑候仍加愚筆證寫
而已

延寶五年
仲夏上旬　土佐将監光起

是年　彦火々出見尊絵詞（下店静市旧蔵）奥書

延宝六年（一六七八）

一月　酒呑童子狂歌

同しく咄し（伊藤注・佐々木六之助の談話）に、関昌寺建て後代りニ付、佛坂ニて何者やらん。○かなしやなかほど苦ルしき鬼坂を佛郷とは誰かいふらん。と狂哥す。又何もの哉らん返哥に、

かなしさに他念なきこそ極楽よ
彌陀の在所は佛郷なり

天正年中極楽峠之狂哥直定記に有共、少シ違有
下條は大江山家にさもにたり
酒呑どうしはいるかいざるか
極楽といへと　とうじのらしやう門
いばらきどうぐみ《（ママ）》ちをさへぎる（熊谷家伝記）

三月一日『女郎花物語』借用

如書肆借女郎花物語（紀州藩石橋家家乗）

是年冬　懶太郎を詩に読み込む

（前略）冬宜《ハシ》二朝寝夕寝惑《マトロミニ》一
是《レハ》之《レ》懶《モノクサ》太郎幸栄《カノ》（後略）（武城絃歌集）

是年　平家花揃（彰考館蔵）奥書

延宝七年（一六七九）

一月吉日　扇流し（松会）刊行

延宝七未歳
孟春吉日
松会開板

十一月十四日　奈須与一・義経・熊谷・敦盛の絵を披見
今日狩野法眼、後三年草子の寫を提携す。本は松平相模守所持、詞書中将某、畫師飛騨守惟久。土佐畫の奈須與一・義経、古法眼の熊谷敦盛の繪等に及ぶ。武将の圖を問ふ。稲葉美濃守、法眼をして三十六将を畫かしむ。故に来りて其の装束を問ふ。古法眼の熊谷の繪は営中に在り云々。
（山鹿素行年譜）

延宝八年（一六八〇）

一月二十五日　須磨寺笛之遺記（兵庫県・福祥寺蔵）奥書
阪磨寺笛遺記一巻未詳誰作所以其謄写者自始迄于二重三重字乃高野山蓮華谷金剛蓮華三昧院庵室頼慶之筆潤也惜哉不得全備何況以銀行続素楮則前後相違最為遺憾果聞曾有贋緇虜掠去矣寺僧甲写得終功今茲春当于排観音大士殿帳之時使梅林逸人筆作縁起猶且従来旧記等修飾了也冀乗斯勲力永々相伝要無紛失於是逸人命予以書標題字遂記其因襲叨贅巻尾云
延宝八載龍輯上章涒灘大簇念有五日
津陽城西浄光精舎得三子了慶

三月吉日　朝顔の露の宮（万屋庄兵衛）刊行
延寶八年庚申三月吉日万屋庄兵衛

五月十六日『酒呑童子』の屏風・巻物を飾る
四月十日於　二御丸酒井雅楽頭御茶献上之節被下物
（中略）
下野守ヨリ
（中略）
○御座ノ間
（中略）
屏風五双歌仙冷泉為廣絵ハ雅楽之介筆花鳥之河なかし古法眼筆二双酒呑童子奥甫筆一双宇治川武者繪探幽筆同
（中略）
丹波守ヨリ献上物
（中略）
○御違棚
巻物酒顛童子ノ絵古法眼筆絵鑑十二景雪舟筆伽羅箱花月（下略）（紀州石橋家家乗）

六月五日　『土蜘』『伏見常盤』『高瀬寺縁起』の軸物・『酒呑童子』の絵・『廿四孝』の掛幅を飾る

　四月廿七日御　二丸大久保加賀御茶献上

（中略）

◯上ノ棚

軸物 為家筆 土佐筆 盆 くり 香炉 染付 一重口 軸物 土蜘 土佐筆 盆

堆朱 丸 大絵鏡 酒呑童子 雅楽介筆 文鎮 薄金 獅子

（中略）

◯冠棚

香炉 染付 雨竜 沈箱 東山 青貝 香匙 火 筋 軸物 伏見常盤 土佐筆

（中略）

手鑑 詩哥朝 鮮人筆 文鎮 薄金 人形 軸物 高瀬寺縁起 妙法院尭仁筆　（中略）

◯山ノ御茶屋

（中略）同後三幅對 廿四孝 古法眼筆　（中略）（紀州石橋家家乗）

吉日　ふじ山御伝記（駿河屋徳兵衛）刊行

　延宝八年庚申　吉日

　本石町三町目 駿河屋徳兵衛開板

是年　庚申縁起（四天王寺蔵）奥書

延宝九年／天和元年（一六八一）

八月吉日　草木太平記（松会）刊行

十二月廿日　大仏の御縁起（慶応義塾図書館蔵）奥書

　于時天和元年辛酉極月廿日

　龍音（花押）

天和二年（一六八二）

一月吉日　西行和歌修行（酒田屋）刊行

天和三年（一六八三）

四月九日　絵双紙進上

　本院様ヨリ神尾伊与守参府ニ付被進

　公方様へ御匂袋丁子〔釜〕　御臺様へ御帯一箱

　若君様へ御繪双紙　姫君様へ人形一飾（改正甘露叢）

是年　諏訪の本地絵巻（都城市・野々美谷諏訪神社蔵）奥書

天和四年／貞享元年（一六八四）

一月吉日　しぐれ（しぐれのえん）（鱗形屋）刊行

一月　しぐれのえん（あまやどり）（鱗形屋）刊行

四月上旬　酒飯論（国会図書館蔵等）奥書

右上戸下戸巻物之繪
土佐左近将監光元真筆
無異論者也仍證之而已
貞享元年
孟夏上旬　土佐光昭
繪　光元筆
詞　兼載筆
廣行
文化四丁卯年三月
箱書付箋ス

九月十五日『賀茂本縁（賀茂の本地）』（国学院大学図書館蔵）奥書

天和四己寅年九月十五日　従四品賀茂氏福
六十三才写之
右以氏福写本令書写了
此書板本ニ有之繪入也

是年　鉢かづき（作本屋八兵衛）刊行

是年　金谷山三光寺庚申縁起（豊田市三光寺蔵）奥書

貞享二年（一六八五）

二月一日　某絵巻物を下賜される

禁裡ヨリノ御進物ヲ傳致ス鶴姫君入輿ノ事
叡聞ニ達シ贈給ハルトナリ寄合書八代集一部ナリ
東宮ヨリ繪巻物本院御所ヨリ源氏物語翠簾屏風
新院ヨリ伊勢物語外題ハ即宸翰ナリ
中宮ヨリ歌仙手鑑女五宮ヨリ十炷香道具ナリ（常憲院贈大相国公実記）

三月吉日　四十二の物あらそひ（鱗形屋）刊行

貞享二乙丑年三月吉日
大傳馬町三町目
鱗形屋開板

六月吉辰　弁慶物語（河内屋理兵衛）刊行

九月十五日　八幡宮縁起（国立公文書館内閣文庫蔵）奥書

貞享三年（一六八六）

一月吉日　源氏明石物語（鱗形屋）刊行（『改訂日本小説書目年表』による）

貞享三年正月吉日大伝馬町うろこ（ママ）や開版

一月　平家花揃（大森太右衛門）刊行

此二帖之本、文章、いにしへのことく、むかしの絵はなし、あらたに今開板之

貞享三丙寅上春

四月二十日『太子絵伝』閲覧

遊御荒陵寺就一舎利法印西邑氏弟

而臣自堺先使之見拝繪堂畫太子一生之事跡因台徳院殿之命狩野三楽圖写（下略）（紀州藩石橋家家乗）

是年　西行物語（宗達画模写、東京国立博物館蔵）奥書

貞享四年（一六八七）

是年　物くさ太郎（鱗形屋孫兵衛）刊行

貞享五年／元禄元年（一六八八）

是年　衣更着物語（喜平）刊行

貞享五辰年

板奥京蛸薬師堺町角喜平

是年　鼠草子（宮次男旧蔵）奥書

元禄二年（一六八九）

十月十六日　日光の『御縁記』（御仮宮日記・日光叢書）

是年　虫の歌合（秋田県立図書館蔵）奥書

元禄三年（一六九〇）

八月二十四日『道成寺縁起』閲覧

公休茨木王子

前左方渉小川経八幡山後見蛇環到天音山道成寺比常道到小松原十七八丁遠矣　文武天皇大宝年中紀國司道成卿建之本尊千手堂中出脂松柱有之終無炎上之愁

高覧縁起醍醐天皇延長六年八月牟婁郡真砂庄司娵殺鞍馬寺安珍之口二巻絵土佐書后小松院宸筆今別写之令見往来之人一巻奉加帳也縁起与釈書少異矣[redacted]（ママ）石段六十二有鐘楼之蹤元吉田村中今俗云鐘巻腰掛石

午餉日高郡小松原驛　夜切目邑　有道成寺切目王子之詩朝利慶帰（紀州藩石橋家家乗）

元禄四年（一六九一）

一月吉日　うらしま物語（藤屋弥兵衛、田中庄兵衛）刊行

元禄四年　正月吉日

大坂かうらい橋

藤屋弥兵衛

田中庄兵衛

是年以前　杉村治兵衛作一枚摺「酒呑童子」刊行

こゝにたんばの國大江山といひしは谷ふかうしてみね高く人のかよふべき所にあらずゆきゝのたび人よらさる事をかなしミけるみかと聞し召及給ハせ源のらいくハうにことのしさいを見てまいれとてかすのちんふつ下し給ひけりそれより四天王と名を誉しすへたけさたミつほうしやうつなきんときかれらを御ともにて谷へさがりみねにのぼりわけ入給へハ一つのいわや有これをたつね聞しにとうしの住しいわやなりとそおしへける

是年　西行四季物語（服部九兵衛）刊行

元禄五年（一六九二）

二月二十六日　『松崎の縁起（京・本涌寺縁起カ）』

松崎の縁起一巻□□□□来る。（日乗上人日記）

三月一日　浄瑠璃『文正物語』見物

今日ハ御あやつり見物可致由昨日も御内意、門阿、□阿等申されしかバ、巳ノ比より御殿ニいでゝ、終日見物、がくやにてよく聞侍る也。文しやう物語とかや云上るり也。暮方帰る。御料理も御殿にて被下、御通シ衆嶋村介九郎へ礼に参る。其外同坊衆へ皆々参る也。（日乗上人日記）

三月吉辰　和歌物あらかひ（尾崎七左衛門）刊行

十二月二十九日　八島合戦屏風

金屏風一雙画敦盛熊谷・八嶋弓流貸㆓遣于中院方㆒使京音・物助。正月之内欲㆑与㆑令㆑為㆓坐席之飾㆒令㆓借用㆒処也。以㆓西南院之金屏風㆒、累年雖㆑令㆓立置㆒、与㆓彼院㆒自㆓当年夏㆒依㆓中悪㆒而令㆑返故之如㆑斯令㆓借用㆒。（大和国無足人日記）

元禄六年（一六九三）

一月十九日　『塩竈神社縁起』作成準備

於御小座鋪御神拝畢テ於御座間田邊淳甫濱田平十郎本郷与兵衛遊佐養順召出サレ、　塩釜神社ノ御用。（伊達治家記録）

一月　衣更着物語（永田調兵衛）刊行

元禄六年癸酉孟春

永田調兵衛開板

九月二十六日　『塩竈社縁起』奥書　＊但し吉田兼連による新作縁起

右縁起者兼連卿之所述作也以下為後代之證據故加筆巻尾矣

十月二十八日　『塩竈社縁起』閲覧の準備

塩竈ノ縁起明日御覧ニ就テ、申刻ヨリ服穢ノ輩屋形退出。（伊達治家記録）

十月二十九日　『塩竈社縁起』閲覧

内御對面所ニ御出、塩竈社ノ縁起御覧、但木源五郎ニ授ラレ先臺へ差遣サル、件ノ縁起奉納セラルニ就テ、一宮へ御太刀馬代砂金三十両御献上。

（伊達治家記録）

十一月二十五日　『塩竈神社縁起』奉納報告

一宮へ縁起差下サル御使者但木源五郎昨日帰府ニ就テ、巳刻於御對面所源五郎拝謁、因茲昨午刻ヨリ服穢ノ輩屋形退出、件ノ縁起　塩竈社ニ奉納ノ節、御名代中村左衛門御太刀持参ノ役山口権八郎勤之云云。

（伊達治家記録）

元禄七年（一六九四）

九月二十一日　『（東大寺）大仏縁起』講談

毎日大佛縁記講談アリ参詣ノ者トモ奉加帳銭持参ノ人ハ帳ニ付所々町人ヲ役人ニ申付銭ヲ請取シム一万石ニ帳シ十冊宛残シ置（改正甘露叢）

十月四日　『（日光東照宮）縁起』虫掃

奥院御寶蔵御虫掃寛永系圖御縁機《ママ》御経斗出之梶原左兵衛佐殿山口圖書殿大楽院社家中出合申候（日光御番所日記）

是年　御嶽山蔵王権現縁起（木曽福島郷土館寄託）奥書

元禄八年（一六九五）

一月吉日　天照大神本地（慶応義塾図書館蔵）奥書

元禄八年正月吉日

橘や

三月六日　弁の草紙（輪王寺図書館蔵）奥書

右一帖者、日光山中坊舎傳寫之艸子也、嚢《余》在山中時、竜光院竪者法印天祐師、請使《余》揮毫、数請数

辞、而歴年猶不輟、仍不能固辞、於是書以贈之矣
　元禄乙亥春三月六日
　　秋峯判

元禄九年（一六九六）

三月二十日　福富草紙（京都市立芸大蔵）巻頭端書
　此繪言葉書ハ
　飛鳥井雅縁ニ極リ
　申書
　繪モ光信可為正筆
　申遣
　元禄九年子三月廿日
　吉田太郎右衛門へ
　今一返上下ノモ一所持連
　とて来是ハ又古シ
　不知と申遣先ゟ古ク
　言葉モ　後崇光院と申
　後花園御親御筆墨
　三百年少上ノ物若ハ
　行光ナド申可極物也

元禄十年（一六九七）

一月吉日　仏鬼軍（栗山宇兵衛）刊行
　元禄丁丑暦上春吉日　洛陽書肆栗山宇兵衛開版
二月六日　浄瑠璃十二段を語る（大和国無足人日記）

元禄十一年（一六九八）

五月吉日　はちかづきのさうし（吉野屋権兵衛）刊行
　元禄十一戊寅年五月吉日　吉野屋権兵衛板
五月吉日　大倭二十四孝（吉野屋権兵衛）刊行
　元禄十一戊寅五月吉日
　　柳馬場通二条下ル町
　　吉野屋権兵衛板
八月中旬　天神縁起絵（京都市立芸大蔵）粉本奥書
　元禄十一年戊寅八月中旬写
　　光信女千代娘ニ極廿七日遣　光成

元禄十二年（一六九九）

三月　十二類絵巻（堂本家蔵）極書
　十二類繪巻物三巻

上巻後崇光院
中下巻青蓮院尊道親王
外題大覚寺空性親王號随庵
右銘之芳翰無疑者也
應需證之畢

古筆了珉

元禄十二己卯年三月　日

是年　道成寺縁起（大阪天満宮）奥書

元禄十三年（一七〇〇）

是年　虫の歌合（国会図書館蔵）奥書

元禄十四年（一七〇一）

四月二十八日　安珍の談義

一、島村介九郎殿より今夕御夜詰ニ可参由申来る。
一、申刻今夕談義可被仰付候間、用意仕経箱等持せ可遣由申来る。（中略）
一、法師品未善行ボサツ道、付因欲ノ下六波羅密など申談。（中略）了入傳記あと物語など申て女中衆へ可聞と仰ありて、御休息ニ御次ノ御座間へ被為入。其間ニくらまノ安珍等ノ事申談ズ。子刻ニ御いとま申て帰る也。今夕御かけ香、御きんちやく御手づから拝領する也。（日乗上人日記）

五月九日　安珍の談義

（前略）御祈禱已テ次ニ方姫君御部屋ニ而又御祈禱如前勤ム也。かげ山つぼね出らる。（中略）
一、談義已テ法花偈ヲ相公御持参ありて一巻也義士ノ事御尋、本ヲ御ひかへ申談ルヲ御聞有し也。
一、くらまノ安珍事申談スル也。季姫君ヲ始メ相公何も御信仰也。女中衆信心ヲもよおす。（下略）

（日乗上人日記）

五月二十九日　善光寺の由来

今夕七つ比より参り座敷談義可仕由、季君様より被仰付事昨夕也。其ついでに善光寺如来二十日ノ昼被為入、拝ミ可申バ御左右可被成由被仰下旨、式部卿民部卿等より申来る間、座敷談義ノ事ハ畏入候由申上ル。扨、善光寺如来拝ノ事ハ、善光寺如来ハ難波にて善光ノとり上ケ来りしハ根本釈尊也しをいつの世にか弥陀ト申ならハしと也。たとい弥陀にもせよ、釈迦にもあれ、惣而三世十方ノ諸佛ハ法華経ヲ師として法華経ヲ修行し、法華経ニ而成佛し給ひたり。（下略）（日乗上人日記）

元禄十五年（一七〇二）

三月二十五日　浄瑠璃『酒呑童子』『二十四孝』見物

一、五ツに備前守宅へゆく也。御用びとにてのり物にてゆく也。（中略）

一、次ニあやつり庭ノ方舞台ありし也。土佐頭、酒呑童子、次、二十四孝也。（下略）（日乗上人日記）

六月七日　『北野通夜物語』等書写依頼

今日御うつし物之儀共被仰付、公卿補任も□□〔御書カ〕なをしの筈也、補任補略・通夜物語・難波軍記・江談抄・嶋原記・三好家譜・慶元軍記・公家一覧、七部三喜より来ル、（新井白石日記）

七月二十五日　『四十二の物争ひ』借用

阿野中将ヨリ四十二物諍借用也（輝光卿記）

元禄十六年（一七〇三）

五月二十五日　『天神宮御縁起』書写

天神宮御縁起、上田与三右衛門直良、北野御縁起を借り、上中下三巻有、上巻与三右衛門直良書写、中巻同悴猪右衛門直宅書写、下巻同悴京山本恕軒休復書写、右三巻を一巻ニ致、水晶軸金入松梅ノ織紋ノ表紙、萌黄色、内ハ金ノ布目、桐ノ箱ニ入、加賀絹浅黄ノ一重帛《フクサ》ニ包、又天神ノ御位階記一冊、山本恕軒書写、桐ノ箱ニ入、右二色神納仕候、入用銀、与三右衛門一家中出申候、願主奥ニ書付申候、又詩二句立文山本恕軒造リ縁起之箱ニ入納、（上田氏旧記）

十一月六日　『北野通夜物語』等につき問答

友之進殿より、慶元軍記・難波軍記・嶋原蜂起記・通夜物語・国家変異録・諸家興亡記之事たづね来ル、返答申し遣す、（下略）（新井白石日記）

（参考1）享保頃　曼殊院蔵書目録「物語」部

一玉藻前物語同（書本）　一策
一女郎花物語印本　三策
一青葉笛物語同　二策
一西行物語同　二策
一為世卿物語書本　一策
一なよたけの物語同　一策
一秋夜長物語印本　一策
一松帆物語同　一策
一幻夢物語書本　一策
一源氏物語書本　十策
空蝉　末摘花　榊　初音
胡蝶　横笛　野分
橋姫　椎本　総角
浮船
一恵心僧都物語同　一策

（参考2）光雲院様御書物目録

一草物語　寫本二冊
一大黒舞　寫本二冊
右御本享保十四年御納戸ゟ請取申候
其節ハ光雲院様御本七部有之止々被召上當時貳
部有之候

※光雲院は徳川継友夫人。一七二五年他界。

初出一覧

Ⅰ　物語・謡・雑談

1　近世初期の公家衆と御伽

『伝承文学研究』第五七号（平成二十一年四月）

※平成二十年八月三十一日、伝承文学研究会大会（於京都）での口頭発表を経てまとめたものである。その際、徳田和夫・美濃部重克・小林幸夫の諸氏をはじめとする方々からご意見を賜った。

2　三条西実隆の草子・絵巻読申

※平成二十一年五月三十一日、中世文学会春季大会（於東洋大学）での口頭発表をまとめたものである。その席上、松尾葦江・徳田和夫・岡田三津子の三氏から、またその後、諸氏からご意見、ご教示を賜った。後日、『中世文学』第五五号掲載のお話をいただいたが、本書刊行が先行するので、辞退した。残念であるが已むを得ない。

3　戦国期山科家の謡本

武井和人氏編『中世後期禁裏本の復元的研究』（科研費研究成果報告集・平成二十一年三月）

Ⅱ　仮名草子への一潮流

1　『七草ひめ』考

『國學院大學大学院文学研究科論集』第二三号（平成八年三月）

2　『石山物語』考

『日本文学論究』第五七冊（平成十年三月）

3　『住吉の本地』考

『國學院大學大学院紀要』第二九輯（平成十年三月）

4　『菊の前』考―お伽草子から仮名草子へ―

『國學院雑誌』第一〇一巻第二号（平成十二年二月）

5　異本『土蜘蛛』絵巻について

『異界万華鏡―あの世・妖怪・占い―』（国立歴史民俗博物館編・発行、平成十三年七月）

※翻刻は本書初掲載。

Ⅲ　奈良絵本の制作

1　奈良絵本の針目安

『国語国文』第六九巻第四号（平成十二年四月）

※本稿執筆にあたり、徳江元正氏、大和博幸氏のご助言を賜った。また一部資料の閲覧に際し、柳沢昌紀氏のご協力を賜った。また国学院大学図書館林利久氏には各所蔵機関との交渉をお願いした。

2　奈良絵本の霞―その形式と意義―
『奈良絵本・絵巻研究』第二号（平成十六年九月）
※本稿は、第二回奈良絵本・絵巻国際会議での口頭発表に基づき、それを大幅に改めたものである。その後、勝俣隆氏や日沖敦子氏をはじめ、数人から貴重な意見／異見を頂いた。本稿にはそれらを反映させた。また、画像掲載の許可を下された九州大学附属図書館・京都大学附属図書館・国学院大学図書館・内藤記念くすり博物館（五十音順）に感謝申し上げる。

3　雲形と室内装飾―横型奈良絵本における彩色の一傾向について―
『芸能文化史』第二二号（平成十七年七月）
※実践女子大学図書館・国学院大学図書館の多大なご協力なくして成しえない論稿であった。感謝申し上げる。

Ⅳ

お伽草子の周辺

1　街談巷説―都鄙のうわさ話―
『国文学　解釈と教材の研究』第四八巻第一一号（平成十五年九月）

2　神仏の〈噂〉―霊験の演出をめぐって―
堤邦彦氏・徳田和夫氏編『寺社縁起の文化学』（森話社、平成十七年十一月）

3　弁慶地獄破りの舞と道味
『季刊ぐんしょ』第六一号（平成十五年七月）

4　文之玄昌と『聖蹟図』

『国語国文』第七二巻第七号（平成十五年七月）

※各機関への閲覧・複写依頼等に関し、中央学院大学図書館のご協力を賜った。また藤巻和宏氏から参考資料を賜った。

5　語彙学習とお伽草子—『魚類青物合戦状』をめぐって—

徳田和夫氏編『お伽草子　百花繚乱』（笠間書院・平成二十年十一月）

※翻刻は本書初掲載。

付録　近世前期お伽草子年表

書き下ろし

あとがき

中世から近世への過渡期には文芸の様式や担い手・成立基盤などに大きな変化が見られる。中でも物語文芸であるお伽草子にはそれが如実にあらわれており、文芸の展開の実相を考察する上で最適な題材と考える。お伽草子は古典作品や各地の神仏の霊験譚を多彩に取り込み、一編の草子に仕立てられている。物語の中に吸収されていった知識や教養は、平易な文章を通して多くの人々に浸透していった。そのお伽草子の制作の方法や環境、同じくその受容実態を明らかにすることに本書の最大の関心があった。公家から町人に至る社会の諸層の日常生活の中で、これらの作品は日々の徒然の慰み、読み書きの教本、神仏崇敬・親孝行・正直さといった一般道徳の方便として生かされ、また良質の装丁の本においては室内調度や贈答品ともなったのである。お伽草子の制作目的と受容の意味は主としてここに見出される。

受容問題の扱い方としては、従来看過されてきた音読、すなわち読み聴かせるというかたちについて詳述している。当時、テクストを持たない語り物が物語形態の一種であり、文学史でも扱われるところだが、それと同等の受容形態がテクストを前提とするお伽草子にも広くみられたことを明らかにした。文学史を文化史の枠組で再構築することで、このように書物を通して人々が結びつき、教養を取り込み、調度品・贈答品として本を扱っていた社会の様相が見えてくる。このことはそのまま、現代に至る通俗的、大衆的な文学の社会的意義を歴史的に浮き彫りにすることにもなると考える。

また文学の通史として、従来から仮名草子の〈中世物語風のもの〉及び赤本への展開が説かれてきた。これを本格的に取り上げた図書には藤掛和美氏『室町期物語の近世的展開』（和泉書院、昭和六十二年十一月）や松原秀江氏『薄雪物語と御伽草子・仮名草子』（和泉書院、平成九年七月）がある。その一方で本書に示したように、それらと並存期のお伽草子が数多くあったのも事実である。この領域に対する理解を深めるためには、今後、お伽草子／仮名草子を通時的に捉えるだけでなく、共時的に受容層の違いの問題、言い換えれば、男性／女性、あるいは成人／子どもが求めていたものを明らかにする必要があるのではないかと考える。そうすると、社会思潮を、文芸面から、従来よりも詳細に見ることができることになるだろう。本書では、この点、まずは制作側の実態から取り組もうと考えた。

お伽草子の研究は、これまで対象作品の文学的価値の低さから軽視される一方で、『源氏物語』や勅撰集といった一流の価値ある文学では出来ない自由な研究状況を生み出してきた。すなわち民俗学的、宗教史的、美術史的、女性史的、商業史的、庶民文化史的などのアプローチである。中でも近年は図像学的方法が歴史学、美術史学、日本文学の諸分野から試みられるようになってきた。ところが江戸前期に本文が成立した作品であっても中世史料として分析対象とされる傾向が強い。

お伽草子は戦前からの研究史をもつ対象であるが、文学研究の中では傍流であったために、他分野の研究者が片手間に扱える作品群であった。それが近年の人文科学全般に見られる学際的な流れに合流し、いささか無秩序の観さえ窺われる現状に至った。このような状況にあってはお伽草子と称される作品群を一層学術的に扱うために、その性格が再検討されてしかるべき時期が来たといえないだろうか。そこで本書では本文作成の点では制作時期の区分に注目することで、室町時代物語と室町時代風の江戸前期物語との相違を説き、また、書誌学的には江戸前期の奈良絵本の特徴を説いた次第である。

お伽草子は文学史の一対象に過ぎないが、庶民生活の中での教養形成を考える上では示唆に富む対象である。庶民の教養という点では、和歌や俳諧が扱いやすく、これまで歌壇史や俳諧史でも言及されてきた。物語文学であるお伽草子は極一部を除いて作者不詳であり、読者層も読書目的も曖昧模糊としている。『源氏物語』や『伊勢物語』のように古典化して学問対象化した作品ではなく、一見娯楽的読み物でしかないお伽草子の存在意義はどこにあったのか。この問題意識のもと、多角的に考察し、ある程度解明できたのではないだろうか。

また、お伽草子は室町期から出版文化黎明期の江戸前期の大衆文芸を作り出してきた一分野といえる。恋愛や合戦を主題として構成し、神仏や英雄の超人性、社会道徳に裏打された啓蒙性、先行作品の摂取、本文と絵との協調など、今日隆盛するライトノベルと類似する。本書は大衆文芸の原点というべきお伽草子の制作と受容を論じており、それがいずれ日本文学の文化史的意義を考えるうえで何らかの示唆を与えることができるならばよいと思っている。

わたしが目下取り組んでいるのはお伽草子研究と学芸史の研究である。大学院を出てから伝本調査がままならなくなり、紆余曲折を経て現在に至っている。この二つはまったく違うものという認識から出発したのだが、いつしか思索の中で表裏を成すまで絡み合って発展しているように思う。本書第1章はその顕現だと思う。もともとは学位申請論文の口頭発表のとき、武井和人先生から、この論文で、どういう興味深い、また、学界を益する新知見が得られたのか、また、そのことによって今後どのような新しい研究が導かれるのかを中心に述べてほしいと言われ、構想したネタであった。そこから各論に発展して三節分に発展していったものである。武井先生からは禁裏本や室町和歌について教わり、副査の徳田和夫先生からはお伽草子・説話研究について、それこそイロハから教わってきた。だから学恩を返す意味でも、お二人の学問を吸収し、自分の頭の中で融合させたいと考えた結果だった。今後どういう評価を得られるか分からないが、今一番面白いと思っている。

より学芸面を深めていったところにある室町貴族の学芸の研究の中心は菅原家の人物伝や著作活動などである。これについても、今後まとめて本書の姉妹編としてお示しできればよいと思っている。本書でさえ、題目としては大風呂敷を敷いたがいささか特殊な観は否めない。これを上回る特殊領域は、より一層、全体の中での意義を示していかなくてはならないだろう。

わたしが日本文化研究にほのかな興味を抱いたのは高校時代に林屋辰三郎氏の『町衆』を読んだ頃からだったと思う。人名だらけの高校の歴史教育に辟易していたわたしは、町衆という名もない人々が歴史を動かし、文化を作りだしている様を読んで憧れたものである。文学畑に身を置くものとして、文芸面から自分なりの文化史が叙述できればと思っている。少しは室町戦国期の人々の精神に近づけただろうか。

本書は独立行政法人日本学術振興会の平成二十一年度科学研究費補助金（研究成果公開促進費）の交付を受けて刊行したものである。

最後になったが、学恩ある方々の中でも、徳田和夫先生、武井和人先生、そして卒業論文・修士論文を見てくださった徳江元正先生には特に謝意を表したい。また伝承文学研究会、芸能文化史研究会は大学院時代からわたしを育ててくれた会であり、ありがたい限りである。本書出版にあたり、三弥井書店の吉田智恵氏と小堀光夫氏には、初めてのことでもあり、多大な手間をかけていただいたし、またいろいろと有益な助言をいただいた。深く感謝したい。

索　引

あ

「藍染川」 93, 101, 102, 105〜107
『藍染川』 147, 148
『青葉の笛の物語』 3, 8, 111, 385
『あかし』 368
赤塚芸庵 34, 40
『秋月物語』 7, 202, 207, 383
『秋の夜の長物語』 54, 367, 389
『あきみち』 204
『あさいな』 208
「朝比奈」 305, 306, 310, 311
「朝夷名義秀図」 384
『朝顔の露』 7, 368, 377, 378, 382, 391
足利義詮 284
足利義政 53
『あしびき』 389
『あじろの草子』 279
飛鳥井雅敦 71, 72
『愛宕権現由来』 362
『愛宕地蔵物語』 373
『愛宕の本地』 161, 385
『あだ物語』 18
『敦盛』 309, 377
姉小路基綱 58
阿野実宇 38
『海女物語』 389
『雨やどり』 362, 392
『阿弥陀の本地』 368, 371
綾小路信俊 9, 25
『あやめの前』 160
『鴉鷺合戦物語』 2, 32, 93, 100, 103〜105, 107, 338, 366, 370
安禅寺宮 61
安珍 398

い

石井康長 13, 18
『石山寺縁起』 113〜115, 120, 122, 123, 126, 127
『石山寺縁起絵』 54
『石山寺開帳物語』 125
『石山寺草創記』 125
『石山寺由来観音御利生記』 125
『石山寺由来観音御利生記并ニあふミ八けいの歌』 125
『石山寺由来略縁起評紫式部影讃』 125
『石山寺霊験記』 125
『石山寺霊瑞記』 125
『石山物語』 109〜113, 115〜117, 119〜126, 128, 145, 147, 148, 157, 162, 377
『和泉式部縁起』 368
出雲寺和泉掾 188
『伊勢物語』 7, 11, 12, 14, 18, 38, 39, 193, 194, 214〜216
『伊勢物語聞書』 193
『磯崎』 367, 385
『伊曾保物語』 9
一条兼良 13, 283
『一条観音縁起絵』 360
『厳島の本地』 24, 361, 375, 376
『一寸法師』 7
五辻元仲 71
『因幡堂縁起』 365
『犬寺縁起絵巻』 127
『狗張子』 158
犬山鉄斎 33
『伊吹』 364
彛鳳老人 13
『入鹿』 311
『岩竹』 262
『岩殿山千手観音縁起』 384
『岩屋の草子』 7
岩山道堅 194

う

『魚太平記』 34, 273, 340, 348
『魚の歌合』 1, 2, 4
『宇治拾遺物語』 7, 8, 123, 274

『薄雪物語』　157, 161
『うそひめ』　369
『謡抄』　81, 147, 148
『うつほ物語』　214, 216
『姥皮』　7, 264, 268
『梅津長者物語』　3, 338
梅若塚　362
梅若丸　361
『浦島太郎』　7, 81, 82, 275, 394
『恨の介』　161
『瓜姫物語』　7
鱗形屋　15, 153, 161, 162
『上井覚兼日記』　16
『雲霞集』　193

え

『恵心僧都物語』　364, 383
『江戸鹿子』　188
『烏帽子折』　250, 266, 267, 269, 364
江村専斎　37
『ゑんかく』　264
『役の行者』　157
『ゑんや物語』　160

お

『おあむ物語』　282
『笈捜し』　94
『老のくりごと』　5
『扇流し』　385, 390
扇屋　209
大石千引　298
『大江坂子易物語』　379
正親町天皇　23, 26, 29, 30, 34, 38, 67, 77, 78, 80
太田牛一　291, 294
大田南畝　294
『大橋の中将』　7, 196
『大森彦七絵巻』　160
奥村政信　17
織田信長　291
『落窪物語』　7, 378
『御茶物語』　273, 363, 385
御伽衆　9, 24, 26, 29, 33～35, 37, 39, 40
お伽草子絵巻　15
『伽婢子』　158, 161, 162
小野小町　24
『大原御幸』　7, 160
『女郎花物語』　379, 390
『おもかげ物語』　378
『御湯殿の上の日記』　8, 30, 57, 77, 78, 81, 82
『御曹司島渡』　7
『御嶽山蔵王権現縁起』　396

か

快元　294
『快元僧都記』　294
『改正甘露叢』　189
『臥雲日件録』　345
『河海抄』　123, 125
『鏡男絵巻』　7
書き本屋　189
『隔蓂記』　40, 187
『かくれ里』　203, 375
『かげきよ』　378
『家乗』　188, 189
『春日権現霊験絵』　28
『春日霊験絵詞』　54
『和長卿記』　6
『歩立聞書/弧弓之始/射術案内』　197
画中混入本文　195, 220, 221
『花鳥風月』　206, 246, 249, 262, 370
『花鳥風月の物語』　348
勝仁親王　28, 53, 57
『桂地蔵記』　295, 296, 300
「鉄輪」　72, 146, 147
『かなわ』　146, 147
狩野渓雲　179
狩野松栄　319
『鎌足』　311
『賀茂皇太神宮記』　146
『賀茂の本地』　7, 127, 128, 134, 145, 146, 148, 157, 378, 393
『賀茂本縁』　393
『からいと』　384
烏丸光広　13
烏丸光康　67
『雁の草子』　157
『かわちかよひ』　200
『勧学院物語』　387
『漢学紀源』　319～321, 328～330, 333
勧修寺晴豊　31, 75
『菅神縁起』　388
勧進帳　58, 61

勧進聖　274, 287, 288
『観音利益集』　120
『官本目録』　81
『看聞日記』　25, 27, 31, 59, 278, 282, 284, 295, 296, 298, 300, 311
『咸陽宮』　160
甘露寺親長　23, 27, 28, 53, 61

き

『祇王』　7, 82, 158, 160, 245
『菊の前』　87, 153, 154, 156～158, 162
『義経記』　94, 143, 160
『衣更着物語』　394, 396
熙春龍喜　322
擬人化　1, 2, 341
『北野通夜物語』　160, 386, 399
「木引善光寺」　94
『旧記雑録』　320
恭畏　320, 330, 334
尭恕法親王　188
尭仁法親王　188
『玉塵抄』　284
『きよしけ』　134, 198
清原業忠　12, 283, 293
『清水子易物語』　379
『清水寺縁起』　362
『清水物語』　388
「清盛蜂合戦物語」　349
『魚類青物合戦状』275, 276, 338, 340, 341, 346, 347, 349, 350
『金谷山三光寺庚申縁起』393
『襟帯集』　323, 327, 328
禁裏御文庫　10, 57
『禁裏御文庫目録』　80, 371

く

楠木正成　281
『くち木桜』　202
『愚痴中将』　281
邦高親王　53
『熊野の本地』134, 196, 362, 366, 386
『君台観左右帳記』　188

け

桂庵幻樹　335
『慶長見聞集』289, 292, 295
『慶長日件録』　10, 318
『還城楽物語』　388
『獣の歌合』　2
『毛吹草』　30
『毛吹草追加』　5
『賢学草紙』　390
『元亨釈書』7, 14, 87, 115～123, 126～128, 145, 146, 157
兼載　5
『兼載雑談』　5
『源氏明石物語』　394
源氏雲　241, 245
「源氏供養」　109, 124
『源氏供養草子』　124, 373
『源氏供養表白』　360
『源氏物語』　12, 14, 18, 38, 39, 42, 54, 55, 60, 113, 115, 124, 125, 193, 194
賢章院　16
『玄奘三蔵絵』　54, 58
『建内記』　311
『源平盛衰記』14, 87, 93, 95, 100, 105～107, 110, 111, 115, 117～119, 122, 123, 125, 127, 128, 131, 132, 140, 144～146, 148～150, 156～159, 161
『源平せいしの御草子』　82
『幻夢物語』　382, 386

こ

『小敦盛』　158
『恋塚物語』　158, 160
『恋の船橋』　147
『孔子聖蹟図巻』　319
『孔子聖蹟之図』　275, 318, 320～322, 328～330, 334
『庚申縁起』　387, 388, 392
『黄石公素書』323, 329, 330, 332
光沢寺実了　33
『弘法大師絵伝』　54
『弘法大師行状記』　128
『弘法大師の縁起』　374
『弘法大師の御本地』　127, 128, 148, 157, 158, 373
『高麗物語』　155
小絵　12, 38

『呉越』　160
『小男の草子』195, 280, 282
『こほろぎ物語』　16
後柏原天皇　23, 25, 28, 29, 43, 78
『古画備考』　179
『粉河縁起』　59
『古今和歌集』　7, 18, 194
『国史館日録』　189
『小督物語』　160
後小松天皇　27, 34
『小式部』　244
『御成敗式目』10, 292, 293
『古代行列画纂』　180
『胡蝶物語』　7
後土御門天皇　23, 27～29, 34, 43, 44, 56, 57, 61
古奈良絵本　187, 194, 196
古奈良絵巻　197
後奈良天皇　25, 26, 29, 34, 38
近衛信尹　39
後花園天皇　27, 32, 43, 82
「小林」　277, 283
小堀遠州　188
『小町歌あらそひ』147, 379
『小町草紙』　7, 201
後水尾天皇　10, 27, 34, 37, 39, 40, 322
小見山道休　34, 273
後陽成天皇　10, 27, 33, 38, 39, 80
『こわたきつね』　207
『金剛女の草子』　7

さ

『西行四季物語』　395
『西行はなし』　388
『西行法師』　389
『西行物語』　363, 366, 368, 370, 384, 389, 394
『西行和歌修行』　392
『堺記』　281
『相模川』　363, 366
『桜川物語』　147, 388
『さくらの中将』　387
『佐倉藩紀氏雑録』　319
『酒の泉』　156
『狭衣の草子』3, 8, 54, 144, 194～196, 249, 262, 373, 377, 383
『ささやき竹』214, 216, 264, 268
貞常親王　53
『佐太天神之記』　374
貞成親王　9, 25, 31, 43, 59, 282, 298, 300
佐超　32, 39, 68
「薩隅日三州府君歴代歌」323, 326
『実隆公記』28, 55, 57～59, 78
『さよごろも付ゑんや物語』　387
『さよひめ』　8, 382
『猿賀山縁起』　384
『猿源氏草紙』　377, 378
『猿の草子』　17
『三国伝記』　7
三条実福　73
三条西公条　29, 81
三条西実隆　23, 25, 27, 40, 43, 53, 60, 61, 78
『三人法師』　278, 377, 378

し

『塩竈神社縁起』　395
『塩竈社縁起』　396
『志加物語』　200, 201
『史記』　318, 333
『史記抄』　284
『直談因縁集』　7
『しぐれ』　360, 392
『四国落』　205, 261
「磁石」　280
『四十二の物あらそひ』382, 393
『四十二の物争ひ』　399
『静』　360, 383
「二千石」　279
『地蔵験記絵』　32, 54
「地蔵舞」　280, 282
『しそり弁慶』　200
『信太』　200, 309, 378
『七人比丘尼』　364
『しつか』　200
『静の草紙』　279
『しのばずが池』　386
「芝崎村鎮守八幡宮御本地阿弥陀如来略縁起」294
島津家久　319～321, 328～330

島津忠良 275, 319, 334
島津義久 307, 320, 322, 328, 334
『清水物語』 360, 365
『四民童子字尽安見』 343
『紫明抄』 123
『釈迦并観音縁起』 370
『釈迦の本地』 368, 387
『沙石集』 7
『周易』 91, 93
『周易句解』 323
『十二人ひめ』 387
『十二類絵巻』 17, 379, 383, 398
『十輪院内府記』 32, 56
朱熹 318
『十本あふき』 202
『酒呑童子』 188, 275, 374, 375, 387, 390～392, 395, 399
『酒呑童子之絵小屏風』 369
『酒飯論』 393
『俊寛僧都縁起』 160
『貞永式目聞書』 293
城州屋 202
『精進魚類軍記』 340
『精進魚類物語』 2, 275, 276, 338～341, 344～350
『精進魚類問答』 340, 349
紹巴 6
『浄瑠璃物語』 366, 368, 397
『職原抄』 11
『諸神本懐集』 198
白川雅英 31, 75
『新曲』 264, 360
心敬 5
『新拾遺和歌集』 154
『信長記』 159
『信長公記』 291, 294
『神皇正統録』 144

す

『水沢寺縁起』 366
薄以継 66
『雀さうし』 7, 157
『雀の夕顔』 88
『硯割』 7, 157
『須磨寺笛之遺記』 160, 391
『墨染桜』 372
『角田川物語』 147, 375
『住吉大社神代記』 143, 144
『住吉の本地』 127, 131～134, 141～143, 146～150, 156, 200
『住吉物語』 7, 16, 196, 200, 208, 263, 364, 366
『諏訪の本地』 134, 193, 278, 362, 377, 392

せ

『誓願寺縁起絵』 59
『清水寺記』 388
『聖蹟図説諺解』 318, 330
『聖蹟図和鈔』 330～335
『清和院地蔵堂縁起』 81, 82
『清和院聖観音縁起』 377
『是害房絵』 9, 388
世尊寺行豊 25
『世帯平記雑具合戦』 348
『せつたい』 202
『節用集』 284, 343
『善悪物語』 367～369
『山海経』 143
『善光寺縁起絵』 52, 54, 57
『善光寺の由来』 398
『善光寺本地』 378, 385
『撰集抄』 7

そ

宗因 7
宗祇 6
『菅廟縁起』 388
『雑兵物語』 281
草木国土悉皆成仏 18
『草木太平記』 392
『曾我物語』 143
『続伽婢子』 161
『続破収義』 332, 334
「ぞろぞろ」 294
尊鎮法親王 28
尊伝法親王 53, 57

た

『大学』 38, 322
『大広益節用集』 343
『太閤記』 87, 153～156, 159～162
『太閤記之誤記』 155
『太閤軍記』 156, 160
『大黒舞』 148
『太子絵伝』 394
大慈光院 77

『大乗院寺社雑事記』 57
『大織冠』 214, 216, 308, 311
『大納言物語』 161
『大仏の御縁起』 392
『太平記』 14, 54, 61, 87, 122, 123, 127, 131, 132, 135, 137～150, 156～162, 177, 178, 191, 339, 345
『高瀬寺縁起』 188, 392
『高館』 207, 274, 309, 310
『高藤公絵詞』 369
『他我身之上』 111
『竹取物語』 215, 216, 245
「竹の雪」 93～95, 101, 105～107, 158
『多田五代記』 176
棚飾り本 187
『七夕』 206
『たなばた』 363, 368
『たまみつ』 207
『玉虫の草子』 364
『玉藻の草紙』 16, 215, 216, 368, 372
田向経兼 25
田向経良 9
『田村の草子』 8, 362, 369, 378
『為世の草子』 7
『多聞院日記』 31
『俵藤太物語』 148

ち

『ちかはる』 16, 87
『竹譜』 93
「竹生嶋」 100, 101, 146
『稚児今参り』 260, 269
中和門院 39
『中将姫』 191, 201, 204, 207, 364, 371
『中庸』 38
張楷 318, 331
『朝鮮征伐記』 161
『長宝寺よみがへりの草紙』 365

つ

『築島』 105, 194, 195, 204, 205, 263, 268
『付喪神記』 52, 385
『土蜘蛛』 7, 88, 171～178, 180, 392
「土蜘蛛」 172, 176, 178
土御門宣教 72
土御門泰重 34～36, 39
『剣の巻』 140, 141, 160, 191
『鶴の翁』 94
『鶴の草子』 161, 201, 207, 382
『徒然草』 194

て

『庭訓往来』 344
『庭訓往来註』 344
『貞徳文集』 188
『天狗草紙』 386
『天狗の内裏』 364
『天照大神本地』 396
『天神縁起』 364, 365, 397
『天神宮御縁起』 399
『天神之絵詞』 372
『天神の本地』 215, 216, 370
『天和長久四季あそび』 4

と

「春栄」 72
『東海道分間絵図』 15
『東照宮縁起』 366, 370
『道成寺縁起』 126, 394, 398
『道成寺物語』 126, 127, 128, 145, 147, 157, 379
『東大寺縁起』 117, 120
『東大寺大仏縁記』 396
『東大寺八幡験記』 117, 291
『東大寺要録』 117, 120
『唐土物語』 195
『多武峰縁起』 361, 363
『言緒卿記』 36
『言継卿記』 8, 16, 30, 31, 52, 66～68, 73, 75～78
『言経卿記』 16, 32, 67, 68, 69, 71, 74, 77, 80, 82
『時慶記』 34, 35
『常盤の草紙』 261
『常盤物語』 364
『常盤問答』 364
読申 26～28, 31～34, 38～40, 42, 43, 52～54, 56, 57, 59～61, 77
智仁親王 35
『登曾津物語』 7
「鳥羽恋塚碑銘」 367
『富山之記』 345

豊臣秀頼 187
鳥飼新蔵 71
鳥養道晢 10, 80, 82
『鳥部山物語』 158

な――――

『長興宿禰記』 297
中院通勝 11, 71
中院通秀 23, 27, 28, 32, 53, 56
中院夜夜叉 73
中御門宣胤 27, 28, 53, 59
中原職忠 10
中原康富 283
中山忠親 12
『七草草紙』 107, 201
『七草ひめ』 89, 93〜95, 102, 104, 106, 107, 127, 134, 146〜148, 158, 200
『浪岡八幡宮縁起』 382
奈良絵本 12, 15, 90, 92, 93, 132, 133, 143, 150, 187, 188, 189, 191, 195〜198, 206, 209, 212, 213, 240, 241, 243〜246, 248, 250, 258, 259, 268, 269
奈良絵巻 245
『南浦戯言』 304, 306, 323, 326, 327
『南北経験醫方大成』 332
『南浦棹歌』 323, 326
『南浦文集』 304, 310, 321, 323, 332

に――――

「仁王」 296
「錦戸」 72
西洞院時直 34, 36
西洞院時慶 33, 35, 36, 38, 39
『二十四孝』 369, 374, 375, 392, 399
『廿四孝絵讃』 369
『日光東照宮縁起』 396
『日光の縁起』 366, 370
『日本書紀』 10, 141, 143, 144, 147, 177
『日本百将伝抄』 175

ね――――

『鼠の草子』 368, 383, 385, 394

の――――

『能本作者註文』 94
『野乃舎随筆』 298
『宣胤卿記』 59

は――――

『白身房』 361
「白楽天」 131, 146, 147, 149
『箱根山の縁起』 360
『破収義』 330, 332, 334
『鉢かづき』 7, 8, 191, 195, 246, 247, 275, 378, 384, 389, 393, 397
『八幡宮縁起』 362, 364, 366, 388, 393
『八幡宮愚童記』 247
『八幡の御本地』 372
『花子恋ものぐるひ』 147
『花子ものくるひ』 148
『花つくし』 368
『花の縁物語』 385
『花の名残』 159
『花みつ月みつ』 265
『はなや』 364
『花世の姫』 3, 7, 8, 282
『はにふ物語』 24, 161
『浜出』 310
『はまくりはたおりひめ』 374
『はもち』 7, 204
林文蔵 188
林羅山 318, 334, 367, 374
早物語 276, 281, 348〜350
針目安 189, 192, 195, 196, 206, 208〜210, 251, 258, 270
『榛名神社縁起』 366

ひ――――

『火おけ』 261
『彦火々出見尊絵詞』 371, 390
菱川師宣 15
美写本 188
『毘沙門の本地』 242, 373
『美人くらべ』 7, 378
『筆結物語』 13, 18
『一本ぎく』 7, 93, 262, 379,

388
日野輝光　38
日野等林　320, 328, 334
『姫ゆり』　344
『百万物語』　125, 147, 379
『平野五所之縁起』　362
『貧乏之草子』　389

ふ

『ふうふ宗論』　111
『笛の巻』　311
深津又一　329
『扶急言風集』　124
『福富草紙』　397
『含状』　274, 310
『ふくろふ』　204, 261, 377
『武家繁昌』　87, 156
藤井五兵衛　111
『ふじ山御伝記』　392
『富士山の本地』　156
『富士の人穴草子』362, 364, 370, 377〜379
『藤袋の草子』　7
『伏見常盤』　392
藤原惺窩　334
『ふせや物語』　7
『扶桑名将伝』　176
『扶桑略記』　120
『仏鬼軍』　397
『風土記』　148
舟橋国賢　10
舟橋秀賢　10, 318
『舟の威徳』　87, 148
古田織部　188
『不老不死』　156
『文化年録』　179
文之玄昌　275, 304, 318, 321, 322, 328, 332, 334
『文正草子』　59, 197, 245, 249, 260, 265, 267, 268, 363, 365, 369, 377, 383, 395

へ

『平家花揃』　367, 390, 394
『平家物語』　7, 11, 54, 100, 110, 118, 119, 122, 123, 140, 157, 160〜162, 339
弁慶　306, 309, 311
『弁慶物語』　157, 361, 368, 371, 393
『弁の草紙』　397

ほ

『判官都ばなし』　388
『保元平治物語』　87
『保元物語』　61
『北条五代記』　162
『法蔵比丘』　369
『宝満長者』　363, 383
『法明童子』　263
『法妙童子』　386
『ほうらい山』　207
『ほうらいさん由来』　382
鳳林承章　34, 40
『墨海山筆』　161
『法華経』　7, 332
『法華経直談鈔』　7
『法性無明物語』　376
『堀江物語』　360, 385
誉田宗廟縁起　385
『本朝月令』　100
『本朝百将伝』　175
『本朝武家高名記』　176
『本朝武家評林』172〜176, 178
『本朝武林伝』　176
『本朝略名伝記』　176
『本涌寺縁起』　395

ま

『舞の本』　124
町絵師　15
松会　15
松江重頼　5
『松風村雨』　147, 378, 389
『松崎の縁起』　395
『まつら恋物語』　385
『松浦明神縁起絵巻』　148
『満仲』　191, 203, 263
『万寿の前』　94, 388

み

『三井寺物語』　157
三浦浄心　292, 294
三浦為春　18
『三浦物語』　124
『みしま』　207, 208
『みぞち物語』　7
「通盛」　66
源持経　31
源義経　309

源頼朝 273, 289, 319
『箕面寺之縁記』 373

む

「虫合戦」 349
『虫の歌合』 17, 394, 398
『村松』 94, 365

も

『孟子』 38
「餅合戦」 348
「餅酒合戦」 349
『物くさ太郎』 7, 8, 93, 194, 195, 202, 205, 247, 275, 383, 394
懶太郎 390
『もろかど物語』 363
『文覚』 364

や

『八島』 373, 378
「八島合戦屏風」 395
『屋しま尼公物語』 387
『泰重卿記』 35, 40
『康富記』 12, 283
『弥兵衛鼠』 17, 59, 246
山口屋権兵衛 329
山科言緒 34, 35
山科言継 26, 29, 33, 34, 38, 40, 64, 77
山科言経 10, 38, 39, 81, 82
大和宗恕 69, 71, 74
『大倭二十四孝』 13, 383, 397

ゆ

『雪女物語』 147, 379, 383
「熊野」 107
『ゆや物かたり』 147
『ゆりわか大臣』 206

よ

幼学 2
『楊貴妃物語』 382
『横笛草紙』 158, 377
『よこぶえたきくちのさうし』 377
『義経東下り物語』 160
『四人比丘尼』 159
嫁入り本 187

ら

『落葉集』 9

り

『李娃物語』 158
『輪池叢書』 161

る

『るし長者物語』 7

れ

『連歌抄物』 60
聯輝軒就山 53
『連々令稽古双紙以下之事』 339

ろ

『老人雑話』 37
『六代御前物語』 160
『論語』 38, 293
『論語義疏』 323

わ

『若草物語』 17, 385
『和歌物あらかひ』 395
『和漢朗詠集』 93, 94, 102, 106, 198
『和玉篇』 343
『和気清麻呂』 278
『わださかもり』 383
「和田義盛図」 384

著者略歴

伊藤　慎吾（いとう　しんご）

昭和47年、生まれ。

平成7年、國學院大学卒。

平成13年、國學院大学大学院博士課程　単位取得退学。

平成20年、埼玉大学で博士号（学術）取得。

現在、恵泉女学園大学、実践女子大学等非常勤講師。

共編『仮名草子集成』第42巻（東京堂出版、平成19年7月）

「戦国初期の儒者―高辻章長伝―」（『国語国文』78-4、平成21年4月）

「お伽草子における物尽し―歌謡との関係を通して―」（『國學院雑誌』110-11、平成21年11月）など。

HP：http://narazuke.ichiya-boshi.net/

室町戦国期の文芸とその展開

平成22年2月10日　初版発行

定価はカバーに表示してあります。

©著　者　伊藤慎吾
発行者　吉田栄治
発行所　株式会社 三弥井書店
〒108－0073東京都港区三田3－2－39
電話03－3452－8069
振替00190－8－21125

ISBN978-4-8382-3191-1 C1095　印刷　シナノ印刷